Barbara Dribbusch
Schattwald

PIPER

Zu diesem Buch

Als Anne Südhausen nach Innsbruck reist, um den Nachlass ihrer verstorbenen Großmutter Charlotte zu regeln, macht sie eine Entdeckung: Tagebücher aus dem Zweiten Weltkrieg, die von Charlottes Zeit im Nervensanatorium Schattwald erzählen – einem Ort, an dem schreckliche Dinge geschahen, die das Leben der Großmutter für immer veränderten. Auch in der Gegenwart passiert Unerwartetes: Ein außergewöhnlicher Mann tritt in Annes Leben, einige Personen entwickeln plötzlich großes Interesse an den Tagebüchern, und Anne gerät immer mehr in Gefahr …

Barbara Dribbusch arbeitet seit 1993 als Redakteurin bei der *taz* und hat bereits ein Sachbuch veröffentlicht. Ihre Freizeit widmete sie in den letzten Jahren den Recherchen zu ihrem ersten Roman *Schattwald*, insbesondere zur Geschichte der Psychiatrie in den 20er- und 30er-Jahren sowie im Nationalsozialismus.

Barbara Dribbusch

SCHATTWALD

Roman

PIPER
München Berlin Zürich

Mehr über unsere Autoren und Bücher:
www.piper.de
Aktuelle Neuigkeiten finden Sie auch auf Facebook, Twitter und YouTube.

Hinweis: Der Name Schattwald des Sanatoriums ist frei erfunden und rein fiktiv.

MIX
Papier aus verantwortungsvollen Quellen
FSC
www.fsc.org
FSC® C083411

Originalausgabe
1. Auflage August 2016

Umschlaggestaltung: Mediabureau Di Stefano, Berlin
Umschlagabbildung: George Marks/Getty Images; Björn Kindler/Getty Images; Ullstein Bild Roger-Viollet
Satz: Fotosatz Amann, Memmingen
Gesetzt aus der Aldus Nova
Druck und Bindung: CPI books GmbH, Leck
Printed in Germany ISBN 978-3-492-30789-5

Prolog

Ötztal, Ende Februar 1943

»Die Traurigen müssen ins Eis.« Das hatte Carl immer gesagt. Wenn die Außentemperatur so niedrig ist, dass sie zur Kälte im Herzen passt, dann ist die Seele eins mit der Landschaft. Nicht mehr abgetrennt, haltlos, sondern verbunden mit der Welt. Wie schön, wenn dann noch der Schnee die Erde bedeckt, als fange alles wieder von vorne an. Als liege das Böse hinter ihr, dachte Charlotte. Sie klappte den Fellrand der alten Soldatenmütze herunter und knöpfte das Band unter dem Kinn zu. Dann folgte sie den vermummten Gestalten mit dem Schlitten durch den kniehohen Schnee. Ein Glück, dass die Wickelgamaschen über ihren Schnürstiefeln hielten und der Wollmantel bis zu den Waden reichte. Ein Glück, dass die Drillichhose von Robert mit dem Gürtel nicht rutschte, sodass sie mit dem doppelten wollenen Unterzeug nicht frieren musste.

Charlotte warf einen Blick zurück auf die Brandruine. Es schneite durch das eingefallene Dach des verrußten Ziegelbaus. Die Flocken schwebten wie Bettfedern in den zerstörten Saal hinein. Der Schnee fiel auf die Reste des Klavierflügels, auf dem sie vor Kurzem noch die Lieder gespielt hatte, die alle so liebten. Wer hätte gedacht, dass vom Flügel bald nur noch Asche, verschmorte Saiten und eine gusseiserne Platte übrig bleiben würden. Doch das Überleben war wichtiger als die schönen Künste, dachte Charlotte. Wobei sie sich keineswegs sicher war, ob das so stimmte.

Sie mussten sich sputen. Es war nur noch eine Frage der Zeit, bis die Schneemassen tauten und die Uniformierten aus dem Tal heraufkommen würden, um Nachforschungen anzustellen. Vielleicht würden sie auch das Grab finden, denn wegen der Kälte war es nicht möglich gewesen, den Körper tief in die Erde zu senken. Es war höchste Zeit für Charlotte und die anderen, sich auf den Weg in das Hochtal zu machen, wo ein Unterschlupf auf sie wartete.

Sie durften auf ihrem Marsch durch die Berge nicht stehen bleiben. Die Kälte verlangte Bewegung. Sonst wich das Blut zurück ins Innere des Körpers, um nur noch den Herzschlag in Gang zu halten, bis dieser erstarb. Die Wangen glänzten dann nicht mehr rot von der Kälte, sondern wurden totenblass, wächsern und später schwarz.

Nur zur Nacht würden sie ruhen und sich eingraben in den Schnee. Ein Lagerfeuer wäre zu gefährlich. Aber eine Schneehöhle bauen, sodass noch ein Rest Wärme beisammenblieb, das hatte Charlotte mit Lukas geübt. Sie hatten eine gute Chance zu überleben. Nicht zu erfrieren wie der Bote, der die Pforte von Schattwald gerade noch erreicht und seine Nachricht überbracht hatte, kurz bevor er gestorben war.

Es war die Nachricht, die Charlottes Leben verändert hatte. Und sie zur Mörderin hatte werden lassen, würden die Uniformierten aus dem Tal behaupten. Aber was wussten die schon von Wahrheit und Lüge?

1. Kapitel

Hamburg / Innsbruck, Dezember 2014

Das Sonnenlicht war grell. Die Konturen von Haus und Garten traten scharf heraus. Viel zu scharf. Irgendetwas stimmte nicht.

Der Mann, der im Garten vor dem Haus mit den vielen Erkern stand und mir zuwinkte, schien auf mich gewartet zu haben. Um ihn herum flatterten Vögel mit buntem Gefieder, ohne jede Scheu, so als sei der Mann ihr Wärter, der sie fütterte und zähmte. Dem sie vertrauten. Ich trat näher. »Ich weiß nicht, ob ich hier richtig bin«, sagte ich zu dem Mann. Er schien älter zu sein als ich selbst, trug sein Haar sorgfältig gescheitelt und musterte mich mit wasserhellen Augen.

»Es ist höchste Zeit, dass du kommst«, sagte er und legte mir eine feingliedrige Hand auf die Schulter.

»Ich gehöre nicht hierher.«

»Doch, natürlich.«

»Ich fühle mich nicht sicher.«

»Aber wir sind doch bei dir. Alle.«

Wir betraten das Haus, in dem es halbdunkel war. Der Mann ging voran. Wir liefen durch einen langen Gang, dessen Wände sich in der Ferne zu treffen schienen. Links und rechts hingen kleine, unförmige Gegenstände, als hätte sie jemand sorgfältig an die Wände genagelt.

Als sich meine Augen an das Halbdunkel gewöhnt hatten, fuhr ich zurück. Was da angenagelt war, das waren die

Köpfe toter Vögel. Die bunten Vögel, die den Mann zuvor draußen ohne Scheu umschwärmt hatten, schauten mich aus leeren Augen an, aufgespießt wie tote Schmetterlinge. Hier drinnen herrschte der Tod.

Ich erstarrte vor Angst. Der Mann wandte sich zu mir um. Er hatte kein Gesicht mehr. Da war einfach nichts, ein leerer Fleck.

Ich wollte mich umdrehen und fortlaufen, doch meine Beine reagierten nicht, sie blieben stehen wie festgewachsen, als gehörten sie nicht mehr zu mir. Der Mann ging auf mich zu und streckte seine Hände nach mir aus.

»Nein!« Ich schreckte schweißgebadet hoch. Die Angst wich erst langsam aus meinen Gliedern, als ich erkannte, dass ich in meinem Schlafzimmer lag. Der Morgen graute. So früh war es, dass noch kein Sonnenstrahl zu sehen war. Ich hatte nur geträumt.

Ich drehte mich instinktiv nach links, um Schutz zu suchen bei dem vertrauten Körper. Alex. Mein Mann. Doch der Platz neben mir war leer.

Ja, natürlich, Alex war ja gegangen. Nach dreizehn Jahren Ehe. Das erste Gefühl der Erleichterung, dass alles nur ein Albtraum war, wich tiefem Schmerz, wie ich ihn in den vergangenen Wochen jedes Mal beim Aufwachen verspürte. Der Schmerz fuhr wie ein Messer in meinen Bauch.

Es war so ein abgedroschenes Klischee. Wie in den Frauenillustrierten. In den Boulevardblättern. In feministischen Essays. Den Texten, die ich als Ressortchefin bei »LaVie« bearbeitete, der gehobenen Frauenzeitschrift, in deren Artikeln, Bildern und vor allem Anzeigen sich die gut verdienende Frau ab vierzig wiederfinden sollte.

Wegen einer Jüngeren verlassen zu werden! Mit sechsundvierzig. Immer wenn mir bewusst wurde, dass genau das auch mir passiert war, war mir, als könnte ich kaum atmen. Nicht nur wegen der Trauer. Sondern auch wegen der Wut. Und wegen der Scham. Ich schämte mich, eine Verlassene zu sein. So tief war ich gesunken.

Dabei war es mein Job als gut bezahlte Ressortleiterin der Abteilung Lebenshilfe, den Leserinnen das Gefühl zu geben, sie könnten immer handeln, etwas ändern, damit es ihnen besser ging und sie geliebt wurden. Von einem Mann.

Ich hatte die Magazinseiten mit Tipps füllen lassen, was zu unternehmen sei gegen sinkende Sexfrequenzen und Sprachlosigkeit am Frühstückstisch in einer Langzeitehe.

Doch jetzt war ich ausgeliefert. Emotional abhängig von meinem Mann, der mich nicht mehr haben wollte. Ich fing an zu schwitzen, während ich dalag und grübelte wie so oft in den vergangenen Wochen. Der Tag stand vor mir wie ein viel zu hoher Berg.

Ich dachte an meine Freundin Sabine, deren Mann ihr vor zwei Jahren eröffnet hatte, er liebe eine andere. Das müsse sie akzeptieren. Trennen wolle er sich nicht. Die beiden haben eine Tochter.

Sabine, Soziologin mit einer beachtlichen Sammlung an feministischer Literatur, versicherte mir daraufhin, sie wolle um Hartmut kämpfen. Sie quälte sich durch eine Diät nach der anderen. Sie ging zu einer Kartenlegerin und erhoffte sich von ihr Auskunft darüber, warum es mit ihr und ihrem Mann nicht mehr klappte. Sie schlief einmal extra über Nacht bei einem alten Freund auf dem Sofa, nur um für Hartmut den Eindruck zu erwecken, sie habe einen Liebhaber.

Wenn ich an Sabine dachte, war mir, als öffne sich eine Falltür in ein dunkles Loch. Tief im Innern spürte ich, wie abhängig auch ich von Männern war. Ich hatte kein Recht, Sabine zu verachten. Mir war doch das Gleiche passiert.

Alex hatte mit seiner Projektassistentin angebandelt. Was er vier Monate lang verschwieg. Irgendwann hatte er sich ein neues Handy gekauft, mit großem Display. Und dann, während einer Autofahrt, geschah es.

»Sonja« erschien auf dem Display, als ich nach dem glockenhellen Klingelton einen Blick auf Alex' Handy auf der Ablage warf.

»Wer ist denn Sonja?«

»Eine neue Projektassistentin. Kollegin.«

»Und warum samstags?«

»Was?«

»Warum die samstags anruft.«

»Hat ja nicht angerufen, mir nur eine SMS geschickt.«

»Warum samstags 'ne SMS?«

»Hey, schnüffelst du mir nach?«

»Aha. Ah so. Wie alt ist sie denn?«

Am Ende hatte Alex alles zugegeben. Das Schlimmste war, dass er die Affäre mit Sonja dann noch auf eine höhere Ebene hob.

»Ich bin nicht mit Sonja zusammen, weil sie jünger oder irre sexy ist«, hatte er verkündet. »Es ist vielmehr so, dass ich mich irgendwie anders erlebe, wenn ich mit ihr Zeit verbringe. Lebendiger. Sonja ruft irgendwas wach in mir, irgendwas Verschüttetes.«

Schon die Erinnerung an diesen Satz sorgte dafür, dass sich meine Wut in Bitterkeit verwandelte. Es war so unfair.

»Schluss!«, sagte ich zu mir selbst und schwang die Beine aus dem Bett. Ich stand auf und taumelte zum Bad, stieg in die Duschkabine und zog die Plastikhaube über die Haare. Bestimmt sah ich bescheuert aus mit der Duschhaube, aber ich wollte meine Haare hinterher nicht aufwendig föhnen müssen. Ich ließ das heiße Wasser über Kopf und Körper laufen und griff zum Duschgel. Es roch nach Limone und Ingwer, bio und teuer. Der Duft schenkte mir ein Gefühl von Luxus und Vertrautheit. Ich blieb lange unter der Dusche, das Wasser regnete über mich wie ein warmer Sommerschauer. Dann drehte ich den Hahn nach rechts und duschte wie immer eiskalt nach.

Nach dem Abtrocknen riskierte ich einen Blick in den Spiegel. Ich sah aus wie aus der Welt gefallen. Dieser verängstigte Blick. Die kinnlangen Haare mit der Mischung aus naturbraunen, blondierten und ergrauten Strähnen, das berüchtigte Herbstblond, wie eine Kollegin mal sagte. Und dann die dunklen Ränder um die Augen. Ich war so verhärmt. Wer konnte so jemanden lieben?

Mir kam der Albtraum wieder in den Sinn. Die flatternden Vögel. Sie hatten ihrem Beschützer vertraut. Sie waren von ihm verraten worden. Wer war der Mann? Es konnte nicht Alex gewesen sein. Alex war ein dunkler Typ mit raspelkurzen Haaren, der Mann im Traum war hellhäutig gewesen und hatte eine Messerschnittfrisur mit sorgfältig gezogenem Seitenscheitel.

Ich wandte den Blick vom Spiegel ab. Schluss mit dem Selbstmitleid. Auf mich wartete ein anstrengender Tag. Heute stand bei »LaVie« das Thema Glück auf der Tagesordnung. Ein Dossier war geplant. Die große Runde war angesagt, mit Chefredakteur Peter Gäbler, Dossierchefin

Rieke, mir als Leiterin des Ressorts Lebenshilfe und den Fotofrauen. Auch die Anzeigenabteilung würde erscheinen.

Ich zog mich an, heute musste es das taubenblaue Kostüm sein und die grauen Wildlederpumps. Chefinnen-Look. Mir war übel. Es wurde nicht besser, als ich in der Küche eine Portion Müsli in die Schale schüttete, eins dieser viel zu süßen mit Rosinen, Datteln und Bananenchips.

Das Telefon klingelte. Um halb neun am Morgen, auf dem Festnetz zu Hause, wer konnte das sein?

Auf dem Display sah ich eine Nummer mit österreichischer Vorwahl. Mein Herz schlug schneller. Es gab nur einen Menschen, den ich in Österreich kannte. Aber sie würde nicht mal eben so am frühen Morgen anrufen. Weil ich aus ihrem Leben vor langer Zeit verschwunden war.

Eine fremde Frauenstimme mit österreichischem Akzent erklang im Hörer. »Tschuldigen's die Störung so früh am Morgen. Spreche ich mit Frau Südhausen, bittschön?«

»Am Apparat. Und wer sind Sie?«

»Ich bin die Frau Pramstaller aus Innsbruck. Eine Freundin Ihrer Großmutter, Frau Charlotte Waldhofer. Es tut mir leid, aber ich muss Ihnen eine bedauerliche Mitteilung machen.«

»Ja?« Mir dämmerte etwas, das ich nicht wahrhaben wollte. Nicht jetzt. Nicht um halb neun Uhr morgens auf dem Sprung in die Redaktion. Vor einem Meeting, in dem ich stärker wirken musste, als ich mich fühlte.

»Es ist leider so, dass Ihre Großmutter gestern verstorben ist. Im Zentralkrankenhaus in Innsbruck. Sie hatte einen Schlaganfall. Sie hatte mir einmal gesagt, Sie seien ihre nächste Angehörige. Die Enkelin. Ich fand Ihre Telefonnummer im Adressbuch.«

Für einen Moment stockte mein Atem. Großmama Charlotte. Sie musste über neunzig gewesen sein. Der strengste Mensch, der mir je in meinem Leben begegnet war. Und der merkwürdigste. Ich hatte meine Großmutter kaum noch gesehen, seitdem ich elf Jahre alt war. Damals war der Unfall passiert, der meine Familie zerstörte und mich alleine mit meinem Vater zurückließ.

»Der Schlaganfall kam so plötzlich«, hörte ich die Frau am Telefon sagen. »Ihre Großmutter hat oft von Ihnen gesprochen. Sie sagte mir vor Kurzem, sie hätte noch eine wichtige Botschaft an Sie. Es wäre gut, wenn Sie kommen könnten.«

Die Redaktionssitzung zum Thema Glück hielt ich eisern durch. Ich zwang mich, den Ausführungen meiner jungen Kollegin Rieke zu folgen, die über Glücksforschung referierte. Rieke war schnell aufgestiegen zur Koordinatorin der Dossiers. Immerhin war es interessant zu hören, dass sich laut Studien viele Menschen in ihrer Freizeit mit guten Freunden wohler fühlten als mit ihren Ehepartnern. Mit Alex war es mir manchmal auch so gegangen, das musste ich heimlich zugeben. Doch mein Input bei dieser Sitzung war mager, zu mager für eine Ressortleiterin der Abteilung Lebenshilfe. Chefredakteur Gäbler blickte mich einmal prüfend an. Ich fragte mich, ob die Kolleginnen weitergetratscht hatten, dass Alex mich verlassen hatte.

Nach der Sitzung erklärte ich dem Chefredakteur, warum ich dringend wegmüsse, nach Innsbruck. Ich bräuchte ein paar Tage Urlaub, vielleicht eine Woche. Wenn ich Genaueres wisse, würde ich mich melden. Er könne mich jederzeit anrufen. »Ich bin die einzige leibliche Verwandte«, sagte ich. Der Satz klang eigenartig.

Ich buchte den Flug nach Innsbruck für Freitag und fing am Vorabend an zu packen. In den Rollkoffer legte ich Rock, Bluse und Blazer, alles in dunklen Farben. Ich musste wahrscheinlich eine Beerdigung organisieren. Mit Maria Pramstaller hatte ich schon wegen aller möglichen Formalitäten telefoniert.

Seltsam, welche Verbindungen im Leben übrig bleiben, dachte ich. Zu Menschen, die man jahrelang nicht gesehen hatte. Plötzlich sind sie wieder da. Im Tod holt man sie sich noch einmal zurück, und sie werden plötzlich lebendiger denn je. Großmama Charlotte. In meiner Erinnerung tauchten Bilder auf, als hätte ich vergilbte Fotos aus einer Schublade gezogen. Eine herbe Frau war meine Großmutter gewesen. Streng, mit kinnlangen graubraunen Haaren, in Bergschuhen, Strickjacke und Popelineanorak. Eine Winterhexe, wie mein Vater sie nannte. Er hatte seine Schwiegermutter nie gemocht.

Meine Verbindung zu ihr brach ab, nachdem der Unfall geschah. Der Unfall, bei dem meine Mutter ums Leben kam. Ein Mercedes schoss in die Vorfahrtstraße und rammte das Auto, in dem meine Eltern fuhren. Meine Mutter saß auf dem Beifahrersitz und starb sofort. Obwohl das Gericht dem Mercedesfahrer die Schuld gab, warf meine Großmutter meinem Vater vor, mitschuldig zu sein am Tod ihrer einzigen Tochter. Er war doch so oft zu schnell gefahren. Was auch stimmte. Als der Unfall passierte, waren sie auf dem Weg zu meiner Großmutter, um mich dort abzuholen. Ich war damals elf Jahre alt gewesen und hatte ein paar Ferientage bei ihr verbracht.

Ich griff mir eine dicke Winterjacke, die ich sonst nie trug, und packte sie in den Koffer. Himmel, es war Dezember,

Innsbruck lag in den Bergen, es würde kalt sein. Alex hatte die Berge nicht gemocht und die Kälte auch nicht. Er flog im Winter lieber auf die Kanaren. Der Winter in Hamburg mache ihn depressiv, klagte er. Würde er mit seiner Neuen nach Teneriffa fliegen? Ich verscheuchte den Gedanken.

Ich hatte Mails an Sabine, eine weitere Freundin und an eine Sportskameradin geschrieben, um mich abzumelden. Alex hatte ich nicht angerufen. Wozu auch. Mir schoss durch den Kopf, dass nicht nur ich die einzig leibliche Verwandte der Großmutter war. Auch für mich bliebe, abgesehen von meinem dementen Vater, der im Pflegeheim lebte, kein Angehöriger mehr übrig, wenn sich Alex scheiden ließe. Unbehagen stieg in mir auf. Doch für diese Gefühle war jetzt kein Platz. Ich hatte eine Pflicht zu erfüllen.

Vielleicht würde Schnee liegen in Innsbruck. Ich sollte außer meinen Stiefeletten die festen Winterschuhe mit Profil mitnehmen, die ich irgendwann gekauft, aber kaum getragen hatte. Ich hob die klobigen Stiefel aus dem Schrank.

Das Wichtigste in den Bergen seien stabile Schuhe, hatte meine Großmutter früher immer gepredigt. Als ich klein war, vor dem Unfall, verbrachte ich öfter eine Ferienwoche mit ihr in den Alpen. Im Sommer gingen wir wandern, im Winter Ski fahren. Anstrengend war es gewesen. Und aufregend. Mit Ehrfurcht strich ich als kleines Mädchen einmal mit meinen Handschuhen über eine graublaue Eiswand eines Gletschers im Ötztal, nachdem die Großmutter mich dort stundenlang hinaufgeführt und mir versichert hatte, das Eis sei mindestens einige Jahrhunderte alt. Für die Großmutter hatten Gletscher etwas Magisches. Sie konnte unheimliche Geschichten von Menschen erzählen, die in Gletscherspalten gefallen waren und nach vielen Jahrhunderten irgendwo weiter unten wieder herauskamen, eingefroren, noch genauso jung aussehend wie zu der Zeit, als sie verschwanden. Während ihre einstigen Nachbarn aus dem Dorf, die sie bargen, über die Jahre alt und runzlig geworden waren.

»Das Eis verlangsamt die Welt«, hatte meine Großmutter gesagt, »und der Schnee deckt das Schlechte zu. Das Eis und der Schnee geben manchmal mehr Geborgenheit als die Menschen.«

Warum hatte die Großmutter eigentlich das Eis und die Kälte so geliebt? Sicher, das war ihr Beruf gewesen. Sie hatte nach dem Krieg Geografie studiert und für einen Professor an der Universität Innsbruck gearbeitet, Abteilung Klimawandel. Sie war eine Gletscherforscherin, hatte meine Mutter immer stolz verkündet. Aber warum sie sich so sehr für das Eis interessierte, darüber sprach die Großmutter nie.

Ich erinnerte mich, wie meine Eltern sie einmal überreden wollten, im Sommer nach Spanien mitzukommen, in die Wärme, an den Strand, unter Menschen. Doch Großmama Charlotte hatte abgewunken, als habe man ihr einen ekligen Schnaps angeboten. »Hitze, Lärm und viele Menschen, wie kann man da Urlaub machen?«, hatte sie gesagt. Mein Vater hatte das Gesicht verzogen und später behauptet, die Großmutter könne das Leben einfach nicht genießen. Er hasste die Kälte, genau wie Alex.

Im Kleiderschrank entdeckte ich einen blau-weißen Wollpullover mit Norwegermuster, den ich fast schon vergessen hatte. Ich zog den Pullover heraus, er roch nach Mottenpapier. Wollpullover machen dick, hatte mal eine Kollegin aus unserem Moderessort geschrieben. Vielleicht war es gut, mal eine Weile von »LaVie« weg zu sein.

Die Großmutter hatte mir damals, als ich klein war, auch einen Pullover geschenkt, den kratzigsten meines Lebens. Rot war er gewesen. Mit ihren dicken, von Adern durchzogenen Händen hatte sie ihn für mich gestrickt. So eng am Hals war der Pulli, dass es ein Kampf war, ihn an- und auszuziehen. Mir schien es plötzlich, als könne ich den kratzigen Pullover wieder auf der Haut fühlen. Als sei die Großmama ganz nah. Sie schien hier zu sein, hier in meinem Schlafzimmer in Hamburg, das mein Mann nicht mehr betrat.

Ich legte den blau-weißen Wollpullover ins Reisegepäck. Es schien mir, als hätte ich nicht nur Kleidung für ein paar Tage in Innsbruck eingepackt, sondern eine Ausrüstung für eine Expedition in ein anderes Leben.

2. Kapitel

»Meine Dame, Sie haben da etwas verloren«, ertönte eine Männerstimme hinter mir. Ich fuhr herum. Eine Beilage war aus der »Vivian« herausgerutscht. Ich hatte mir das britische Frauenmagazin für den Flug gekauft. Es war Freitag, und ich stand in der Warteschlange am Counter für den Flug nach Innsbruck. Ich trug meinen langen Kaschmirmantel und zog meinen schweren Business-Rollkoffer mit den Winterklamotten hinter mir her. Ich wollte auf Flugreisen immer lieber wie eine Geschäftsfrau wirken, nicht wie eine Touristin.

Der Mann mochte knapp über fünfzig sein. Sein graublondes Haar war etwas länger hinter den Ohren, so wie ich es von Künstlern oder Wissenschaftlern kannte, die damit etwas Unkonventionelles ausdrücken wollten. Er trug einen dunklen Wollmantel offen über seinem Anzug. Er reichte mir die Werbebeilage einer Luxusuhrenfirma und sah mich direkt an. Mir gefiel sein weicher, aber nicht unsicherer Blick aus blauen Augen. Ich dankte höflich und steckte die Beilage wieder zurück in das Magazin.

Der Mann lächelte. »Dass man heutzutage noch glaubt, mit Luxusuhren große Geschäfte machen zu können, ist schon erstaunlich«, sagte er mit einer präzise klingenden Stimme, als sei er ein geübter Redner.

»Stimmt«, gab ich nervös zurück. Mit meinem Selbstbewusstsein war es in letzter Zeit nicht weit her. Insgeheim ärgerte ich mich darüber.

Der Mann führte eine große Reisetasche mit sich. Wie ein Tourist sah er in seinem Anzug eigentlich nicht aus, eher wie ein Geschäftsmann. Seine Reisetasche aber passte nicht dazu. Sie wirkte wie in einem Outdoorladen gekauft, eine dieser Dinger mit tausend Taschen, die man über die Schulter hängen oder für eine Überlandtour auf einen Jeep werfen konnte. Was er wohl in Innsbruck wollte?

Ich drehte mich wieder zum Counter um. »Bitte einen Fensterplatz«, sagte ich zu der Frau am Tresen. Die musterte mich und den Mann hinter mir, als seien wir ein Paar. »Gehören Sie zusammen?«, fragte die Dame. »Nein«, sagte er, »das tun wir leider nicht.« Er klang dabei so höflich und zurückhaltend, dass ich insgeheim wünschte, er würde im Flugzeug in meiner Nähe sitzen. Der Mann erbat sich einen Gangplatz. Die Frau am Counter gab ihm den Platz in derselben Reihe wie mir. Ich musste mir eingestehen, dass ich mich auf den Flug freute.

Ich hatte es immer genossen zu fliegen. Großartig, sich in einen Sitz zu verfrachten und die Verantwortung an einen Piloten abzugeben. Im Flugzeug hatte ich keine Angst. Ich fühlte mich schon als Kind wie eine Weltbürgerin, wenn ich mit meinen Eltern und meinem Kinderkoffer nach Ibiza flog. Zur Sicherheit führte ich immer meinen kleinen grünen Regenschirm mit. Der würde mich tragen wie ein Fallschirm, wenn tatsächlich etwas passierte. Mein Vater hatte gelacht und mich an sich gedrückt, als ich ihm von meinem Trick mit dem Regenschirm erzählte. Ich hatte von klein auf gewusst, wie ich ihn zum Lächeln bringen konnte. Als meine Mutter gestorben war, hatte ich mich erst recht dafür zuständig gefühlt, für seine gute Stimmung zu sorgen. Wir hatten doch nur noch uns zwei gehabt.

Ich verstaute meinen Mantel im Handgepäckfach, lehnte mich in den Sitz zurück und schaute aus dem Fenster. Es war ein regnerischer Dezembertag, Mittagszeit, auf dem Flugfeld wehte ein heftiger Wind. Ein guter Tag, um Hamburg zu verlassen. Ich hätte mich normalerweise jetzt tief in meinen Sitz sacken lassen, die Beine hochgezogen und gegen die Rückenlehne des Vordersitzes gedrückt, so wie ich es auf Geschäftsflügen liebte. Doch zwei Sitze neben mir nahm der Fremde Platz. Ich setzte mich so aufrecht hin wie möglich. Ich war froh, dass ich für den Flug nach Innsbruck nicht die unförmige Fleecejacke trug, sondern meinen blaugrauen Blazer, der vorne nur mit einem Knopf geschlossen wurde und meinen Busen betonte.

Der Flug war nicht ausgebucht. Wer flog auch schon an einem Freitag im Dezember nach Innsbruck, wenn die Skisaison noch nicht richtig begonnen hatte? Der mittlere Sitz blieb frei. Der Mann griff zu seiner Tageszeitung und schlug sofort den Wissenschaftsteil auf. Das war ungewöhnlich, auf Geschäftsflügen hatte ich meist Sitznachbarn, die als Erstes den Politik- und dann den Wirtschaftsteil lasen. Plötzlich war es mir unangenehm, das britische Frauenmagazin auf den Knien zu haben. »Sex-Spielzeug oder Küchenutensil? Wie Sie beides unterscheiden können«, lautete ein Titel auf dem Cover der »Vivian«. Die Briten hatten immerhin Sinn für Humor. Aber eine seriöse Tageszeitung wäre mir jetzt lieber gewesen.

Das Flugzeug hob ab und stieß durch die Wolken. Ich liebte es immer noch, wenn man hoch hinaus in den Himmel flog wie in eine andere Welt. Meine Großmutter hatte mir vor langer Zeit einmal die Wolken erklärt. Sie schaukelte mich im Garten auf ihren knochigen Knien. Ich lernte von ihr, dass dunkle Nimbuswolken, die sich auftürmten, auf ein Gewitter hindeuteten und weiße Kumuluswolken einen schönen Tag verhießen, während die Zirruswolken, die wie helle Schleier über den Himmel zogen, schlechtes Wetter ankündigen konnten, obwohl man es ihnen gar nicht zutraute.

Die Großmama hatte dabei gelächelt und mit einer ganz anderen, weichen Stimme zu mir gesprochen. Den Gesichtsausdruck sah ich sonst nur an ihr, wenn sie, was selten vorkam, auf ihrem Klavier altmodische Schlager spielte und dazu mit ihrer heiseren Stimme sang. Ich erinnerte mich an eine lustige Textzeile: »Solang nicht die Hose am Kronleuchter hängt, sind wir noch nicht richtig in Schuss.« Es war etwas Besonderes, wenn sie spielte, die Schlager schienen mit schönen und gleichzeitig schmerzvollen Erinnerungen behaftet zu sein.

Bei jenen Gedanken spürte ich eine Trauer, als habe mir jemand einen Felsbrocken auf die Brust gerollt. Meine Großmutter war tot. Ich hatte sie seit vierzehn Jahren nicht mehr gesehen. Das war nicht mehr zu ändern, niemals mehr. Mein Vater hatte damals nach dem Unfall erklärt, er wolle nichts mehr mit seiner Schwiegermutter zu tun haben. Er war tief getroffen, dass sie ihm eine Mitschuld am Tod meiner Mutter gab. Und ich, ich musste doch damals zu meinem Vater halten. Ich war noch so klein. Zweimal hatte ich die Großmutter später noch besucht. Das letzte Mal mit Alex war eine Katastrophe gewesen. Bloß nicht daran denken.

Ich schielte zu dem Graublonden in meiner Sitzreihe hinüber. Er schien in die Zeitung vertieft. Ich erhaschte einen

Blick auf die Überschrift des Seitenaufmachers: »Die Illusion, einen freien Willen zu haben.« Bei »LaVie« hatten solche abstrakten Themen keine Chance. Eigentlich schade.

Mein Sitznachbar hatte schlanke, gepflegte Hände. Er trug keinen Ring an den Fingern. Aber das musste nichts bedeuten. Ich war etwas gekränkt, dass er das Gespräch vom Counter offenbar nicht fortsetzen wollte.

Das Flugzeug hatte alsbald die Reiseflughöhe erreicht. Der Kapitän sagte über den Bordlautsprecher Turbulenzen an. Mir machte das nichts aus. Auch der Mann gehörte eindeutig nicht zu den Flugängstlichen. Er zeigte keine Reaktion, als der Kapitän die Anweisung gab, die Passagiere sollten angeschnallt bleiben. Ich blätterte die »Vivian« durch. Sie enthielt neben dem Quiz zum Sexspielzeug einen Artikel mit Tipps, welche Jeansform zu welchem Hintern passte, und eine Betrachtung darüber, warum Frauen über vierzig doch Quergestreiftes tragen durften, obwohl das nicht gerade schlank machte. Normalerweise fand ich es interessant zu studieren, wie die Kolleginnen der anderen Blätter versuchten, den allgemeinen Auflagenschwund der Frauenmagazine zu stoppen. Doch die Arbeit bei »LaVie« erschien mir jetzt weit weg.

Das Flugzeug fing an zu hüpfen. Eine Frau kam von der Toilette und torkelte durch den Gang. Sogar die Stewardessen setzten sich hin und schnallten sich an. »Das Wetter wechselt. In Innsbruck wird Schnee liegen. Schön zum Skifahren«, sagte mein Mitreisender plötzlich. Er hatte seine Zeitung beiseitegelegt und sah aus dem Fenster in die graue Wolkenwand. »In den Alpen liegen schon zwei Meter Schnee, habe ich gerade gelesen.« Er warf mir einen Blick zu.

Ich war überrascht über die jähe Ansprache des Mannes, hielt aber seinem Blick stand. »Ich fliege nicht zum Skifahren nach Innsbruck«, sagte ich und war froh über den ruhigen, beherrschten Tonfall in meiner Stimme. In einer ernsten Mission war ich unterwegs und weder irgendeine Skitouristin noch eine naive Modetante.

»Ich bin auch kein Skitourist«, sagte der Mann.

»Hätte ich auch nicht gedacht.«

»Der erste Eindruck kann immer täuschen.«

»Mich nicht.«

»O doch. Wir täuschen uns leicht. Leider. Es gehört zu meinem Job, mich damit zu beschäftigen. Wenn ich mich vorstellen darf: Siegfried Rattler. Ich arbeite als Neurobiologe. Man könnte auch ›Hirnforscher‹ dazu sagen.«

Ich schwieg verblüfft. Ein Hirnforscher. Solche Leute interviewte meine junge Kollegin Rieke gerne für die »LaVie«, wenn es um die Besonderheiten in den Hirnen von Mann und Frau ging. Beschäftigte sich mein Sitznachbar etwa auch damit?

»Anne Südhausen, Journalistin«, stellte ich mich vor. Normalerweise nenne ich meinen Beruf nicht sofort, aber jetzt war es mir wichtig.

»Eine Journalistin«, sagte Rattler. »Lassen Sie mich raten: Sie schreiben für ein Frauenmagazin.«

»Woher wissen Sie das?«

»Weil Sie diese Zeitschrift mit einem Stirnrunzeln durchblätterten, ganz so, als hätten Sie die nicht nur zur Unterhaltung gekauft.«

Er hatte mich offenbar auch beobachtet.

Das Flugzeug ruckelte jetzt heftig, zwei Sitzreihen weiter vorne stieß jemand würgende Laute aus. Ich tat so, als beachtete ich das nicht. Auch Rattler gab keinen Kommentar zu den Turbulenzen ab.

»Ich arbeite tatsächlich für ein Frauenmagazin. Haben Sie immer so eine gute Intuition?«, fragte ich.

»Keineswegs. Sie haben mir mit Ihrem Stirnrunzeln und dem Herumblättern Informationen über sich gegeben, ohne es zu wissen. Daraus konnte ich meine Schlüsse ziehen. Ich verlasse mich nie auf mein Bauchgefühl.«

»Das Bauchgefühl stimmt aber oft.«

»Im Gegenteil, wenn wir denken, wir haben ein gutes Bauchgefühl, ist das oft eine Illusion.«

Der Mann zeigte ein schiefes Lächeln, von dem ich nicht wusste, ob ich es für scheu oder für verschlagen halten sollte. Für mich hatte er etwas Anziehendes. Und gleichzeitig etwas Provozierendes.

»Wenn ich nicht mehr nach meinem Bauchgefühl handeln dürfte, würde ich mich verloren fühlen«, sagte ich.

»Das Bauchgefühl ist Ausdruck unserer Vermeidungen. Oder unserer Wünsche.«

Das Flugzeug hatte die Turbulenzen durchflogen und lag jetzt ruhiger in der Luft. Die Stewardessen schnallten sich los und schoben alsbald die Servierwagen mit Tee und Kaffee durch die Gänge.

Ich war verunsichert. Sollte ich mit einem fremden Mann im Flugzeug über Vermeidungen und Wünsche sprechen? Wollte er hier den tollen Wissenschaftler spielen? Aber warum? War das eine Anmache?

»Mein Bauchgefühl ist keine Illusion«, sagte ich, nachdem ich bei der Stewardess Tee geordert hatte. »Als Journalistin hat man Erfahrungen gemacht. Man hat Informationen. Daraus leitet man dann ein Urteil ab, aus dem Bauch heraus. Das kann durchaus stimmen.« Meine Stimme klang mir etwas zu hektisch.

»Ja, wenn wir vorab Informationen haben, viele Informationen, dann ist das etwas anderes«, sagte Rattler. »Dann stellt sich die Frage, haben wir die richtigen Informationen? Oder sind die schon wieder gefiltert, ohne dass wir es merken?«

Er schien sich wirklich für das Thema zu interessieren. Er wollte mich nicht belehren. Ich entspannte mich. Rattler trank einen Schluck Kaffee aus dem Plastikbecher, den ihm die Stewardess serviert hatte. »Aber ich habe Angst, Sie zu langweilen«, fuhr er fort, »wir können gerne das Thema wechseln. Sind Sie in Innsbruck geschäftlich unterwegs?«

»Nein, meine Großmutter ist gestorben. Ich bin die nächste Angehörige«, entgegnete ich.

»Oh, mein Beileid.«

»Danke. Wir hatten lange keinen Kontakt mehr gehabt.«

»So was passiert.«

»Sie war eine merkwürdige Frau. Streng. Kriegsgeneration. Später arbeitete sie als Gletscherforscherin.«

Ich registrierte überrascht, dass ich diesem Mann so schnell Privates von mir erzählte.

»Gletscherforscherin«, meinte Rattler, »das ist ja hochinteressant. Die Frau, die aus der Kälte kam. Wie eine Romanfigur.«

So hatte ich meine Großmutter noch nie gesehen. »Na ja«, entgegnete ich, »es ist merkwürdig. Heute denke ich, ich weiß viel zu wenig von ihr. Es tut mir leid, dass ich sie nicht mehr nach ihrem Leben gefragt habe. Vor allem nicht nach dem Krieg.«

Das war mir tatsächlich oft durch den Kopf gegangen. Über den Krieg hatte Großmutter Charlotte nicht reden wollen, als ich klein war und neugierig danach fragte. »Später sprechen wir vielleicht mal darüber, wenn du größer bist«, hatte sie damals gesagt. Ich war wohl neun oder zehn Jahre alt. Ein »später« hatte es aber nicht mehr gegeben. Ich wusste nur, dass ihr Zwillingsbruder im Krieg gefallen war.

»Der Krieg. Am Ende ist es immer der Krieg, nicht wahr? Wir können ihm nicht entgehen, wie viel Zeit auch vergangen sein mag.« Rattler hatte seine Stimme gehoben und einen fast bitteren Ton angeschlagen. Er faltete seine Zeitung umständlich zusammen. Das Flugzeug ging in den Sinkflug. Links und rechts erschienen die Berge im Nebel wie die Torwächter zu einer anderen Welt. Wir waren kurz vor Innsbruck.

Rattlers Tonfall irritierte mich. Ich sah ihn an. »Was machen Sie denn in Innsbruck, wenn ich fragen darf?«

»Ach, eine Tagung. Da muss ich mich sehen lassen.« Er versuchte, wieder lässig zu klingen.

»Eine Tagung. Was ist denn das Thema?«

Er zögerte. »Es geht um die Nebenwirkungen von Medikamenten gegen die Parkinson-Krankheit.«

Ich war fast ein bisschen enttäuscht. Ich hätte eher irgendein philosophisches Thema erwartet, keine Tagung zur Pharmazie. Es entstand eine Pause.

»Ski fahren in den Bergen werde ich vielleicht auch, nichtsdestotrotz«, sagte Rattler. Und dann kam die Frage, auf die ich insgeheim gehofft hatte: »Darf ich Sie möglicherweise einmal anrufen?«

Als ich später mit seiner Visitenkarte in der Tasche in Innsbruck in ein Taxi stieg, fiel mir auf, dass er mich gar nicht nach meiner Familie gefragt hatte. Nach meinem Mann. Ich hatte mich auch nicht nach seinen Lebensverhältnissen erkundigt. Vielleicht wollten wir beide uns in einem freien Raum treffen, unbelastet, über den Wolken. Ich wollte ihn wiedersehen. Alex war weit weg. Ich fühlte mich in einem merkwürdigen Schwebezustand, beschwingt, aber ohne Halt unter den Füßen.

3. Kapitel

In Innsbruck schneite es heftig. Der Taxifahrer wusste sofort, welchen Weg er nehmen musste, als ich ihm die kleine Straße nannte, in der das Haus meiner Großmutter stand. Die Straßen waren so glatt, dass er fluchte.

Kurze Zeit später hielten wir vor dem würfelförmigen, grauen Jugendstilbau. Ich hatte das Haus größer in Erinnerung. Es hatte in der ersten Etage zwei Erker, über den Fensterstürzen sah man geschwungene Stuckverzierungen, die wie Blumenranken wirkten. Meine Großmutter und mein Großvater Lukas hatten das Haus nach dem Krieg von einer Malerin gekauft. Mein Opa war in den Sechzigern gestorben, aber meine Großmutter wollte das Haus nach seinem Tod nicht aufgeben. Ich musste an einen Satz von Alex denken: »Häuser sind wie Erinnerungen. Sie können eine Zuflucht sein. Oder ein Gefängnis.«

Ich gab dem Taxifahrer ein großzügiges Trinkgeld und zerrte kurz darauf den Rollkoffer über den vereisten Weg durch den Vorgarten. Ich fror unter meinem dünnen Mantel und lief unsicher in den hochhackigen Stiefeletten. Offenbar wurde hier nicht gestreut. Vielleicht hatten die Leute, die das sonst machten, damit aufgehört, als sie erfuhren, dass die alte Dame im Haus nicht mehr lebte. Kurz vor der Eingangstür wäre ich mit meinem schweren Gepäck fast ausgerutscht. Ich fluchte leise.

Ich hatte mit Frau Pramstaller ausgemacht, dass Theres Kurz, eine Nachbarin, mich erwarten werde. Theres hatte einen Schlüssel zum Haus. Ich klingelte und wartete. Hinter der Tür bellte ein Hund, als gelte es, einen Eindringling zu vertreiben. Du lieber Himmel, gehörte der Hund etwa meiner Großmutter? Mein Herz schlug schneller. Es war, als könne ich jetzt nach vielen Jahren doch noch mal meine Großmutter treffen, steinalt, auf einen Stock gestützt, einen Hund an ihrer Seite. Mit einem freundlichen Gesicht und einem verschmitzten Lächeln, wie ich es bei ihr nur selten gesehen hatte.

Die Tür öffnete sich, und vor mir stand eine kräftige Frau Ende vierzig, mit praktischem Kurzhaarschnitt und gesunden, rötlichen Wangen. »Grüß Gott«, sagte Theres Kurz und streckte mir die Hand entgegen. »Schön, dass Sie da sind.« Sie deutete auf den kleinen braun-weißen Hund mit den Schlappohren, der mich anbellte. »Das ist Leo, Charlottes Liebling. Ein Aufpasser der alten Schule. Leo ist völlig durch den Wind, seitdem sein Frauchen nicht mehr da ist.«

Ich hievte meinen Rollkoffer über die Schwelle und trat in die Diele. Es roch nach alten Teppichen, Holz und Lavendel. Ich war froh, dass ich keinen abgestandenen Geruch wahrnahm. Theres Kurz sah mich verlegen an. Ich spürte, dass wir beide uns wie Eindringlinge fühlten. Wie verhielt man sich in einem fremden Haus, in dem die Herrin nie mehr wiederkommen würde? Nur weil ich die Enkelin war, hatte ich hier doch keinerlei Rechte.

»Ich kenne mich im Haus nicht besonders gut aus«, sagte die Nachbarin wie zur Entschuldigung. »Wir saßen fast immer nur in der Wohnküche. Vielleicht trinken wir erst mal einen Kaffee, und danach sehen Sie sich das Haus an. Vielleicht kennen Sie es ja auch von früher.«

Wenig später saßen wir in der Küche. Die Anrichte aus Eichenholz und der Fliesenboden mit Rautenmuster ließen den Raum wohnlich erscheinen. Die Heizung war offenbar angestellt.

Ich hatte auf der Sitzbank Platz genommen. Mein Blick fiel auf ein großes Gemälde an der Wand gegenüber, auf dem ein roter Ziegelbau mit einem schwarzen Dach zu sehen war, inmitten einer verschneiten Berglandschaft. Neben dem Gemälde hing ein Korkbrett, auf dem meine Großmutter mit Stecknadeln einen Einkaufszettel, einen Werbeflyer und einen Zettel mit Telefonnummern gepinnt hatte. Es sah so aus, als könne die Hausherrin jeden Moment hereinkommen und in der Küche herumhantieren.

»Ihre Großmutter lebte hier bis zuletzt fast ganz selbstständig«, sagte Theres Kurz, während sie einen Kaffee aufbrühte. Meine Großmutter hatte noch eine dieser unmodernen Kaffeemaschinen, wo das Wasser durch den Papierfilter tröpfelt und man am Ende Milch oder Kondensmilch in den Kaffee gießt, ohne irgendwas aufzuschäumen.

»Ich glaube, sie war recht glücklich hier« fuhr die Nachbarin fort. »Für Charlotte war das hier ihr Schloss, sogar mit einem Schlosshund, wie sie Leo liebevoll nannte. Ihre Großmutter lebte in ihrer eigenen Welt. Die Berge, das Klima, fremde Länder und Religionen waren ihr Thema. Merkwürdige Mischung. Sie schnitt dazu Dutzende von Artikeln aus Zeitungen aus und brütete tagelang über irgendwelchen Papieren. Ganz schön altmodisch. Ihr Hauptthema war zuletzt das Wetter gewesen, na ja, ist typisch für alte Leute. Das hing aber auch mit ihrer früheren Arbeit zusammen. In der Gletscherforschung. Aber das wissen Sie ja.«

Theres hatte den singenden Tonfall der Tiroler, und mir wurde bewusst, dass ich mich in den Alpen befand, wo meine Großmutter mit ihrem Ehemann Lukas, einem gebürtigen Österreicher und Zimmermann, die wohl wichtigsten Jahre ihres Lebens verbracht hatte. Sie selbst war Deutsche und in Regensburg geboren.

»Ich bin froh, dass jemand da ist, der sich jetzt um das Haus kümmert«, sagte Theres und stellte eine Dose Kekse zum Kaffee auf den Tisch. »Sie müssen ja auch die Beerdigung und die ganzen Formalitäten organisieren. Das wird Kraft kosten.« Ich solle mir selbst das Zimmer aussuchen, in dem ich wohnen wolle, meinte sie. »Die Wäsche ist im Schrank oben im Schlafzimmer, ich hab für Sie nachgeschaut. Fühlen Sie sich wie zu Hause. Das sind Sie doch auch als nächste Angehörige.«

Mir schien, als läge ein leiser Ton der Kritik in Theres' Stimme. Ich fühlte mich sofort schuldig. Vor vierzehn Jahren hatte ich die Großmutter das letzte Mal gesehen. Ich war damals mit Alex gekommen und hatte ihn lange dazu überreden müssen mitzureisen. Wir hatten bei ihr Kaffee getrunken mit Blick in den Garten, wo die Blätter fielen. Es gab Hefezopf mit Butter und Marmelade. Meine exzentrische Großmutter mochte keinen Kuchen. Sie aß am liebsten Schwarzbrot, und wenn Besuch zum Kaffee kam, war der Hefezopf schon das größte Zugeständnis.

Es war ein grauer Tag gewesen, und das Gespräch lief schleppend. Nachdem ich von meiner Arbeit bei »LaVie« anfing, bezeichnete meine Großmutter Frauenzeitschriften als »bunte Blätter«, die doch nur »die Eitelkeit fördern«, und fragte nicht weiter nach. Für ihre Meinung zur Gletscherschmelze wiederum interessierte sich Alex nicht. »Brrr, also das wäre mir viel zu kalt, in diesen Höhen herumzustapfen«, sagte er, und damit war das Thema erledigt. Als Alex mich dann in irgendeinem Zusammenhang als seine »hübscheste Freundin mit den schönsten Locken und den tiefgründigsten Augen« bezeichnete und dann noch ein »Nicht wahr, Kleines?« nachschob, warf mir meine Großmutter einen misstrauischen Blick zu. Sie sagte später am Telefon in ihrem strengen Ton: »Bist du sicher, dass das der richtige Mann für dich ist, Anne? Ich finde, du hättest einen anderen verdient.« Kurz darauf heiratete ich Alex.

Davor hatte ich sie zuletzt als Sechzehnjährige einmal getroffen. Ich war mit einer lila Punkfrisur und einem nabelfreien T-Shirt bei ihr aufgetaucht. Meine Großmutter tadelte mich sofort wegen meiner zu dünnen Kleidung. »Du holst dir noch den Tod, mein Kind«, sagte sie. Dann wollte sie wissen, ob ich Drogen nehme. Sie bohrte hartnäckig nach, auch als ich verneinte. »Lass das mit den Drogen, Anne, ich bitte dich!«, beschwor sie mich. Ich wunderte mich, dass die Angst vor Drogen eine so große Rolle für sie spielte. Damals war ich froh, als ich wieder weg war und vorerst nicht wiederzukommen brauchte. Nie hatte mich Großmama Charlotte bedrängt, sie regelmäßig zu besuchen. Wahrscheinlich war sie zu stolz gewesen.

Es war so lange her. Ich trank den Kaffee aus. Die Kekse, die mir Theres anbot, lehnte ich dankend ab. »Ich werde mich hier erst mal umsehen müssen«, sagte ich. »Es kam so plötzlich. Ich werde mir ihre Unterlagen heraussuchen, ich weiß auch gar nicht, ob ein Testament existiert.« Das ging

Theres Kurz zwar nichts an. Aber mit wem sollte ich sonst über den Nachlass meiner Großmutter reden?

»Ein Testament?«, fragte Theres, und ich hörte eine Neugier in ihrer Stimme, die mir unangenehm war. »Vielleicht befindet sich ja eines im Haus. Ihre Großmutter sagte mir noch vor einer Weile, sie müsse ihre Papiere jetzt endlich mal so ordnen, dass ihre Enkelin alles wiederfinde. Aber so ein Schlaganfall kann leider sehr überraschend kommen.«

Wahrscheinlich hatten Theres Kurz und Frau Pramstaller schon ausführlich über die Verwandtschaftsverhältnisse getratscht, dachte ich. Und vielleicht sogar über Erbschaftsangelegenheiten gesprochen. Als nächste Verwandte würde ich das Haus hier erben, es sei denn, dass sich irgendwo ein Testament fand, in dem etwas anderes stand.

Seltsam, dass der Gedanke einer Erbschaft von meiner Großmutter in all den Jahren in Hamburg bei mir nie eine Rolle gespielt hatte. Was vielleicht auch daran lag, dass Geld kein Problem für mich war, erst recht nicht, nachdem ich bei »LaVie« zur Ressortchefin aufstieg und sich gleichzeitig herausstellte, dass ich keine Kinder kriegen konnte.

»Sie müssen sich hier sicher erst mal zurechtfinden«, sagte Theres und riss mich aus meinen Gedanken. »Wissen Sie, ich lasse Sie jetzt vielleicht am besten allein. Ich habe nur wenig eingekauft, einen Supermarkt finden Sie, wenn Sie von der Haustür aus zweimal rechts um die Ecke laufen. Es wäre gut, wenn Sie sich auch um den Hund kümmern könnten.«

»Um den Hund?«, fragte ich und merkte, wie dünn meine Stimme klang.

»Ich meine, ins Tierheim geben, das hätte Charlotte nie gewollt«, sagte Theres, »wo sie doch so an ihm hing.«

»Natürlich kann Leo hierbleiben«, sagte ich eilig. Du lieber Himmel, wie hielt man einen Hund? Ich würde im Internet nachschauen. Da fiel mir noch etwas ein. »Hier gibt es wohl auch keinen Internetanschluss, was?«

»Nein, aber Sie können gern jederzeit zu mir herüberkommen, wenn Sie ins Internet wollen. Es ist die übernächste Villa rechts nebenan, ich bewohne dort das Erdgeschoss.«

Theres stand auf. Ich brachte sie zur Tür. Leo, der hinter der Haustür wachte, als warte er immer noch auf sein Frauchen, sah mich aus großen Augen an. Hoffentlich hatte Theres Hundefutter gekauft.

»Ich schau morgen wieder vorbei«, sagte die Nachbarin. »Viel Glück.« Ich verabschiedete mich und schloss die Tür. Ich musste tief durchatmen. Da war eine Beerdigung, die ich organisieren sollte. Ein altes Haus, in dem ich mich nicht auskannte. Ein fremder Hund, um den ich mich kümmern sollte. Kein WLAN im Haus. Nur mein Handy und das Telefon als Verbindung nach draußen. Wo sollte ich denn schlafen? Ich ging auf knarrenden Dielen durchs Haus. Der kleine Leo folgte mir mit tapsigen Schritten. Mit seinen Schlappohren sah er aus wie die Hunde in den Bilderbüchern meiner Kindheit.

Ich betrat den größten Raum, das Arbeitszimmer. Der Raum empfing Nachmittagssonne, ein Lichtstrahl fiel durch das große Erkerfenster bis auf die Rückwand des Zimmers. Er tauchte die Schwarz-Weiß-Fotos in den hölzernen Bilderrahmen in ein goldenes Licht. In der Mitte stand ein breiter Schreibtisch aus dunklem Holz, dessen Platte links und rechts auf zwei Schränkchen ruhte.

An einem der Fenster stand ein Fernrohr, ganz so, als

habe meine Großmutter hier in klaren Nächten ihre persönliche Verbindung zum Universum gesucht. In einer Ecke lehnte ein Eispickel mit Holzschaft an der Wand, den ich noch aus meiner Kindheit kannte. Was für eine exzentrische Frau meine Großmutter doch gewesen war! Der Eispickel sah aus wie aus einem Heimatmuseum.

Ich musterte die Regale an den Wänden, die vollgestopft waren mit alten Büchern, Heften und Papieren. Darunter entdeckte ich einen Band von C.G. Jung. Ein dickes Buch zur tibetischen Religionsgeschichte lag flach in einem Regal. Dass Großmama sich so für Psychologie und Religionen interessierte, hatte ich nicht gewusst. Einige Bücher und Hefte lagen auf dem Dielenboden. Doch irgendwas in dem Raum sah merkwürdig aus.

Als ich meinen Blick über die Regale wandern ließ, wurde mir klar, was mich irritierte: An der linken Regalwand waren die Bücher akkurat nebeneinander senkrecht eingereiht. Die Hefter in einigen Regalfächern hatte jemand sorgfältig übereinandergestapelt. Auf dem Boden lag nichts.

An der rechten Regalwand aber sah es ganz anders aus. Dort waren Bücher und Hefter herausgerissen. Sie lagen auf dem Boden verstreut, zwei Hefter waren in der Mitte aufgeschlagen. Die rechte Seite des Zimmers sah aus wie verwüstet.

Unbehagen kroch in mir hoch wie ein kleines hässliches Tier. Konnte es sein, dass jemand anderes außer Theres noch hier gewesen war? Ich spinne, wischte ich den Gedanken weg. Die Übermüdung. Der Flug. Wahrscheinlich hatte meine Großmama mit dem Sortieren ihrer Bibliothek begonnen und war nicht mehr dazu gekommen, die Regale wieder einzuräumen.

Ich fröstelte. An der Heizung konnte es nicht liegen. Die bauchigen alten Heizkörper funktionierten. Ich ertappte mich bei dem Gedanken, dass ich hier vielleicht gar nicht in den nächsten Tagen wohnen wollte. Könnte ich nicht in ein Hotel ziehen, mit WLAN, ohne Erinnerungen, und dann hier nur vorbeikommen und alles abwickeln? Aber was würde dann mit dem Hund? Leo schaute mich fragend an. Der Hund wollte bestimmt lieber hierbleiben. Was sollte der in einem Hotel?

Ich ließ mich auf dem Schreibtischstuhl mit den hölzernen Armlehnen nieder. Auf dem Schreibtisch stand das alte Porträtfoto eines ernst dreinblickenden jungen Mannes in Schwarz-Weiß. Ja natürlich, das war Robert. Robert, der Zwillingsbruder meiner Großmutter, der mit zwanzig Jahren im Krieg gefallen war.

Mein Blick wanderte durch den Raum. Er fiel auf ein bräunliches Foto eines Gletschers links an der Wand. So hatte der Gletscher wohl vor Jahrzehnten ausgesehen, mit einer langen weißen Zunge, die weit nach unten reichte. Als ich klein war, hatte mir die Großmutter immer erzählt, welch ein Drama es sei, dass die Temperaturen stiegen, erst recht im Frühjahr, Sommer und Herbst, und dass die Gletscher schmolzen. Ich hatte damals nicht verstanden, warum sie es bedauerte, dass es im Gebirge bald nicht mehr so kalt sein werde. Es konnte doch nur gut sein, wenn man nicht dauernd mit dicken und kratzigen Wollpullovern herumlaufen musste.

Ich sah durch das breite Fenster auf die hohen Berge. Die Nachmittagssonne färbte sich von Gelb in Orange und tauchte die Bergkette in ein mildes Licht. Leo legte sich mit einem zufriedenen Brummen unter den Schreibtisch, als habe er das schon oft getan und sei froh, dass nun endlich wieder jemand auf dem Schreibtischstuhl saß. Ich entspannte mich. Irgendwie war es auch beruhigend, dass die Zeit stillzustehen schien in diesem Raum. Meine Großmutter schien noch da zu sein. In all diesen Dingen, Büchern, Heften. In dem Geruch nach Holz und Papier.

Mein Blick fiel auf die elektrische Olympia-Schreibmaschine. Wenigstens so weit war Großmama mit der modernen Zeit gegangen, dass sie nicht mehr auf der alten schwarzen Maschine herumhämmerte, an die ich mich noch aus meiner Kindheit erinnerte. Ein Computerbildschirm allerdings war weit und breit nicht zu sehen. So fortschrittlich war sie dann doch nicht mehr geworden auf ihre alten Tage.

Gab es irgendwo ein Testament? Ich zog zuerst die große Schreibtischschublade auf. Was für ein schweres altes Möbel das war! In der Schublade lagen ein abgegriffenes, in Leder gebundenes Adressbuch, ein goldener Brieföffner und einige Briefe und Postkarten. Die Absender und Adressen zeigten diese überkorrekte, etwas steife Art von Handschrift, wie ich sie von alten Frauen kannte, die manchmal auch an die Redaktion von »LaVie« Leserbriefe schrieben. Ich schob die Schublade wieder zu.

Im linken Schreibtischschränkchen steckte ein Schlüssel, es war nicht verschlossen. Ich öffnete die Tür. In zwei Fächern standen Pappkästen. Ich zog sie nacheinander heraus. In einem Kasten entdeckte ich einen schweren Locher und einen Löschpapierroller. In einem weiteren Kasten lagen ein schwarzer Fotoapparat und ein Fernglas. Solche Dinge sah man sonst nur noch auf Flohmärkten. Ich stellte die Kästen sorgfältig nacheinander wieder zurück. In dem

Schränkchen lag auch eine dicke Dokumentenmappe. Ich zog sie heraus und öffnete sie. Es waren Versicherungsunterlagen und Rentenbescheinigungen. Gut, dass meine Großmutter das hier alles beisammenhatte. Ich legte die Mappe wieder zurück.

Auch im rechten der voluminösen Schreibtischschränkchen steckte ein Schlüssel, der aber umgedreht war. Ich schloss auf und öffnete die Tür. In dem Schränkchen lagen Pappkisten, in denen sich Papiere befanden. Auf einem Kasten, der mit einem Deckel verschlossen war, stand mit Handschrift geschrieben: »Für Anne«. In meinem Bauch zog sich etwas zusammen. Mein Gott, Großmutter hatte etwas für mich in diese Kiste gepackt. Für mich ganz allein. Obwohl ich sie all die Jahre nie angerufen hatte, nicht mehr vorbeigekommen war. Mit den Jahren hatte ich die Kluft zwischen uns wie ein Naturgesetz akzeptiert, wie einen Abgrund in den Bergen, der als unüberbrückbar galt.

Ich wagte es kaum, den Pappkasten anzufassen. Vorsichtig zog ich ihn aus dem Schreibtischschränkchen heraus, stellte ihn auf den Tisch und schlug den Deckel zurück. Was ich sah, war wenig spektakulär. In dem Kasten lag eine alte graue Pelzmütze. Sie sah sehr abgetragen aus, sogar ein bisschen schmuddelig. Das silbergraue Futter aus Taft wirkte speckig. Ins Futter hatte jemand mit einem schwarzen Stift Initialen gemalt: »C.A.« C.A. Das konnte schon mal nicht Charlotte gewesen sein. Mit ihrem Mädchennamen hatte sie Rotstetter geheißen und später dann Waldhofer. Aber wem gehörte die Mütze dann?

So eine Kappe würde ich jedenfalls nie aufsetzen. Warum hatte meine Großmutter die Mütze in die Kiste gepackt? Irgendwo musste sich dazu noch ein Hinweis finden. Ich nahm die Mütze vorsichtig hoch und legte sie auf den Tisch. Im Kasten befand sich noch ein Gegenstand. Irgendetwas war in gelbes Seidenpapier gewickelt. Behutsam holte ich das Seidenpapier mit seinem Inhalt heraus, legte es auf den Tisch und wickelte es auf. Ich stutzte. Vor mir lag ein silbernes Medaillon. Das Metall war angelaufen, aber noch nicht schwarz. Das Medaillon war eiförmig, so groß wie ein Esslöffel und mit einer langen silbernen Kette versehen.

Ich öffnete mit den Fingernägeln vorsichtig den Deckel des Anhängers. Doch was ich darin sah, war nicht das Foto einer Verwandten oder eines Mannes, wie ich erwartet hatte. In das Medaillon war ein Blechplättchen eingefasst. Darauf hatte irgendjemand vor langer Zeit ein Zeichen eingraviert. Es war ein Zeichen, das ich von Apotheken oder Ärztezeitschriften kannte. Ein Äskulapstab, eine Schlange, die sich um einen Stab schlang. Das Zeichen der Ärzte, der Heiler. Der Schlangenstab war umrahmt von einem umgedrehten Dreieck. Mir war, als hätte ich den Stab mit dem umgekehrten Dreieck schon einmal irgendwo gesehen.

Woher Großmutter das Amulett wohl hatte? Sie war keine Ärztin gewesen. Opa Lukas, den sie immer Luzifer genannt hatte, auch nicht. Lukas war Zimmermann gewesen und hatte nach dem Krieg Hotels in den Bergen ausgebaut, so viel wusste ich. Es gab überhaupt keine Ärzte in der Familie. Warum hatte Großmama Charlotte bloß keinen Brief beigelegt? Ich starrte ratlos aus dem Fenster in die Abendsonne.

War das alles, was mir meine Großmutter an Persönlichem vermachte? Ohne eine Nachricht, einen Hinweis, konnte ich damit nichts anfangen. War die Großmutter nicht mehr dazu gekommen, mir einen Brief zu schreiben, in dem sie ihren Nachlass erklärte?

Leo war aufgestanden, strich durch den Raum und jaulte. Der Hund musste bestimmt mal Gassi gehen. Eine Pause täte mir auch gut. Danach würde ich ihm zu fressen geben.

Ich ging zur Garderobe und zog meinen Mantel an. Dann leinte ich Leo an und ging vor die Tür. Es war schön, draußen die kalte Winterluft einzusaugen. Langsam schritt ich mit Leo die Gasse entlang. Zum Glück hatte hier jemand gestreut, sodass ich nicht rutschte. Trotzdem hätte ich meine Wanderstiefel anziehen sollen und nicht die dünnen Stiefeletten.

Leo schnüffelte, sobald er eine schneefreie Stelle entdeckte, und blieb stehen, wie es ihm passte. Nachdem er sein Beinchen gehoben hatte, beschloss ich, den Spaziergang abzukürzen und wieder ins Haus zurückzukehren. Ich fror. Vielleicht würde ich morgen länger mit dem Hund unterwegs sein. Mir wurde bewusst, dass ich außer Theres Kurz niemanden in Innsbruck kannte. Es gab keine Abwechslung, kein abendliches Treffen. Mir fiel der Fremde aus dem Flugzeug wieder ein, der Hirnforscher. Siegfried Rattler. Wie schön wäre es, wenn er mich anriefe. Wie gerne hätte ich mit ihm in einem heimeligen Restaurant weiter über seine Theorie zum Bauchgefühl geplaudert.

Ich trat zurück ins Haus. Es war Zeit, mir dort einen Schlafplatz zu suchen. Wo schlief eigentlich Leo? Ich hatte nirgendwo ein Hundebett entdeckt. Ich betrat das kleine Wohnzimmer im Erdgeschoss. Darin stand ein Sofa und das alte Klavier. Auf dem Instrument lagen Notenhefte. Hier könnte ich schlafen, das Sofa musste ich nur beziehen und mir eine Decke holen. Ich stieg die Treppe hoch in den ersten Stock. Die Tür des Schlafzimmers war verschlossen. Fast ehrfürchtig öffnete ich sie, obwohl ich wusste, dass man Großmama nicht hier gefunden hatte. Sie hatte den Schlaganfall beim Einkaufen erlitten, während sie in der Schlange an der Kasse stand. Also musste das Schlafzimmer noch so aussehen, wie sie es am Morgen ihres Todestages verlassen hatte.

In dem Raum stand ein breites Himmelbett auf vier hölzernen Bettpfosten, mit einem Stoffhimmel aus hellgelber Seide. Ich hielt die Luft an. Verblüfft blickte ich auf die Bettkonstruktion, ich hatte meine Großmutter immer für eine Asketin gehalten. Ein Himmelbett! Ich konnte mich nicht daran erinnern, das in meiner Kindheit bei ihr gesehen zu haben. Aber ältere Leute wurden ja oft wunderlich. Die Tagesdecke über dem Bett hing bis zum Boden, sie war aus beigefarbenem Baumwollstoff, auf dem Vögel mit gelborangefarbenem Gefieder prangten. Ich wagte kaum, den Raum zu betreten. Das hier war die Intimsphäre meiner Großmutter.

Leo kam angelaufen und quiekte. Er trug einen alten Gummiknochen im Maul und verschwand damit unter dem hohen Bett, so als sei dies sein Unterschlupf. »Hey«, rief ich, »gleich gibt es etwas Richtiges zu fressen.« Doch Leo blieb unter dem Bett, ich hörte nur nagende Geräusche. Ich hockte mich auf den Boden, lüpfte die herabhängende Tagesdecke und schaute darunter. Unter dem Himmelbett stand ein Hundebett, darin lag Leo gemütlich auf dem Bauch und schabte an seinem Gummiknochen. Vom Hundebett verdeckt, hinter dem Nachtschränkchen, lag etwas Dunkles. Ich sah einen Stapel von Heften, offenbar schwarzen Schulheften.

Mein Herz klopfte. Ich ging auf die Knie, stützte mich mit der linken Hand ab, griff mit der rechten Hand nach der obersten Kladde und zog sie heraus. Es war ein sehr altes Schulheft, die Seiten schon etwas vergilbt. Als ich das Heft aufschlug, sah ich eng mit Bleistift beschriebene Blätter. Die Schrift war sorgfältig und fein wie die eines Mädchens.

Ich schaute auf das Titelblatt des ersten Heftes. »Schattwald I« las ich dort und darunter den Namen »Charlotte Rotstetter«. Der erste Eintrag stammte vom 5. Januar 1943 und erstreckte sich über mehrere Seiten. Es kamen weitere Einträge, die meist täglich, manchmal auch im Abstand von zwei Tagen folgten. Ich wagte kaum, das alte, brüchige Papier umzublättern. Mein Herz schlug schneller. Diese alten vergilbten Hefte mit der blassen Bleistiftschrift waren offenbar eine Art Tagebuch meiner Großmutter, das sie als junges Mädchen geführt hatte.

Ich zog die nächste Kladde heraus. »Schattwald II« stand auf dem zweiten Heft, auch darin fanden sich mit der gleichen engen Bleistiftschrift ausführliche Einträge. Offenbar waren die Hefte durchnummeriert. Mein Magen zog sich vor Aufregung zusammen. Warum hatte meine Großmutter die Bände versteckt? Oder war das gar kein Versteck? Vielleicht hatte meine Großmama abends manchmal in den Kladden gelesen und sie dann einfach unter das Bett gelegt.

Ich holte die schwarzen Hefte nach und nach unter dem Bett hervor und trug sie hinunter in das Arbeitszimmer. Dann stapelte ich sie auf dem Schreibtisch, es waren dreizehn an der Zahl, laut der Daten chronologisch geordnet. Ich setzte mich auf den breiten Stuhl und öffnete das letzte Heft, es endete am 17. Februar 1943.

Das Klingeln des Telefons ließ mich hochschrecken. Der Apparat stand auf dem Beistelltisch. Ich nahm den Hörer ab. »Hier spricht die Maria Pramstaller«, meldete sich die Stimme, die ich schon kannte. »Ich wollte schauen, wie Sie so zurechtkommen.«

»So weit ganz gut«, sagte ich, »aber es bleibt viel zu tun.«

»Haben Sie denn im Haus alles, was Sie brauchen?«

»Ich habe sogar mehr gefunden, als ich zu hoffen wagte«, sagte ich und merkte, wie ich etwas pathetisch klang. Doch irgendjemandem musste ich es mitteilen. »Ich habe die Tagebücher meiner Großmutter entdeckt. Aus den Vierzigerjahren. Es ist Wahnsinn, ich erfahre jetzt bestimmt viele Dinge von meiner Großmutter, die ich gar nicht wusste.«

»Ach, das ist ja großartig«, sagte Frau Pramstaller. »Ich freue mich für Sie. Wo haben Sie die Tagebücher denn gefunden?«

Ich zögerte. »Die Tagebücher lagen im Arbeitszimmer«, log ich, »zwischen all den Büchern und Heften.« Irgendetwas hielt mich davon ab, der Pramstaller zu erzählen, dass meine Großmutter ihre alten Mädchentagebücher unter dem Bett gelagert oder sogar versteckt hatte. Ich wollte Maria Pramstaller erst persönlich kennenlernen.

»Ich komme morgen über Mittag mal vorbei, wenn es recht ist«, sagte Frau Pramstaller. »Dann können wir über die Beerdigung sprechen und über andere Details.« Wir verabredeten uns für den nächsten Tag, und ich legte auf. Ich öffnete die erste Kladde – und betrat eine neue Welt.

4. Kapitel

Regensburg / Ötztal, Januar 1943

Diese Blicke. Charlotte Rotstetter hatte sie öfter gespürt in den letzten Wochen. Auch die Fahrgäste im Zug warfen ihr diese Blicke zu. Mitleid, Misstrauen und Neugier mischten sich darin. Charlotte zog die Joppe von Robert fester um sich und verkroch sich noch tiefer in den dicken Wollschal, den sie um den Hals geschlungen hatte.

Vielleicht bot sie ja wirklich einen merkwürdigen Anblick. Eine magere Zwanzigjährige mit kinnlangem mausbraunem Haar in einer zu großen Jacke und aufgekrempelter Männerhose, eine Schiebermütze in der Hand. Da half es wenig, dass die rotwangige Haushälterin der Familie sie begleitete. Johanna trug den großen schwarzen Koffer von Charlotte, wirkte mit ihrer voluminösen Pelzkappe und dem abgeschabten Wollmantel aber weder wie eine Dame der besseren Kreise noch wie ein Dienstmädchen. Die beiden waren ein Paar, das Rätsel aufgab.

Ihr Vater Max Rotstetter hätte es nie gestattet, dass sich Charlotte so in der Stadt zeigte, schließlich war er in Regensburg ein bekannter Rüstungsfabrikant. Er schämte sich für seine Tochter, das wusste sie. Sie war in den letzten Wochen so ganz anders geworden, anders als früher und auch anders als die jungen Frauen im Reichsarbeitsdienst, die mit wadenlangen Röcken und Kniestrümpfen herumliefen. Doch Charlotte fühlte sich in der Hose und Jacke ihres

Zwillingsbruders beschützt. Die Kleidung von Robert war ihre letzte Zuflucht.

Bald würden sie Innsbruck erreichen. Charlotte wurde im Ötztal als neue Patientin im Nervensanatorium Schattwald erwartet.

Mit ihnen im Zug saßen ältere Frauen mit Kindern, die vor den Bombenangriffen aufs Land nach Österreich flüchteten. Ihre großen braunen Koffer blockierten die Gänge. Die Frauen trugen dicke Wollmäntel, die Kinder hatten Wintermäntel an und Strickmützen auf dem Kopf. Es roch nach Blähungen, schlechtem Atem und Ruß. Wegen der Kälte wagte niemand, das Fenster zu öffnen. Es würden bald noch viel mehr Flüchtlinge aus Deutschland kommen, alles eine Frage der Zeit, hörte Charlotte eine Mitreisende tuscheln. Tirol werde nicht bombardiert, da sei man sicher. Das hatte auch ihr Vater gesagt.

Es gab noch eine dritte Klasse im Zug, diese Waggons hatten Holzbänke. Sie waren vollgestopft mit Soldaten auf Heimaturlaub. Sie saßen zusammengepfercht auf den Bänken, die Rucksäcke auf den Knien, tiefe Erschöpfung stand in ihren Jungsgesichtern. Charlotte hätte sich gerne zu ihnen gesetzt. Mit ihnen gesprochen. Vielleicht hatte Robert auch so müde ausgesehen, auf seinem Weg nach Russland? In einem Waggon hockten Menschen auf den Bänken und auf dem Boden. Sie trugen zerschlissene Jacken, die Frauen hatten kaputte Strümpfe an. Es waren die Zwangsarbeiter, Zivilisten aus den besetzten Ostgebieten.

Irgendwann schob Johanna doch das Fenster herunter. Die eiskalte Luft strömte ins Zugabteil und strich über Charlottes Gesicht. Es war schön, den Wind auf der Haut zu spüren. Charlotte ließ ihre Blicke aus dem Fenster über die fernen Bergrücken wandern.

Zuerst hatte sie die Todesnachricht nicht glauben können. Eine Granate hatte Robert getötet, mit zwanzig Jahren, an der Front in Stalingrad. Nicht mal ein Grab hatten ihm seine Kameraden im Frostboden ausheben können. Schon bevor die Todesnachricht kam, hatte ihre Mutter angefangen zu weinen und geklagt, »der Junge lebt nicht mehr«. Es traf zwar noch ein Feldpostbrief ihres Zwillingsbruders ein, doch er hatte ihn drei Wochen zuvor geschrieben, man sah es am Datum. Kurz darauf kam das Schreiben mit der Todesnachricht, von Roberts Kompaniechef persönlich abgefasst.

Ihre Mutter verschwand schluchzend im Schlafzimmer, der Vater folgte ihr. Dass Robert sterben musste, darüber würde ihre Mutter nie hinwegkommen, das wusste Charlotte. Lachend hatte sie früher erzählt, wie Robert schon als Baby so vorwitzig war und immer an ihrer Brust als Erster getrunken habe. Robert war ein fröhlicher blonder Junge gewesen, mit blaugrauen Augen in seinem hübschen Gesicht und einem gesunden Hunger. Charlotte hingegen war als Baby still gewesen, mit ängstlichen dunklen Augen, mausbraunen Haaren und schlechtem Appetit, so hatte ihre Mutter gesagt. Nun war Robert gefallen. Ihre Mutter hörte auf zu sprechen. Ihr Vater blieb abends immer länger in der Fabrik. Sprachlosigkeit breitete sich im Hause Rotstetter aus wie ein Nichts, das alles verschlang.

Charlotte war einmal, ein einziges Mal, in das Schlafzimmer der Eltern gegangen, um mit der Mutter ihren Kummer zu teilen. Doch ihre Mutter hatte sie fast feindselig angestarrt. So als sei es falsch, dass ausgerechnet sie, das Mädchen, noch am Leben war. Dass nur die minderwertigere

Hälfte des Zwillingspaars noch übrig war. Sie war nur ein Mädchen, sie hatte im Reichsarbeitsdienst Krankenhauswäsche geflickt, während ihr Bruder in Russland durch den Schlamm kriechen musste. »Lass mich allein«, hatte die Mutter im Schlafzimmer geschluchzt. Sie war endgültig fremd geworden, wie ein zu hoher Berg, mit Eis bedeckt, für Charlotte nicht mehr erreichbar.

Als dann irgendwann eine kleine Kiste mit Roberts Habseligkeiten eintraf, hatte es angefangen mit ihrem unwirklichen Gefühl. Charlotte hatte auf die Kiste gestarrt, in der das Schuhputzzeug ihres Zwillingsbruders und die Dienstmarke lagen. Seine Uhr fehlte. Die hatten seine sogenannten Kameraden wohl einbehalten. Es war unfassbar, dass nur das noch übrig sein sollte von ihrem Bruder. Charlotte fühlte sich plötzlich, als stünde sie neben sich. Als wäre sie nicht mehr wirklich da. Als fehle irgendwie der Beweis, dass sie existierte. Als sei die Welt hinter einer Glasscheibe verschwunden, die sie nicht mehr beiseiteschieben konnte. Das machte ihr fürchterliche Angst. Wurde sie jetzt verrückt?

Es verschaffte ihr ein besseres Gefühl, in Roberts alter Hose und Jacke herumzulaufen. Sie legte sich in seiner Kleidung auf sein Bett. Doch in ihrem Kopf drehten sich die immer gleichen Gedanken. Wo war Robert jetzt? Wer war sie eigentlich? Aus was bestand sie? Wo war innen und wo war außen? Sie grübelte und grübelte, doch die Gedanken liefen vor ihr davon, wenn sie sie festhalten wollte. Sie magerte ab. Roberts Hose rutschte an ihrem Körper herunter, und sie musste den breiten Ledergürtel festzurren, um die Hose auf den Hüften zu halten. Wenn ihr Blick den Spiegel traf, war sie sich völlig fremd.

Ihre »Zustände«, wie Hausarzt Doktor Rundling es nannte, besserten sich nicht. Charlotte schlief und aß kaum mehr. Sie drehte sich nur noch um sich selbst, um einen leeren Kern.

Ihr Vater achtete peinlich genau darauf, dass niemand aus dem Haus nach außen irgendetwas von einem Nervenleiden verlauten ließ. Die Angst und die Trauer einer Mutter um den Sohn oder Ehemann, das gehörte zum Krieg. Aber eine junge Frau, die nach dem Soldatentod des Bruders abmagerte, nur noch in Männerkleidung herumlaufen wollte und nicht mehr zum Reichsarbeitsdienst ging, das sorgte für Getuschel.

Schließlich brachte Doktor Rundling die Idee mit Schattwald auf. In den Bergen, im Sanatorium Schattwald, werde sich ihr eine andere Welt eröffnen, versprach ihr der Hausarzt. »Es ist eher wie ein Hotel, ein Ort der Erholung. Außerdem kennt man sich in Österreich gut aus mit Nervenleiden.« Rundling stammte aus Wien.

Charlotte hatte bereits von den privaten Sanatorien in Österreich und der Schweiz gehört, in denen man Lungen- und Nervenleiden kurierte. Das war etwas anderes als die Heilanstalten in Deutschland, vor denen ihr gruselte. Ihr Vater hatte mit der Mutter und einigen Gästen beim Abendessen darüber diskutiert, dass Geisteskranke den Volkskörper schwächten, zu viel Geld kosteten und Psychopathen die Wehrkraft zersetzten. Es sei daher richtig, sie in den Heilanstalten einer strengen Behandlung zu unterziehen.

Johannas Schwester arbeitete in einer solchen Heilanstalt als Pflegerin. Charlotte wusste daher, dass in den Heilanstalten vor einiger Zeit Begutachtungen durchgeführt worden waren. Die Ärzte füllten Meldebögen aus, um die unheilbar Kranken und Behinderten zu erfassen. Aus der Anstalt in Regensburg holte man daraufhin Patienten ab – wohin man sie brachte, darüber wurde nicht gesprochen.

Schattwald sei etwas ganz anderes als diese Heilanstalten, beruhigte Doktor Rundling die Eltern und Charlotte. Das Sanatorium beherberge nur einen ausgewählten Kreis an Leidenden aus den besseren Kreisen, die an Erschöpfung, Neurosen und Süchten litten. Ein reicher Fabrikant aus Wien hatte das Sanatorium im neunzehnten Jahrhundert bauen lassen, weil er eine Unterbringung für seine an Neurasthenie erkrankte Frau suchte, erzählte ihr der Hausarzt. Man sage dem Chefarzt von Schattwald, Doktor Amberg, nach, dass er mit seinen Methoden viele Traurige, Ängstliche und Schwächelnde heile. Auch Künstler mit Nervenleiden seien bei ihm in Behandlung. Amberg habe im Gesundheitswesen des Reiches mächtige Beschützer, die ihre Hand über ihn hielten.

Charlottes Vater stimmte der Reise ins Ötztal zu. Er wusste keinen anderen Rat, wie man ihr helfen könnte, und hoffte, nicht mehr auf seine Tochter angesprochen zu werden in seinen Kreisen in Regensburg, wo man den Rüstungsfabrikanten gerne zu Abendgesellschaften einlud und sich bei ihm dann auch nach der Familie erkundigte. Nach Weihnachten und dem Jahreswechsel, für alle eine schlimme Zeit, waren die Vorbereitungen getroffen und Charlotte und Johanna auf die Reise gegangen.

Der Zug hielt jetzt in Innsbruck, die Nachmittagssonne ging ins Abendlicht über. Charlotte und Johanna mussten umsteigen und verließen den Waggon. Ein scharfer Wind kam ihnen entgehen. Charlotte schlug die Ohrenklappen der Mütze herunter.

Kinder und ältere Damen drängelten sich auf dem Bahnsteig. Frauen wärmten ihre Hände in Muffen. Charlotte erblickte rote und grüne Mäntel, geringelte Strümpfe und bunte Schals – Farbtupfer in der grauen Menge. Die Hosen vieler Kinder waren am Saum ausgelassen und die Mäntel an den Ärmeln geflickt. Kleidung gab es seit der Kriegszeit im Reich fast nur noch auf Bezugsschein. Man konnte die Wohlhabenden und nicht so Wohlhabenden nicht mehr an den Flicken unterscheiden, denn ausgebesserte Kleidung trugen jetzt viele. Einige Kinder sahen schlecht ernährt aus. Charlotte schämte sich ein wenig. Zu Hause hatte sich Johanna mit dem Essen solche Mühe gegeben, obwohl es das meiste nur noch auf Karte gab. Und dann hatte sie die kostbare Nahrung herausgekotzt.

Die Leute musterten Charlotte neugierig. Sie zog die Mütze tiefer ins Gesicht und ging mit Johanna in Richtung Treppe. Der Zug ins Ötztal fuhr vom übernächsten Bahnsteig aus.

Plötzlich teilte sich die Menge auf dem Bahnsteig, als müsste sie eine Gasse für einen Sanitäter frei machen oder für eine wichtige Person, der man eine Drängelei ersparen wollte. Charlotte blieb stehen. Den Aufmarsch bedeutender Personen in Uniformen hatte sie auch in Regensburg öfter erlebt. Sie mochte es nicht, wenn die Leute strammstanden und in Ehrfurcht verfielen, sobald das Militär auftauchte.

Sie spürte einen Widerwillen, schon bevor der Hagere in der Menschengasse erschien. Der dürre große Mann, eingehüllt in einen langen Wollmantel mit breitem Pelzkragen, schritt auf sie zu, ohne sie wahrzunehmen. Er war der Grund, warum die Menge zurückgewichen war. Zwei jüngere Männer, in dunkelgraue Soldatenmäntel gekleidet, begleiteten ihn. Einer von ihnen hatte eine dicke Aktentasche in der Hand. Hinter den dreien folgte ein Gepäckträger in Uniform, er schob drei Koffer auf einem Wagen vor sich her. Der Hagere im Pelzkragen machte eine unwirsche Handbewegung, als ihn ein Mann mit einem Schuhputzkästchen unter dem Arm bittend ansprach. Eine alte Frau am Stock war zu langsam, um rechtzeitig aus dem Weg zu gehen. Rüde schoben seine Begleiter die Frau beiseite.

Charlotte zog den Wollschal bis über die Nase, sodass nur noch ihre Augen frei waren. Es war gut, sich verbergen und die Menschen dennoch beobachten zu können.

Der Mann kam mit seinem Tross näher, beachtete aber die Umstehenden nicht. Er war bestimmt über fünfzig, hatte ein Habichtsgesicht mit einer scharfen Nase und einen schmallippigen Mund. Er trug einen weißen Schal zum Pelzkragen, der edler aussah als die Strickschals der Menschen in der Menge. Für Charlotte strahlte er etwas Bedrohliches aus. Das Habichtsgesicht und seine Begleiter gingen nahe an Charlotte vorbei, seine Augen und die seiner Männer waren auf den wartenden Zug gerichtet. Charlotte verspürte eine leise Aufregung. Sie hatte diesen Mann schon mal gesehen. Es war einige Zeit her. Doch sie war sich sicher. Ja, sie kannte den Mann, dessen Gesicht eine solche Kälte ausstrahlte, dass die Schneeflocken, die über den Bahnsteig stoben, dagegen wie wärmende Bettfedern wirkten.

»Wer ist das?«, flüsterte sie Johanna ins Ohr. »Ich kenne den Herrn irgendwoher. Hilf mir mal.«

Johanna nickte nachdenklich. »Ich habe ihn auch schon mal gesehen«, antwortete sie, »aber ich weiß nicht mehr, wann und wo.« Wenn sie ihn schon mal gesehen hatten, musste das in Regensburg gewesen sein, dachte Charlotte. Und dann fiel es ihr ein.

Es war auf einem Empfang gewesen, vor vielen Jahren im Hause ihres Vaters. Kinder waren nicht erwünscht, nur Männer in Abendanzügen und Frauen in langen Kleidern waren da. Auch einige Männer in Uniform kamen. Ihr Vater Max Rotstetter war Zulieferer für die Flugzeugindustrie und daher hoch angesehen.

Charlotte hatte aufgeregt in der Küche gesessen. Als die Ankommenden in der Eingangshalle eintrafen, beobachtete sie die Männer und Frauen durch einen Türspalt. Wie sie ihre Mäntel auszogen, die ihnen Johanna abnahm und aufhängte, wie die Damen die Hüte absetzten und einen Blick in den Spiegel warfen, um ihr Haar sorgfältig zu ordnen. Da sah sie ihn, den Mann mit dem Habichtsgesicht. Er sei ein berühmter Arzt, sagte ihr später ihre Mutter. »Es ist ganz groß, dass solche klugen Leute zu uns kommen.«

Auch Johanna erkannte jetzt den Mann auf dem Bahnsteig. »Ich weiß, wer er ist«, sagte sie, die eine lebenskluge Person war und die Zeitung ihrer Dienstherren las. »Der Mann war mal bei uns. Ich habe sein Gesicht vor Kurzem in der Zeitung gesehen. Es ist der Professor Dr. Hermann Kettenbach. Er ist Gutachter für die Patienten in Heilanstalten und beratender Psychiater des Heeres. In der Zeitung stand, der Reichsinnenminister und der Reichsgesundheitsführer schätzen ihn sehr.«

5. Kapitel

Innsbruck, Dezember 2014

Ich ließ erschöpft den Kopf sinken und legte die Kladde beiseite. Ich hatte am Abend und dann am Samstagvormittag am Schreibtisch in dem Heft gelesen. Die enge Mädchenschrift von Charlotte war nicht leicht zu entziffern. Großmama Charlotte. Wie wenig ich über sie gewusst hatte. Ihre Eltern. Der tote Bruder. Ein Mädchen, das sich wie die wertlose Hälfte des Zwillingsbruders gefühlt und ein schlechtes Gewissen gehabt hatte, weil sie überlebt hatte. Wie gut ich Charlottes Minderwertigkeitsgefühle verstehen konnte. Aber was für eine Familie die Rotstetters gewesen waren. Rüstungsfabrikant! Offenbar auch nationalsozialistisch eingestellt. Von diesem Urgroßvater war in meiner Kindheit nie die Rede gewesen.

Eigenartig, sich meine Großmutter als Zwanzigjährige vorzustellen. In Jungskleidung, mit braunen Haaren. Meine Großmama war mir immer wie eine grauhaarige Frau ohne Jugend erschienen. Dabei war sie ja auch mal die junge Charlotte gewesen, mir näher, als ich dachte.

Ich warf einen Blick aus dem Fenster. Draußen fuhr ein heftiger Wind durch die Bäume, sodass der Schnee von den Ästen fiel und durch den Garten stob. Es herrschte ein dämmriges Licht im Arbeitszimmer meiner Großmutter, dabei war erst früher Nachmittag. Ich hatte das Zimmer am Morgen aufgeräumt und die herumliegenden Bücher und

Hefte wieder in die Regale gestellt. Leo lag mir zu Füßen. Ich hatte auf der Couch im Klavierzimmer übernachtet, und der Hund hatte mich heute schon früh geweckt, damit ich mit ihm Gassi ging.

Mein Blick fiel auf das Porträtfoto von Robert, das vor mir auf dem Schreibtisch stand. Der Zwillingsbruder der Großmutter, kaum zwanzig, den Kopf in die feingliedrige Hand gestützt, blickte mich aus ernsten Augen an. Eigenartig, dass sich Fotos nie veränderten. Der Fotografierte alterte nicht. Wie die Gletschertoten, von denen mir die Großmutter früher erzählt hatte.

Das Gesicht auf dem Foto erinnerte mich an jemanden. Aber an wen? Ja, genau. In meinem Magen bildete sich ein Klumpen. Robert war ein ähnlicher Typ. Nur viel jünger. Aber auch so blass, mit den wasserhellen Augen, dem altmodischen Messerhaarschnitt und dem sorgfältigen Seitenscheitel. Robert sah ein bisschen aus wie ein Jugendbild des Mannes, der mir neulich im Traum erschienen war. Der Wärter der bunten Vögel. Und ihr Mörder. Aber das konnte nicht sein.

Es klingelte an der Tür, ich schreckte hoch. Das musste Maria Pramstaller sein. Wir waren für den frühen Nachmittag verabredet. Ich öffnete. Draußen stand eine ältere Frau in einem grünen Lodenmantel, wie ich ihn schon seit vielen Jahren nicht mehr gesehen hatte. »Grüß Gott, ich bin die Maria Pramstaller«, stellte sie sich vor. Sie war groß, hatte ein schmales langes Gesicht, eine energische Stimme und musste um die siebzig Jahre alt sein. Leo kam kläffend angaloppiert. Sie tätschelte den Hund flüchtig und legte ab.

Unter ihrem Lodenmantel trug sie eine Strickjacke und einen weiten Leinenrock, dazu dicke Strümpfe. Eine Frau wie aus einem Film über Landfrauen im vorigen Jahrhundert, dachte ich. Die sorgfältig in Stufen geschnittenen, dichten grauen Haare der alten Dame passten allerdings nicht zu ihrer nostalgischen Kleidung. Hatte Charlotte viele solcher exzentrischen Freundinnen gehabt?

Kurz darauf saßen wir in der Küche. Ich setzte die Kaffeemaschine in Gang. »Sie sind also Anne«, sagte Maria Pramstaller und musterte mich von oben bis unten. »Ich habe mich immer gefragt, wie Charlottes Enkelin wohl heute aussieht, sie hat ja so oft von Ihnen erzählt.« Ihr Ton klang freundlich, und ihre hellgrauen Augen verrieten keine Missbilligung, aber ich fühlte mich sofort schuldig. Ich war die Enkelin, die sich nicht gekümmert hatte. Theres Kurz hatte eine ähnliche Bemerkung gemacht. Doch mein Schuldgefühl machte schnell leisem Ärger Platz. Was wusste die Pramstaller schon, warum ich die Großmutter kaum besuchte? Hatte ihr meine Großmutter auch vom Tod meiner Mutter und dem Streit mit meinem Vater erzählt?

»Ich habe nur einmal ein Kinderfoto von Ihnen gesehen, es muss auf einer Wanderung mit Charlotte gewesen sein«, fuhr Maria Pramstaller fort. »Ein schönes Bild war das, Großmutter und Enkelin in der Morgensonne. Wissen Sie, Charlotte und ich sind früher auch viel zusammen gewandert. Als Ihre Großmutter das Hüftleiden noch nicht hatte.« Sie sprach in einem warmen Ton. Es gab keinen Grund, sich ihr gegenüber abweisend zu verhalten, versuchte ich mich zu beruhigen.

»Ja, die Wanderungen sind mir noch gut in Erinnerung«, sagte ich, »lange Touren waren das, am Ende war ich immer völlig fertig.« Ich zwang mich, einen persönlichen Ton anzuschlagen. Die Pramstaller war schließlich die engste

Freundin der Großmama gewesen. Wobei sie rund zwanzig Jahre jünger sein musste als meine Großmutter. Wie hatten die zwei Frauen sich wohl kennengelernt?

»Ja, das Wandern ist immer eine Frage der Kondition. Die wird aber besser, wenn man viel läuft. Vor allem bergauf, das ist am gesündesten«, erklärte Frau Pramstaller, »obwohl man als Kind mit gesunden Knien wahrscheinlich lieber bergab geht, weil man es weniger anstrengend findet.«

Ich stellte die Frage, die mir so am Herzen lag. »Meine Großmutter hat Ihnen doch gesagt, sie hätte eine wichtige Botschaft für mich. Was könnte das gewesen sein?« Ich fixierte Maria Pramstallers Gesicht und suchte nach einer Regung. Sie blieb ganz ruhig.

»Ich weiß es nicht«, antwortete sie. »Es war nur eine Andeutung. Charlotte hat das nicht genauer erklärt. Tut mir leid. Vielleicht gibt es irgendwo noch einen Brief?« Ja, ein Brief, das wäre gut. Ich hatte bisher aber keinen gefunden. Womöglich hatte meine Großmutter vorgehabt, mir noch einen zu schreiben. Und dann kam der Schlaganfall.

»Man muss ja immer mit einem Schlaganfall oder etwas anderem rechnen in dem Alter, aber dann ist es doch überraschend«, meinte Frau Pramstaller, und nun klang sie traurig. »Charlotte und ich wollten doch noch am nächsten Freitag in das Weihnachtsoratorium gehen.« Es entstand eine Pause, ich wusste nicht, was ich sagen sollte.

»Sie haben mich ja gebeten, Unterlagen eines Bestattungsunternehmens zu besorgen«, sagte sie, »die habe ich mitgebracht. Wenn Sie wollen, können wir über die Beerdigung sprechen.«

Ich bat sie ins Arbeitszimmer. Dort zog ich für die alte Dame einen zweiten Stuhl heran, und wir saßen beide am

Schreibtisch. Darauf befand sich der Stapel mit den Kladden und daneben aufgeschlagen das zweite Schulheft. Ich klappte es zu, legte es auf den Stapel und schob ihn beiseite.

Maria Pramstaller betrachtete überrascht die schwarzen Kladden. »Sind das die Tagebücher?«, fragte sie. »Das sind ja alte Schulhefte!«

»Ja, das sind die Tagebücher«, sagte ich, »Schulhefte, mit Bleistift beschrieben.« Ich machte keine Anstalten, eins der Hefte für sie zu öffnen. Es waren schließlich persönliche Aufzeichnungen meiner Großmutter, ich hatte kein Recht, sie weiterzugeben. Aber ich fühlte mich unwohl. Woher nahm ich die Gewissheit, meiner Großmutter enger verbunden zu sein als ihre langjährige Freundin, die in den letzten Jahren bei ihr gewesen war?

Sie bemerkte mein Zögern und wagte nicht, weiter nach den Kladden zu fragen. Aus ihrer Tasche holte sie den Prospekt eines Bestattungsunternehmens und eines Blumenladens sowie ein paar DIN-A4-Blätter und legte die Unterlagen auf den Schreibtisch. Herbstblätter und ein Sonnenuntergang waren auf den Prospekten zu sehen. Robert, der Zwillingsbruder mit dem blassen Gesicht und der altmodischen Frisur, schien uns von seinem Porträtfoto aus zu beobachten.

Es läutete an der Tür. Überrascht stand ich auf. Als ich öffnete, stand Theres Kurz draußen in der Kälte, dünn angezogen und mit einer abgedeckten Plastikschüssel in den Händen. Ich hatte die Nachbarin fast schon vergessen. Dabei hatte ich am Vortag noch auf häufige Besuche gehofft, weil ich mich einsam fühlte. Aber heute kam es mir vor, als sei das Gestern schon Wochen her.

»Das hier sind Fleischreste für Leo«, sagte Theres Kurz.

»Ich dachte, ich bringe sie vorbei. Kommen Sie denn sonst zurecht?« Die rotwangige Frau strahlte mich so auffordernd an, dass ich sie hereinbitten musste. Leo sprang schwanzwedelnd an Theres hoch. Wahrscheinlich hatte sie ihn früher öfter ausgeführt. Wir gingen in die Küche, um das Fleisch in den Kühlschrank zu packen. »Frau Pramstaller«, rief ich, »die Nachbarin, Frau Kurz, ist hier.«

In der Küche wickelte ich die Reste, die aus einem angebissenen und einem unangetasteten Schnitzel bestanden, in Frischhaltefolie und legte sie in den Kühlschrank. Theres Kurz setzte sich, offenbar hatte sie nicht vor, gleich wieder zu gehen. »Wann genau ist eigentlich die Beerdigung?«, fragte sie.

»Das wollte ich mit Frau Pramstaller gerade besprechen«, entgegnete ich. Die alte Dame erschien in der Küche, die Unterlagen zur Bestattung in der Hand. Mir fiel auf, wie leise und behände sie sich bewegte, obwohl das nicht zu ihrer altmodischen Kleidung passte. Sie begrüßte die Nachbarin und setzte sich. Ich holte rasch Stift und Papier aus dem Arbeitszimmer und setzte noch einen Kaffee auf.

Maria Pramstaller hatte eine Liste mit ein paar Vorschlägen für Kränze und Blumengestecke zusammengestellt. Theres Kurz wusste über die Vorliebe meiner Großmutter für gelbe Rosen und ihre Abneigung gegen Nelken erstaunlich gut Bescheid. Wahrscheinlich hatten die beiden Frauen viel über Blumen und ihre Gärten gesprochen.

»Wir müssen schauen, dass alle Bekannten rechtzeitig benachrichtigt werden, damit sie zur Beerdigung kommen können. Ein paar Namen kenne ich selbst. Und bestimmt gibt es irgendwo noch ein Adressbuch«, sagte Frau Pramstaller.

»Wir könnten auch Frau Mogany danach fragen, wenn sie wieder da ist«, meinte Theres Kurz.

»Wer ist denn das?«, fragte ich überrascht.

»Frau Gita Mogany kam zweimal in der Woche vorbei. Sie putzte und half Ihrer Großmutter im Haushalt«, sagte Maria Pramstaller. »Sie stammt aus Ungarn. Mein Neffe Ulrich hat sie an Ihre Großmutter vermittelt.«

»Sie hat auch einen Schlüssel zum Haus«, ergänzte Theres.

»Am Donnerstag kam sie her, um etwas abzuholen, als ich gerade da war, um die Behördenpost zu öffnen«, erklärte Maria Pramstaller. »Sie sagte, dass sie dringend zu ihrer kranken Mutter fahren müsste, nach Budapest.«

»Ich bin ja später noch dazugekommen«, berichtete Theres Kurz, »aber leider ist mir auch nicht rechtzeitig aufgefallen, dass Frau Mogany wohl nicht daran dachte, den Hausschlüssel zurückzugeben.«

Ich erinnerte mich, dass Frau Pramstaller auf meine telefonische Bitte hin einen Tag vor meiner Ankunft bei Theres Kurz den Hausschlüssel ausgeliehen hatte, um die Post an meine Großmutter aus dem Briefkasten zu nehmen und durchzusehen.

»An der Pinnwand hängt die Telefonnummer von Frau Mogany«, erklärte Frau Pramstaller. Ich meinte einen Ton der Missbilligung in ihrer Stimme herauszuhören, als sie über die Haushaltshilfe aus Ungarn sprach.

Mir fiel auf, wie viele Leute im Haus meiner Großmutter offenbar ein und aus gingen, seitdem sie tot war. Es gab zwei Leute, die einen Schlüssel hatten, die Nachbarin Kurz und die Haushälterin Mogany und zwischendurch auch Maria Pramstaller, die sich den Schlüssel von Theres Kurz ausgeliehen hatte. Ich erinnerte mich an die Bücher und Hefte, die im Arbeitszimmer auf dem Boden gelegen waren, als ich am Freitagabend ankam. »Hat meine Großmutter eigentlich öfter mal Sachen herumgeräumt, in ihrem Arbeitszimmer zum Beispiel?«, fragte ich, »oder herrschte da immer Ordnung?«

»Ihre Großmutter war ordentlich, kein Zweifel«, antwortete Theres Kurz.

»Stimmt«, sagte Maria Pramstaller, »aber es kann schon sein, dass sie auch mal in ihrem Arbeitszimmer etwas umräumte. Sie war ja eigen. Sie wollte alles am liebsten selbst machen. Frau Mogany zum Beispiel durfte nie in ihrem Schlafzimmer putzen. Kann ich auch verstehen, es ist immer so eine Sache mit Fremden im Haus.«

Schließlich saßen wir drei beim Kaffee und widmeten uns den Unterlagen zur Bestattung. Die Friedhofsverwaltung auf dem Westfriedhof hatte bereits einige Termine für die Beerdigung vorgeschlagen. Wir legten einen späten Termin fest, am Montag in neun Tagen. Ich würde den Pfarrer in der katholischen Gemeinde anrufen. Das Datum ließ Spielraum genug, sodass Freunde und Bekannte benachrichtigt werden konnten und ausreichend Zeit hatten, vielleicht sogar aus dem Ausland zu kommen. Wahrscheinlich waren viele ihrer Freunde auch schon tot.

Auf dem Westfriedhof hatte meine Großmutter vor vielen Jahren für ihren Mann und sich ein Doppelgrab gekauft, ich war als Kind auch einmal dort gewesen. Ich beschloss, mir das Grab am Montag oder Dienstag anzuschauen.

Die beiden Damen tranken ihren Kaffee, nach einer Weile verabschiedeten sie sich. Maria Pramstaller versprach, übermorgen wiederzukommen. Als ich die Frauen hinausgeleitet und die Tür geschlossen hatte, meldete sich in mir ein leises Unbehagen. Letztendlich wusste ich nichts über die Beziehungen meiner Großmutter zu ihren Freundinnen. Gar nichts. Welches Verhältnis hatten Frau Pramstaller, Frau Kurz wirklich zu ihr gehabt? Wer genau war Frau Mogany? Die Großmama konnte ich nicht mehr fragen. Das Einzige, was sie mir noch mitteilen konnte, stand in den Tagebüchern. Die Hefte! In einem Anfall von Panik eilte ich ins Arbeitszimmer.

Da lag er noch, der Stapel aus schwarzen Heften mit den brüchigen, schon etwas angegilbten Seiten. Natürlich lag der Stapel noch da. Maria Pramstaller hätte ihn auch kaum heimlich wegschleppen können. Ich bin zu empfindlich, dachte ich. Es war alles zu viel in letzter Zeit. Die Trennung von Alex, der Tod meiner Großmutter, der merkwürdige Nachlass. Ich musste einen Gang herunterschalten.

Ich sah aus dem Fenster, der Wind hatte nachgelassen, am Himmel hingen zarte weiße Schleier, die Wintersonne schimmerte rosa. Am Horizont erhob sich die Gipfelkette wie eine schützende Wand. Meine Unruhe schwand. Später würde ich mit Leo noch eine Runde durch die Straßen drehen. Ich könnte auch mal einen Ausflug in die Berge machen. Vielleicht meldete sich ja der Fremde aus dem Flugzeug. Was hatte er über das Bauchgefühl gesagt? Dass wir uns so oft täuschen. Wie gerne hätte ich mich mit ihm jetzt darüber unterhalten. Ich setzte mich an den Schreibtisch und öffnete die nächste Kladde.

6. Kapitel

Ötztal, Januar 1943

Es war dunkel, als Charlotte endlich am Zufahrtsweg von Schattwald eintraf. Johanna hatte sich von ihr vor dem Bahnhof in Ötztal verabschiedet, dann war der Bus gekommen, der sie und andere Passagiere ins verschneite Tal bringen sollte. Die Straße war bald sehr glatt geworden. Der Busfahrer, ein magerer Mann mit Schnauzer und Käppi, hatte mithilfe der Mitfahrer Schneeketten angelegt. Charlotte hatte ihm ihr Fahrziel genannt und war nach zwei Stunden kurz hinter einem Dorf ausgestiegen.

Ein junger Mann mit braunem Haar und Bart, in eine Arbeitsjacke und schwere Stiefel gekleidet, erwartete sie an der Abzweigung des Fahrweges zum Sanatorium. Er trug nur ein Strickband über den Ohren, aber keine Mütze.

»Lukas«, stellte er sich vor, »Lukas Waldhofer. Ich bin der Hausmeister, Kutscher und Fahrer in Schattwald.« Er hatte eine freundliche Stimme. »Manche nennen mich auch Luzifer, Fräulein Rotstetter«, ergänzte er, »weil ich immer zur Stelle bin, wenn mal irgendwo wieder das Licht kaputt ist und alles ins Dunkel fällt.«

Er trug eine Petroleumlaterne in der Hand, die sein Gesicht von unten beleuchtete. Sein Anblick im Schein der Lampe erinnerte Charlotte an ein berühmtes Gemälde, auf dem die Gesichter der Umstehenden nur vage im Lampenschein zu sehen waren. Er sah aus wie aus der Welt gefallen. Charlotte mochte ihn sofort.

Lukas alias Luzifer musterte sie in der viel zu großen Jacke und der grauen Hose. »Sie schau'n aus wie verkleidet, Fräulein Rotstetter«, meinte er, »aber bestimmt ist es wärmer, Hosen zu tragen statt Rock und Strümpfe wie die anderen Frauen.« Mehr sagte er nicht.

Auf dem Zufahrtsweg wartete ein Pferdeschlitten. Ein Lastschlitten war es, mit einem Pferd mit heller Mähne davor. Lukas nahm den Koffer. Charlotte sah, dass er ein bisschen hinkte. Er hievte den Koffer auf die Ladefläche. »Ist ein einfacher Schlitten«, sagte er, »aber besser als nichts. Seit das Benzin und das Öl rationiert sind, fahren wir kaum noch mit dem Transportwagen. Wir nehmen stattdessen den Pferdeschlitten.« Lukas reichte Charlotte die Hand, um ihr auf den Kutschbock zu helfen. Er trug keine Handschuhe, aber seine Hand war warm. Sie nahm neben ihm auf dem Kutschbock Platz. Sonst hätte sie nur bei ihrem Koffer hinten auf der Ladefläche sitzen können. Er legte ihr eine schwere Decke über die Beine.

Das Pferd zog an. Der Fahrweg schlängelte sich sanft nach oben. Lukas roch nach Pfeifentabak, es war ein heimeliger Geruch. In sternenklarer Nacht gut eingepackt durch den Schneewald zu fahren, mit einem jungen Hausmeister, der warme Hände hatte und nichts Schlechtes über sie und ihre Erscheinung gesagt hatte, das war anders als das, was sie in den Wochen zuvor erlebt hatte.

Die Anonymität der Dunkelheit machte es ihr leicht, eine Unterhaltung mit dem jungen Mann anzufangen. »Doktor Amberg soll ein berühmter Arzt sein«, sagte Charlotte, »auch Künstler soll er schon behandelt haben.«

»Der Doktor ist ein ganz besonderer Mensch«, stimmte Lukas zu, als sie durch den Schnee dahinglitten. »Er hat so ein Glück gehabt, dass sein Vater General bei der Wehrmacht ist. Amberg ist ein bekannter Name, da traut sich keiner so leicht heran, obwohl viele ein Sanatorium, das nicht dem Militär dient, im Kriege gerne schließen würden.« Er stockte. Charlotte kannte dieses Stocken von den Unterhaltungen in Regensburg, unter den jungen Frauen, manchmal auch mit den Hausangestellten. Es war eine Frage. Wie offen konnte man reden? Über die Anschauungen, die man hatte, zum Krieg, zum Führer.

Auch Rundling war ihr gegenüber zögerlich gewesen, als er ihr von den berühmten Psychiatern im Großdeutschen Reich und in der Schweiz erzählt hatte. Psychiater, die in Deutschland inzwischen geächtet waren, obwohl sie Großes geleistet hatten. Charlotte hatte sich die Namen gemerkt. Doktor Freud, den kannte sie schon, der war tot. Und Carl Gustav Jung, der lebte in der Schweiz.

»Ich weiß, dass einige große Sanatorien in Österreich schließen mussten«, sagte Charlotte. Doktor Rundling hatte ihr das erzählt. Das Sanatorium Purkersdorf zum Beispiel sei fast wie ein Hotel gewesen, hatte Rundling berichtet. Die Gäste kamen aus besseren Kreisen, der Aufenthalt dort war teuer. Die Verrückten aus gutem Hause waren in der vergitterten Viktor-Villa der Anlage Purkersdorf untergebracht. Dort bastelten sie Spielzeugflugzeuge oder erklärten dem geduldigen Personal, dass sie demnächst Papst werden würden. Mit dem Anschluss Österreichs an das Deutsche Reich war es vorbei mit Purkersdorf. Die jüdische Gründerfamilie verlor das Haus. Alle Juden hatten ausziehen müssen und die jüdischen Schwestern und Ärzte mit. Rundling wusste das, denn er hatte als Arztsohn in jüdischen Akademikerkreisen in Wien verkehrt und hielt zu seiner Heimatstadt noch viel Kontakt.

»Fräulein Rotstetter, Sie kennen sich ja gut aus«, sagte Lukas erstaunt, nachdem Charlotte ihm ihr Wissen weiter ausgebreitet hatte. Er schnalzte mit der Zunge und schwang die Peitsche, damit das Tier sein zügiges Tempo hielt. »Unser Hausarzt kommt aus Österreich. Der kennt viele Ärzte hier«, sagte Charlotte. Sie wollte ernst genommen werden von Lukas.

»Es ist schwierig geworden in den Spitälern und Heilanstalten«, meinte der Hausmeister. »Man weiß heute nicht mehr, was die Ärzte wirklich mit den Leuten machen. Die Verrückten und Schwerkranken verschwinden und kommen nicht mehr wieder. Meinen Bruder hab ich nach Schattwald holen müssen aus einer Heilanstalt. Dort war er nicht mehr sicher.«

Das Pferd schnaubte, als sie eine Biegung im Wald nahmen. »Der Chefarzt von Schattwald hat doch mächtige Freunde«, sagte Charlotte. »Unser Hausarzt hat mir versichert, das Sanatorium sei nicht von Schließung bedroht, auch jetzt nicht im Krieg.«

»Mächtige Freunde können zu Feinden werden«, gab Lukas zurück, »jedenfalls dann, wenn man ihnen nicht mehr zu Diensten ist.«

Was meinte Lukas damit?, fragte sich Charlotte. Ihr fiel der Mann ein, den sie auf dem Bahnhof in Innsbruck gesehen hatte. Professor Dr. Hermann Kettenbach. Beratender Psychiater des Heeres und Gutachter für die Heilanstalten. Hatte er etwas mit dem Sanatorium zu tun? Doch irgendetwas hielt sie davon ab, den Namen gegenüber Lukas zu erwähnen. Auf keinen Fall wollte sie ihm erzählen, dass Kettenbach sogar mal in ihrer Familie zu Gast gewesen war. Wer weiß, vielleicht bereute der Hausmeister dann seine Offenheit.

»Doktor Amberg hat seine eigenen Methoden«, fuhr Lukas fort, »das wird nicht überall gern gesehen. Die berühmten Ärzte in Deutschland machen ganz andere Behandlungen. Die glauben, die Leute mit Nervenleiden seien Volksschädlinge. Selbst schuld an ihren Krankheiten. Denen müsse man den Wahnsinn nur austreiben. Wenn nötig mit Gewalt. Aber warum soll jemand freiwillig verrückt sein? Wo das so schrecklich ist.«

Lukas hatte seine Stimme gehoben. Wie klug der Hausmeister war. Und wie offen er mit ihr in der Dunkelheit sprach. Dabei kannte er sie doch gar nicht, ging es Charlotte durch den Kopf. Sie war eine junge Frau in Männerkleidung, die mit einem großen Koffer in der Kälte am Zufahrtsweg nach Schattwald angekommen war, eine Frau mit Problemen. Eine Außenseiterin. Aber vielleicht war er deshalb so vertrauensvoll. Weil er sich genauso fühlte, als Außenseiter wie sie.

»Guten Abend, Fräulein Rotstetter. Na, das war bestimmt eine abenteuerliche Reise hier herauf, nicht wahr?« Charlotte hatte sich den Chefarzt anders vorgestellt. Doktor Amberg, das klang nach einem großen, schlanken Arzt mit hellem Haar. Doch Amberg war kaum mittelgroß und hatte dunkles Haar, eine widerspenstige Strähne hing ihm in die Stirn. Sein blasses Gesicht hatte ebenmäßige Züge, denen eine daumenlange Narbe auf der linken Wange etwas Unverwechselbares verlieh. Er mochte knapp vierzig Jahre alt sein. Der Chefarzt trug einen Mantel mit Pelerine und war offenbar durch den Schnee in den Wohntrakt der Patienten herübergestapft, um Charlotte dort im Eingangsflur zu begrüßen. Er wirkte ganz anders als die Männer in den Ledermänteln, die bei Charlottes Vater in Regensburg verkehrten. Amberg erinnerte Charlotte an Figuren aus englischen Schauerromanen. Sie fühlte sich geschmeichelt, dass der Arzt wegen ihr am Abend in das Patientenhaus herübergekommen war.

Amberg musterte Charlotte in ihrem Aufzug, machte aber keine Bemerkung dazu. »Wollen Sie noch etwas Brotsuppe? Dann gebe ich Mimi in der Küche Bescheid«, sagte er und lächelte, als sei er ehrlich erfreut, sie zu sehen. Seine Stimme klang sanfter als erwartet, und in seinen dunklen Augen lag ein merkwürdiger Glanz. Doktor Rundling hatte von »Künstlern« in Schattwald gesprochen. Amberg hätte in seinem altmodischen Pelerinenmantel auch ein Künstler sein können, den es nach Schattwald verschlagen hatte. Aber er war der Chefarzt hier.

»Vielen Dank, Herr Doktor. Ich habe kaum Hunger«, sagte Charlotte, »und ich habe noch Proviant von der Reise. Das reicht mir heute Abend.« Auf keinen Fall wollte sie in der Küche unter den Augen einer energischen Köchin noch eine Suppe löffeln müssen.

»Dann wird Ihnen die Hauspflegerin Gerlinde Ihr Zimmer zeigen«, sagte Amberg. »Sie werden mit Sophia Ederle zusammenwohnen. Eine hochbegabte Pianistin. Im Moment schweigt sie. Ich sehe Sie dann morgen. Gute Nacht.« Der Chefarzt stapfte durch den Schnee davon.

Die junge Hauspflegerin begleitete Charlotte auf ihr Zimmer im ersten Stock. Als sie eintraten, saß ihre Mitbewohnerin Sophia am Fenster und starrte in den verschneiten Wald hinaus. Sie drehte sich nicht um, als die Pflegerin ihr Charlotte vorstellte. »Guten Abend«, sagte Charlotte laut und stellte ihren Koffer neben das zweite Bett. Von ihrer Zimmergenossin kam keine Antwort. Charlotte hatte den Eindruck, dass Sophia noch kränker war als sie. In Regensburg hatte Charlotte das Gefühl gehabt, alle tuschelten über sie, die Kranke, wenn sie aus dem Zimmer trat. Doch hier war sie offenbar nichts Besonderes. Das fühlte sich besser an.

Auf dem bezogenen Bett lag keine Daunendecke, wie sie es von zu Hause kannte, sondern nur ein Leinentuch und eine dicke, braune Wolldecke. Das Zimmer war warm. »Um den Ofen im Zimmer kümmern sich die Patienten selbst, wenn sie dazu in der Lage sind, das gehört hier zur Arbeitstherapie«, sagte die Hauspflegerin und deutete auf einen Kachelofen in der Ecke. »Was das Heizen betrifft, sind wir hier in Schattwald nicht gerade modern. Eine Zentralheizung wurde hier nie eingebaut. Die Einzelöfen kommen uns jetzt im Krieg aber zugute, da Kohle und Öl knapp sind. Holz gibt es hier in Hülle und Fülle.«

Neben dem Ofen lagerte ein Stapel mit dicken Holzscheiten, Kienspänen und etwas Papier. »Sagen Sie einfach dem Luzifer Bescheid, wenn Sie Holz brauchen«, meinte die Pflegerin, »aber seid sparsam. Sonst sitzt ihr bald im Kalten.« Sie erklärte Charlotte noch, wo sie den Waschraum finde und wie sie den Schrank nutzen dürfe, und ließ die beiden allein.

Charlotte setzte sich aufs Bett und sah sich um. Eine schummrige Deckenlampe erhellte den Raum. In der Mitte des Raums stand ein Holztisch mit einem Stuhl. Auf den

Tisch hatte jemand eine Wasserkaraffe mit Gläsern gestellt. Daneben erkannte Charlotte ein aufgeklapptes Koffergrammofon und einen Stapel Schellackplatten. Die Wände waren kahl bis auf ein Aquarell an der Wand, das eine Gämse auf einem Felsen zeigte.

Das Grammofon hatte an der Seite eine Kurbel, die man aufziehen musste. Einen ähnlichen Apparat besaß ihre Familie in Regensburg, aber Charlotte hatte nicht erwartet, so ein Gerät im Patientenzimmer eines Sanatoriums anzutreffen. Wahrscheinlich hatte Sophia den Plattenspieler von zu Hause mitgebracht.

Hätte sie das gewusst, hätte sie noch ein paar alte Schellackplatten aus Roberts Sammlung eingepackt. Robert liebte Tanzmusik, er konnte melodramatisch Akkordeon spielen, während Charlotte ihn auf dem Klavier begleitete. Sie lächelte, als sie daran dachte, wie sie mit Robert den Gassenhauer »Solang nicht die Hose am Kronleuchter hängt, da schmeckt uns kein Sekt und kein Kuss« in die Tasten gehämmert hatte. Das konnten sie nur machen, wenn die Eltern nicht da waren, denn ihr Vater hatte verboten, dass solche Musik in seinem Hause erklang. Johanna summte immer begeistert mit, Charlotte wusste, dass die Haushälterin sie nicht verpetzen würde. Ihre Mutter wies Charlotte vergeblich an, wenigstens die leichten Sonaten von Mozart zu üben. »Leidlich« spiele sie, hatte ihre Mutter immer gesagt, »den feinen Anschlag deiner Großmutter hast du nicht.« Es hatte keine Musik mehr gegeben in ihrer Familie, seitdem Robert tot war.

Charlotte hievte ihren Koffer auf das Bett und öffnete ihn. Die eine Hälfte des Schranks gehörte ihr. In Regensburg hatte Johanna darauf bestanden, dass sie außer Roberts

Sachen auch ihre Frauenkleidung einpackte. Nachdem sie ihre Röcke, Blusen, Unterwäsche und dicken Strümpfe im Schrank verstaut hatte, setzte sie sich an den Tisch. Sie schenkte sich ein Glas Wasser aus der Karaffe ein, packte ihr Brot mit dem Heringsaufstrich aus und biss ein Stückchen davon ab. Mehr würde sie heute nicht herunterbekommen.

Plötzlich drehte sich Sophia um. Sie stand auf und blickte Charlotte stumm an. Sie lächelte nicht, aber Charlotte meinte einen Hauch von Neugier in ihren dunklen Augen zu entdecken, soweit sie dem schummrigen Licht trauen konnte. Sie schätzte Sophia auf Anfang zwanzig. Sophia trug ihr blondes Haar hinten zusammengebunden und hatte ein hellgrünes Baumwollnachthemd an. Charlottes aufgekrempelte Männerhose schien sie nicht ungewöhnlich zu finden.

Charlotte erhob sich und ging zu ihr hinüber. »Guten Abend, ich bin Charlotte Rotstetter«, sagte sie und streckte Sophia die Hand entgegen. Die Pianistin ergriff sie nicht. Sie schaute Charlotte freundlich an. Dann erhob sie wie in Zeitlupe ihre rechte Hand und strich Charlotte sanft mit zwei Fingern über die Wange. Dabei sah sie ihr fast schon zärtlich in die Augen, so als sei Charlotte eine Katze, die sie gerne streicheln wollte.

Charlotte war einen kurzen Moment peinlich berührt. Sie wollte die Hand wegschieben. Doch sie tat es nicht. Sie blieb einfach stehen. Es war ungewöhnlich, sich von einer stummen Fremden so berühren zu lassen. Es war schön. Sie konnte sich nicht erinnern, dass ihre Mutter sie jemals so gestreichelt hatte. Im Hause der Rotstetters berührte man sich kaum. Nur Johanna hatte Robert und Charlotte, als sie klein waren, in der Badewanne jeden Samstag abgeschrubbt und dann mit dem weißen, vorgewärmten Badetuch sorgfältig trocken gerubbelt. Daran erinnerte sich Charlotte genau.

Sophia berührte Charlottes Wange noch einmal mit dem Handrücken und ließ den Arm langsam sinken. Sie deutete auf das Grammofon und den Stapel Schellackplatten, die daneben lagen. Charlotte begriff. Sie nahm die Schellackplatten und las die Titel laut vor: »Lili Marleen«. Keine Reaktion von Sophia. »Ich steh im Regen«, ein Lied mit Zarah Leander. Nichts. Doch beim nächsten Titel nickte Sophia. Charlotte betätigte die Kurbel des Koffergrammofons und legte die Platte auf. Die Andrew Sisters schmetterten durch den Raum »Bei mir biste scheen«. Charlotte wusste, dass der Song ursprünglich in einem jüdischen Musical gesungen wurde. Die Platte rauschte, kratzte und britzelte.

Charlotte dachte an Robert. Er hätte das aufregend gefunden. Ein Sanatorium in den verschneiten Bergen mit einem Hausmeister namens Luzifer, einem Chefarzt im Pelerinenmantel, einer stummen Pianistin und einem Grammofon, aus dem in sternenklarer Bergnacht die Andrew Sisters erklangen. Sie würde Robert alles erzählen. Sie würde es in den schwarzen Kladden festhalten, die sie in Regensburg eingepackt hatte. Sie würde alles aufschreiben, was seit ihrer Abreise geschehen war. So wie sie früher Robert ihre Abenteuer geschildert hatte, am Abend unter der Bettdecke, im spärlichen Licht der Taschenlampe, wenn alle anderen schliefen. Das Herz wurde ihr leichter. Es schien ihr, als spüre sie Hoffnung. Die Hoffnung, nicht ewig verdammt zu sein in dieser Angst und Einsamkeit, die ihre Seele zerfraß.

7. Kapitel

Innsbruck, Dezember 2014

Mir taten die Augen weh. Es war Samstagabend, und ich war erschöpft vom Lesen in dem alten Schulheft. Ich saß am Schreibtisch im Arbeitszimmer, die altertümliche Bürolampe lieferte nur ein schwaches Licht. Es kostete Mühe, die Schreibschrift zu entziffern. Wahrscheinlich wollte meine Großmutter Papier sparen und hatte deswegen die Hefte so eng mit Bleistift beschrieben.

Schattwald! So hatten sie sich also kennengelernt, mein Großvater Lukas und die Großmama. In einem Nervensanatorium. Wie meine Großmutter gelitten haben musste. Sie war in den Klamotten ihres toten Zwillingsbruders nach Schattwald gereist, nein, geflohen vor ihrem Gefühl der Wertlosigkeit als Mädchen, als Frau. Wie gut ich das kannte, seitdem mich Alex verlassen hatte und viele Ängste meiner Kindheit wiederkehrten. Doch kaum hatte ich das gedacht, schämte ich mich sofort dafür. Wie konnte ich mich mit Charlotte vergleichen? Der Krieg und der Tod waren etwas anderes als das, was ich heute erlebte, die gut betuchte Magazinredakteurin aus Hamburg, deren Mann eine andere hatte, wie es tausend Frauen passierte. Ich sollte Alex nicht so viel Macht über mich einräumen. Der Gedanke hatte etwas Befreiendes.

Ich ging in die Küche und öffnete eine Dose Hundefutter für Leo, Theres hatte zum Glück für einen gewissen Dosenvorrat gesorgt. Dann setzte ich Wasser auf, um mir Spaghetti zu kochen. Bald darauf saß ich am Küchentisch, wickelte die Nudeln auf die Gabel und tunkte sie in Fertigsoße, während Leo sein Futter verschlang. Mein Blick fiel auf das breite Gemälde an der Wand, eine Anlage aus einem großen und einem kleineren Ziegelbau im verschneiten Wald. War das Gebäude Schattwald? Und wer hatte es gemalt?

Mein Handy klingelte und vibrierte auf dem Küchentisch. Die Nummer auf dem Display kannte ich gut. Alex. Eine stille Wut kam in mir hoch. Doch zum ersten Mal seit Wochen spürte ich auch noch etwas anderes: Überdruss. Ich hatte ihm vor meiner Abreise nicht Bescheid gesagt. Wozu auch. Er hatte sich in den vergangenen Wochen nur ab und zu gemeldet. Immer mit dieser Mischung aus Schuldgefühl und Besorgnis in der Stimme, die mir erst recht klarmachte, dass ich nur noch ein Problemfall für ihn war.

Ich ließ mein Handy ins Leere klingeln. Ich wollte meine Erlebnisse in Innsbruck nicht mit Alex teilen. Er würde das wohl auch nicht zu würdigen wissen. Eine Geschichte vom Krieg, von irgendeinem Sanatorium. Langweilig aus seiner Perspektive. Er hatte meine Großmutter ohnehin nicht gemocht. Irgendwann hörte das Handyklingeln auf.

Draußen fiel wieder Schnee. Es war schon acht Uhr. Ich musste mit Leo raus. Ich ging ins kleine Wohnzimmer, um mir ein paar Sachen aus dem Rollkoffer zu holen. Wenig später stapfte ich in meinen Winterstiefeln und meiner dicken Jacke durch den Schnee.

Leo zog an der Leine, die Kälte schien ihm nichts auszumachen, offenbar hatten andere Hunde vor ihm irgendwelche Geruchsspuren im Schnee hinterlassen, für die er sich brennend interessierte. Ich bog mit ihm alsbald aus der schmalen Villenstraße in eine breitere Straße ein, gesäumt von Wohnblocks mit erleuchteten Fenstern. Es war fast niemand draußen, wahrscheinlich saßen die meisten Leute um diese Zeit am Samstagabend gesellig zusammen.

Nur eine Frau in langem Mantel mit Kapuze und mit einem großen Hund kam mir im Schneetreiben entgegen. Die Tiere beschnüffelten sich begeistert. Die Frau mahnte ihren Labrador. »Nun komm schon, es ist zu kalt, um stehen zu bleiben«, und zerrte den Hund mit sich fort. Mich beachtete sie nicht.

Ich zog meine Mütze tiefer über die Ohren und den Schal noch fester um Kinn und Mund. Sich einzupacken und dadurch beschützt zu fühlen, das mochte ich, genauso wie meine Großmutter. Wenn die Füße und die Ohren warm sind, friert der ganze Mensch nicht, hatte sie mir früher eingeschärft: »Anne, zieh dir lieber eine Strumpfhose drunter«, »nimm Handschuhe mit, oben am Berg kann es auch im Sommer sehr kalt werden«, »vergiss die Mütze nicht, die meiste Wärme verliert man über den Kopf«. Ich konnte plötzlich ihre Stimme wieder hören, sie hatte immer etwas heiser geklungen, was ihre Strenge milderte. Meine Großmama war nicht nur Expertin für die Kälte, sondern auch für die Wärme gewesen, schoss es mir durch den Kopf. Dieser Gedanke war mir früher nicht gekommen. Manche Dinge verkehrten sich ins Gegenteil, wenn man länger über sie nachdachte.

In meiner Jackentasche klingelte mein Handy. War das schon wieder Alex? Ich zog meine Handschuhe mühsam aus und fummelte das Handy aus der Tasche. Die Nummer auf dem Display kannte ich nicht.

»Anne Südhausen«, meldete ich mich.

»Siegfried Rattler. Ich hoffe, ich störe Sie nicht so spät am Abend.«

Mein Herz machte einen Sprung. »Nein, keineswegs. Ich bin gerade mit dem Hund unterwegs«, brachte ich heraus. Ich hätte gerne einen beschäftigteren Eindruck gemacht, aber ich war zu überrumpelt, um unehrlich zu sein.

»Ein Hund? Ist es der Hund Ihrer Großmutter?«

Himmel, was hatte ich dem Mann eigentlich im Flugzeug erzählt?

»Ja, er heißt Leo. Ich muss mich um ihn kümmern.«

»Das ist hoffentlich kein großes Problem. Kommen Sie denn sonst so in Innsbruck zurecht?«

Ich antwortete nicht gleich. Was sollte ich sagen? Ich hätte am liebsten eine Schleuse geöffnet, um diesem Fremden alles zu erzählen. Meine Trauer, mein Unbehagen, die seltsamen Freundinnen meiner Großmutter. Aber in mir meldete sich eine warnende Stimme. Ich kannte das zu gut von mir. Die Sehnsucht nach einem Retter, die Beichte, der Redefluss, die Entblößung. Das peinliche Gefühl hinterher, zu viel preisgegeben zu haben. Ich bemühte mich um einen sachlichen Ton. »Es geht schon. Es ist viel zu erledigen. Ich muss eine Beerdigung organisieren«, sagte ich.

»So was kann ja auch ablenken«, versetzte Rattler, »von den Gefühlen zum Beispiel, vom Kummer. Vielleicht kann ich Sie auch etwas aufmuntern«, fuhr er fort. »Ich würde Sie gerne zum Essen einladen. Hätten Sie Lust und Zeit?«

»Warum nicht?«, entgegnete ich, froh, dass ich einigermaßen locker klang, obwohl mein Herz pochte.

»Wie wäre es morgen? Im ›Oberleitner‹, einem Restaurant mit sehr guter österreichischer Küche, nahe am Goldenen Dachl?«, fragte Rattler. »Ich kann Sie gern abholen.«

Ich wusste nicht, warum, aber ich spürte eine leichte innere Abwehr. Mich abholen, im Haus meiner Großmutter. Das war mir zu intim.

»Kein Problem«, sagte ich, »ich komme mit dem Taxi.«

»Gut, Sie kommen mit dem Taxi«, wiederholte Rattler langsam. »Ich freue mich darauf, Sie zu sehen. Vielleicht können Sie mir auch noch etwas mehr von Ihrer Großmutter erzählen. Das kann auch helfen. Gegen die Trauer.«

»Ja, vielleicht«, sagte ich. Rattler nannte mir die Adresse des Restaurants, wünschte mir einen schönen Abend, und wir legten auf.

Ich steckte das Handy wieder zurück in meine Jackentasche. Meine Hände waren in der Kälte klamm geworden. Leo hatte die ganze Zeit still gehalten an seiner Leine. Eine Verabredung mit Rattler, mit dem Hirnforscher aus dem Flugzeug. In meiner Brust breitete sich eine Wärme aus, ich freute mich. Obwohl mir der Mann so undurchschaubar erschien.

Ich ging mit Leo die gleiche Strecke zum Haus zurück. Kurz vor dem Eingang holte ich den Schlüssel meiner Großmutter heraus, er hatte einen hübschen Anhänger, der ein Edelweiß darstellte. Als ich den Schlüssel in die Haustür steckte, hörte ich von innen das Klingeln des Telefons. Der Schlüssel klemmte. Wahrscheinlich wusste meine Großmutter genau, wie sie an ihm herumzuruckeln hatte, um ihr Schloss zu öffnen, aber ich brauchte einen Moment, bis ich den Schlüssel drehen konnte. Das Klingeln hielt an.

Ich öffnete die Tür, zerrte Leo ins Haus, schlug die Tür zu und eilte mit meinen nassen Stiefeln durch den Flur ins Arbeitszimmer zum Telefon. »Bei Waldhofer, Südhausen am Apparat«, meldete ich mich atemlos. Nichts war zu hören. Kein Name, aber auch kein Freizeichen. »Hallo«, sagte ich, »ist da wer?« Es kam keine Antwort. Schließlich vernahm ich ein Klicken und dann das Freizeichen. Wer auch immer es am anderen Ende der Leitung war, er oder sie hatte aufgelegt. Merkwürdig.

Ich legte die Jacke an der Garderobe ab und zog die Stiefel aus. Fast fühlte ich mich etwas schutzlos ohne meine Winterkleidung, dabei war im Haus geheizt. Ich ging ins Arbeitszimmer, setzte mich auf den Schreibtischstuhl und starrte vor mich hin. Warum rief jemand am Samstagabend an und legte dann auf, als ich mich meldete? Hatte sich nur jemand verwählt? Wollte der Anrufer herausfinden, ob jemand zu Hause war? Mein Blick fiel auf die Gletscherfotos an der Wand, stumme Zeugen für die Welt meiner Großmutter. Es war so unwirklich. Noch gestern früh war ich in Hamburg gewesen, noch vor vier Tagen hatte ich in der Redaktion über ein Dossier zum Thema »Glück« gesprochen. Doch jetzt fühlte ich mich, als sei ich in eine Zeitmaschine geraten. Ich fühlte mich wie in einer Art Trance.

Ich öffnete den rechten Schreibtischschrank und holte den Kasten wieder heraus. Da lagen die Pelzmütze und das Medaillon. Ich öffnete den Anhänger und musterte den Äskulapstab auf dem Blechplättchen. Dieses Medaillon mit dem Ärztezeichen im umgedrehten Dreieck hatte für meine Großmutter eine große Bedeutung gehabt. Hatte es etwas mit Schattwald zu tun? Und warum war mir, als hätte ich das Zeichen schon mal gesehen?

Plötzlich schien mir, als stünde Charlotte mit im Raum. Nicht meine Großmama mit den graubraunen Haaren und den Falten im Gesicht, wie ich sie aus meiner Kindheit kannte. Sondern Charlotte als zwanzigjähriges Mädchen. In

Männerkleidung, blass, mit mausbraunen, kinnlangen Haaren. Freundlich, fast zärtlich schaute sie mich an. Sie hatte mich mehr gemocht, als ich dachte. Ich wusste so wenig über sie. Doch ich hatte die Tagebücher, ich musste sie entziffern, das war ich uns beiden schuldig. Es war schon spät. Ich schlug das nächste Heft auf.

8. Kapitel

Ötztal, Januar 1943

Nach dem Aufwachen brauchte Charlotte einen Moment, um sich in Erinnerung zu rufen, wo sie war. Sie ließ ihren Blick über den Dielenboden, die Wasserkaraffe auf dem Tisch und den Kachelofen gleiten. Doktor Rundling hatte nicht die Wahrheit gesagt, als er das Sanatorium mit einem Hotel verglich. Schattwald hatte wenig gemein mit den luxuriösen Sanatorien für Lungenkranke, von denen Charlotte gehört hatte. Hier war alles karg. Doch die Wintersonne schenkte dem Raum ein freundliches Licht.

Sophia war offenbar schon von einer Pflegerin abgeholt worden. Charlotte stand auf, schlüpfte in ihre Filzpantoffeln und warf sich einen Morgenmantel über ihr Leinennachthemd. Sie fröstelte, der Ofen war kalt. Sie öffnete die Ofenklappe und steckte etwas Papier, ein paar Äste und Scheite hinein. Mit einem Streichholz entfachte sie das Feuer.

Sie griff zu Zahnbürste, Waschlappen, Handtuch und einem Stück Seife und ging auf die Toilette. Danach schlurfte sie in einen der Waschräume für Frauen. Es gab nur kaltes Wasser. In der Ecke stand ein Badeofen, der nicht befeuert war.

An der Wand klebte ein Aufruf zum Sparen von Seife, wie ihn Charlotte auch schon in Regensburg im Reichsarbeitsdienst gesehen hatte: »Erst die Hände anfeuchten, dann zur Seife greifen. Nicht die Einheitsseife in das Wasser tauchen oder gar unter fließendes Wasser halten. Ein guter Rat, der Seife spart. Warta-Seife Kundendienst.« Diese Ermahnungen immer, bei allem zu sparen. Seife war seit Kriegsbeginn wie Brot, Butter, Eier und Kleidung nur noch auf Bezugsschein oder durch private Tauschgeschäfte zu bekommen.

Charlotte zog ihr Nachthemd aus und wusch sich von Kopf bis Fuß. Sie trocknete sich sorgfältig ab und streifte das Hemd wieder über. Das Blut rauschte durch ihren Körper. Sie warf sich einen Blick im Spiegel zu, ihre grünbraunen Augen leuchteten, ihre Wangen hatten sich gerötet. Zum ersten Mal nach langer Zeit verspürte sie ein bisschen Appetit.

Im Zimmer zog sie sich Roberts graue Hose an und wählte dazu ihre rot-weiße Strickjacke mit dem Hahnentrittmuster. Sie nahm die Treppe ins Erdgeschoss und betrat kurz darauf den Speisesaal, der sich im Haupthaus befand, das an den Patiententrakt grenzte. Das Hausmädchen Gerlinde hatte ihr den Weg am Vorabend erklärt.

Der Speisesaal wirkte freundlich. Im Kamin loderte ein Holzfeuer, ein großer Kachelofen heizte zusätzlich ein. Durch die breiten Fenster blickte man in den verschneiten Wald. In einer Ecke des Saals stand ein schwarzer Klavierflügel. Ein Flügel! Charlotte hatte in Regensburg zuletzt kein Klavier mehr gespielt.

Sie war offenbar spät dran. Alle Tische waren gut besetzt bis auf einen, an dem nur eine Patientin saß. Charlotte nahm dort Platz. Ihre Tischnachbarin, eine Frau mit leeren Augen und einem breiten Mund, redete mit sich selbst und beachtete sie nicht. Das war Charlotte nur recht.

Sie musterte die anderen Gäste. Es mussten gut drei Dutzend Leute sein, die Mehrzahl Frauen. Das hier war ein kleines Haus, vielleicht war es deswegen so bescheiden ausgestattet. Auch Sophia saß an einem Tisch. Eine Helferin in weißer Schürze half ihr beim Essen. Wahrscheinlich arbeiteten in Schattwald Pflichtjahrmädchen, junge Frauen, die Arbeitsdienst leisteten.

Ein Patient, ein Mann in jüngeren Jahren, schien blind zu sein. Er hielt den linken Zeigefinger in die Kaffeetasse, als er vorsichtig eingoss, wohl um zu prüfen, wann die Tasse voll war. Dann tastete er mit dem Löffel in der rechten Hand nach dem Haferbrei in seiner Schüssel und schaffte es, sich eine Portion nach der anderen in den Mund zu schieben, ohne zu kleckern.

Vor Charlotte standen Haferbrei und Apfelmus auf dem Tisch. Außerdem gab es Schwarzbrot, Holunderbeergelee, Pilzpaste und ein Schüsselchen mit Streckbutter unbekannter Zusammensetzung. Auch in Regensburg hatte Johanna aus Fett, Mehl und Milch eine Streckbutter gemischt, die niemand wirklich mochte. Johanna klagte oft über den Fettmangel, die »Fettlücke« in der Kriegszeit. In Schattwald waren Fett, Käse und Fleisch bestimmt auch rationiert wie in Regensburg.

Doch neben der Kanne mit dem Getreidekaffee stand eine Karaffe mit heißer Vollmilch. Charlotte traute ihren Augen nicht. Zu Hause in Regensburg konnte man nur die bläuliche entrahmte Magermilch bekommen. Die Klinikleitung musste sehr gute Beziehungen haben, um die leckere Vollmilch für die Patienten zu organisieren. Erfreut goss Charlotte viel Milch in den Kaffee. Dann füllte sie Haferbrei und Mus auf den Teller. Die Köchin in Schattwald hatte wohl darauf geachtet, den Haferbrei so lange zu kochen, bis er ein bisschen angebrannt schmeckte. Das war lecker. Ihr fiel ein, was Robert aus Russland geschrieben hatte. Robert klagte über die Eiseskälte, aber er lobte den starken russischen Tee und die gekochte Buchweizengrütze. Fünf Wochen später war er tot.

Lukas betrat den Raum und ließ seinen Blick über die Patienten schweifen. Dann steuerte er auf sie zu. Dass der Hausmeister ein bisschen hinkte, hatte ihm wahrscheinlich den Kriegsdienst erspart, ging es Charlotte durch den Kopf. Sie freute sich, als er an ihrem Tisch Platz nahm.

»Na, Fräulein Rotstetter, ich hoffe, es schmeckt Ihnen«, sagte Lukas und goss sich Ersatzkaffee und Milch ein. »Am Anfang ist es immer ein wenig fremd hier, aber das ändert sich.« Es entstand eine Pause.

»Sie kennen doch bestimmt alle hier. Können Sie mir vielleicht etwas über die anderen Gäste erzählen?«, bat Charlotte ihn mit gedämpfter Stimme. Vielleicht ließ sich ja die vertraute Atmosphäre bei der Schlittenfahrt gestern Abend wiederherstellen, hoffte sie. Dann könnte er ihr bestimmt vieles über die Patienten berichten.

Tatsächlich war der Hausmeister gesprächig. »Also die gefährlich Verrückten sind hier nicht«, sagte Lukas, »die Gemeingefährlichen bringt man in die großen Anstalten.« Er tunkte sein Brot in den Getreidekaffee. »Hier sind die Ängstlichen, die Süchtigen, die Hysteriker, auch ein paar völlig Verwirrte. Ihre Mitbewohnerin Sophia kam hierher, nachdem sie ihre beste Freundin samt Familie tot aufgefunden hatte. Vergiftet, alle. Die Mutter war Jüdin gewesen, eine Musikerfamilie waren sie, die sahen keinen anderen Ausweg. Sophia wurde stumm. Ihre Mutter war alleine, der Vater schon lange tot. So wurde Sophia hergeschickt.«

Lukas biss vom Brot ab, kaute und schluckte es hinunter. Dann fuhr er fort: »Dahinten, der Mann mit der blonden Haarlocke im Gesicht, das ist ein Kriegszitterer. Er war an der Front, aber konnte plötzlich sein Gewehr nicht mehr halten. Er kam zuerst ins Lazarett und wurde entlassen. Dann brachte ihn seine Familie hierher.« Charlotte sah zu einem totenblassen jungen Mann hinüber, der sich mit seiner Tischnachbarin unterhielt. Es war, als hätte der Mann ihre Blicke gespürt. Er sah sie an und winkte ihr schüchtern zu. Außer ihm und dem Blinden gab es keine Männer jüngeren Alters unter den Patienten.

»Der Kriegszitterer ist eine Ausnahme. Seine Familie hat offenbar gute Beziehungen«, meinte Lukas. »Wer im Krieg nicht mehr mithalten kann, wird sonst in den Lazaretten behandelt und dann möglichst bald an die Front zurückgeschickt. Man hat wohl Angst, dass sich die Leute vor dem Kriegsdienst drücken könnten, indem sie die Verrückten spielen.«

Charlotte wunderte sich, wie gut Lukas Bescheid wusste. Er war viel gebildeter, als sie es von einem Hausmeister erwartet hätte, das war ihr schon bei der Herfahrt auf dem Schlitten aufgefallen. Außerdem schien er sie zu mögen, sonst würde er ihr bestimmt nicht so viel von den Patienten erzählen. Sie sah ihn aufmunternd an und blickte dann fragend zu einem Tisch, an dem eine elegant gekleidete Dame mit Lockenfrisur saß.

Lukas füllte sich etwas Haferbrei in eine Schüssel und fuhr fort: »Es gibt auch einige sehr Verwirrte hier. Die Dame mit der rotblonden Lockenfrisur im Kleid mit dem Glitzergürtel, die hält sich für Zarah Leander, Sie wissen schon, die Sängerin und Schauspielerin. Deswegen die vielen Locken.

Ich habe gehört, es kostet sie jeden Morgen viel Zeit, die Haare mit der Brennschere herzurichten.«

Er grinste, leerte die Schüssel mit dem Haferbrei und sprach weiter: »Ihr gegenüber, der ältere Zierliche mit dem Schnauzer und dem Zylinder, das ist ein Trunksüchtiger. Der ist hinter Zarah Leander her. Die Trunksüchtigen sind einfach im Umgang. Sie dürfen hier keinen Alkohol mehr trinken, das ist alles. Sonst sind sie beim Holzhacken gut zu gebrauchen.« Der Trunksüchtige prostete seiner Tischnachbarin mit einem Becher Milchkaffee zu, als handele es sich um eine Maß Bier. Es war schon eine merkwürdige Gästeschar hier.

Lukas nahm einen Schluck vom Ersatzkaffee. »Mein Bruder ist auch hier«, sagte er und deutete auf einen kräftigen jungen Mann mit kurzem dunklem Haar, der neben einer Pflegerin an einem der hinteren Tische saß. »Konrad war immer sehr unruhig und redete viel, deswegen haben sie ihn beim Heer hinausgeworfen. Er war dann in einer Heilanstalt. Dort hat er eines Abends getobt und gesagt, der Führer würde alle vernichten, der Führer würde alles zerstören. Da sollte er nach Hall gebracht werden. Deswegen habe ich ihn rasch hergeholt. Wer nach Hall verlegt wird, kommt nie mehr zurück.« Charlotte musste an Regensburg denken und die Patienten aus der Anstalt. Wer dort abtransportiert wurde, kam auch nie mehr wieder, munkelte man.

Die falsche Zarah Leander trat an den Tisch. »Guten Morgen, Sie sind eine neue Patientin, nicht wahr?«, sagte sie mit tiefer Stimme und reichte Charlotte ihre rechte Hand, so als erwarte sie einen Handkuss. Die Frau trug ein bodenlanges tailliertes Kleid mit Schulterpauschen und einen mit Pailletten besetzten Gürtel. Im Speisesaal einer

Klinik wirkte das zu theatralisch, aber offenbar durfte hier jeder herumlaufen, wie er wollte.

Charlotte hatte Maskeraden immer gemocht, genau wie Robert. Sie ergriff die Hand der Frau und drückte sie. »Sie sind Sängerin und Schauspielerin, nicht wahr?«, fragte sie. »Das hört man sofort.«

Die falsche Leander lächelte geschmeichelt. »Nun, im Moment probe ich kaum«, entgegnete sie, »schließlich sind wir hier im Sanatorium. Aber sobald es meinen Lungen besser geht, werde ich wieder singen.« Sie winkte Charlotte zu und zog weiter zum nächsten Tisch.

Lukas lächelte und meinte leichthin: »Sie wollen bestimmt wissen, wer hier wirklich verrückt ist und wer nicht, Fräulein Rotstetter, nicht wahr? Es gibt einen Witz: Geht ein Irrenarzt ins Bad. In der Badewanne sitzt ein Irrer und angelt. Fragt der Arzt: ›Nun, hast du schon was gefangen?‹ Sagt der Irre: ›Bist du verrückt, in der Badewanne?‹ Wer über den Witz lacht, ist nicht irre. Wer nicht drüber lacht, ist Irrenarzt. Einfache Regel.«

Charlotte musste grinsen. Hier im Speisesaal des Sanatoriums fühlte sie sich lebendiger, wirklicher als zu Hause. In Regensburg wäre jemand wie die falsche Leander unmöglich gewesen, niemand hätte mit ihr etwas zu tun haben wollen. Es war aufregend, dass es hier anders war. Charlotte hatte nach dem Haferbrei bald schon die zweite Scheibe Brot gegessen, viel mehr als beim Frühstück in den letzten Wochen zu Hause.

»Fräulein Rotstetter, brechen wir in einer Stunde zu einem Rundgang auf?« Doktor Amberg war an Charlottes Tisch getreten. In seinem weißen Kittel sah er an diesem Morgen aus wie ein normaler Hausarzt, der sich die meiste Zeit mit Halsschmerzen und Durchfall seiner Patienten herumschlug. Das Glänzen in seinen Augen war verschwunden. Er sagte noch immer nichts zu ihrer Männerhose. »Kommen Sie in einer Stunde in die Eingangsdiele, dann gehen wir los.«

Für den Rundgang mit Amberg zog sie sich ihren langen taillierten Wollmantel über, den ihr Johanna in den Koffer gelegt hatte. Roberts Hose behielt sie an. Der Chefarzt erschien in seinem Pelerinenmantel und einer Pelzmütze auf dem Kopf. Ein junger blonder Mann mit feinen Gesichtszügen und kalten Augen begleitete ihn. »Doktor Josef Stühling, mein Assistent«, stellte Amberg ihn vor.

Sie traten hinaus in die Kälte. Amberg erklärte ihr, dass Schattwald aus drei Häusern in Ziegelbauweise bestand. Die Bauten stammten aus dem neunzehnten Jahrhundert. Das Haupthaus lag in der Mitte, rechts daran direkt angrenzend stand das Wohnhaus der Patienten. Links davon mit großem Abstand zum Haupthaus befand sich der Wohntrakt für das Personal, auch für den Chefarzt. An der Hauswand des Haupthauses waren unter schmalen Vordächern meterhoch Holzscheite zum Trocknen aufgestapelt.

Auf dem Gelände stand ein Schuppen, vor dem Charlotte den Hausmeister Lukas erkannte, der seinen Bruder Konrad überwachte, wie er einen Holzblock spaltete. Lukas winkte ihr zu. Am Schuppen stand auch der Kriegszitterer, der mit dem Trunksüchtigen eine Trummsäge hin- und herzog, um einen Lärchenholzstamm zu zerlegen. Von irgendeiner Behinderung war bei dem Blondgelockten nichts zu bemerken.

»Wir sind hier kein luxuriöses Haus wie die Lungensanatorien«, erklärte Amberg. »Die Behandlung in Schattwald besteht aus Arbeitstherapie und Kunsttherapie. Die körperliche Arbeit erdet die Nervenkranken, allerdings zwingen wir die Patienten hier nicht jeden Tag dazu, wenn sie sich schlecht fühlen.« Auch im Reichsarbeitsdienst hatte man immer gesagt, wie wichtig die körperliche Arbeit sei, allerdings hatte es dort keine Freiwilligkeit gegeben, erinnerte sich Charlotte.

Wieder im Haupthaus schritten sie ein paar Stufen hinunter in das Untergeschoss. Amberg öffnete eine Tür. Warme, feuchte Luft schlug ihnen entgegen. In der Waschküche arbeiteten bereits am Morgen Patienten. Die Kochwäsche lag in einem kupfernen Waschkessel, unter dem ein Feuer brannte. Eine Frau zog die siedend heißen Leinentücher mit einem Holzlöffel heraus und schaffte sie in den Waschzuber. Eine weitere Patientin bearbeitete in einer Wanne Stücke mit dem Wäschestampfer, den sie auf und nieder bewegte. Geräte wie in Regensburg gab es hier offenbar nicht. Charlottes Vater war so stolz gewesen auf den Elektrolux-Kugelwascher, in dem sich die Wäsche drehte. Die Nachbarn hatten sie auch um die Wäschepresse beneidet, eine Art löchrigen Gummisack in einer Trommel, hydraulisch angetrieben. Darin wurde die Wäsche zusammengepresst, sodass das Wasser an den Seiten herauslief und man sich das Auswringen ersparte.

Doch hier machte man noch alles von Hand. Zwei Frauen, die gemeinsam ein Bettlaken auswrangen, drehten sich zu Charlotte um. Eine lächelte sie mit verschwitztem Gesicht an, eine Haarsträhne hatte sich aus ihrem Dutt gelöst.

Der Dampf hüllte Charlotte wohlig ein, die Poren ihrer Haut öffneten sich. Es roch angenehm nach Zitrone. »Die Arbeit in der Waschküche ist gut für die Traurigen«, sagte

Amberg. »Der Dampf, die Wärme, die Anstrengung, das bringt die Menschen in die Gegenwart, wenn sie aus der Welt gerutscht sind. Die Patienten arbeiten im Holzlager, in der Küche, im Putzdienst, auch die Männer sind überall mal dran.« Er lachte. Charlotte mochte sein warmes Lachen. Der Chefarzt war offenbar stolz auf die Therapien hier. Und er hatte eine eigene Art, die Dinge zu betrachten. Praktisch war es jedenfalls, die harte Arbeit von den Patienten machen zu lassen. Assistent Stühling ging hinter ihnen und notierte irgendetwas.

Amberg öffnete die nächste Tür zu einem großen Badezimmer, in dem mehrere Wannen standen. Ein schmaler Lichtstrahl stahl sich durch das Fenster. Zwei Patienten befüllten die Brennkammern der Badeöfen mit trockenen Ästen. In den Wannen lag so früh am Morgen niemand. »Das sind die Entspannungsbäder. Die Nervösen legen wir eine Stunde in warme Bäder mit etwas Lavendelöl, wenn sie das wollen«, sagte der Chefarzt. »Im warmen Wasser spüren sie ihre Körpergrenzen und fühlen sich geborgen. Das nimmt die Angst. Aber es wirkt nicht bei jedem.«

Charlotte wunderte sich, dass der Chefarzt mit ihr sprach, als sei sie fast eine Kollegin, eine verständige Person, der er seine Methoden erklärte. Oder tat er das nur, weil er wusste, dass sie eine Rotstetter war, die Tochter eines geachteten Rüstungsfabrikanten, eine Frau aus gebildeten Kreisen? Aber Regensburg war doch so weit weg.

»Wir schauen uns jetzt die Kunsttherapie an«, sagte Amberg, als sie wieder im Flur waren. Er öffnete die Tür zu einem Eckraum mit großen Fenstern, durch die breites Sonnenlicht fiel. Der Raum wirkte wie ein Atelier. An den Wänden und auf Staffeleien erkannte Charlotte Malereien.

Sie erschrak. Sie blickte in ein Gesicht, in dem die Augen fehlten. Daneben schwebte ein Kopf über einer Wiese und bestand fast nur aus gefletschten Zähnen. Ein Stück weiter hatte jemand einen Menschenkörper gemalt, der keine rechte Hälfte hatte. Genauso fühlte sie sich seit Roberts Tod. Wer hatte diese Bilder gemalt?

Auf der gegenüberliegenden Seite hingen ganz andere Malereien an der Wand. Ein Engel stieg aus dem Himmel herab und lachte. Eine Frau mit nacktem Oberkörper schaute zärtlich auf ein Baby, das sie im Arm hielt. Ein Eisbär war zu sehen, auf dem ein fröhliches Kind ritt. »Die Patienten können im Kunstraum ihre Schutzgeister erschaffen«, sagte Amberg, »und ihre Dämonen. Wenn man den Dämonen Namen gibt und eine Gestalt, sind sie weniger bedrohlich.«

Er ließ seinen Blick über Charlotte wandern, sie wurde sich wieder ihres Aufzuges unter dem Mantel bewusst. Ihrer Magerkeit. Roberts Hose mit dem zusammengeschnürten Gürtel. »Vielleicht haben Sie Ihren Schutzgeist schon mitgebracht, Fräulein Rotstetter?«, fragte Amberg. »Oder ist es gar kein Schutzgeist, sondern ein Dämon? Manchmal kann man beides kaum voneinander unterscheiden, nicht wahr?« Seine Stimme klang warm. Sie spürte, wie ihr das Blut ins Gesicht schoss. Fast hätte sie angefangen zu weinen. Stühling schrieb weiter mit. Ihr wäre lieber gewesen, der Assistenzarzt mit den Wieselaugen wäre nicht mitgekommen.

Amberg deutete auf einen von zwei Ohrensesseln, die vor einem großen Fenster standen. »Das ist der Sessel, in dem die Patienten über sich sprechen können«, sagte er, »über das Dunkle, Verborgene in uns, das uns manchmal mehr bestimmt, als wir wahrhaben wollen. Wir alle haben einen Schatten in uns, der unsere Dämonen hervorbringt. Einen Schatten, dem wir uns stellen müssen.«

Charlotte stockte der Atem. Zu Hause, in den Gesprächen der Eltern beim Abendessen und den Ansprachen aus dem Volksempfänger war immer die Rede von Tapferkeit und Pflicht gewesen, vom Zusammenhalt der Volksgemeinschaft angesichts des Feindes. Der Feind saß im Ausland, aber auch im Inland, hatte ihre Mutter gesagt. Sie hatte von der Übermacht der Juden gesprochen, die zu viel in Deutschland bestimmten. Niemals hätte sich Charlotte vorstellen können, dass man über Dämonen redete, die jeder Mensch in seinem Inneren verbarg. Es war, als öffne Amberg ihr eine neue, aufregende Welt. Ihr Herz wurde leicht.

Sie verließen den Kunstraum, der Chefarzt schritt voran. Sie liefen im Flur wieder zurück. Am Ende erblickte Charlotte einen Durchgang, der offenbar ins Untergeschoss des Patiententraktes führte. Kein Licht kam von dort, wahrscheinlich befanden sich dort nur Kellerräume. Charlotte erkannte im Dunklen eine schwere Tür. Sie war mit einem Riegel von außen verschlossen. Der Anblick der Tür verwirrte sie. Warum dieser Riegel? Sie hatte von Rundling gehört, dass man die Geisteskranken in den Kliniken manchmal einsperrte und fesselte. Aber in Schattwald gebe es bestimmt keine Verrückten, bei denen man an solche Behandlungen denke, hatte der Hausarzt versichert. Charlotte blickte Amberg von der Seite an. »Was geschieht eigentlich, wenn ein Patient tobsüchtig wird?«, fragte sie. »Wird er dann gefesselt?«

Amberg setzte zu einer Antwort an, doch sie wurden unterbrochen. Eine Frau in einem braunen Baumwollkittel und Holzschuhen kam ihnen aus dem düsteren Gang entgegen und stürzte auf den Chefarzt zu. »Herr Doktor«, sagte sie und packte Amberg aufgeregt am Arm. »Herr Doktor, ich kann Rose nicht mehr finden. Ich habe sie überall gesucht. Wo ist Rose, bitte?« Amberg zuckte zusammen.

»Wo kommen Sie denn her?«, fragte Stühling die Patientin in scharfem Ton. »Was machen Sie hier unten?« Amberg löste die Hand der Frau von seinem Arm und streichelte flüchtig darüber. »Rose fühlte sich nicht so gut«, sagte er zu ihr, »aber vielleicht kommt sie bald wieder. Sie braucht eine besondere Behandlung, damit es ihr besser geht.«

»Sie war so ein guter Mensch. Sie konnte so schön malen«, wimmerte die Patientin. »Sie haben sie doch nicht etwa fortgeschickt, Herr Doktor? Oder ist sie irgendwo versteckt? Sagen Sie mir, wo Rose ist, bitte. Wo ist Rose, Herr Doktor?«

Stühling fasste die Frau an der Schulter. »Beruhigen Sie sich«, sagte er mit einem drängenden Ton in der Stimme, »wir werden gleich eine Pflegerin für Sie finden. Wo sind Sie denn heute eingeteilt?« Er schob die Patientin energisch in Richtung Treppe und stieg mit ihr nach oben.

Charlotte spürte eine vage Beklemmung. Sie hätte gerne gewusst, wer Rose war. Oder hatte die Frau im braunen Kittel nur irgendwelche Phantasien gehabt? Charlotte traute sich nicht, den Chefarzt danach zu fragen. Ambergs Gesicht hatte einen bekümmerten Ausdruck angenommen. »Gibt es eigentlich Patienten, die zu krank sind, um Arbeitstherapie zu machen?«, fragte sie, um etwas zu sagen, das harmlos klang.

»Nur wenige«, antwortete Amberg. »Die Arbeitstherapie ist wichtig, sie hilft den Patienten.«

»Sie ist bestimmt auch sehr gut für das Sanatorium«, sagte Charlotte.

»Da haben Sie recht, Fräulein Rotstetter«, meinte der Chefarzt, »die Arbeitstherapie ist nützlich in Zeiten, in denen wir in Schattwald sparsam wirtschaften müssen. Nur so hält die Abteilung Volkspflege in der Reichsstatthalterei Tirol-Vorarlberg eine schützende Hand über uns und andere Herren, die im Gesundheitswesen über einen gewissen Einfluss verfügen.« Er klang anders als vorhin, künstlich und steif. Charlotte fiel die Begegnung auf dem Bahnsteig in Innsbruck ein. Kettenbach. Der bekannte Arzt, den sie zuvor schon mal in ihrem Elternhaus gesehen hatte. Sie fasste sich ein Herz. Sie wollte, dass Amberg merkte, dass sie sich ein wenig auskannte. »Ich habe auf der Anreise einen berühmten Psychiater gesehen«, sagte sie. »Mein Vater kennt ihn auch. Professor Kettenbach heißt er. Hermann Kettenbach. Er stieg in Innsbruck in einen Zug. War er schon mal in Schattwald?«

Kaum hatte sie die Frage ausgesprochen, bereute sie es. Ambergs Züge erstarrten. Er antwortete nicht, auf seiner Stirn bildete sich eine steile Falte. Es entstand eine Pause. Sie hörte Schritte, Stühling kam zurück, allein.

»Die Pflegerinnen müssen besser aufpassen im Haus«, sagte der Assistenzarzt ärgerlich. »Man kann doch nicht die Patientinnen hier einfach so im Keller herumlaufen lassen.«

Amberg fing sich wieder. »Wir schließen hier niemanden weg, Doktor Stühling, das wissen Sie doch«, meinte er ruhig. Dann wandte er sich an Charlotte: »Professor Kettenbach kenne ich gut. Wir haben zusammen in München studiert. Der Professor gehört zu unseren Freunden, die das Weiterbestehen des Sanatoriums sichern. Er hat wichtige Verbindungen zum Gauamtsleiter für Gesundheit in Tirol-Vorarlberg, der für uns zuständig ist. Kettenbach schätzt unsere Behandlungsmethoden sehr. Nicht wahr, Stühling?«

Der Assistenzarzt nickte beflissen.

Charlotte spürte, dass Amberg nicht die ganze Wahrheit sagte. Er war schwächer, als sie gedacht hatte. Gleichzeitig war er vielleicht der erste Mensch, der sie in ihrer Angst verstand.

9. Kapitel

Innsbruck, Dezember 2014

Meine Großmama. In was für ein Sanatorium war sie da nur hineingeraten als Zwanzigjährige? War Amberg ein Hochstapler gewesen, ein Naziarzt oder hatte er ihr tatsächlich geholfen? Ich hatte bis spät in die Nacht hinein in den Tagebüchern meiner Großmutter gelesen und am nächsten Tag weitergemacht, nachdem ich mit Leo durch die frühe Wintersonne Gassi gegangen war. Ich brauchte immer noch lange, um die Schrift meiner Großmutter zu entziffern, auch weil sie einige Passagen durchgestrichen und an den Rändern lange Bemerkungen hingekritzelt hatte.

Jetzt war es Sonntag, und ich saß wieder am Schreibtisch im Arbeitszimmer. Robert blickte mich von seinem Porträtfoto aus ernst an. An diesem Morgen hatte er nichts mehr gemein mit dem Vogelmann aus meinem Albtraum. Robert war einfach nur mein Großonkel. Ein junger Mann, der zu früh gestorben war und viel Kummer hinterlassen hatte. Traurigkeit stieg in mir auf. Mein Blick fiel durch das Fenster auf die Gebirgskämme und den Schnee. Ich sollte bald mal in die Berge fahren.

Ich dachte an die Verabredung am Abend. Siegfried Rattler. Der Fremde aus dem Flugzeug, der nicht an das Bauchgefühl glaubte, sich aber trotzdem damit so intensiv beschäftigte. Ein Mann, der mich anzog und verwirrte, wenn ich ehrlich war.

Ich ging ins Klavierzimmer, wo ich zum zweiten Mal auf der Couch übernachtet hatte, und sah meinen Rollkoffer durch. Zum Glück hatte ich außer den Winterklamotten ein paar teuer aussehende schwarze Strumpfhosen und den dunkelgrünen, schimmernden Rock eingepackt. Ich könnte den gepolsterten BH anziehen, der mir sonst immer etwas zu unbequem war. Ich nahm die Kleidungsstücke und stieg die Treppe hoch in das Schlafzimmer meiner Großmutter. Dort gab es einen Ganzkörperspiegel an der Schranktür. Ich stieg in den Rock. Er war wirklich eng, mein Hüftspeck war nicht zu übersehen. Ich sollte die Bluse besser nicht mehr in den Rock hineinstecken, sondern locker drüberhängen lassen.

Mir fielen die Schilderungen meiner Großmutter aus dem Krieg ein. Fettmangel hatte es damals gegeben. Ich kannte nur das Gegenteil, die aktuellen Diättipps in »LaVie«, wo vor Fett gewarnt wurde, als sei es der Teufel persönlich, und entrahmte Milch der Vollmilch vorgezogen wurde, weil zu viel Fett die Figur ruinierte. Vielleicht sollten meine Kolleginnen die Kriegsrezepte mit der Streckbutter wieder aus der Schublade ziehen und bei uns publizieren, dachte ich und schämte mich sofort für die Idee.

Um halb sieben Uhr abends verließ ich das Haus, draußen pfiff ein eisiger Wind. Im Taxi hatte ich das vage Gefühl, dass ich irgendwas übersehen hatte. Genau, Maria Pramstaller hatte an diesem Sonntag nicht mehr angerufen. Dabei hatte sie eigentlich versprochen, sich noch mal zu melden, um eine konkrete Uhrzeit auszumachen, wann sie am Montag kommen wollte. Ich hätte sie für zuverlässiger gehalten, aber vielleicht meldete sie sich ja noch.

Ich kam zu früh zum Restaurant in der Innsbrucker Altstadt. Es war erst zehn vor sieben, als ich das Taxi bezahlte und ausstieg. Auf keinen Fall wollte ich vor Rattler da sein und auf ihn warten, als hätte ich nichts anderes zu tun. Ich beschloss, noch eine Runde um den Block zu drehen. Die Bürgersteige waren nur spärlich gestreut. Ich rutschte auf dem Eis und fror in meinem Kaschmirmantel und der dünnen Strumpfhose. Einen Moment lang fühlte ich mich wie verkleidet in meinen Stiefeletten, dem engen Rock und dem Push-up-BH unter der Seidenbluse.

Fünf nach sieben betrat ich das Restaurant. Die Inneneinrichtung war in dunklem Holz gehalten, verspiegelte Säulen unterteilten den Raum. Im gedämpften Licht erkannte ich Rattler an einem der Tische. Er hob grüßend die Hand und stand auf. »Wie schön, Sie wiederzusehen«, sagte er. Mir fiel wieder sein schiefes Lächeln auf, das in merkwürdigem Gegensatz zu seiner sonoren Stimme stand. Er half mir aus dem Mantel. Er roch ganz leicht nach Sandelholz. Es war angenehm.

Ich setzte mich. Die Bedienung brachte zwei Speisekarten, in die wir uns vertieften. Ich musterte mein Gegenüber verstohlen. Rattler war gekleidet wie für ein lockeres Geschäftsessen, mit hellblauem Hemd, aber ohne Krawatte. Ein Mann mit einem feinen Gesicht und Haaren, die zwei Zentimeter bis unter die Ohren reichten, ein Look, den ich bei Männern sonst furchtbar fand, der ihm aber etwas Besonderes verlieh.

Rattler schlug eine Konsommee als Vorspeise vor. Die Speisekarte für die Hauptgänge war übersichtlich.

»Fleisch, Fisch oder Vegetarisches?«, fragte er. »Lassen Sie mich raten, ich glaube, Sie mögen Fisch.«

»Beruht das jetzt auf Information oder Intuition?«, gab ich zurück und lächelte. Mir war das Gespräch im Flugzeug wieder eingefallen. Ich wollte die Oberhand behalten bei unserem Treffen. Im Spiegel der Säule erblickte ich mein Konterfei, das Licht zeichnete mein Gesicht in sanften Linien. Ich sah gut aus heute Abend.

»Ah, die Intuition. Ihr Bauchgefühl«, sagte Rattler, »Bauchgefühl, das passt jedenfalls gut zu einem Restaurant, nicht wahr?«

Ich lachte laut. Doch Rattler zeigte nur sein schiefes Lächeln, von dem ich nicht wusste, ob ich es scheu oder provozierend fand.

Wir entschieden uns für die Konsommee mit Blätterteigcroûtons als Vorspeise, als Hauptgang wählte ich eine Dorade und Rattler einen Tafelspitz. Ich hatte Lust auf einen Weißwein, und so bestellte er eine Flasche Chardonnay.

Als der Wein und die Suppe kamen, hatten wir eine ausführliche Konversation über die Alpen und den Tourismus in Österreich und der Schweiz angefangen. Zwischendrin fiel mir auf, dass mich Rattler gar nicht nach meiner Familie in Hamburg fragte. Die ich ja auch nicht hatte. Nicht mal mehr einen Mann. Ich trug auch meinen Ehering nicht mehr. Ich war froh, dass Rattler diese persönlichen Fragen nicht stellte.

»Das Klima und die Landschaften prägen die Menschen«, sagte er schließlich. »Harte klimatische Bedingungen schaffen Klarheit, vielleicht ist das ein Trost.«

»Meine Großmutter war während des Krieges in den Bergen«, erzählte ich, »in einem Sanatorium. Wegen der Nerven.« Jetzt sprach ich doch über meine Großmutter, eigentlich hatte ich das gar nicht gewollt.

»In einem Sanatorium?«, fragte Rattler. »Das klingt fast schon nach Thomas Mann und Zauberberg.«

Ich nahm einen großen Schluck vom Chardonnay. »Ihr Zwillingsbruder war in Stalingrad gefallen und damit wurde sie nicht fertig«, erzählte ich. »Ich habe Tagebücher von ihr gefunden, alte Schulhefte.«

Jetzt war es doch heraus. Aber wem hätte ich sonst davon berichten sollen? Ich konnte auch einem Fremden von den Tagebüchern erzählen, der meine Großmutter sowieso nicht kannte.

»Was war denn das für eine Klinik?«, fragte Rattler.

»Es war wohl ein privates Sanatorium für die besseren Kreise, aber einfach ausgestattet. Es war im Winter 1994. Muss bitterkalt gewesen sein. Die heizten da mit Holz. Aber es hat offenbar schon so etwas wie Psychotherapie dort gegeben.« Es tat mir gut, meine Gedanken aussprechen zu können.

Rattler war mit seiner Suppe fast am Ende. »Diese Privatklinik war wohl eine ziemliche Ausnahme«, sagte er. »Es ist erstaunlich, dass so ein Sanatorium im Krieg überhaupt noch existierte. Einige berühmte Kliniken in Österreich, wo jüdische Ärzte gearbeitet hatten, hat man ja dichtgemacht und in Lazarette umgewandelt. Geht denn aus den Aufzeichnungen Ihrer Großmutter hervor, warum dieses Haus weiter in Betrieb blieb?«

Ich schüttelte den Kopf. »Ich bin vielleicht noch nicht so weit gekommen«, entgegnete ich. »Es ist mühsam, die Handschrift zu lesen.«

Der Kellner brachte meinen Fisch und den Tafelspitz. Ich war froh, dass es ein Filet war und nicht ein ganzer Fisch, sodass ich ihn nicht unter den Blicken von Rattler zerlegen und mit den Gräten kämpfen musste.

»Ja, so ein handschriftliches Tagebuch kann schwer zu

entziffern sein«, sagte Rattler. »Wissen Sie denn, wie die Geschichte ausgeht? Ich lese bei Krimis immer viel zu früh schon den Schluss.«

»Es sind dreizehn Bände«, sagte ich, »ich bin gar nicht auf die Idee gekommen, schon den Schluss zu lesen. Ich fange Bücher nie von hinten an.« Ich nahm einen Bissen vom Fisch, er war etwas trocken, und schluckte ihn hinunter.

»Na ja, das ist vielleicht auch schöner. Wo hatte Ihre Großmutter die Hefte denn in all den Jahren aufbewahrt? Wahrscheinlich in einer alten Truhe, nicht wahr?«

Rattler hatte einen jovialen Tonfall angeschlagen, der mir nicht gefiel. Wollte er ironisch sein? Und warum? Ich antwortete nicht. Vielleicht war es doch besser, das Thema zu wechseln. So viel brauchte er über meine Großmutter nicht zu wissen. Nicht mal ich hatte ja ihr Vorleben gekannt.

»Reden wir über Sie«, schlug ich vor. »Was macht eigentlich Ihre Tagung?« Er hatte mir ja im Flugzeug erzählt, dass er in Innsbruck eine Tagung zur Parkinson-Krankheit besuchte.

»Tagung?«, fragte Rattler. »Was meinen Sie damit?«

»Na ja, über die Parkinson-Krankheit. Sie haben mir doch im Flugzeug davon erzählt.« Ich war irritiert.

»Ach so, die Tagung«, sagte Rattler. »Sehen Sie, daran habe ich gar nicht mehr gedacht, kaum dass ich mit Ihnen im Restaurant saß. Die Tagung beginnt erst am Montag. Es geht um Medikamente gegen Parkinson. Die Nebenwirkungen können beträchtlich sein. Es gibt Anzeichen, dass Demenz dadurch befördert wird.«

Er fuhr sich mit der Hand nervös durch die Haare, die sorgfältig geschnitten waren. »Ich erwarte mir nicht allzu viel davon. Interessieren Sie sich für diese Krankheiten? Schreiben Sie auch darüber in Ihrer Zeitschrift?«

»Wir schreiben in der ›LaVie‹ auch über Krankheiten, aber nicht allzu speziell«, sagte ich. Ich wunderte mich, dass er schon am Freitag zu einer Tagung angereist war, die erst am Montag begann. Aber vielleicht hatte er in Innsbruck noch anderes zu tun. »Wir sind ein Frauenmagazin«, fuhr ich fort, »da gibt es eine bestimmte Zielgruppe mit bestimmten Erwartungen. Die Leserinnen wollen eher positive Geschichten als Krankheiten.«

»Positive Geschichten«, meinte Rattler. »Ja, wer spricht schon gerne über Krankheiten. Das zieht die meisten Menschen doch nur runter. Mit dem Positiven lässt sich bestimmt mehr Geld verdienen.« In sein Gesicht trat plötzlich ein genervter Ausdruck.

Ich hatte das zweite Glas Chardonnay geleert. Rattler hatte kaum getrunken. Mein Gefühl freudiger Erwartung schwand dahin. Rattler hatte sich nicht nach mir und meinen Lebensumständen erkundigt. Wir hatten über meine Großmutter gesprochen, über die Kälte, den Krieg, die Psychiatrie, über Krankheiten. Interessierte er sich überhaupt für mich? Mich wunderte, dass ihm mein Outfit gar nicht aufzufallen schien. Sein Blick hatte kein einziges Mal meinen Ausschnitt gestreift.

Ich wollte die Spannung zwischen uns wieder spüren wie am Freitag während des Fluges. Vielleicht konnte ich ihn aus der Reserve locken. »Erzählen Sie mir von der Hirnforschung«, sagte ich. »Wie kann man eigentlich mit seinem Hirn das Hirn erforschen? So was kann doch eigentlich gar nicht gut gehen, das ist eine Illusion.«

»Man macht als Hirnforscher Experimente«, entgegnete

Rattler. »Die bringen Ergebnisse. Und daraus zieht man Schlüsse. Zum Beispiel darüber, welche Bedingungen dazu führen, dass man sich täuscht.«

»Man täuscht sich, wenn man sich wünscht, dass etwas anders ist, als es ist«, sagte ich, »dass ein Mensch anders ist, als er ist.«

Auch wenn der Wein einen Schleier über mein Bewusstsein legte, so kam mir doch Alex in den Sinn. Ich war mir seiner so sicher gewesen. Ich hatte immer das Gefühl gehabt, er liebe mich mehr als ich ihn. Ich hatte mich getäuscht. Vielleicht hatte ich mich auch in diesem Fremden hier geirrt, von dem ich glaubte, er wolle ein sexy Date mit mir. Ich war einfach zu abhängig von Männern, von ihrer Aufmerksamkeit.

»Die Wünsche und die Ängste verzerren unsere Wahrnehmung«, meinte Rattler, »aber wir können darauf achten, möglichst viele Informationen aufzunehmen, um erst dann über einen Menschen zu urteilen.«

»Aha, da ist sie wieder, Ihre Kritik am Bauchgefühl«, sagte ich und lächelte so charmant wie möglich.

»Ist es Ihnen noch nie passiert, dass Sie jemanden, der Ihnen zu Beginn unsympathisch war, am Ende doch sympathisch fanden? Und umgekehrt? Dass Sie Ihre Meinung änderten, wenn Sie irgendetwas über ihn erfuhren, das Sie vorher nicht wussten?« Er hatte seine Stimme gehoben. Messer und Gabel hatte er auf den Teller gelegt, als wolle er den Tafelspitz nicht aufessen.

Er lehnte sich vor und sah mir ohne jedes Lächeln direkt in die Augen. »Sie erfahren doch auch über Ihre Großmutter Dinge, die Sie noch nicht wussten. Wenn wir uns überlegen, wie wenig wir über unsere Eltern und Großeltern wussten und wie schnell wir über sie urteilten, ist das beklemmend. Dann können wir ermessen, wie unfair es ist, wenn andere uns bewerten, ohne etwas über unsere Verluste und Schuldgefühle zu wissen. Die uns prägen. Ein Leben lang. Das wird auch Ihnen nicht anders gehen. Auch wenn Sie es nicht wahrhaben wollen.«

Ich erstarrte. Draußen hörte ich die Sirene eines Krankenwagens, der sich mühsam durch die Straße kämpfte. Wahrscheinlich irgendein Unfall. Mir wurde schwindelig. Was hatte Rattler da gesagt? Die Verluste. Die Schuldgefühle, die uns prägen. Hinter einem Nebel tauchten die alten Bilder wieder auf. Dieser Mann hatte kein Recht, diese Erinnerungen in mir zu wecken. Mein Vater hatte mir immer gesagt, dass der Unfall auch so hätte passieren können. Dass ich keine Schuld trage. Es war nur Zufall, dass meine Eltern mich bei der Großmutter aus den Ferien abholen wollten, als das Unglück geschah. Der Mercedesfahrer war schuld, er war in die Vorfahrtstraße hineingeschossen und hatte das Auto meiner Eltern gerammt. Doch der Gedanke hatte mich nie losgelassen, dass meine Mutter noch leben würde, wären meine Eltern an diesem Tag nicht wegen mir über diese Kreuzung gefahren.

Ich starrte auf meinen Teller, auf dem nur noch eine angedatschte Kartoffel in Buttersauce lag. Rattler schwieg. Zwischen uns tat sich ein Abgrund auf. Meine erotischen Gefühle waren verschwunden. Ich wollte mich am liebsten wegbeamen aus diesem Restaurant. Was sollte ich hier? Es war alles so sinnlos, mein Outfit, mein Super-BH, der Fremde hier. Es war lächerlich.

Ich entschuldigte mich und ging auf die Toilette. Vor dem Spiegel im Waschraum starrte ich in mein gerötetes Gesicht, meine Haare hingen platt herunter, die Wimperntusche hatte schwarze Schatten unter meinen Augen hinterlassen. Ich hätte nicht so viel Wein trinken sollen. Ich vertrug einfach keinen Alkohol. Ich betupfte meine Schläfen mit einem feuchten Tuch und ließ das Wasser über meine Handgelenke laufen.

Nach einer Weile ging ich langsam in den Speiseraum zurück, auf keinen Fall wollte ich schwanken. Als ich mich unserem Tisch näherte, sah ich Rattlers Gesicht in der Spiegelsäule. Ich stutzte. Mir war vorher nicht aufgefallen, wie müde der Mann aussah. Seine Augen schauten ins Leere, als habe er eine große Anstrengung hinter sich. Hatte er nur versucht, den klugen Gesprächspartner abzugeben, und sich dabei den ganzen Abend zusammengerissen, obwohl ihm in Wirklichkeit völlig anders zumute war?

Wir beendeten unsere Hauptgänge. Ich war wortkarg. Rattler sprach über das Wetter, die Vorhersage für den nächsten Tag. »Wollen Sie noch einen Kaffee nehmen?«, fragte er schließlich in leichtem Ton. »Oder möchten Sie noch ein Dessert? Ein bisschen Zucker ist gut für das Hirn.«

»Nein danke. Ich glaube, ich will nach Hause.«

»Oh, ich verstehe, Sie sind müde. Darf ich Sie bringen?«

Ich lehnte ab.

Einige Zeit später stieg ich aus dem Taxi und balancierte in meinen Stiefeletten über den eisigen Pfad durch den Vorgarten. Als ich mühsam mit dem Schlüssel die Haustür öffnete, kam mir Leo freudig kläffend entgegen. Ich legte schwankend meinen Mantel ab. Ich musste meine Gedanken ordnen. Rattler hatte es wahrscheinlich nur gut gemeint. Er hatte zum Abschied gesagt, er wolle mich wiedersehen. Irgendwas war schiefgelaufen. Vielleicht war es auch meine Schuld. Ich hatte zu viel erwartet. Mal wieder.

Ich wäre am liebsten weggelaufen. Aber ich wusste nicht, wohin. Ich wankte in das Schlafzimmer hinauf, wo ich mich am Nachmittag vor dem Spiegel so aufgebrezelt hatte. Die Nächte zuvor hatte ich auf der Couch im Klavierzimmer geschlafen. Doch jetzt zog ich die Tagesdecke ab und ließ mich auf das Himmelbett meiner Großmutter fallen. Es gab keine andere Zuflucht. Leo kam mit seinem Hundeknochen angewackelt und sprang auf das Bett. Während ich ihn streichelte, fing ich leise an zu weinen. Leo brummte vor sich hin. Seine Anwesenheit tröstete mich.

Die Bettwäsche roch frisch nach Flieder. Offenbar hatte die Haushälterin die Laken kurz vorher gewechselt. Wie hatte meine Großmutter das nur durchgehalten, dass die Ungarin das Bett bezog, im Schlafzimmer aber nicht putzen durfte? Aber natürlich, unter dem Bett lagen ja die Tagebücher, die hatte niemand finden sollen. Was für eine schräge Großmama sie war, mit diesen alten Schulheften, die sie hortete wie einen Schatz. Mir kam ein Gedanke. Rattler hatte mich nach dem letzten Band der Tagebücher gefragt. Das letzte Heft! Ich raffte mich auf und stapfte die Treppe zum Arbeitszimmer hinunter. Auf dem Schreibtisch, unter den Augen des Zwillingsbruders, lag der Stapel Kladden.

Ich setzte mich auf den Stuhl, nahm das unterste Heft und sah auf die Vorderseite. Es war der elfte Band. Komisch, es waren doch dreizehn Bände gewesen. Ich öffnete die letzte Seite. Ich hatte, als ich die Hefte fand, schon auf das Datum der letzten Eintragung geschaut, es war der 17. Februar 1943 gewesen. Doch die letzte Eintragung in diesem Band war vom 5. Februar 1943. Das war nicht das letzte Heft. Mein

Herz pochte. Hektisch fing ich an, die Kladden durchzuzählen. Ich kam nur auf elf. Elf. Es fehlten die letzten beiden Kladden.

Wie konnten die Hefte weggekommen sein? War jemand im Haus gewesen, als ich mit Rattler essen war? War jemand eingebrochen? Aber an der Tür waren keine Einbruchsspuren zu sehen gewesen. Natürlich. Maria Pramstaller konnte die Kladden auch an sich genommen haben, als sie am Samstag einige Minuten allein im Arbeitszimmer war. Diese vermeintliche Freundin in ihrer merkwürdigen Landfrauen-Aufmachung. Ich hatte von Anfang an ein schlechtes Gefühl bei ihr gehabt. Wahrscheinlich war sie es auch gewesen, die in den Bücherregalen herumgewühlt hatte, bevor ich am Freitag in die Wohnung kam. Wut stieg in mir auf.

Andererseits, Theres Kurz konnte genauso gut heute Abend hier gewesen sein. Und was war mit der Ungarin, die noch einen Schlüssel hatte? Mir fiel der mysteriöse Anruf ein. Hatte gestern jemand angerufen, um zu testen, ob ich zu Hause war? Hatte auch heute Abend jemand erst mal durchgeklingelt? Und war dann in das Haus gegangen, nachdem niemand abhob, weil ich mit Rattler essen war? Aber woher sollte dieser Jemand wissen, dass ich irgendwelche alten Tagebücher gefunden hatte? Was konnte daran so wertvoll sein, dass jemand alte Schulhefte klaute?

Morgen würde ich Maria Pramstaller einfach ganz offen nach den Heften fragen. Sie wollte ja vorbeikommen. Ich würde auch Theres Kurz und Frau Mogany zur Rede stellen. An der Pinnwand stand die Handynummer der Putzfrau. Es war doch verrückt, dass sich irgendjemand für diese Aufzeichnungen interessierte und alte Schulhefte stahl.

Es war elf Uhr am Abend. Ich ging in die Küche und machte mir einen Kaffee. Dann griff ich mir im Arbeitszimmer die nächste Kladde vom Stapel der Hefte und stieg nach oben in den ersten Stock. Ab sofort würde ich im Himmelbett nächtigen. Ich legte mich hinein, knipste die Nachttischlampe an und öffnete den nächsten Band. Die Bleistiftschrift war schwer zu entziffern, zumal meine Großmutter in der Kladde auch herumradiert hatte, was graue Flecken hinterließ. Der Kaffee hielt mich wach, und ich fing an zu lesen.

10. Kapitel

Ötztal, Januar 1943

Amberg teilte Charlotte kurzerhand in die Küchengruppe ein. Sie vermutete, das habe mit ihrer Magerkeit zu tun, und fragte nicht weiter nach. Am nächsten Tag stellte er ihr die Köchin vor. »Das ist Mimi Westheimer. Sie ist noch nicht lange bei uns, aber ohne sie ist Schattwald nicht mehr vorstellbar«, erklärte er.

»Willkommen im Bauch von Schattwald!«, sagte Mimi. Sie gab Charlotte die Hand. Die Köchin hatte einen Turm aus roten Haaren auf dem Kopf, ein scharfkantiges Gesicht und eine tiefe Stimme.

Charlotte drückte ihre Hand nur schwach, sie fühlte sich unbehaglich in dem großen Raum mit den vielen fremden Menschen. Doch Mimi war Schüchternheit offenbar gewohnt und ging nicht weiter darauf ein. Sie stellte Charlotte den anderen Patienten vor. »Heute machen wir gefüllte Braterdäpfel«, verkündete sie und deutete auf ein Plakat an der Wand. »Bei uns gibt es nicht nur Pellkartoffeln.«

Auf dem Plakat war eine Kartoffel mit traurigem Gesicht zu sehen und der Text dazu mahnte: »Sooo dick geschält? Da bleibt von mir nicht viel übrig! Schälverluste sind vergeudetes Volksnahrungsgut. Die Kartoffelernte ist knapper als sonst. Haushalten ist die Parole! Daher: Nur Pellkartoffeln.« Die Köchin begriff Braterdäpfel offenbar als eine Art Widerstand gegen Pellkartoffel-Vorschriften im Krieg, die eine Vorgängerin in der Küche aufgehängt hatte.

Mimi verschwand in einem Nebenraum und erschien wieder mit einem Kopftuch, das zu ihrer Arbeitskleidung gehörte. Sie trug ein Schürzenkleid, um ihren Hals hing ein Medaillon an einer Kette. Vielleicht verbarg sich darin ein Bild ihres Liebsten, der an der Front war, dachte Charlotte. Die Kette war ungewöhnlich lang.

Die Köchin wuchtete eine große Blechwanne mit gewaschenen, aber ungeschälten Kartoffeln auf den Tisch. Am Tisch saßen acht Leute, darunter Sophia, der zierliche Trunksüchtige mit dem Schnauzbart, der diesmal keinen Zylinder trug, und die falsche Zarah Leander mit der roten Lockenfrisur. Auch die Frau mit dem breiten Mund und starrem Blick war dabei, die Luise hieß. Der Blinde war ebenfalls da, er hatte seinen Kopf erhoben und hielt ihn etwas schief, offenbar um die Stimmen besser orten zu können. Er wich kaum von Mimis Seite. Er hatte einige Brandnarben im Gesicht. Was machte eigentlich ein Blinder in Schattwald?, fragte sich Charlotte.

Mimi erklärte das Rezept und teilte die Patienten ein. Charlotte bekam ein scharfes Messer in die Hand. »Kolja, du nimmst den Sparschäler«, sagte Mimi zu dem Blinden und gab ihm ein U-förmiges Schälmesser, das er sorgfältig ertastete. Charlotte erinnerte sich, dass Johanna die Vorteile dieses modernen Messers auch in Regensburg gelobt hatte. Die Patienten griffen sich die anderen bereitgelegten Messer und die Kartoffeln und fingen an zu schälen. Nur Sophia blieb reglos auf ihrem Stuhl sitzen. Mimi ließ sie in Ruhe.

Charlotte sah durch das Fenster hinaus in den verschneiten Wald. Von den Lärchenbäumen hingen Eiszapfen. Draußen herrschte eisige Kälte. Aber hier drinnen drehte sich alles ums Feuer. Im Raum standen zwei Holzküchenherde. Es gab zwar auch eine elektrische Kochplatte, um schnell Wasser erhitzen zu können, aber gekocht wurde auf den Herden. Einige Körbe mit Feuerholz lagerten mit etwas Abstand zu den Küchenöfen, von denen eine wohlige Wärme ausging. Auf den Herden gab es zwei Auslassungen für Töpfe. Sie waren mit Eisenringen abgedeckt, die man herausnehmen konnte, je nachdem, wie groß der Topf war, mit dem gekocht wurde. Auf der rechten Seite der Herdplatte war eine Wassertasche eingelassen für einen Behälter, in dem es immer warmes Wasser gab.

Links in den Küchenöfen befand sich die Brennkammer und darunter der Aschekasten, rechts der Backofen. Die Brennkammer mit dem Holzfeuer sorgte für Wärme, die nicht nur die Töpfe in den Mulden der Herdplatte erhitzte, sondern auch um die Backröhren strömte und diese auf Temperatur brachte.

Das Hausmädchen Gerlinde, eine weitere Helferin und Mimi hielten die Feuer in Gang, die schon früh am Morgen gezündet wurden. In der Luft lag ein heimeliges Holzaroma. Charlotte sog den Duft ein. Mimi öffnete die Tür einer Brennkammer und legte zwei Scheite nach. Charlotte fiel auf, dass sie an den Fingerspitzen der rechten Hand Brandwunden hatte.

»Kartoffeln, Fett, Pilze und Würstel, wir haben alles hier«, verkündete Mimi, »beim Mittagessen werden die Leute staunen, was wir draus gemacht haben.« Die Patienten schälten die Kartoffeln und schnitten auf Anweisung von Mimi von jeder Kartoffel ein Ende ab, sodass man die Erdäpfel aufrecht hinstellen konnte. Dann höhlten sie die Kartoffeln ein wenig aus.

Kolja verletzte sich mit seinem Schälmesser am Finger, aber er blutete nicht. »Mach eine Pause«, sagte Mimi. Sie zog die Kette mit dem Medaillon über ihren Kopf und reichte den Anhänger Kolja, so als sei es ein Amulett, an dem sich der Blinde festhalten konnte. Kolja rieb das Medaillon in der Hand und klappte den Deckel auf und zu. Er tat das offenbar nicht zum ersten Mal. Vielleicht war das auch der Grund, warum Mimi das Medaillon an einer so langen Kette um den Hals trug, dachte Charlotte. So konnte sie den Anhänger für Kolja immer wieder ab- und anlegen. Offenbar hatten die zwei eine recht vertrauensvolle Verbindung.

Die Kartoffeln waren bald geschält und ausgehöhlt. Mimi strich etwas Butterschmalz in eine große Eisenpfanne hinein, die sie auf eine offene Kochmulde stellte. »Seid sparsam mit dem Fett«, mahnte sie. Charlotte und zwei andere Patienten durften etwas Fett auf die Messer nehmen, um es in den Pfannen zu verteilen. Charlotte erinnerte sich, was Robert aus Russland geschrieben hatte: »Zum Abendessen hatten wir eine Pfanne mit fettigen Bratkartoffeln. Es hat so herrlich geschmeckt.« Das Essen und die Kälte hatten in seiner Feldpost die wichtigste Rolle gespielt.

Auch die falsche Zarah Leander verstrich etwas Fett sorgfältig in der Pfanne. Sie summte vor sich hin: »Ich weiß, es wird einmal ein Wunder geschehen.« Charlotte kannte das Lied aus einem Film, der mit großem Erfolg in den Kinos angelaufen war.

»Schön wär's, das mit dem Wunder«, sagte der Trunksüchtige mit dem Schnauzbart, der Hans Schuster hieß. »Aber ich glaub nicht dran.«

»Ich weiß, es wird einmal ein Wunder geschehen, und dann werden tausend Märchen wahr«, setzte die Leander noch einmal an. Die stumme Sophia verzog das Gesicht. Offenbar kam der brüchige, etwas falsche Gesang der Rotlockigen bei ihr, die ja immerhin eine respektierte Pianistin gewesen war, nicht besonders gut an.

»Weißt du auch ein Lied?«, fragte Charlotte Sophia. Vielleicht ließ sie sich aus der Reserve locken. Charlotte fühlte sich seit ihrer Ankunft für ihre Zimmernachbarin verantwortlich.

»Wie wär's mit Liedern, die sich ums Essen drehen?«, schlug Mimi vor. Charlotte nickte. Bei Liedern konnte sie mithalten, schließlich hatte sie Robert oft auf dem Klavier begleitet. »In einer kleinen Konditorei, da saßen wir zwei bei Kuchen und Tee«, sang sie vor sich hin. Eine Patientin und eine der Küchenhelferinnen summten mit: »Du sprachst kein Wort, kein einziges Wort und wusstest sofort, dass ich dich versteh.« Das Lied kannte jeder.

»Konditorei. Kuchen!«, sagte die falsche Leander, die es offenbar unter ihrer Würde fand, bei einem Schlager mitzusingen, der nicht von der Leander war. »Bei Kuchen, also da hätte ich nichts dagegen. Aber keinen Kartoffelkuchen, bitte schön. Ich will Buttercreme mit Marzipan, mit echter Butter und echtem Marzipan!«

Die Patientin mit dem breiten Mund, Luise, hob den Kopf: »Doch wer nur Weißbrot isst und Kuchen, wird eines Tages bitter fluchen, weil ihm die Zähne samt den Wurzeln so früh schon aus dem Munde purzeln.« Luise leierte den Spruch tonlos herunter, so als hätte sie ihn irgendwann mal auswendig gelernt und sei gezwungen, ihn aufzusagen.

Charlotte fragte sich, welche Krankheit Luise wohl hatte.

Wie konnte es sein, dass man sich an keinem Gespräch beteiligte, aber offenbar Sprüche auswendig hersagen konnte? Charlotte kannte den Reim, Johanna hatte ihn mal aus Witz aufgesagt, es war eine Ermahnung des Deutschen Frauenwerkes, damit die Hausfrauen mit dem Roggenbrot zufrieden waren und nicht mehr nach Weißbrot und den Zutaten für Kuchen verlangten, die in Kriegszeiten so knapp geworden waren.

Nun kam die nächste Phase der Kocherei. Die Patienten wälzten die Kartoffeln im Schmalz und schoben sie in die Backröhren. Die Hausmädchen öffneten die Türen zu den Brennkammern der Öfen und legten Scheite nach. Die Holzfeuer knackten und prasselten. In Charlotte stiegen warme Erinnerungen auf. Zu Hause hatte sie als Kind stundenlang in der Küche bei den Bediensteten gesessen. Die Küche mit Johanna war ein Energiezentrum gewesen in dem Haus.

»Jetzt die Füllungen für die Erdäpfel«, kommandierte Mimi. In zwei Eisenpfannen brieten die Patienten dünne Wurstscheiben und drehten sie anschließend durch den Fleischwolf. Der Fleischwolf war auch in Regensburg eines der wichtigsten Küchengeräte geworden, seitdem die Rationen auf den Lebensmittelkarten schmaler und bescheidenste Wurstmengen zerkleinert und mit Kraut oder Grütze oder sonst was gestreckt wurden, um wenigstens etwas Fleisch- und Fettgeschmack an die Gerichte zu bringen.

Jetzt waren die Pilze dran. Zwei Patientinnen ließen in Kasserollen etwas Fett schmelzen. Charlotte und die falsche Zarah Leander gaben eine große Menge getrockneter Pilze in die Töpfe. Als die Pilze weich waren, rührten sie noch einige Löffel Mehl darunter, salzten und pfefferten und vermengten die Masse mit dem wenigen Würstchenhack. Die Gesichter der Patienten hatten sich durch die Hitze und Anstrengung gerötet. Es roch nach gedünsteten Pilzen und gebackenen Kartoffeln. Charlotte fühlte sich bei der Küchenarbeit wohl.

»Charlotte und Hans, holen Sie mal einen Eimer von dem Süßmost aus dem Vorratskeller«, bat Mimi, »aber nicht von dem Vergorenen!« In Schattwald gab es offenbar die süßen Säfte, aber auch alkoholhaltigen Apfelmost, der für die Patienten bestimmt verboten war. Charlotte und der Trunksüchtige machten sich auf in den Vorratskeller. Da das Licht dort kaputt war und Lukas noch keine Ersatzbirne dafür auftreiben konnte, trug der Trunksüchtige eine Laterne. Im Vorratsraum lagerten Kartoffeln, Äpfel, eingelegtes Gemüse, eingekochtes Obst und süßer sowie vergorener Apfelmost. Dort stand auch ein Kühlschrank. Er wurde durch eine Eiskiste gekühlt, die im obersten Fach des Kühlschranks angebracht war. Das Eis musste man nachfüllen, wenn es geschmolzen und das Wasser in einen Behälter für das Schmelzwasser abgeflossen war. Hier in den Bergen war der Nachschub von Eis kein Problem. In Regensburg war immer ein Eismann vorbeigekommen, um die Eiskiste im Keller nachzufüllen.

Sie kehrten mit dem Süßmost in die Küche zurück. Bald darauf holten die Leander und Luise die gebackenen Kartoffeln aus den Backöfen. Charlotte und Hans Schuster füllten sie mit der Masse aus Pilzen und Würstelhack. Die Erdäpfel wurden auf den Herden bis zum Mittagessen warm gehalten. Dann trugen die Patienten die gefüllten Kartoffeln, das Brot, die Wasserkaraffen und den süßen Apfelmost hinaus in den Speisesaal. Das Gesicht von Zarah Leander sah fröhlich aus, als sie ein Riesentablett mit Essen nach draußen schleppte.

Mimi, das Hausmädchen Gerlinde, der blinde Kolja und Charlotte blieben in der Küche zurück. »Geschafft«, sagte Mimi und strahlte Charlotte an, »Ihr erster Tag in der Küche, Fräulein Rotstetter.« Charlotte fühlte sich leicht und warm. Es passierte nicht oft, dass Frauen einfach so zu ihr freundlich waren, ohne Tadel, ohne Zurechtweisung. Bei ihr waren das früher nur die Dienstboten gewesen. Ihre Mutter hatte hingegen die Momente der Nähe mit ihr meist genutzt, um einen Tadel über die vermeintlich schlechte Körperhaltung ihrer Tochter anzubringen.

Kolja legte Mimis Medaillon ab und tastete mit der Hand auf dem Tisch nach seinem Glas Wasser. Eine Patientin hatte sein Glas verschoben, um mehr Platz auf dem Tisch zu schaffen. Da passierte es. Kolja fegte das Medaillon versehentlich vom Tisch. Als der Blinde das Geräusch des fallenden Anhängers hörte, erstarrte er. Mimi stieß einen Ausruf aus. »Scheibenkleister! Pass doch besser auf!« Charlotte wurde erstmals bewusst, dass sie hochdeutsch und keinen Tiroler Dialekt sprach. Charlotte ging in die Knie und suchte mit Mimi den Boden ab. Das Medaillon war unter den Schrank mit den großen Tellern gerutscht.

»Grüß Gott, die Damen, ja wo seid's denn ihr unterwegs?« Lukas betrat die Küche, und Mimi unterbrach ihre Suche. Sie hatte noch einen Auftrag für Lukas, der mit dem Schlitten ins Dorf fahren sollte.

Charlotte griff mit der rechten Hand so tief wie möglich unter den Schrank. Der Spalt zwischen Boden und Schrank war schmal, der Boden dort feucht und schmutzig. Sie bekam das Medaillon zu fassen und zog es vorsichtig heraus.

Der Deckel öffnete sich. In dem Medaillon war nicht das Foto eines Mannes, wie Charlotte erwartet hatte. Vielmehr erblickte sie ein Plättchen mit einer Gravur. Die Gravur zeigte einen Stab, um den sich eine Schlange wand Charlotte hatte so etwas schon mal auf einem Brief von Doktor Rundling gesehen. Um den Stab war ein Dreieck gezogen, das auf dem Kopf stand.

Eilig schloss Charlotte das Medaillon. Irgendetwas in ihr riet ihr, Mimi besser nicht zu fragen, was das Zeichen bedeutete. Man schaute nicht in fremder Leute Medaillons. »Hier«, sagte sie zu Mimi und reichte ihr den Anhänger.

Mimi warf ihr einen dankbaren Blick zu und streifte sich die lange Kette mit dem Medaillon über den Kopf. »Kann ja mal passieren«, sagte sie zu Kolja und fasste ihn am Arm. »Ich wollte dich nicht ausschimpfen. Aber es ist halt unser Wertvollstes, das Medaillon.« Charlotte wunderte sich. Was meinte die Köchin damit?

Charlottes Hände waren beim Herumtasten unter dem Schrank schmutzig geworden. »Du kannst die Seife und das Waschbecken der Hausmädchen benutzen«, sagte Mimi. Das Waschbecken befand sich in einer Nische links vom Eingang, wo auch die persönlichen Sachen des Personals an Haken hingen.

Charlotte trat an das Becken, drehte das kalte Wasser auf, nahm die Seife und wusch sich die Hände. Ihr Blick fiel auf ein offenes Buch auf der Ablage. Eine Seite war aufgeschlagen, dort stand das Rezept für »Gefüllte Braterdäpfel«. Sonderbar. Warum brauchte eine erfahrene Köchin ein Rezeptbuch, obwohl Backkartoffeln nicht gerade ein schwieriges Gericht waren? Charlotte trocknete die Hände ab und klappte das Buch zusammen. »Zeitgemäße Kriegsküche«

lautete der Titel. Das Buch war von 1916 und stammte aus einer Leihbücherei in Wien, an die es offensichtlich nicht zurückgegeben worden war. Mimi nutzte alte Kriegsrezepte, in denen Zutaten verwendet wurden, die es auch in Notzeiten gab. Charlotte drehte sich um. Mimi hatte Kolja am Arm ergriffen und flüsterte ihm etwas zu.

Eine Köchin, die mit einem Patienten so vertraut war, die ein Medaillon mit Ärztezeichen trug und ein einfaches Gericht nicht auswendig kochen konnte … War Mimi vielleicht gar keine gelernte Köchin? War sie vielleicht aus einem ganz anderen Grund in Schattwald?

11. Kapitel

Innsbruck, Dezember 2014

Der Anhänger! Das Medaillon mit dem Äskulapstab. Mein Erbstück. Es stammte also von einer Köchin in Schattwald. Oder von einer Frau, die sich als Köchin ausgegeben hatte.

Ich war in der Nacht über der Kladde eingeschlafen und hatte am nächsten Morgen im Himmelbett weitergelesen, nachdem ich mit Leo Gassi gegangen war.

Jetzt stand ich auf und ging nach unten ins Arbeitszimmer. Mein Blick fiel auf den Schreibtisch und dort auf die Karte des Beerdigungsinstituts am Westfriedhof in Innsbruck. Maria Pramstaller hatte sie mir gegeben. Ja, die Beerdigung. Ich musste mich heute darum kümmern und in der Bestattungsfirma anrufen. Ich öffnete die Schreibtischschublade, holte das Medaillon heraus und klappte es auf. Die Schlange in dem umgedrehten Dreieck. Mimis Amulett. Wo hatte ich das Zeichen schon mal gesehen? Da dämmerte es mir.

Vor vielen Jahren war ich mit Großmama Charlotte auf dem Friedhof gewesen, am Doppelgrab, in dem damals nur Opa Lukas lag. Genau. Wir standen damals vor dem Grabstein, meine Großmutter und ich. Ich musste zehn Jahre alt gewesen sein. Ich fragte sie nach dem merkwürdigen Zeichen, das in den Stein eingraviert war. Irgendwas mit einer Schlange. Was das Zeichen denn bedeute, hatte ich damals die Großmama gefragt. »Es steht für das Abenteuer unseres

Lebens«, hatte sie gesagt. »Wenn du größer bist, werde ich dir vielleicht davon erzählen.« Die Szene auf dem Friedhof stand vor mir, als hätte ich sie gestern erlebt.

Was hatte das Zeichen zu bedeuten? Irgendwo in den Tagebüchern würde die Lösung stehen, ich war mir sicher. Aber wo waren die letzten Bände? Ich ging in die Küche und nahm den Zettel mit den Telefonnummern von der Pinnwand. Gita Mogany hieß die Haushälterin. Ich würde die Frauen, die hier ein und aus gegangen waren, jetzt nach und nach zur Rede stellen.

Ich wählte die Nummer von Mogany. Sofort kam eine Ansage. »Dieser Anschluss ist leider vorübergehend nicht erreichbar.« Nicht erreichbar. Das konnte nicht wahr sein. Die Mogany hatte erzählt, sie müsse nach Ungarn reisen, zu ihrer Mutter. Hatte sie ihr Handy ausgeschaltet oder in Innsbruck gelassen?

Auf dem Zettel standen auch die Handynummer und die Festnetznummer von Maria Pramstaller. Sie hatte sich immer noch nicht gemeldet, um eine Uhrzeit für ihren Besuch mit mir heute am Montag auszumachen. Ich tippte ihre Mobilnummer ein. Es tutete und die Mailbox sprang an, auf der die energische Stimme der alten Dame erklang. Ich hinterließ eine Nachricht. Falls die Pramstaller die Hefte wirklich gestohlen hatte, musste sie doch wissen, dass ich ihr auf die Schliche kommen würde. Vielleicht hatte sie gehofft, dass ich den Verlust der Bände gar nicht bemerkte.

Ich suchte die Adresse der katholischen Gemeinde heraus, zu der Charlotte gehörte, und rief dort an. Der Pfarrer erklärte sich bereit, die Beerdigung am Montag zu übernehmen, obwohl er meine Großmutter nur einmal gesehen hatte, als er ihr zu ihrem neunzigsten Geburtstag gratulierte. Dann telefonierte ich mit dem Bestattungsinstitut und gab das Datum der Beerdigung durch. Ich kündigte an, am nächsten Tag persönlich vorbeizukommen, um die Details zu besprechen.

Es war ein merkwürdiger Gedanke, dass meine Großmutter jetzt irgendwo in einem Kühlfach lag. Ich beschloss, dass ich sie nicht noch einmal sehen wollte. Ich hatte Angst, dass sich das Bild der toten Greisin wie eine graue Decke über alle anderen Bilder legen könnte, die ich von ihr im Herzen trug.

In der Küche machte ich mir einen Kaffee und frühstückte die letzten beiden Scheiben Mischbrot mit etwas Käse. Es war Montag, ich musste einkaufen, ein bisschen Hundefutter und Lebensmittel für mich. Im Kühlschrank war zwar noch Käse, aber keine Milch mehr. In der Nähe gab es einen Supermarkt, das hatte mir Theres Kurz beschrieben, und ich hatte ihn bei meinen Gassigängen schon entdeckt.

Ich zog mir meine dicken Stiefel und die Winterjacke an, nahm Leo an die Leine und verließ das Haus. Es war immer noch bitterkalt, mein Atemhauch verwandelte sich in Dampf. Doch der Himmel war klar und blau.

Der Supermarkt hatte ein riesiges Angebot. Ich stellte fest, dass ich gar nicht so viel einkaufen mochte. Ich verzichtete auf das Baguette, das ich sonst bevorzugte, und packte stattdessen Roggenbrot in den Einkaufskorb. Ich griff zu einem vegetarischen Brotaufstrich aus Hefe, Öl, Kräutern und Tomatenmark. Ich ertappte mich dabei, so sparsam essen zu wollen wie die junge Charlotte. War es eine Sehnsucht, meiner Großmutter so nahe zu kommen wie irgend möglich? Aber ich musste ja nicht übertreiben. Ich packte noch einen Liter Vollmilch, Margarine, grobe Schweinswürste, einige

Kartoffeln und Kohlrabi in den Korb und legte eine Dose Getreidekaffee dazu. Bohnenkaffee hatte mich ohnehin immer nervös gemacht.

Als ich nach Hause kam, verstaute ich die Lebensmittel rasch in der Küche und eilte zum Telefon ins Arbeitszimmer. Diesmal wählte ich die Festnetznummer von Maria Pramstaller. Niemand hob ab, es sprang aber auch kein Anrufbeantworter an. Wenn das so weiterging, würde ich sie zu Hause aufsuchen.

In der Küche machte ich mir einen Getreidemilchkaffee. Wie schräg, dass manche der vegetarischen Ersatzlebensmittel aus Kriegszeiten heute als besonders »bio« gelten. Ich schnitt eine Scheibe vom Roggenbrot ab. Mein Blick fiel auf den Flyer, der an der Pinnwand hing. Ich trat näher, den Kaffeebecher in der Hand.

Der Flyer warb für eine Ausstellung in Innsbruck. Ich nahm das Faltblatt vorsichtig ab und faltete es auf. Der Titel der Ausstellung lautete: »Krankenmord und Irrglaube: Psychiatrie und Psychotherapie in der Zeit des Nationalsozialismus«. Mir lief ein Schauer den Rücken hinunter. Meine Großmutter hatte wahrscheinlich vorgehabt hinzugehen. Sonst hätte sie sich das Faltblatt wohl nicht in die Küche gepinnt.

Die historische Ausstellung war eine Wanderausstellung, die zuvor in Wien gezeigt worden war. Sie lief noch. Ich würde sie besuchen, vielleicht morgen, wenn ich die Formalitäten bei dem Beerdigungsinstitut geklärt hatte. Wenn ich Maria Pramstaller endlich erwischt hatte. Ich ging ins Arbeitszimmer, griff zum Telefonhörer und wählte ihre Festnetznummer. Das war jetzt der dritte Versuch.

Zu meiner Überraschung hob jemand ab. Eine männliche

Stimme meldete sich. »Bei Pramstaller, guten Tag.« Es war eine jüngere Stimme. War das ihr Freund? Oder Sohn?

»Südhausen«, meldete ich mich, »Anne Südhausen. Entschuldigen Sie, ich hätte gerne mit Maria Pramstaller gesprochen.«

Am anderen Ende der Leitung entstand eine Pause. »Es tut mir leid«, sagte die männliche Stimme, »ich bin Ulrich Pramstaller, der Neffe von Maria Pramstaller. Sie können meine Tante leider nicht mehr sprechen.«

»Warum denn nicht? Wir waren heute verabredet.«

»Meine Tante ist leider verstorben«, sagte der Mann am anderen Ende der Leitung. Er klang sachlich und kein bisschen traurig.

»Wie bitte?«, fragte ich, mein Mund wurde trocken. »Was ist denn passiert?«

»Sie wurde im Wasserspeicher Längental gefunden, das ist ein Stausee in den Bergen«, sagte der Neffe.

»Aber warum? Wieso?«, stammelte ich. Mir wurde schwindelig.

»Wer sind Sie eigentlich, wenn ich fragen darf?« Er klang jetzt streng.

»Ich bin die Enkelin ihrer verstorbenen Freundin Charlotte Waldhofer. Ich wollte mit Ihrer Tante etwas besprechen. Es ist wichtig.«

»Ach so, die Enkelin der Frau Waldhofer. Das tut mir leid. Meine Tante hat sich offenbar das Leben genommen. Aber ich möchte darüber nicht so gerne am Telefon reden.«

»Ich könnte vorbeikommen«, bot ich hastig an. »Ihre Tante und ich hatten etwas zu besprechen und wahrscheinlich können Sie mir dabei helfen.«

Ich dachte an die Kladden und kam mir gleichzeitig dabei

sehr egoistisch vor. Falls Maria Pramstaller sie hatte, wie sollte ich jetzt daran kommen? Ich konnte den Neffen der Toten doch jetzt am Telefon nicht nach irgendwelchen verschwundenen Schulheften fragen. Ich musste unbedingt in die Wohnung der Frau.

»Ich komme gerne heute noch vorbei«, setzte ich nach. »Ihre Tante war sehr eng mit meiner Großmutter befreundet, wissen Sie.« Ich hätte alles Mögliche erzählt, um die Wohnung der alten Dame aufzusuchen.

»Sie können leider erst morgen kommen«, sagte der Neffe, »ich gehe nämlich jetzt aus dem Haus. Ich wohne am anderen Ende von Innsbruck.«

Ich zwang mich zu einem ruhigen Ton am Telefon und verabredete mich mit Ulrich Pramstaller für den nächsten Tag nachmittags. Dann legte ich auf. In meinem Kopf drehte sich alles. Eine alte Frau, die erst ein Tagebuch stahl und sich dann in einem eiskalten Stausee das Leben nahm, das war doch verrückt. Ich stellte mir vor, wie Maria Pramstaller im Wasser lag, den weiten Rock vom Wasser aufgetrieben wie ein abgestürzter Ballon.

Mein Magen krampfte sich zusammen. Konnte ihr Tod etwas mit den Tagebüchern zu tun haben? Ich musste unbedingt mit Theres Kurz reden und mit Frau Mogany. Maria Pramstaller hatte die ungarische Haushälterin nicht gemocht. Warum eigentlich nicht, hatte nicht ihr Neffe die Mogany an meine Großmutter vermittelt?

Ich musste aufpassen, sonst drehte ich durch. Verschwörungstheorien, das war ein Symptom von Wahnsinn. Ich sollte mit irgendjemandem über die ganze Sache reden, dringend. Aber mit wem? Sollte ich Alex anrufen? Lächerlich. Er würde mich für übergeschnappt halten, wenn ich ihm irgendwas von Schulheften meiner toten Großmutter erzählte und von einer alten Frau, die ins Wasser gegangen war. Er hatte mir während unserer Streitereien oft vorgeworfen, ich sei überspannt. Außerdem war er bestimmt mit seiner Neuen unterwegs. Das wäre zu demütigend, jetzt noch die verrückte Verlassene zu geben.

Leo kam angetrottet und rieb seine Schnauze an meinem Knie, als spüre er meine Furcht. Ich streichelte ihn mechanisch. Mein Blick wanderte haltsuchend über die Bilder und Regale im Arbeitszimmer. Die Gletscherfotos, die Bücher, das Fernrohr, sie alle schienen genau wie meine Großmutter und ihre tote Freundin ein Geheimnis zu bergen, hinter das ich nicht kam.

Mein Blick blieb an dem Eispickel hängen, den meine Großmutter in der Ecke an die Wand gelehnt hatte. Ich stand auf und hob den Pickel an. Er hatte eine massive Eisenspitze und einen Schaft aus nachgedunkeltem Holz. Bestimmt sahen moderne Eispickel heute anders aus. Ich wog den Pickel in der Hand. Er fühlte sich gut an. Wie eine Waffe.

Ich sollte auf jeden Fall schon mal darauf achten, dass das Haus von innen gut verschlossen war. Ich trug den Eispickel mit mir herum, während ich die Fenster und die Haustürschlösser kontrollierte. Alles war dicht. Draußen war es dunkel geworden. Ich zog die Vorhänge vor den Fenstern im Erdgeschoss zu. Ich wusste nicht, ob ich mich besser fühlte mit den zugezogenen Vorhängen oder nicht doch eingeschlossen, gefangen. Eigentlich mochte ich Gardinen nicht.

Himmel, ich wurde merkwürdig hier im Arbeitszimmer meiner Großmutter, mit schweren Winterstiefeln an den Füßen, einem Eispickel in der Hand und literweise Angst im Körper. Mir fiel mein Albtraum mit dem Vogelmann wieder ein. Die Bedrohung, die ich erst nicht erkannte. Es war ein Traum gewesen. Ich brauchte einfach mehr Wirklichkeit.

Ich würde morgen das Beerdigungsinstitut aufsuchen und zum Friedhof fahren, zum Doppelgrab meiner Großeltern. Dann würde ich Ulrich Pramstaller besuchen und mit ihm über seine verstorbene Tante sprechen. Womöglich hatte er die Kladden ja gefunden, falls seine Tante sie aus schlichter Neugier geklaut hatte. Vielleicht klärte sich alles auf. Ich könnte außerdem zur Ausstellung gehen über die Psychiatrie in der Nazizeit. So käme ich wieder unter Leute.

Ich könnte natürlich auch meine Freundin Sabine in Hamburg anrufen und ihr alles erzählen. Wenn Sabine ihr Tief wegen Hartmut überwunden hatte, war sie bestimmt eine gute Zuhörerin. Sabine, Hamburg, »LaVie«. Mein eigentliches Leben. Es erschien mir jetzt so weit weg. Plötzlich wünschte ich mir, dass sich Siegfried Rattler noch einmal melden würde. Egal, was gestern Abend im Restaurant zwischen uns passiert war oder auch nicht passiert war, ich würde mich über einen Anruf freuen.

Ich machte mir noch einen Getreidekaffee und aß eine Scheibe Roggenbrot mit Kräuterpaste. Mit den Aufzeichnungen von Charlotte musste ich unbedingt weiterkommen. In Gedanken nannte ich meine Großmutter neuerdings manchmal beim Vornamen, so als sei sie ein junges Mädchen.

Es war noch früh am Abend, doch ich ging ins Arbeitszimmer, nahm den ganzen Stapel Kladden und trug ihn hoch ins Schlafzimmer. Ich versteckte die Kladden unter dem Bett, wie Charlotte es getan hatte. Bis auf eine, in der ich lesen wollte. Ich holte den Eispickel und legte ihn aufs

Bett. Er war zwar antik, aber poliert und gepflegt. Dann legte ich mich auf die Tagesdecke mit den gelb-orangenen Vögeln. Hier war mein Platz. Ich hatte eine Mission. Ich würde Charlottes Geheimnis lüften. Ich nahm die Kladde vom Nachttisch und öffnete sie.

12. Kapitel

Ötztal, Januar 1943

Charlotte hatte gehofft, dass Lukas ihre Fragen zu Schattwald beantworten würde. Lukas war ihr doch so schnell so vertraut geworden, und sie hatte Fragen, die sie niemandem sonst im Sanatorium zu stellen wagte. Wer hätte ihr sonst erzählen können, was Mimi für eine Vergangenheit hatte und was Doktor Amberg mit Professor Kettenbach verband? Ganz abgesehen von Rose, der verschwundenen Patientin, für die sich niemand mehr zu interessieren schien. Nicht einmal die Patientin im braunen Baumwollkittel hatte noch mal nach ihr gefragt, jedenfalls nicht, soweit es Charlotte mitbekommen hatte.

Doch Lukas war plötzlich erstaunlich wortkarg, was ihre Fragen betraf. Er setzte sich zwar gerne am Frühstückstisch zu Charlotte, tunkte dann sein Schwarzbrot in den Getreidekaffee und sprach mit ihr über das Winterwetter, die Heizprobleme und die Vorratshaltung in Schattwald. Aber auf ihre Fragen nach den Menschen ging er nicht mehr ein. Nun, Mimi habe vorher in anderen Krankenhäusern gearbeitet. Ja, eine Rose habe es gegeben. Es war eine Patientin, die verlegt wurde. So was komme vor. Professor Kettenbach? Ja, den Namen habe er schon mal gehört. Mehr wisse er nicht über ihn.

Charlotte fragte sich, warum er so verschlossen war, anders als am ersten Tag. Doch sie hatte nicht das Gefühl, dass er sich von ihr entfernen wollte. Im Gegenteil, dass Lukas sie mochte, war offensichtlich. Er freute sich sehr, als Charlotte zum Holzmachen eingeteilt wurde. Es war eine Arbeit an der frischen Luft. Die Kälte draußen schaffe Klarheit und Ruhe im Innern, hatte Doktor Amberg gesagt. Es sei besser, wenn sie erst mal draußen körperliche Arbeit verrichte, um wieder hineinzufinden in die Gegenwart. Der Chefarzt hatte bisher noch keine Kunsttherapie für Charlotte angeordnet und auch keine längeren Gespräche mit ihr geführt.

Die Holzgruppe war zu sechst mit dem Pferdeschlitten unterwegs, um Bäume zu schlagen und um Lärchenholzstämme aufzuladen, die durch Sturmschäden gefällt worden waren. Lukas' Bruder Konrad und der blond gelockte Kriegszitterer waren dabei und noch zwei weitere Patientinnen. Der Winter sei die richtige Zeit zum Bäumefällen, das harzige Holz sei dann trockener als im Sommer, erklärte Lukas. Charlotte ging wie die andern neben dem vollbeladenen Schlitten her, auch Lukas lief nebenher, wenn der Weg zu steil wurde. Der Haflinger zog das Gefährt.

Charlotte liebte es, durch die Kälte und den Schnee zu stapfen. Ihre Ohren waren warm unter Roberts Mütze mit den Ohrenklappen, und sie spürte jeden Quadratzentimeter ihrer Haut im Gesicht. Sie bewegte ihre Finger in den dicken Wollhandschuhen und die Zehen in den Stiefeln, sodass das Blut durch die Gliedmaßen zirkulierte. Sie trug Roberts Männerhose und seine zu große Jacke. Die Hose hatte schon eine Wäsche in Schattwald überstanden. Charlotte hatte die Mitpatienten ermahnt, sie bloß nicht mit dem Wäschestampfer zu bearbeiten, damit das Gewebe des abgetragenen Stücks nicht riss.

Als sie am nächsten Tag neben Lukas auf dem Kutschbock saß, erzählte sie ihm von den Feldpostbriefen ihres Zwillingsbruders. In einem Brief hatte Robert gebeten, die Eltern mögen ihm doch ein Paar Fußlappen an die Front schicken. Das war der Sockenersatz für die Wehrmacht.

»Fußlappen«, sagte Lukas und grinste in seinen Bart, »so was habe ich auch noch.«

Einen Tag später brachte ihr der Hausmeister zwei saubere quadratische Tücher aus Wollgemisch mit, er hatte sie von einem Soldaten geschenkt bekommen. Er zeigte ihr, wie man sie so um die Füße wickelte, dass sie keine Druckstellen hervorriefen.

Charlotte nahm die Tücher und packte ihre schmalen nackten Füße darin ein. Lukas sah andächtig zu. Dann zog Charlotte ihre Schnürstiefel darüber, die Fußlappen wurden nur durch die Schuhe am Fuß gehalten. Die gewickelten Tücher isolierten gut. Man könne sie einfach drehen und müsse sie nicht stopfen, wenn sie irgendwo durchgescheuert waren, erklärte Lukas.

Es war schön, in diesem warmen Aufzug neben dem Schlitten durch den Winterwald zu laufen. Sie fühlte sich ihrem Zwillingsbruder nahe. Es war, als stapfe er mit ihr durch den Märchenwald. Nicht schwer bepackt und zu dünn angezogen und hungrig wie in der Eiseskälte in Russland, wo er unter den Kommandos seiner Vorgesetzten in zwei Tagen hundert Kilometer marschieren musste; nein, sie stellte sich Robert warm eingemummelt vor und satt und fröhlich, wie sie ihn in Erinnerung hatte. Er war an ihrer Seite wie ein guter Geist, der sie nie verlassen würde. So fühlte sie sich für einen Moment vollständig.

Im Wald lernte Charlotte, mit dem Kriegszitterer die Trummsäge zu führen, um die Holzstämme zu zerlegen. Am Anfang dauerte es furchtbar lange, bis sie einen dünnen Stamm durchhatten, so geschwächt war sie. Doch nach wenigen Tagen ging es schneller, und Charlotte spürte, wie sie zu Kräften kam.

Lukas erzählte ihr, der Enkel des Schattwald-Gründers habe sich immer gescheut, das kleine Sanatorium mit einer modernen Dampfheizung auszustatten. Er habe die karge Ausstattung damit gerechtfertigt, den Nervösen täte es gut, beim Heizen der Kachelöfen selbst mit anzupacken.

Die meisten Patienten beteiligten sich an den Arbeitsgruppen, auch der blinde Kolja Brunner war zumindest in der Küche immer dabei. Die Küchentätigkeit war durchaus beliebt, zumal Mimi ab und zu einen »Confiserie«-Nachmittag veranstaltete, an dem Printen, Hafermakronen und falsche Marzipankartoffeln entstanden. Charlotte lernte neue Rezepte kennen für Gebäck, in denen Kunsthonig, Grieß, Haferflocken und Rübenkraut eine wichtige Rolle spielten. »Das ist zeitgemäße Küche«, sagte die Köchin mit der roten Turmfrisur und grinste, »Not macht erfinderisch.«

Doch es gab jeden Tag auch etliche Patienten, die lieber im Speisesaal saßen, hinaus in den verschneiten Wald blickten und vor sich hin träumten. Der Trunksüchtige mit dem Schnauzbart alias Hans Schuster und die falsche Leander, die in Wirklichkeit Bertha Uhlig hieß, spielten oft »Mensch-ärgere-Dich-nicht«, das Brettspiel, das im Krieg auch den Soldaten in den Lazaretten die Langeweile vertrieb, wie Charlotte wusste. Einige Patienten, darunter auch die Frau mit dem breiten Mund, Luise, lagen an den Nachmittagen gerne in den Wannen im warmen Lavendelbad. Der Chefarzt hatte ein Auge darauf, dass das Nichtstun nicht ausuferte, ansonsten ließ er die Patienten gewähren.

Am Abend spielte Charlotte manchmal auf dem Flügel. Sie hatte in einem Stapel auf dem Flügel Klaviernoten mit Schlagern entdeckt. Der falschen Leander zuliebe spielte sie »Nur nicht aus Liebe weinen« und »Kann denn Liebe Sünde sein?«, denn die Uhlig war leider nicht bereit, andere Lieder als die von Zarah Leander anzustimmen, und warf Charlotte einen vorwurfsvollen Blick zu, wenn sie andere Stücke wählte. Charlotte wunderte sich, dass sich ein so verrückter Mensch wie die Uhlig überhaupt ganze Strophen von der echten Leander merken konnte.

Charlotte liebte den Tango vom »Roten Mohn« und den Marsch »Solang nicht die Hose am Kronleuchter hängt«. Kriegszitterer Alfred und der blinde Kolja konnten ein paar Liedzeilen, und Mimi schmetterte manchmal mit ihrer heiseren Stimme den Refrain mit: »Solang nicht die Hose am Kronleuchter hängt, sind wir noch nicht richtig in Schuss! Solang nicht die Hose am Kronleuchter hängt, da schmeckt uns kein Sekt und kein Kuss!«

An einem Abend war Amberg in den Speisesaal gekommen, just als sie sangen. Charlotte hatte ihn noch nie zuvor so herzlich lachen hören. Nur Stühling, der Assistenzarzt mit dem Wieselblick, hatte gerügt, man möge sich doch auf eine andere Liedwahl besinnen, »jetzt, da sich das Land im Krieg befindet«. Stühling legte auch Wert darauf, das Radio im Speisesaal anzustellen, wenn mal wieder eine Rede des Reichspropagandaministers Joseph Goebbels oder eine Reportage von der Front im großdeutschen Rundfunk zu erwarten war.

Charlotte sang bei den abendlichen Konzerten nur ab und zu mal eine Liedzeile mit und beschränkte sich ansonsten auf ihr Klavierspiel. »Fröhliche Musik, und wie flott Sie spielen, Charlotte«, sagte Mimi eines Abends. Charlotte wurde warm ums Herz. Sie schrieb in einem Brief nach Regensburg, dass es ihr besser gehe und sie noch einige Wochen in Schattwald bleiben wolle.

Dann kam die Nacht, als der Bote erschien und alles veränderte.

Charlotte hatte es sich zur Gewohnheit gemacht, jeden Abend vor dem Schlafengehen aus dem Fenster im Waschraum einen Blick auf das Haus gegenüber zu werfen. Dort wohnte Doktor Amberg. Hinter dem Fenster seiner Wohnung im Erdgeschoss brannte das Licht immer bis tief in die Nacht hinein. Der Chefarzt schien stundenlang über Büchern oder Akten zu brüten. Er war eine Gestalt, die über Schattwald zu wachen schien.

Mimi hatte Charlotte einmal, als sie allein in der Küche waren, erzählt, dass der Chefarzt nicht nur der Sohn eines Generals war, sondern auch der Sohn einer Malerin. »Von seiner Mutter hat Doktor Amberg wohl eine gewisse künstlerische Ader geerbt«, hatte Mimi gesagt.

An diesem Abend hatte Charlotte noch mit Sophia auf dem Zimmer aus dem Koffergrammofon »Ich tanze mit dir in den Himmel hinein« gehört, von Lilian Harvey und Willy Fritsch. Sophia hatte gelächelt und immerhin den Takt mitgeklopft. Charlotte fand danach keine Ruhe. Sie bekam keine Medikamente, während Amberg einigen anderen Veronal und Bromide verabreichen ließ. Einige der unruhigsten Patienten erhielten mitunter Morphium. Amberg war durchaus großzügig mit Morphium, hatte ihr der blonde Kriegszitterer Alfred mal unter dem Siegel der Verschwiegenheit erzählt.

Es war schon nach Mitternacht, als Charlotte noch einmal zur Toilette ging. Wie immer warf sie noch einen Blick durch das Fenster. Sie stutzte. Vor dem Eingang des Personalhauses sah sie im Schnee einen Mann liegen. Mimi kniete neben dem Körper. Lukas stand dabei. Das Licht im Eingang erhellte die Szene. Charlotte lief ins Zimmer und zog sich in Windeseile an. Dann stürzte sie aus dem Haus. Inzwischen war auch das Hausmädchen Gerlinde im Eingang erschienen. Auch sie hatte sich offenbar blitzschnell angekleidet und war die Treppe hinunter zum Eingang gelaufen.

Der Mann lag auf dem Bauch. Er hatte eine dunkle Joppe, eine Arbeitshose und Bergstiefel an. Um den Hals trug er einen dicken Schal. Eine Mütze lag ein paar Meter von ihm entfernt im Schnee. Er trug keine Handschuhe. Mimi fühlte seinen Puls.

»Ein bisschen Puls spüre ich noch«, sagte Mimi. »Gerlinde, hol bitte die Trage aus dem Untergeschoss.«

»Ich kann mit anpacken«, sagte Charlotte. Mimi nickte. Sie und Lukas drehten den Mann um. Sein bartloses Gesicht war kreideweiß und starr. An der linken Schläfe hatte er eine rote Wunde, aus der aber kein Blut mehr floss. Mimi bewegte den Arm des Mannes. Sie wirkte wie eine erfahrene Krankenschwester. Gerlinde erschien mit einer Trage.

Mimi und Lukas hoben den Mann an, Gerlinde und Charlotte schoben die Trage unter seinen Körper. Die vier schafften es, die Trage hochzuhieven. Sie trugen den starren Körper ins Haus. Amberg kam ihnen im Hausmantel entgegen. Wahrscheinlich hatte er wie immer spät abends noch gearbeitet.

»Wir haben einen Verletzten«, sagte Mimi, »er lag hier vor der Tür.«

Amberg reagierte sofort. »In meine Bibliothek, rasch, da ist es warm. Gerlinde, holen Sie heißes Wasser, bitte.« Das Hausmädchen lief los in Richtung Haupthaus.

Kurz darauf lag der Fremde vor dem Bücherregal auf dem Boden. Amberg holte sein Stethoskop und hörte ihn ab. »Schwacher Herzschlag, sehr schwacher Herzschlag«, sagte der Chefarzt. Er betrachtete die verletzte Schläfe genauer. »Eine stumpfe Schlagwunde nicht sehr tief, aber der Schlag kann trotzdem kräftig gewesen sein. Die Wunde ist schon ein paar Stunden alt. Vielleicht rührt sie von einem Sturz her. Ziehen Sie ihn vorsichtig aus«, sagte er zu Mimi, »und Luzifer, legen Sie bitte beim Ofen ordentlich nach.« Charlotte fiel auf, dass er den Hausmeister bei seinem Spitznamen nannte, genau wie Mimi und die Pflegerinnen es auch taten.

Der Chefarzt warf sich seinen Pelerinenmantel über und eilte in das gegenüberliegende Patientenhaus. Dort befand sich im Erdgeschoss das verschlossene Ärztezimmer mit den Medikamenten, den Schlafmitteln, Beruhigungsmitteln, Infusionen. Und dem Morphium, wie Charlotte wusste.

In Ambergs Arbeitszimmer zog Mimi dem Mann vorsichtig die Jacke aus. Dann machte sie sich an den Bergstiefeln zu schaffen. Charlotte ließ unterdessen ihren Blick über das Bücherregal und den Schreibtisch schweifen. Es war aufregend, auf diese Weise in Ambergs Gemächer vorgedrungen zu sein. Charlotte sah auf einem Buchrücken Carl Gustav Jungs Namen. In einem weiteren Regal lag ein großer Band: »Mythen der Bergvölker«. Daneben hingen bunte Fahnen mit fremdartigen Schriftzeichen an der Wand.

Charlotte hatte solche Fahnen schon mal auf Fotos aus dem Himalaya gesehen, in einem Reiseband ihres Vaters.

Auf dem Schreibtisch des Chefarztes stand eine Schreibmaschine, in die ein Blatt eingespannt war. Sie trat näher. Es war ein angefangener Brief. Charlotte erkannte auf dem Anschreiben eine Adresse, das »Deutsche Institut für psychologische Forschung und Psychotherapie« in Berlin. Neben der Schreibmaschine lag ein Stapel beschriebener Blätter, offenbar war es ein Aufsatz. Charlotte las den Titel: »Die Symbolik von Schnee und Eis in der Neuen Deutschen Seelenheilkunde«. Neben dem Stapel sah Charlotte ein paar Ampullen liegen. Sie wunderte sich. Waren die für irgendwelche Behandlungen gedacht?

»Kommen Sie mal her, Charlotte«, sagte Mimi und riss sie aus ihren Gedanken. »Helfen Sie mir. Die Stiefel gehen so schwer vom Fuß.« Charlotte wandte sich dem Mann zu, löste die Schnürsenkel seines linken Stiefels und zog daran. Die Dinger saßen wirklich fest. Mimi schaffte es als Erste, den rechten Stiefel abzuziehen. »Oh«, sagte sie überrascht, »da ist ja noch was, kein Wunder, dass der so schwer abgeht.« Im Stiefel steckte ein zusammengerolltes Blatt Papier. Mimi zog das Papier auseinander. Sie warf einen Blick darauf und rollte es sofort wieder zusammen. Doch Charlotte hatte schon etwas erkannt, das ihr Herz schneller schlagen ließ. Auf dem Papier war das Zeichen mit dem Stab und der Schlange im Dreieck zu sehen. Genau das gleiche Zeichen wie in Mimis Medaillon. Mimi steckte das Papier wortlos in ihren Ärmel.

Wenig später hatten sie den Mann bis auf seine lange Unterhose ausgezogen. Amberg kam mit einer Spritze, einem dünnen Schlauch und einer großen Flasche herein.

Gerlinde erschien kurz darauf mit einem Eimer heißen Wassers. Sie stellte den Eimer auf einen Stuhl. »Ich gebe ihm eine angewärmte Infusion mit Kochsalzlösung«, sagte Amberg, »und wir wickeln heiße Tücher um die Glieder und tauen sie vorsichtig auf.«

Gerlinde tauchte auf sein Geheiß die Flasche in das warme Wasser. Amberg suchte eine Vene am Unterarm des Mannes. Schließlich verband er die Infusionsnadel über den dünnen Schlauch mit der Flasche. Die warme Kochsalzlösung floss in den Körper des Verletzten. Gerlinde legte heiße Tücher auf seine Brust und wickelte sie um seine Arme und Beine. Lukas hatte einen Stapel neuer Holzscheite gebracht und schürte das Feuer im Kaminofen an. Es herrschte eine angenehme Wärme im Raum. Charlotte hoffte, dass alles gut werden würde. Mit Amberg, der angewärmten Infusion, den heißen Tüchern konnte es doch nur eine Frage der Zeit sein, bis der Fremde die Augen aufschlug.

Doch der Chefarzt sah niedergeschlagen aus. Der Fremde lag so starr da wie zuvor. Er sah aus, als sei er sehr weit weg. Das Gesicht blieb kreideweiß. »Wir schaffen es nicht«, sagte Amberg nach einer Weile. »Wir schaffen es nicht. Vielleicht ist es auch die Kopfwunde, die dem Mann so zusetzt.« Gerlinde hielt die Infusion noch einmal extra hoch, Amberg setzte das Stethoskop auf das Herz des Mannes. Er schüttelte den Kopf. Der Fremde war tot.

Die Umstehenden waren bestürzt. Nur Mimi fasste sich gleich wieder. Sie durchsuchte die Jacke des Mannes. »Nichts«, sagte sie, »keine Papiere, nichts.« Die Papierrolle erwähnte sie nicht. »Ich glaube, ich weiß, wer er ist«, meinte Lukas. »Es ist ein Knecht aus dem Dorf. Hubi. Er galt als ein bisschen einfältig.«

»Wollte er zu mir, der arme Kerl?«, fragte Amberg. »Schließlich lag er vor dem Eingang. Aber so spät in der Nacht? Vielleicht war er verletzt und hat sich mühsam hierhergeschleppt.«

Es entstand eine Pause. Was sollte man mit dem Mann jetzt tun? »Wir müssen den Toten in der Nacht hierlassen und morgen ganz früh runterbringen auf dem Schlitten«, sagte Lukas. »Ich werde das in Angriff nehmen.«

Amberg schüttelte den Kopf. »Die Ordnungspolizei wird Fragen stellen«, meinte er. »Die Wunde an der Schläfe – da wundert man sich doch, warum einer mit einer Wunde an der Schläfe hier um Mitternacht vor dem Eingang liegt und stirbt.« Er klang besorgt. »Das könnte unangenehme Folgen haben für uns, Luzifer.«

Lukas räusperte sich. »Wir könnten sagen, dass wir den Mann beim Holzsammeln im Wald gefunden haben«, meinte er. »Ein erfrorener Knecht im Wald mit einer Wunde am Kopf, da werden sie sich zwar ein paar Theorien ausdenken, aber sie werden nicht nach Schattwald hochkommen, wenn wir erzählen, dass der Mann unten im Wald lag.«

Charlotte traute ihren Ohren nicht. Lukas schlug dem Chefarzt vor, die Ordnungspolizei anzulügen. Ganz so, als seien sie alte Verbündete.

Amberg dachte nach. »Luzifer«, sagte er dann, »wir packen den Mann hier in ein Segeltuch und schaffen ihn durch den Hinterausgang in den Holzschuppen. Morgen früh fahren Sie mit dem Toten ins Dorf. Sie sagen, Sie haben ihn zufällig beim Holzsammeln im Wald gefunden. Wir haben keine andere Wahl.«

Die andern nickten. »Wir haben uns nichts vorzuwerfen«, sagte Amberg. »Wir haben alles versucht, um den Mann zu retten. Wir haben das Recht, uns jetzt nicht auch noch zusätzlich Ärger mit den Behörden einzuhandeln.« Er strahlte eine Entschlossenheit aus, die Charlotte überraschte.

Ihr wurde schwindelig. Was ging hier vor? Sie war doch Patientin hier, sie mochte nicht von etwas Zeugin werden, das sie vielleicht gar nicht wissen wollte. Sie hatte Angst, wieder den Halt zu verlieren, um den sie gerade so mühsam kämpfte.

13. Kapitel

In der Nacht hatte sich die Gruppe aus Ambergs Arbeitszimmer zerstreut, ohne dass noch viele Worte gewechselt wurden. Mimi hatte Charlotte ermahnt, den anderen Patienten nichts von den Ereignissen zu erzählen. Charlotte hatte mechanisch genickt. Sicher, sie würde niemandem davon berichten.

Lukas fuhr früh am Morgen mit dem Pferdeschlitten und seiner schweren Last ins Dorf. Keiner der Patienten hatte offenbar nach dem Mann im Schnee gefragt. Charlotte war froh, dass Assistenzarzt Stühling am Vortag ins Tal gestapft war, um dort Verwandte zu treffen. Es war besser, dass er nicht da war. Sie mochte den jungen Arzt mit den kalten Augen nicht.

Charlotte war an diesem Tag zur Küchenarbeit eingeteilt. Die Kochgruppe fand sich bald nach dem Frühstück in der Küche ein. Charlotte hatte zum ersten Mal seit Wochen wieder das Gefühl, neben sich zu stehen, als sei sie sich selbst eine Fremde.

Mimi wies Charlotte an, mit zwei Patienten eingelagerten Weißkohl aus dem Vorratsschuppen hinter dem Holzlager zu holen. Im Herbst hatte man die Kohlköpfe am Strunk kopfüber an einem Seil aufgehängt. So sammelte sich kein Wasser im Strunk und die Köpfe schimmelten nicht. Charlotte und die andern schafften das Gemüse her. Die Patienten setzten sich an den großen Arbeitstisch in der Küche. Luise war auch wieder dabei. »Volksgenosse, trittst du ein, soll dein Gruß ›Heil Hitler‹ sein«, leierte sie herunter, es klang gespenstisch.

»Ja, ja«, sagte Mimi, »Heil Hitler. Ein bisschen mehr Heil können wir durchaus gebrauchen. Luise, wie wäre es mit einem Spruch, der was mit Essen zu tun hat?«

Luise zögerte keine Sekunde. »Erzeugungsschlacht heißt Güter mehren. Kampf dem Verderb, heißt Schaden wehren«, deklamierte sie.

»Genau«, sagte Mimi, »das Verdorbene muss weg. Deswegen putzen wir jetzt auch den Kohl. Auf geht's.«

Die Patienten zerpflückten die Kohlköpfe. In einem großen Topf kochten Kartoffeln. »Kohlkopf mit Kartoffelfülle« werde es geben, hatte Mimi verkündet. Charlotte fühlte sich völlig fremd, trotz des gemütlichen Holzfeuers, das im Herd brannte. Mit wem konnte sie über den gestrigen Abend sprechen? Aber das durfte sie ja nicht.

Sie setzte sich an Mimis Seite. Die Köchin trug wieder ihr Medaillon um den Hals. Sie roch nach Rosenöl, und Charlotte registrierte, wie gepflegt ihre Hände wirkten, wenn man von der Brandwunde an der rechten Hand absah.

Charlotte zupfte mechanisch die äußeren Blätter vom Kohl. Dann griff sie zum Messer und setzte es an. Da passierte es. Sie rutschte am Strunk des Kohlkopfes ab und schnitt sich direkt in die linke Handfläche hinein. Das Blut kam sofort. Hellrot und warm floss es über ihre Hand. Es war gar nicht so unangenehm. Charlotte stieß keinen Schrei aus. Dann wusste sie nicht, wie ihr geschah, was sie da tat. Sie stieß noch einmal zu mit dem Messer. Sie ritzte sich mit Absicht, tiefer, unterhalb der ersten Wunde. Das Blut quoll heraus. Sie hielt die blutende Hand in die Höhe. Das Blut war so warm. Charlotte spürte ein Gefühl des Triumphes, der Auszeichnung. Es war, als hätte sie eine Mauer durchbrochen.

Die anderen Patienten blickten sie erschrocken an. Mimi griff ein weißes Tuch, nahm Charlotte beim Arm und wickelte ihr das Tuch um die linke Hand. »Halt das fest«, sagte sie zu Charlotte, »wir gehen ins Arztzimmer.« Die beiden verließen die Küche, während das Hausmädchen Gerlinde die anderen am Tisch beruhigte.

Sie gingen hinüber in das Patientenwohnhaus. Mimi hatte einen Schlüssel für das Arztzimmer dabei. Charlotte war froh, im Arztzimmer mit ihr allein zu sein. Sie setzte sich auf die Krankenliege. Mimi hielt Charlottes blutende Hand mit dem Tuch. Sie legte den linken Arm um sie. Das hatte schon so lange niemand mehr gemacht. Plötzlich schien es ihr, als falle eine Last von ihr ab. Als könne sie loslassen, hier, auf einer Liege, im Arm einer Köchin, die vielleicht keine war. In einem Sanatorium für Nervenkranke, wo nachts halb Erfrorene vor den Eingängen lagen und Patientinnen verschwanden, nach denen niemand mehr fragte.

Sie begann zu weinen. Sie war so erschöpft, fühlte sich so einsam. Es war alles so verwirrend in Schattwald. Sie schluchzte hemmungslos, so wie sie nach dem Tod von Robert nicht hatte weinen können, als ihre Mutter wortlos im Schlafzimmer verschwand und sich ein riesiges Nichts in der Villa ausbreitete, das alles erstickte.

Mimi reichte ihr ein Taschentuch aus dem Regal und ließ sie schluchzen.

»Charlotte«, sagte sie nach einer Weile, »ich glaube, wir müssen reden.«

»Ich will nicht reden.«

»Doch, wir müssen.«

»Über den Toten? Den Brief mit dem Schlangenstab?«

»Ah, das hast du also gesehen.«

»Über Amberg, über Kettenbach?«

»Oh, den kennst du also auch?«

»Über Rose, die Patientin, die so schön malte?«

»Was weißt du von Rose Wurzner, um Himmels willen?«

»Und über dich, Mimi? Wollen wir über dich reden?«

Charlotte wunderte sich über ihre eigenen Worte.

Mimi atmete hörbar aus. Sie löste den Arm von Charlotte und stand auf.

»Ich verbinde dich erst mal«, sagte sie und öffnete die Schranktür mit dem Verbandsmaterial. Sie kam gar nicht auf die Idee, eine Krankenschwester zu rufen. Ganz so, als wisse sie selbst genau, was zu tun sei. Sie nahm eine Kompresse und eine Verbandsrolle aus dem Schränkchen und etwas Jod.

Charlotte reichte ihr die verletzte Hand. Sie schluchzte nicht mehr, sondern weinte nur noch leise. »Rose Wurzner war eine Patientin hier, eine sehr kranke Patientin«, sagte Mimi, während sie Charlottes Handfläche vorsichtig mit Jod abtupfte. »Doktor Amberg hat sie zu Professor Kettenbach in Behandlung geschickt, auf dessen Wunsch. Leider.«

Charlotte sagte nichts. Sie wollte vielleicht gar nicht hören, was jetzt kam. »Rose ist von Kettenbach weggelaufen und hat sich vor einen Zug geworfen.«

Charlotte hörte auf zu weinen. Sie hielt den Atem an.

»Kettenbach will wieder eine Patientin aus Schattwald haben«, sagte Mimi, und nun klang sie müde. »Der Bote von unserer Organisation Äskulap, der gestern hier starb, hat uns eine Nachricht überbracht. Darin standen Dinge über die Behandlungen von Kettenbach, die wir noch nicht wussten. Auch der Name der zweiten Patientin, die er zu sich holen möchte, stand in der Nachricht.«

Das Jod auf Charlottes Wunde brannte. Mimi riss die Verpackung der Kompresse und das Verbandspäckchen auf. Sie legte die Kompresse auf Charlottes Hand und wickelte einen Verband darum. Sie arbeitete so, als hätte sie das schon hundertmal getan.

»Wer ist denn die Patientin, die Kettenbach haben möchte?«, fragte Charlotte. Ihr wurde klar, dass auch Mimi eine schwere Last trug.

»Es ist Sophia Ederle«, sagte Mimi. »Wir müssen sie retten. Und Schattwald auch. Charlotte, vielleicht kannst du uns dabei helfen.«

14. Kapitel

Innsbruck, Dezember 2014

Ich schlug die Augen auf und brauchte eine Weile, um mich zu orientieren. Es war Dienstag früh und ich befand mich in Innsbruck, im Haus meiner Großmutter, im Bett mit dem gelben Stoffhimmel. Gestern Abend hatte ich bis spät in die Nacht in den Kladden gelesen. Was für eine Szenerie meine Großmutter damals erlebte! Professor Hermann Kettenbach hatte Behandlungen durchgeführt, Behandlungen, die eine Patientin in den Selbstmord trieben.

Mein Blick fiel auf den Eispickel, der neben mir im Bett lag wie ein Liebhaber, mit dem ich vertraut war. Die Ereignisse von gestern Nachmittag fielen mir wieder ein. Maria Pramstaller war tot, ertrunken oder erfroren in einem Speichersee. Meine Panik meldete sich wieder. Hatte das irgendwas mit den Tagebüchern zu tun oder sah ich nur Gespenster? Ich musste aufstehen, in den Tag gehen. Dann würde ich mich besser fühlen.

Ich schwang die Beine aus dem Bett, stand auf und schob den Eispickel unters Bettgestell. Es war höchste Zeit, um mit Leo eine Runde zu drehen. Danach musste ich zum Friedhof. Später würde ich Ulrich Pramstaller kennenlernen, den Neffen, der am Telefon so zurückhaltend gewesen war. Vielleicht klärte sich nach und nach doch so einiges auf.

Mein Handy klingelte. Auf dem Display erschien eine Hamburger Nummer, die ich nur zu gut kannte: die Redaktion von »LaVie«. Ich hatte sofort ein schlechtes Gewissen. Gestern schon hätte ich Chefredakteur Gäbler anrufen und ihm mitteilen müssen, wie lange ich wegzubleiben gedachte.

Die Wahrheit war: »LaVie« war mir gerade ziemlich egal. Ich hatte kaum einen Gedanken daran verschwendet, wie lange ich nicht in Hamburg und in der Redaktion sein würde. Ganz schön verantwortungslos für eine Ressortleiterin.

Ich meldete mich. Am anderen Ende begrüßte mich Kollegin Rieke mit ihrer energischen Karrierefrauenstimme. »Anne, wie geht es dir?«

»Oh, ganz gut, äh, ich meine, ich organisiere hier eine Beerdigung. Meine Großmutter ist gestorben, vielleicht hast du es schon gehört.«

»Klar, Gäbler hat es mir gesagt, herzliches Beileid.«

Rieke musste einen besonderen Grund haben, wenn sie mich anrief, obwohl sie wusste, dass ich aus familiären Gründen nicht in Hamburg weilte.

»Anne, Gäbler hat mir gesagt, er wisse nicht, wann du wiederkommst«, fuhr sie fort. »Dann sprach er mit mir über das Dossier zum Thema Glück. Ich solle das Konzept jetzt festklopfen, ohne noch groß auf mehr Input von dir zu warten. Ich wollte dir das nur fairerweise sagen: Die Sache läuft jetzt ohne dich.«

Ich fühlte einen leichten Schlag in die Magengrube. So schnell ging das also, auf ein Nebengleis geschoben zu werden. Aber es war korrekt von Rieke, dass sie mich angerufen hatte. Es war üblich bei psychologischen Themen, dass meine Abteilung und ich ein gewichtiges Wort mitzureden hatten. Wenn die Sache jetzt an mir vorbeiging, bedeutete dies, dass Gäbler mal ausprobierte, wie es ohne mich lief.

»Danke, Rieke. Euer Glücks-Dossier wird bestimmt ein Renner«, sagte ich. Meine Stimme klang dünn.

»Gäbler redet mir ordentlich rein«, beklagte sich Rieke. »Er sagte mir, er wolle kein Dossier, in dem nur irgendwelche Frauen um die fünfzig vom Glück mit ihrem Garten oder ihrem Hund oder ihrem Chor schwärmen. Es müssten jede Menge Konsum darin vorkommen und jüngere Frauen. Wegen der Anzeigenkunden.«

Wir wussten aus Umfragen, dass wir viele ältere, treue Leserinnen hatten, die Geschichten über Wanderungen, Pflanzen und Haustiere liebten. Dinge, die man eher nicht kaufen oder verkaufen oder bewerben konnte.

»Ach, Gäbler«, sagte ich und versuchte, einen souveränen Ton anzuschlagen. »Da könnt ihr bestimmt Kompromisse schließen. Konsum macht besonders glücklich, wenn man lange unter Mangel litt. Denk an die Nachkriegszeit. Gib dem Ganzen einen historischen Touch.« Ich war froh, dass mir wenigstens noch irgendetwas eingefallen war, das ich Rieke mitgeben konnte.

»Super Idee«, seufzte Rieke, »ich bin gespannt, was Gäbler darüber denkt. Er hat mal zu mir gesagt, Geschichtliches verkaufe sich nicht besonders. Zu lange her. Das mögen die Anzeigenkunden nicht.«

»Ja, ja, ich weiß«, sagte ich. Ich war froh, im Moment nicht arbeiten zu müssen. Wir redeten noch ein bisschen und legten dann auf. Ich starrte vor mich hin. Dass Gäbler mich absägen wollte, hatte ich so schnell nicht erwartet. Es war ein Witz, dass der Mann jetzt über ein Dossier zum Thema Glück in einem Frauenmagazin entschied. Es war so lächerlich.

Ich ging ins Bad, zog mich aus und drehte die Dusche auf.

Das warme Wasser lief mir den Körper hinunter und tröstete mich. Wie luxuriös es doch war, hier überall heißes Wasser zu haben, ohne wie früher erst Badeöfen anheizen zu müssen. Vielleicht hatte meine Großmutter recht gehabt, als sie immer meinte, wir betrachten zu vieles als selbstverständlich, was früher etwas Besonderes gewesen war. Eine Perspektive aus einer anderen Zeit einzunehmen und damit auf die Gegenwart zu schauen, das hatte etwas Aufregendes.

Ich zog mich an und drehte mit Leo eine Runde. Wieder zu Hause machte ich mir in der Küche Frühstück mit Getreidekaffee, Roggenbrot und pflanzlichem Brotaufstrich. Wer würde zur Beerdigung kommen? Wem sollte ich Trauerkarten schicken?, fragte ich mich. Genau, das Adressbuch meiner Großmutter lag im Arbeitszimmer im Schreibtisch. Ich ging hinüber und holte es aus der Schublade, ein abgegriffener Band war es, in Leder gebunden.

Meine Großmutter hatte einen schwarzen Kugelschreiber benutzt und hinter einige Namen sogar die Berufsbezeichnungen geschrieben. Das kannte ich von meinem Vater. Als die Demenz bei ihm einsetzte, muss er fürchterliche Angst gehabt haben, nicht mehr zu wissen, wer seine Bekannten und Verwandten waren. Nachdem er ins Heim gekommen war, hatte ich in seinem Adressbuch die Zusätze hinter den Namen entdeckt. Es hatte mir einen Stich gegeben, als ich hinter meinem Namen den Zusatz las: »Tochter, Journalistin«.

Ich blätterte das Adressbuch meiner Großmutter durch. Mir fiel ein englischer Name auf, Professor Maureen Grave, dahinter stand eine Adresse in Cambridge, England. Meine Großmutter hatte »Klimaforscherin, die Kleine Eiszeit« dazu geschrieben. Ein Professor Dr. Rainer Holterer war im

Buch gelistet, dahinter eine Telefonnummer und Adresse in Innsbruck und sein Beruf »Glaziologe«. Auch die Namen von Ärzten und einer Fußpflegerin waren verzeichnet. Weiter hinten stieß ich auf Theres Kurz mit Telefonnummer und einen neueren Eintrag zu Gita Mogany mit der Handynummer, die ich vergeblich versucht hatte anzurufen. Auch Maria Pramstaller war mit Handy- und Festnetznummer gelistet. Einige Namen hatte meine Großmutter unterstrichen. Vielleicht wollte sie damit festhalten, dass ihr diese Menschen besonders am Herzen lagen. Ich beschloss, allen Leuten, deren Namen so markiert waren, eine Trauerkarte mit dem Termin der Beerdigung am nächsten Montag zu schicken.

Ich schlug die letzten Seiten auf. Beim Buchstaben W stutzte ich. Mimi Westheimer stand da, der Name war zweimal unterstrichen. Dahinter stand eine Adresse und Telefonnummer in Zürich. Meine Großmutter hatte ein Kreuz hinter den Namen gesetzt mit einem Datum: 28. Juli 1993. Mimi Westheimer, das musste die Köchin aus Schattwald gewesen sein. Offenbar hatte meine Großmutter auch noch Jahre nach dem Krieg Kontakt zu ihr gehabt. Die Köchin war wohl 1993 gestorben.

Ich blätterte zurück, zum Buchstaben S. Dort las ich meinen Namen: Anne Südhausen. Er war dreifach unterstrichen, dahinter stand: »Enkelin! Bitte im Todesfall unbedingt benachrichtigen!« Eine tiefe Traurigkeit stieg in mir hoch wie ein schwarzer Vogel. Wie viel hätte ich darum gegeben, könnte meine Großmutter noch einmal hier durch die Tür kommen, in dieses Arbeitszimmer. Jetzt, wo ich da war, wo ich zurückgekehrt war. Warum hatte ich so lange gewartet?

Aber vielleicht hatte ja Einstein recht, der behauptete, die Zeit sei eine Illusion. Alles existiere gleichzeitig wie die drei Dörfer an drei Biegungen eines Flusses, die von den Bewohnern nicht verlassen werden können. Die Leute denken jeweils, sie seien die Einzigen auf der Welt und es gebe nur diese eine Flussbiegung, denn sie wissen nichts von den anderen Dörfern und bekommen deren Bewohner niemals zu Gesicht. So könnte es doch auch mit der Zeit sein: Wir können das Vergangene und das Zukünftige nicht sehen, aber es ist genauso da wie die Gegenwart. Das war ein tröstlicher Gedanke.

Ich zählte die unterstrichenen Namen in dem Adressbuch durch. An zehn Leute würde ich Trauerkarten schicken. Wenig später zog ich mir die Wintersachen an, nahm Leo an die Leine und verließ das Haus.

Ich hatte einen Stadtplan mit und wusste so, welche Straßenbahn ich zum Friedhof nehmen musste. Es herrschte ein eisiger Wind an diesem Morgen, aber es schneite nicht. Die Straßen und Bürgersteige waren geräumt, auf den Gehwegen türmten sich Wälle schmutzigen Schnees. Junge Frauen mit kleinen Kindern und alte Damen mit roten, fröhlichen Gesichtern und großen Taschen, die offenbar in die Innenstadt zum Einkaufen fahren wollten, stiegen in die Bahn ein. Es würde bald Weihnachten sein.

Ich hatte mir noch keine Gedanken gemacht, mit wem ich eigentlich Heiligabend verbringen würde. Mit Alex jedenfalls nicht. Vielleicht sollten Sabine und ich ein Essen machen und noch ein paar Singles dazu einladen. Gemeinsames Kochen, immer zwei kümmern sich um einen Gang, das könnte doch lustig sein. Ich dachte an den Bericht meiner Großmutter von Mimis Küche in Schattwald. Vielleicht könnten wir etwas Neues ausprobieren: historisches Kochen mit alten Rezepten. Nicht unbedingt die Streckbutter oder die Kartoffeln mit Würstelhack, aber bestimmt ließ sich etwas anderes finden. Ich würde nicht an Heiligabend allein herumsitzen und Trübsal blasen müssen wegen Alex. Der Gedanke beruhigte mich.

Kurz darauf stieg ich aus, erreichte den Friedhof und band Leo am Eingang fest. Auf vielen Gräbern lag Schnee wie eine weiße Decke, die die Toten beschützte. Kerzen brannten auf einigen Grabstätten, Angehörige hatten dafür kleine Löcher in den Schnee gegraben. Mir fielen die Skulpturen an manchen Gräbern auf, Steinfiguren, die unsterblicher waren als die Menschen, über deren tote Körper sie wachten. Im Hintergrund erkannte ich Arkadengänge mit Dutzenden Säulen. Der Wind trieb feinen Schnee wie Staub über das Gelände. Außer zwei Besucherinnen und mir war an diesem Morgen niemand hier.

Eine Mauer umschloss ein Gräberfeld, den jüdischen Friedhof. Ein Denkmal erinnerte an die in der NS-Zeit ermordeten Juden. Auf einem Grabstein waren sechs Angehörige eines Verstorbenen vermerkt, die im Holocaust umgekommen waren. Die Grabsteine trugen den Davidstern und hebräische Inschriften. Welches Verhältnis hatte meine Großmutter eigentlich nach dem Krieg zu ihren Eltern gehabt? Ihr Vater war ein Rüstungsfabrikant und Nationalsozialist gewesen. Mein Urgroßvater. Ich hatte eine ganze Menge nicht gewusst.

Vor Jahrzehnten war ich als kleines Mädchen mit meiner Großmutter auf dem Friedhof gewesen. Den Weg zum Grab meines Opas würde ich aus dieser Erinnerung heraus aber nicht mehr finden. Theres Kurz hatte mir am Samstag eine Wegbeschreibung für das Grab gegeben, das sie mit meiner Großmutter ab und zu besucht hatte. Ich wandte mich nach links, nahm den zweiten Weg nach rechts, dann wieder den zweiten nach rechts und den ersten nach links. Hier musste nach Theres' Beschreibung das Grab meines Großvaters Lukas Waldhofer sein, in dem auch meine Großmutter am nächsten Montag bestattet werden sollte. Doch ich fand das Grab nicht. Ich suchte weiter, aber nirgendwo auf den Grabsteinen las ich den Namen Waldhofer. Jetzt war ich schon bei den Arkaden. Wenn das Doppelgrab so nah an den Säulengängen wäre, hätte mir das Theres bestimmt gesagt.

Vielleicht gab es hier irgendwo eine Friedhofsverwaltung. In der Mitte der Arkadengänge erblickte ich eine Tür. Ich betrat das Verwaltungsgebäude und kam in ein Büro. Eine Frau in mittleren Jahren, mit blond gesträhntem Haar und freundlichem Gesicht, saß am Schreibtisch. Ich trug ihr mein Anliegen vor.

»Lukas Waldhofer?«, fragte sie. »Den hatte ich doch gerade.« Sie rief eine Liste in ihrem Computer auf. »Hier habe ich die Grabstätte, sie liegt im Quadrat drei. Einmal zur Tür wieder hinaus und auf dem zweiten Querweg nach links.«

Ich bedankte mich höflich. Sie sah mich nachdenklich an. »Sind Sie eine Angehörige?«

»Ja, er ist mein Großvater. Am nächsten Montag müssen wir in diesem Doppelgrab meine Großmutter bestatten. Ich bin aus Hamburg und habe das Grab lange nicht mehr besucht.«

»Ach so. Es scheint noch weitere Angehörige zu geben, die in diesen Tagen von auswärts kommen.«

»Wie meinen Sie das?«, fragte ich.

»Am Samstag lief hier schon jemand suchend über den Friedhof. Ich war zufällig da, um etwas aus dem Büro zu holen. Der Mann sprach mich vor dem Eingang an. Er suchte das Grab des Ehepaars Waldhofer und hatte sich offenbar auch auf dem Friedhof verirrt, genau wie Sie.«

In mir meldete sich ein Unbehagen, als hätte man mich an Kriechstrom angeschlossen. Ein Mann, der sich für das Doppelgrab meiner Großeltern interessierte, aber nicht wusste, wo es lag – wer konnte das sein?

»Wie sah der Herr denn aus?«, fragte ich und versuchte, nicht neugierig zu klingen.

Die Frau zögerte und dachte nach. »Mittelalt, vielleicht mittelgroß, er hatte einen Hut auf und trug eine dunkle Brille«, sagte sie. Diese Beschreibung passte wahrscheinlich auf jeden Bekannten und Unbekannten in meinem Umfeld, jedenfalls wenn er sich einen Hut und eine Brille aufsetzte. Doch ich traute mich nicht weiterzufragen. Ich wusste ja auch nicht, nach was.

Draußen hatte sich der kalte Wind gelegt. Am Himmel zeigte sich eine zarte Wintersonne. Ich folgte der Wegbeschreibung der Verwalterin, wenig später fand ich das Grab mit dem hellgrauen Stein: »Lukas ›Luzifer‹ Waldhofer« war eingraviert. Geboren am 10. März 1913, gestorben am 1. Dezember 1965, drei Jahre vor meiner Geburt. Unter dem Namen erkannte ich das Zeichen mit dem Äskulapstab im umgekehrten Dreieck. Es war das Zeichen, das »für das Abenteuer unseres Lebens« stand, wie meine Großmama mir als kleinem Mädchen erklärt hatte, als wir das Grab meines Opas besuchten. Das Zeichen der Organisation, für die offenbar auch mein Großvater gearbeitet hatte.

Ich bekam eine Gänsehaut, und das lag nicht an der Kälte. Das Zeichen würde am Ende die beiden Namen verbinden, Lukas und Charlotte Waldhofer. Lukas' Name stand oben, der Name meiner Großmutter würde unten zu lesen sein. So wären sie beide wieder zusammen, verbunden durch das umgekehrte Dreieck mit dem Schlangenstab. Einige Minuten verharrte ich vor dem Doppelgrab. Es war gepflegt, soweit ich das trotz der Schneedecke erkennen konnte. Bald würde ich hier auch ein Grablicht aufstellen und anzünden, eine Kerze mit Deckel, der der Wind nichts anhaben konnte.

Ich musste zur Bestattungsfirma los. Leo begrüßte mich am Friedhofseingang mit lautem Bellen. Es war schön, ein Wesen auf der Welt zu haben, das sich so freute, wenn man wiederkam. Eigentlich konnte ich die alleinstehenden Frauen mit Hund, über die sich mein Chefredakteur Gäbler so lustig machte, gut verstehen.

Die Beratung in der Bestattungsfirma ging in einem Ton professioneller Pietät vonstatten. Als die Frau auf der anderen Seite des Schreibtischs hörte, dass die Tote meine Großmutter und zweiundneunzig Jahre alt gewesen war, entspannte sie sich. Wahrscheinlich kannten die Leute hier verschiedene Abstufungen beim Trauern. Der Tod einer Großmutter galt wohl als weniger schlimm als das Ableben eines Ehemannes oder einer Ehefrau, einer Mutter oder eines Vaters. Der Gedanke ärgerte mich.

Ich suchte einen Spruch für die Trauerkarten aus. »Und meine Seele spannte weit ihre Flügel aus, flog durch die stillen Lande, als flöge sie nach Haus.« Er stammte aus dem Gedicht *Mondnacht* von Joseph Freiherr von Eichendorff. Der Spruch machte mich traurig, aber der Gedanke, dass die

Seele meiner Großmutter irgendwohin durch eine Mondnacht nach Hause flog, dass sie eine Heimat besaß, hatte etwas Tröstliches.

15. Kapitel

Über Mittag kehrte ich in das Haus meiner Großmutter zurück. Kurz darauf klingelte es, vor der Tür stand die Nachbarin. Theres Kurz war blass und zitterte. »Du lieber Himmel, Sie haben es bestimmt schon gehört«, stieß sie hervor. »Selbstmord soll es gewesen sein. Ins Wasser gegangen. Erfroren im Längental-Speicher. Wie furchtbar! Dabei saßen wir noch am Samstag zusammen. Aber vielleicht war die Krankheit daran schuld.«

»Welche Krankheit?«, fragte ich überrascht.

»Sie hatte Brustkrebs«, sagte die Nachbarin, »aber sie sprach natürlich nicht gerne darüber. Deswegen trug sie doch auch die graue Perücke. Der Krebs kam wieder. Ich weiß, dass sie auf eigene Kosten eine teure Naturheiltherapie in der Schweiz machen wollte. Aber dafür fehlte ihr wohl das Geld, sie war ja nicht vermögend.«

»Ach so«, sagte ich und fühlte mich gleich ein bisschen schuldig. Da regte ich mich über irgendwelche fehlenden Kladden auf und unterstellte der Freundin meiner Großmutter, dass sie die geklaut hatte. Dabei war die Frau todkrank und verarmt und hatte offenbar ganz andere Probleme.

»Ich bin nachher mit dem Neffen von Maria Pramstaller verabredet«, sagte ich. »Da werde ich vielleicht mehr erfahren.«

»Der Neffe!«, sagte Theres und mir schien, als hörte ich einen abschätzigen Unterton. »Hat der Sie angerufen?«

»Nein, das war ich«, sagte ich vage. »Es ging um alte Unterlagen, Fotos, Dokumente von Frau Pramstaller und meiner Großmutter.« Ich zögerte, ihr von meiner Suche nach den Tagebüchern zu erzählen. Die Nachbarin hatte auch einen Schlüssel zum Haus. Sollte ich sie fragen: »Entschuldigen Sie, Frau Kurz. Haben Sie sich am Sonntagabend ins Haus geschlichen? Und von einem Stapel alter schwarzer Schulhefte die untersten Kladden genommen?« Das war absurd. Wenn sie tatsächlich in meiner Abwesenheit eingedrungen wäre, hätte sie wahrscheinlich den ganzen Stapel gestohlen. Ich brauchte die Nachbarin noch und wollte sie nicht kränken.

»Könnten Sie Leo für zwei Stunden zu sich nehmen?«, fragte ich stattdessen und war heilfroh, als sie zusagte.

Wenig später stieg ich in die Straßenbahn. Die Fassaden der Gründerzeithäuser glitten an mir vorbei, im Hintergrund sah ich die Berge. Ich war erst wenige Tage hier, aber ich fing an, mich auf eine merkwürdige Art zu Hause zu fühlen.

Kurz darauf stand ich vor dem Wohnhaus in der Innenstadt, in dem Maria Pramstaller gelebt hatte. Es war ein Altbau mit spitzem Giebel, der so aussah, als seien mehrere kleine Wohnungen übereinandergestapelt. Ich zögerte etwas, denn ich war früher da als verabredet. Zwanzig Minuten zu früh. Eigentlich war es nicht höflich, jetzt schon aufzukreuzen. Aber vielleicht war es auch kein Problem, der Neffe würde in der Wohnung seiner Tante bestimmt herumräumen. Aus der Haustür kam ein alter Mann heraus, er hielt mir die Tür auf, als er merkte, dass ich hineinwollte. Nach dem Türschild zu urteilen, musste Maria Pramstaller im zweiten Stock gewohnt haben. Auf knarrenden Stufen stieg ich nach oben und klingelte an der Wohnungstür.

Ein Mann, mittelgroß, stämmig, mit kahlem Schädel und eckiger, dunkelrandiger Brille, öffnete mir. Ich hatte mir den Neffen anders vorgestellt, nicht so kantig und kahl. Er mochte um die fünfzig sein. Er schaute überrascht und fast ein bisschen ärgerlich, als er mich sah. »Frau Südhausen? Ich hatte Sie erst um vier Uhr erwartet. Aber kommen Sie rein. Legen Sie ab. Ich bin Ulrich Pramstaller, der Neffe.«

Er trug einen Geschäftsanzug, wahrscheinlich kam er gerade von der Arbeit. In der Wohnung wirkte der stämmige Mann irgendwie deplatziert, denn sie war klein und vollgestellt. Sie bestand aus einem großen Zimmer und einer großen Küche. Maria Pramstaller war offenbar nicht vermögend gewesen, obwohl ich sie von ihrem Auftreten am Samstag, von ihrer Kleidung und Frisur her, zwar als exzentrische Frau, aber als großbürgerlich eingeschätzt hatte. Vielleicht war sie erst im Alter verarmt.

Auf dem Dielenboden lag ein zerschlissener Teppich, der einmal wertvoll gewesen sein musste. An der Wand stand ein Bett mit einem geschwungenen, verzierten Chromgestell, abgedeckt durch einen grünen Samtüberwurf. Im Hintergrund erblickte ich einen Käfig, in dem ein Kanarienvogel zwitscherte.

Ein dunkler Holztisch diente offenbar auch als Schreibtisch. Darauf lagen ein paar Unterlagen, an denen Ulrich Pramstaller wohl gearbeitet hatte, bevor ich ihn durch meinen frühen Besuch gestört hatte. Als er meinen Blick bemerkte, schob er die Unterlagen eilig zusammen. Mit einer

Handbewegung lud er mich ein, Platz zu nehmen. Auf dem Tisch befanden sich eine Kanne Kaffee und eine zierliche Porzellantasse. Er holte aus der Küche noch eine weitere Tasse und Milch und Zucker.

»Ich möchte Ihnen mein herzliches Beileid aussprechen«, setzte ich an, als er mir Kaffee einschenkte. »Ich kannte Ihre Tante ja nur sehr kurz, aber sie war eine enge Freundin meiner Großmutter. Wir haben uns noch am Samstag gesehen. Offenbar waren viele Menschen überrascht und schockiert von ihrem Tod. Dass sie sich das Leben genommen hat.«

»Danke für Ihre Anteilnahme«, sagte Ulrich Pramstaller und setzte sich. Mir war, als hörte ich einen leichten Ton von Ironie, als spüre er, dass sich mein Mitgefühl in Grenzen hielt.

»Wie hat man sie denn gefunden?«, fragte ich und fühlte mich unwohl bei meinen Worten. Eigentlich ging mich der Selbstmord Maria Pramstallers nichts an. Ich war die Enkelin ihrer Freundin, mehr nicht.

»Sie lag halb im Wasser, halb auf einer Eisscholle. Ein Schneeschuhgeher hat sie gestern früh am Morgen entdeckt. Die Polizei sagt, es gibt keinen Hinweis auf Fremdeinwirkung.« Er klang sachlich und kalt wie ein Gerichtsmediziner, der zu der Toten kein besonderes Verhältnis hatte.

»Hatte sie denn einen Grund dafür, sich das Leben zu nehmen?« Ich wollte ihm nicht erzählen, dass ich mit Theres Kurz schon über die Krebserkrankung seiner Tante gesprochen hatte, das erschien mir zu aufdringlich.

»Sie war sehr krank, sie hatte Krebs«, sagte Pramstaller. »Sie war sehr depressiv deswegen. Aber meine Tante konnte das gut verbergen. Sie wahrte immer die Form. Leider.«

Es entstand eine Pause. Ich nahm einen Schluck Kaffee. Pramstaller rührte seine Tasse nicht an.

»Was kann ich noch für Sie tun?«, fragte er. Ich hatte das Gefühl, ihm lästig zu sein, und war fast erleichtert, als sein Handy klingelte. Er nahm den Anruf entgegen und verschwand in der Küche. Offenbar wollte er ungestört telefonieren.

Ich sah mich neugierig in der Wohnung um. Auf einem Regalbrett über dem Tisch erblickte ich eine Sammlung von Schneekugeln. Durchsichtige Kugeln, in denen weiße Flocken auf kitschige Häuser oder Landschaften herabschneiten, wenn man sie schüttelte. Mit dem altmodischen Bettgestell, dem vollgestopften Bücherregal und dem Vogelkäfig hatte die Wohnung etwas Nostalgisches. Als habe sich Maria Pramstaller einen Schutzraum geschaffen. Obwohl sie nur eine Einzimmerwohnung hatte, erinnerte diese mich an das Haus meiner Großmutter. Es roch nach Holz und alten Teppichen.

Auf dem Tisch lagen ein Papphefter und darunter eine Klarsichthülle und eine Broschüre. Ich hörte, wie der Neffe in der Küche telefonierte. Es schien sich um ein längeres Gespräch zu handeln, das er nicht so leicht abbrechen konnte oder wollte.

Ich hob den Papphefter an und warf einen Blick auf die Klarsichthülle. Darin steckten Visitenkarten. Ich beugte mich vor, um die Schrift zu entziffern. »Ulrich Pramstaller. Consultant. Alpha Pharmaceuticals.« Die Broschüre unter der Klarsichthülle war offenbar Werbung für irgendein Medikament. »Citalopram. Der Weg aus der Depression«, las ich. Gerne hätte ich noch einen Blick in den Papphefter geworfen. Doch den Worten in der Küche entnahm ich, dass

Pramstaller am Ende des Gesprächs angekommen war. »Gut, der Termin steht. Bis Donnerstag nächster Woche«, hörte ich ihn sagen. Ich schob den Papphefter rasch wieder über die Klarsichthülle.

Pramstaller kam zurück. »Entschuldigung«, sagte er und setzte sich, »das Telefonat war nicht aufzuschieben. Also, kann ich noch irgendetwas für Sie tun?«

Ich musste mit meinem Anliegen herausrücken.

»Meine Großmutter hatte Ihrer Tante etwas geliehen. Etwas sehr Persönliches. Es ist mir peinlich, das zu diesem Zeitpunkt zu fragen, aber ich hätte es gerne wieder zurück.«

»Oh, natürlich. Um was handelt es sich denn?«

»Es sind zwei Bände eines Tagebuches, Schulhefte. Zwei alte schwarze Schulhefte. Von Charlotte Rotstetter. So hieß meine Großmutter, bevor sie heiratete. Der Name steht auf den Titelseiten.« Mehr wollte ich ihm nicht zu den Heften sagen. Auf keinen Fall wollte ich irgendein Interesse daran in ihm wecken. Ich wollte nur die Bände zurück.

»Zwei alte, schwarze Schulhefte von Charlotte Rotstetter. Nun, ich kann mich in der Wohnung umschauen und danach suchen. Aber bitte geben Sie mir ein, zwei Tage. Wenn sie hier sind, werde ich sie bestimmt finden. Ich muss noch eine ganze Menge anderer Sachen hier finden«, sagte er mit einem grimmigen Unterton. Es war ihm lästig, sich um die Beerdigung und den Nachlass seiner Tante zu kümmern, es war ihm eine Bürde, kein Auftrag. Einen Moment lang spürte ich Mitleid mit der Toten.

Mir fiel noch etwas ein. »Ich hätte noch eine Frage, Sie kennen doch Gita Mogany. Sie war eine Art Haushaltshilfe bei meiner Großmutter. Ihre Tante hatte bei ihrem Besuch am Samstag gesagt, Sie hätten Frau Mogany an meine Großmutter vermittelt. Wissen Sie, wie ich die Dame erreichen kann? Das wäre mir wichtig.«

Zum ersten Mal hatte ich den Eindruck, dass ein Ausdruck von Wärme über sein kantiges Gesicht huschte. »Giiita«, sagte er und dehnte das »i« aus, als wolle er mir beibringen, wie man den Namen richtig auszusprechen hatte. »Natürlich kenne ich Gita Mogany. Sie ist derzeit nicht in Innsbruck. Sondern bei ihrer kranken Schwester in Budapest.«

Ich stutzte. Maria Pramstaller hatte irgendwas von der kranken »Mutter« der Mogany in Budapest erzählt. Oder hatte ich etwas falsch verstanden?

»Frau Mogany hat noch einen Hausschlüssel meiner Großmutter«, sagte ich. »Ich habe zwar eine Handynummer, aber der Anschluss ist derzeit nicht erreichbar. Haben Sie eine Idee, wie man Frau Mogany kontaktieren könnte?«

Pramstaller zögerte. »Ich kann versuchen, die Schwester von Gita zu erreichen. Aber ich kann Ihnen nichts versprechen. Und bitte, wie gesagt, lassen Sie mir ein, zwei Tage Zeit.« Direkt wollte er mir die Telefonnummern in Ungarn offenbar nicht geben. Vielleicht hatte er auch noch eine andere Handynummer von Gita Mogany. Wenn, dann mochte er sie jedenfalls nicht herausrücken.

»Ich melde mich bei Ihnen«, sagte er, »spätestens übermorgen.«

Ich stand auf. Ulrich Pramstaller erhob sich ebenfalls. Er schob seinen Papphefter beiseite und zog eine Visitenkarte aus der Klarsichthülle hervor. »Hier, bitte, ich schreibe Ihnen noch meine Handynummer auf die Karte. Für alle Fälle.«

Wenig später stieg ich die knarrende Holztreppe hinunter, kurz darauf saß ich in der Straßenbahn, die mich nach Hause brachte. Mir fiel ein, dass ich Ulrich Pramstaller gar nicht nach dem Termin der Beerdigung seiner Tante gefragt hatte. Das war ungehörig, auch wenn ich sie kaum kannte. Ich war unsensibel gewesen. Der Mann musste einen ganzen Hausstand auflösen. Was geschah dann eigentlich mit dem Kanarienvogel? Wahrscheinlich würde er im Tierheim landen.

Ich lehnte mich zurück. Es war schön, hier in der Bahn unter normalen Menschen zu sein. Menschen, die Weihnachtseinkäufe für ihre Lieben machten. Schulkinder, die mit glühenden Wangen vom Sport kamen. Angestellte in schweren Wintermänteln, die von der Arbeit nach Hause fuhren. Bestimmt war meine Großmutter auch öfter in der Straßenbahn durch die winterliche Stadt gefahren. Die Vorstellung entspannte mich.

Mein Handy klingelte in meiner Ledertasche. Ich holte es umständlich heraus. Auf dem Display erschien eine Nummer, die mir bekannt vorkam. Ich meldete mich.

»Siegfried Rattler hier«, erklang eine höfliche Männerstimme aus dem Hörer. »Wie schön, dass ich Sie erwische. Wie geht es Ihnen?« Mein Herz hüpfte.

»Oh, äh, ganz gut. Ich sitze gerade in der Straßenbahn. In Innsbruck.«

»Wo sonst?«, sagte Rattler. »Das hatte ich mir schon gedacht, dass Sie noch in der Stadt sind. In einer Stadt in den Bergen. Wir haben so ein wunderbares Winterwetter. Ich wollte Ihnen einen Vorschlag machen.« Er hatte einen schmeichelnden Ton in der Stimme.

»Ach ja?«, gab ich zurück. Ich war froh, dass er nicht mehr auf unser gemeinsames Abendessen vom Sonntag zu sprechen kam. Das Essen, zu dem er mich eingeladen hatte und das ich abrupt beendet hatte. Warum, das konnte er nicht wissen. Ich war vielleicht etwas seltsam gewesen, es kam so viel zusammen. Ich war froh, dass er sich noch einmal bei mir meldete.

»Ich dachte, Sie hätten vielleicht Lust auf etwas Abwechslung«, sagte Rattler, »ein Tag auf Skiern. Ich wollte Sie einladen, mit mir in die Berge nach Kühtai zu fahren. Übermorgen.«

»Übermorgen?« Ich sah aus dem Bahnfenster. Draußen in der Dunkelheit fiel Schnee in dicken Flocken herab. Ein Tag in den Bergen, beim Skifahren. Mit Siegfried Rattler, dem Mann mit dem feinen Gesicht, der mal charmant, dann wieder gleichgültig wirkte. Dessen schiefes Lächeln ich so provozierend fand.

»Ich habe keine Skier mit«, sagte ich, »aber ich würde gerne in die Berge mitkommen.«

»Man kann dort Ski und Skischuhe leihen«, meinte Rattler. »Ich würde ein Auto mieten und Sie übermorgen abholen.«

Abholen. Das war sehr direkt. »Also gut«, sagte ich, »vielleicht nach dem Frühstück.«

»Wir sollten nicht zu spät losfahren. Man braucht fast eine Stunde. Wie wäre es um halb neun?«

»In Ordnung, am Donnerstag um halb neun. Ich habe dann schon gefrühstückt und stehe vor der Tür.«

Rattler sagte nichts. Er hatte verstanden, dass ich ihn nicht in das Haus meiner Großmutter lassen wollte, schon gar nicht so früh. »Gut, ich komme übermorgen um halb neun bei Ihnen vorbei«, meinte er schließlich. »Sie müssen mir nur sagen, wo.«

Ich nannte ihm die Adresse, und wir beendeten das Gespräch. Ich packte das Handy weg und grinste in mich hinein. Ein junges Mädchen, das mir in der Bahn gegenübersaß, schaute mich lächelnd an.

Ich hatte ein Date. Zum Skifahren. Vielleicht war Rattler etwas merkwürdig, etwas verklemmt. Ein Mann, den ich am Sonntag mit meinem sexy Outfit und meinem Auftritt eher verwirrt hatte. Himmel, das geht den Männern wahrscheinlich auch auf den Keks, wenn die Frauen aufgebrezelt mit Super-BH und engem Rock und der offensichtlichen Aufforderung auf der Bildfläche erscheinen: »Ich brauche Bestätigung, Bestätigung, Bestätigung.« Das Spiel hatte Rattler nicht mitgespielt.

Sicher, er hatte die alten Erinnerungen an den Unfall wieder aufgewühlt. Aber das konnte er nicht ahnen. Am Donnerstag in den Bergen würde alles anders verlaufen. Natürlicher. Ich hatte Sehnsucht nach einer ganz normalen menschlichen Begegnung mit ihm. Einer Begegnung, in der sich meine ambivalenten Gefühle in Zuneigung auflösen würden.

Mit einem Hochgefühl stieg ich aus der Bahn und ging auf dem Heimweg bei Theres Kurz vorbei, um Leo abzuholen. Wenig später saß ich im Arbeitszimmer meiner Großmutter, ich hatte mir einen Teller mit Broten gemacht, in kleine, appetitliche Häppchen geschnitten, und trank einen Pfefferminztee dazu. Vor mir lagen zwei der schwarzen Kladden. Ich hatte nicht mehr den Wunsch, die Gardine zuzuziehen wie am Abend davor. Ich brauchte mich hier nicht einzuschließen wie in einer Burg. Ich hatte eine Verabredung. Vielleicht würde ich Rattler von den Tagebüchern erzählen. Er hatte sich doch auch dafür interessiert. Ich schlug den nächsten Band auf.

16. Kapitel

Ötztal, Januar 1943

Es war angenehm, im Lavendelbad zu liegen, Charlotte genoss die Wärme des Wassers. Mimi hatte ihr das Bad eigenhändig eingelassen und Seifenflocken und Lavendelöl hineingegeben. Sie hatte ein großes flauschiges Handtuch auf den Badeofen gelegt, um es vorzuwärmen, und Charlotte ermahnt, bloß nicht die Hand mit dem Verband ins Wasser zu tauchen. Die Ereignisse der Nacht, als der Bote gestorben war, lagen nun drei Tage zurück, und Charlotte kam allmählich wieder zur Ruhe. Sie betrachtete Mimi, deren Gesicht sich im Dampf rötete. Eine Haarsträhne hatte sich unter Mimis Kopftuch gelöst. Seit Charlottes Selbstverletzung hatte sich die Köchin ihrer besonders angenommen.

»Du bleibst jetzt hier zwanzig Minuten drin«, sagte Mimi, »fühl einfach mal deinen Körper. Du bist geborgen, du bist sicher. Ich komme später und wasche dir die Haare, wenn du das möchtest. Dazu bist du mit deinem Verband ja nicht in der Lage.«

Charlotte nickte. Sie sah die Kette um Mimis Hals, an der das Medaillon hing. Mimi hatte den Anhänger unter ihre Bluse geschoben. Das Medaillon mit dem Äskulapstab im umgekehrten Dreieck. Das Zeichen auf dem Brief, den der Bote überbracht hatte. Das Symbol für eine Organisation, der Mimi angehörte, Mimi, die nicht nur eine Köchin, sondern früher auch mal Krankenschwester gewesen war, wie sie auf Charlottes Frage eingeräumt hatte.

»Bis gleich«, sagte Mimi und verließ das Badezimmer. Charlotte plätscherte in der Wanne. Sie hob ihren schmalen Fuß aus dem Wasser, der eine Schaumkrone auf den Zehen trug. Sie betrachtete ihre linke Hand mit dem Verband, immer noch erstaunt darüber, dass sie sich selbst geschnitten hatte. Mit der Rechten schob sie ihre nassen Haare aus der Stirn. Das unwirkliche Gefühl, das sie vor drei Tagen nach der Nacht mit dem Boten wieder überfallen hatte, war verschwunden. Sie hatte jetzt eine Aufgabe.

Mimi hatte sie gebeten, sich mehr um Sophia zu kümmern. Ihre Zimmergenossin, die abgeholt werden sollte von Professor Hermann Kettenbach, dem Psychiater mit dem Habichtsgesicht. Sophia müsse Fortschritte machen, erkennbare Fortschritte, die Kettenbach anzeigten, dass er keineswegs die Behandlung in Schattwald unterbrechen dürfe, hatte Mimi gesagt. Sie, als Sophias Zimmergenossin, könne das Ihrige dazu beitragen. Doktor Amberg würde ihr das bald selbst erklären.

Charlotte lehnte sich zurück und schloss die Augen. Mimi hatte vor drei Tagen im Arztzimmer gesagt, nicht nur Sophia, sondern auch Schattwald müsse gerettet werden. Was hatte sie damit gemeint? Als Charlotte später nachfragte, war Mimi ausgewichen. Schattwald dürfe nicht geschlossen werden, es sei ein wichtiger Ort, ansonsten hätte sie kein Recht, allzu viel von den Patienten zu erzählen, sagte sie. Das Gleiche hatte Charlotte auch schon mal von Lukas gehört.

Die Tür zum Badezimmer öffnete sich, und Mimi kehrte zurück. Sie bückte sich, nahm ein Stück Seife und schäumte

Charlottes Haare ein. »Einmal untertauchen«, befahl sie, und Charlotte beugte ihren Kopf nach hinten ins Wasser, sodass Mimi ihr die Seife aus den Haaren waschen konnte. Die Köchin erhob sich und nahm das warme Handtuch vom Badeofen. Charlotte stieg aus der Wanne, und Mimi rubbelte sie ab, sodass das Blut durch ihren Körper rauschte.

Charlotte erinnerte sich an früher, als Johanna das Gleiche getan hatte und ihr nach dem Baden das einzige Handtuch mit der eingenähten Kapuze über den Kopf gestülpt hatte, sodass sie ausgesehen hatte wie ein lustiger Zwerg. Robert war nach ihr dran gewesen mit dem Abtrocknen. Als Johanna den Bruder mit einem zweiten Handtuch trocken gerubbelt hatte, hatte er Charlotte das Kapuzenhandtuch vom Kopf gezogen und sich aufgesetzt. Wenn es irgendetwas nur einmal gab, das beide Zwillinge wollten, hatte es sich Robert immer genommen. Und niemand war eingeschritten, auch Johanna nicht.

Charlotte verscheuchte die Erinnerung. Mimi ließ sie wieder allein, und sie zog umständlich ihre frische Kleidung an. Dicke Unterwäsche, einen Strumpfgürtel, lange Wollstrümpfe, darüber einen wadenlangen Rock, die Wollbluse und die rot-weiße Strickjacke mit dem Hahnentrittmuster. Es war lange her, dass sie einen Rock und die Strümpfe getragen hatte. Roberts Hose war in der Wäsche.

Mimi tauchte wieder auf, einen Fön in der Hand. Charlotte setzte sich auf den Schemel vor dem Emaillewaschbecken, und Mimi trocknete ihr die Haare, der Fön verursachte einen ohrenbetäubenden Lärm. Charlotte wunderte sich mal wieder, welche Mischung aus moderner und altmodischer Technik in Schattwald herrschte. Hier wurden jeden Tag Unmengen von Holz in den Kachelöfen verfeuert. Die Telefonleitung aus dem Tal nach oben in die Klinik funktionierte nicht mehr, und es fand sich niemand, um sie zu reparieren. Aber Mimi benutzte einen eleganten Fön mit Bakelitgriff, um den man Charlotte in Regensburg beneidet hätte.

»Ich föne dir eine dramatische Welle in die Haare«, versprach die Köchin. Charlotte blickte in den Spiegel. Sie sah tatsächlich aus wie eine Filmschauspielerin, eine Strähne hing ihr schräg ins Gesicht und gab ihr einen melodramatischen Ausdruck. Sie grinste. Auch wenn Mimi manchmal in Rätseln sprach, sie waren Verbündete.

Kurz darauf saß Charlotte im Speisesaal beim Abendessen. Draußen peitschte ein Sturm gegen die Fensterscheiben, aber hier drinnen wärmte das prasselnde Feuer im Kamin, das Lukas angezündet hatte. Zum Abendessen gab es Brotsuppe und den immer gleichen scheußlichen Hagebuttentee, den Charlotte vom Reichsarbeitsdienst kannte und dem man offenbar auch in Schattwald nicht entkommen konnte.

Die falsche Zarah Leander alias Bertha Uhlig näherte sich Charlottes Tisch. Wie immer trug sie ein wadenlanges Kleid mit Schulterpauschen und einem breiten Gürtel, der ihre Figur betonte. Die Haare hatte sie zurückgebunden, aber links und rechts hingen Korkenzieherlocken ins Gesicht. Die Brennschere hatte sich offenbar wieder als äußerst hilfreich erwiesen. »Eine Frau wird erst schön durrrch die Liebe, ganz allein nur durrrch die Liebe«, sang die falsche Leander und gurrte: »wie hübsch Sie aussehen, Fräulein Rotstetter«, nur um dann wieder gesanglich zum Leander-Potpourri anzuheben: »Ich weiß, es wird einmal ein Wunderrr geschehen.« Das Lied lief inzwischen so oft im »Wunschkonzert« vom Volksempfänger, dass selbst Charlotte es hätte nachsingen können.

»Ja, die Liebe«, sagte der Trunksüchtige alias Hans Schuster, der am Nebentisch Platz genommen hatte. Er hob die Henkeltasse mit dem Hagebuttentee in die Höhe, als sei sie ein Maß Bier, das war seine Lieblingsgeste, und prostete der Leander zu. »Trinken wir auf die Liebe, Frau Uhlig. Sie ist ein Wunder, nicht wahr?«

Die falsche Leander warf ihm einen empörten Blick zu. »Sie verwechseln mich mit einer anderen Dame, Herrr Schusterrrr. Welche Unhöflichkeit!«

Der blinde Kolja, der mit am Tisch saß, musste grinsen. Charlotte hätte sich gerne an den Flügel gesetzt, um »Bei mir biste scheen« anzustimmen, aber ihre verletzte linke Hand erlaubte das derzeit nicht. Ihre Fröhlichkeit schwand, als Josef Stühling im Speisesaal erschien. Offenbar war der Assistenzarzt von seiner Reise nach Innsbruck schon zurückgekommen. Er trug seinen weißen Arztkittel.

Mit seinen kalten Wieselaugen musterte Stühling die Szene. Sein Blick blieb dabei lange und prüfend auf der falschen Leander ruhen, als sehe er sie zum ersten Mal. Charlotte lief es kalt den Rücken hinunter. Der Assistenzarzt war ihr unheimlich, er lachte niemals und hatte oft einen ironischen Unterton, wenn er mit den Patienten redete. Stühling führte alle Aufnahmegespräche mit den Patienten, auch Charlotte hatte ihm nach ihrer Ankunft aus ihrem Leben erzählen müssen, er hatte sich dazu umfangreiche Aufzeichnungen gemacht. Ihr war das unangenehm, sie empfand den Assistenzarzt nicht wie einen Helfer, sondern wie einen Eindringling in ihre Seele. Es wäre ihr damals lieber gewesen, Doktor Amberg und nicht Stühling hätte das Aufnahmegespräch geführt.

Im Speisesaal setzte sich der Assistenzarzt etwas abseits von den Patienten an einen Tisch. Sofort eilte eines der Pflichtjahrmädchen herbei, um ihn nach seinen Sonderwünschen zu fragen und zu bedienen.

»Oh, das Personal ist wieder vollständig«, flüsterte der blond gelockte Kriegszitterer Alfred, der neben Charlotte saß. Er schoss einen misstrauischen Blick in Richtung des Assistenzarztes. »Hoffentlich müssen wir heute Abend nicht wieder die Goebbelsschnauze hören.« Stühling stellte gerne den Volksempfänger an und hatte erst kürzlich wieder die Redekunst des Führers und seines Propagandaministers gerühmt. Auch in Regensburg hatte Charlottes Vater das Radio eingeschaltet, wenn eine Übertragung kommen sollte.

Charlotte erinnerte sich, wie der Führer die »nationalsozialistische Bewegung« in Deutschland beschworen hatte. Eine »Volksbewegung« sei es, hatte auch Reichspropagandaminister Joseph Goebbels gesagt, in seinem rheinischen Tonfall und mit Theatralik in der Stimme. Goebbels hatte den »Führer« gerühmt, der das deutsche Volk angeblich aus seiner wirtschaftlichen und raumpolitischen Beengtheit retten wollte. Charlottes Vater hatte lobende Worte dafür gefunden. Kurze Zeit später war sein Sohn tot.

Charlotte beendete ihre Suppe, kippte den Rest Hagebuttentee hinunter und stand auf. Da betrat Amberg den Speisesaal. Er trug keinen Arztkittel, sondern nur eine braune Jacke aus Tweed. Er steuerte auf Charlottes Tisch zu. »Ich würde Sie gerne nach dem Abendessen einmal sprechen«, sagte er, »in meinem Arbeitszimmer.« Charlotte nickte. In ihrem Bauch rumorte es, so aufgeregt war sie.

Wenig später zog sie sich ihren Wintermantel über und stapfte durch den Schnee hinüber zum Trakt für das Personal. Es war erst drei Tage her, als der Bote in Ambergs Bibliothek auf dem Boden gelegen hatte, verletzt und halb erfroren, und der Chefarzt so niedergeschlagen gewesen war, weil er ihn nicht hatte retten können. Es war merkwürdig, jetzt wieder an den Ort des Geschehens zurückzukehren.

Charlotte betrat das Personalhaus, wandte sich nach links und klopfte an die Wohnungstür des Chefarztes im Erdgeschoss. Er öffnete. »Bitte kommen Sie doch herein, Fräulein Rotstetter. Ich habe schon einen Tee gemacht. Einen richtigen schwarzen Tee. Ich ließ ihn extra lange ziehen, damit Sie in der Nacht nicht wach bleiben deswegen.« Charlotte war geschmeichelt wegen dieser Aufmerksamkeit.

Sie ließ ihren Blick durch den Raum schweifen, nichts erinnerte mehr an die Ereignisse drei Nächte zuvor.

»Ja, das war ein trauriger Abend«, sagte Amberg, der ihren Blick bemerkte. »Es muss schrecklich für Sie gewesen sein, das mitzuerleben. Das ist bedrückend, auch für einen Arzt, einen Verletzten nicht retten zu können. Luzifer hat ihn ins Dorf gebracht, seine Familie hat sich um den Toten gekümmert. Mehr können wir nicht tun.«

Er lud sie ein, in einem der beiden Ohrensessel Platz zu nehmen. Der Tee, die Milch und die Tassen standen auf einem Tischchen zwischen ihnen. Amberg schenkte ihr ein. »Und jetzt zu uns. Sie wissen schon von Mimi Westheimer, dass wir demnächst hohen Besuch bekommen«, hob er an und schlug die Beine übereinander.

Charlotte nickte. »Gewiss, Herr Professor.«

»Wir erwarten den Besuch von Professor Hermann Kettenbach«, sagte Amberg.

»Ich habe es gehört, Herr Professor.«

»Der Professor ist ein Gönner des Sanatoriums. Nicht nur, weil seine Nichte vor einigen Jahren hier einmal Patientin war.«

»Ach so«, sagte Charlotte. Das mit der Nichte hatte sie nicht gewusst.

»Professor Kettenbach betreibt auch seinerseits viel Forschung«, fuhr Amberg fort.

»Ja, ich verstehe.«

»Kettenbach behandelt dabei manchmal auch Patienten aus Schattwald. Dafür könnten wir dankbar sein. Aber es kommt natürlich vor, dass der Professor nicht so ganz im Bilde darüber ist, welche Fortschritte die Patienten hier machen. Er hat auch die Patientin Rose Wurzner mit seinen besonderen Methoden behandelt, und es hat sich im Nachhinein erwiesen, dass es besser gewesen wäre, sie wäre hier in Schattwald geblieben.« Ambergs Gesicht verdüsterte sich, Charlotte fiel wieder die Narbe auf seiner linken Wange auf. Er verschränkte die Arme. Es musste ihn sehr bewegen, was mit Rose Wurzner geschehen war.

»Dass Rose Wurzner nicht mehr da ist, tut mir leid«, meinte sie.

»Nun ist es so, dass Professor Kettenbach auch Sophia Ederle behandeln möchte mit seinen neuartigen, zuvor kaum erprobten Methoden«, erklärte Amberg.

»Davon habe ich gehört, Herr Professor«, sagte Charlotte. Sie fragte sich, welcher Art die neue Behandlung von Kettenbach war. Mimi hatte ihre Frage danach bisher nur ausweichend beantwortet.

»Fräulein Ederle macht hier gerade Fortschritte, große Fortschritte, und ich halte es nicht für angebracht, dass Professor Kettenbach sie zu sich nach Würzburg mitnimmt, wo er eine Art Versuchslabor unterhält. Das könnte die Fortschritte der jungen Dame gefährden.«

»Ja, gewiss«, stimmte Charlotte zu. Ihr war allerdings nicht aufgefallen, dass Sophia in letzter Zeit große Fortschritte gemacht hatte. Ihre Zimmergenossin sprach nicht, lächelte nur manchmal und klopfte den Takt zur Musik mit. Das war alles.

»Wir müssen diese Fortschritte Professor Kettenbach deutlich machen. Ich möchte nicht eine zweite Patientin an ihn verlieren«, sagte Amberg. Seine Stimme klang bitter.

»Sie haben bestimmt recht, Herr Professor«, pflichtete sie ihm bei.

»Bitte nennen Sie mich nicht dauernd Herr Professor. Ich bin Doktor Amberg, mehr nicht«, entgegnete der Chefarzt.

Er nahm einen Schluck Tee. »Ich habe einen Therapieplan für Fräulein Ederle gemacht. Bis zum Besuch von Professor Kettenbach in drei Wochen muss sie wieder sprechen. Ich kümmere mich mehrmals in der Woche um sie, ich werde es auch mit Kunsttherapie versuchen. Sie könnten uns auch ein bisschen helfen.«

Er sah sie an, und sein Blick wurde wärmer. Seine Augen erschienen ihr bernsteinfarben, heller als sonst. Der ungesunde Glanz, den Charlotte manchmal in ihnen wahrnahm, war heute nicht zu erkennen. Sie bemerkte, dass seine Oberlippe einen schönen Schwung hatte.

»Wie kann ich von Nutzen sein?«, fragte Charlotte.

»Sie nehmen Fräulein Ederle mit zum Holzholen in den Wald und dann zum Heizen mit auf das Zimmer, wo sie mit Ihnen den Kachelofen bestücken sollte. Der Wechsel von Schnee zu Feuer ist gut, und sie sollte mehr körperliche

Arbeit verrichten. Es wäre schön, wenn Sie ihr noch mehr auf dem Klavier vorspielen könnten. Dann sollten Sie ihr vorlesen wie einem Kind. Sophia muss wieder in ihrem Innersten berührt werden, Vertrauen fassen in ihrer Seele. Ich werde Ihnen ein Märchen heraussuchen, das Sie Fräulein Ederle am Abend vortragen. Ich habe die Hoffnung, dass die Bilder im Märchen vielleicht zur Heilung beitragen könnten.«

»Das kann ich natürlich tun, Sophia zum Holzholen mitnehmen und ihr vorlesen«, versprach Charlotte. Das war eine überschaubare Aufgabe.

»Danke«, sagte Amberg, »und jetzt kommen wir zu Ihnen.« Er musterte ihre linke Hand mit dem Verband. »Tut das noch weh, Fräulein Rotstetter?« Er klang besorgt. In Charlottes Brust breitete sich eine Wärme aus.

»Nein, äh, kaum, danke, Herr Doktor. Mimi kümmert sich um den Verband. Das macht sie außerordentlich gut«, antwortete sie.

»Ich würde Ihnen gerne persönlich ein paar Therapiestunden geben. Wir treffen uns einmal in der Woche jeweils für eine Stunde, hier in der Bibliothek, später dann im Kunstzimmer. Ich möchte nächste Woche damit anfangen. Sind Sie einverstanden?« Er blickte sie fragend an, fast so, als sei er sich nicht sicher, ob sie sich über das Angebot freute.

»Natürlich, sehr gerne«, antwortete sie. Therapiestunden mit Amberg. Er würde sich um sie kümmern, nur um sie allein. Ihr Herz schlug schneller. Die Nähe machte ihr auch etwas Angst.

»Gut, das freut mich«, meinte Amberg und lächelte. »Ich gebe Ihnen alsbald einen Termin für unsere Behandlung.

Für heute machen wir Schluss.« Er stand auf. »Hier, ich überlasse Ihnen noch den Auszug eines Märchens«, erklärte er und ging zu seinem Schreibtisch. Er griff sich ein paar Blätter aus einem Stapel, schob sie in einen Papphefter und gab ihr diesen in die Hand. Dann geleitete er Charlotte zur Tür. Sie verabschiedete sich und verließ das Gebäude.

Den Papphefter schob sie unter ihren Mantel, als sei er ein Säugling, der warm gehalten werden musste. Über den knirschenden Schnee stapfte sie zum Patientenwohnhaus zurück.

Wie aus dem Nichts tauchte Stühling im Dunkeln vor ihr auf. »Guten Abend, Fräulein Rotstetter«, sagte der Assistenzarzt mit seiner schnarrenden Stimme. »Ich sehe, Sie kommen von Doktor Amberg. Nun, da wollte ich auch gerade hin.«

Charlotte grüßte und ging weiter. Sie hörte, wie der Assistenzarzt die Haustür des Personalgebäudes öffnete, den Hausflur betrat und dann laut an Ambergs Wohnungstür klopfte. Neugierig drehte sie sich um. Aus dem Dunkel heraus konnte sie den Chefarzt durch das erleuchtete Fenster sehen, als befände er sich auf einer Theaterbühne.

Doch Amberg wandte sich nicht gleich zur Wohnungstür, um zu öffnen. Er eilte zu seinem Schreibtisch und zog den Bogen Papier aus der Schreibmaschine heraus. Dann nahm er ein paar Papiere vom Schreibtisch und räumte die Unterlagen in das Unterschränkchen. Selbst aus der Entfernung fiel Charlotte auf, wie hektisch er sich bewegte. Erst danach ging Amberg zur Wohnungstür und öffnete dem Assistenzarzt, der im Hausflur gewartet und von Ambergs Hektik nichts mitbekommen hatte. Die beiden betraten das Arbeitszimmer und setzten sich.

Charlotte presste den Papphefter an ihren Körper und wandte sich wieder um. Was war los mit Amberg?, fragte sie sich. Was wollte er vor Stühling verstecken? Aber niemand würde ihr diese Fragen beantworten, auch Mimi und Luzifer nicht. Sie war Patientin hier. Eine Patientin allerdings, die jetzt eine Mission hatte, für Sophia, die wahrscheinlich schon im Zimmer auf sie wartete.

17. Kapitel

Sophia lag mit offenen Augen im Bett, als Charlotte das Zimmer betrat. Charlotte legte den Papphefter auf den Tisch neben das Koffergrammofon. Sie zog den Mantel aus. Es war noch nicht Schlafenszeit. Normalerweise hätte Charlotte jetzt ein paar Platten ausgesucht und an der Kurbel gedreht, um für Sophia ein kleines privates Wunschkonzert zu veranstalten. Aber heute würde es anders sein.

Charlotte goss sich aus der Karaffe etwas Wasser ein. Dann legte sie im Kachelofen ein paar Holzscheite nach. Sie zog einen Stuhl an Sophias Bett und öffnete den Papphefter. Drinnen lagen die Blätter, mit Schreibmaschine beschriftet.

»Sophia, ich würde dir gerne etwas vorlesen«, sagte Charlotte. »Ein Märchen zum Einschlafen. Ist das in Ordnung für dich?«

Sophia wirkte überrascht, aber sie nickte.

»Es ist wohl ein Märchen für Ältere«, beeilte sich Charlotte zu sagen, »eher eine Geschichte. Ich habe sie von Doktor Amberg. Er sagt, es habe heilende Wirkung.«

Charlotte wusste zwar nicht, ob es Amberg recht sei, wie sie das Märchen ankündigte, aber sie fühlte sich zu einer Erklärung verpflichtet.

»Die stumme Harfenistin«, las Charlotte vor, »das ist der Titel.« Dann begann sie: »Es war einmal ein fruchtbares Tal.

Alle Menschen, die dort wohnten, liebten es zu singen. Man nannte es das Tal der Lieder. Männer, Frauen, Jungen und Mädchen, Alte und Kinder sangen und staunten über die Vielfalt ihrer Stimmen. Manche brummten Melodien, andere sangen in hohen Tönen, einige mit dünnen, andere mit vollen Stimmen. Manche grölten eher, als dass sie sangen, andere summten nur leise vor sich hin, einige bevorzugten gar den Sprechgesang. Aber alle liebten ihre Stimmen und die Melodien und Worte, die sie erfanden. Es war ein Tal voller Klänge.

Jenseits des Tales, hinter den Bergen, lebte ein böser Zauberer. Er selbst sang nie und neidete den Menschen im Tal jenseits der Berge ihr glückliches Leben. Also ging der Zauberer zu den Menschen und sagte: ›Es ist schön, dass ihr so gerne singt. Aber stellt euch vor, um wie viel schöner euer Gesang noch wäre, um wie viel volltönender und gewaltiger, wenn ihr euch alle auf ein Lied einigen könntet. Wenn ihr alle das gleiche Lied singen würdet, wäre euer Gesang kraftvoller als alles andere in der Welt. Er klänge wie ein Chor, den noch nie jemand zuvor gehört hat. Die ganze Welt würde euch bewundern.‹

Da hörten ihm die Menschen zu und sagten untereinander: ›Vielleicht hat er recht? Wenn wir nur alle das gleiche Lied sängen, wären wir stärker als alles andere in der Welt. Das wäre doch großartig!‹ Die Menschen übten fortan alle das gleiche Lied, das ihnen der Zauberer gegeben hatte. Sie übten in kleinen Gruppen. Wer noch eine andere Melodie vor sich hin summte, wurde zur Ordnung gerufen: ›He du, was verschwendest du deine Zeit mit deinem Gebrumme, lerne besser das Große Lied, das wir gemeinsam singen wollen, sodass es gewaltiger klingt als alle Chöre der Welt.‹«

Charlotte machte eine Pause. Was war das für ein Märchen, das Amberg da aufgetan hatte? Sie hatte so etwas noch nie gelesen. Sophia hatte sich im Bett aufgesetzt und schien aufmerksam zu lauschen. Charlotte kam die Erinnerung, wie sie früher mit ihrem Bruder im Bett gekuschelt hatte, auch wenn Robert manchmal etwas unwillig war, weil ihm seine Schwester so nahe rückte.

Sie las weiter: »Doch es gab in dem Land eine Familie, die alle liebten. Es war die Musikerfamilie, die hochgeachtet war, denn sie begleitete die Sänger auf ihren Instrumenten. Der Vater spielte Trompete, die Mutter war Geigerin, die jüngste schöne Tochter konnte die Harfe wunderbar zum Klingen bringen. Alle liebten diese Familie, aber der Vater weigerte sich, mit seiner Familie das Große Lied zu üben. ›Was vergesst ihr eure eigenen Lieder?‹, sagte er zu seinen Landsleuten. ›Ich werde euch nur zu euren eigenen Liedern begleiten und das Große Lied niemals spielen.‹

Darüber ärgerte sich der Zauberer sehr. Er besuchte eines Tages die Familie, dabei hatte er sich als weiser alter Mann verkleidet, der angeblich körperliche Gebrechen heilen konnte. Der Sohn der Musikerfamilie war kränklich, und so ließ ihn der Vater ein. Darauf mischte der Zauberer Gift in das Essen der Familie, alle aßen davon bis auf die jüngste Tochter, die keinen Appetit hatte. Die Familie starb, und als die Tochter ihre Eltern und die beiden Geschwister tot daliegen sah, verstummte sie und erstarrte, als wäre sie zu Eis gefroren.«

Charlotte zuckte innerlich zusammen. Das war doch die Geschichte von Sophia. Jedenfalls teilweise. Sie hatte die Familie ihrer Freundin tot aufgefunden, die Mutter war Jüdin gewesen, und die Eltern hatten sich umgebracht und die Kinder mit in den Tod genommen. Aufgeregt las sie weiter.

»Da kam über das Land ein harter Winter und eine große Kälte. Die Menschen, die das Große Lied übten, erstarrten und bewegten sich nicht mehr. Schnee überzog alle Häuser und die Felder und Pflanzen. Die Leute jenseits der Berge nannten das Land fortan ›Eisland‹, und niemand wagte mehr, es zu betreten. Der Zauberer aber ging fort.«

Charlotte machte eine Pause. Es schien ihr plötzlich, als sei es kälter geworden im Zimmer, und sie legte ein Holzscheit nach, obwohl es im Kachelofen prasselte. Sophia hatte ihren Kopf in die Hand gestützt und lauschte. Charlotte hatte sie noch nie so wach und konzentriert gesehen. Sie fuhr fort.

»In den Ländern jenseits der Berge aber verbreitete sich die Kunde, dass es in Eisland eine junge schöne Harfenistin gab, die in eine tiefe Starre und Stummheit verfallen war, als ihre Familie starb. Davon hörte ein Königssohn in einem Land jenseits der Berge. Er zog sich seinen prächtigsten roten Mantel an, sattelte sein Pferd und machte sich auf den Weg nach Eisland. Doch als er mit dem Pferd in das Tal ritt und die schlimme Kälte ihn erfasste, fiel das Pferd tot um, und auch der Prinz starb sofort.«

Charlotte hielt inne. Das war jetzt eine sehr melodramatische Stelle. Wer hatte sich denn so etwas ausgedacht? Sophia sah sie erwartungsvoll an. Sie musste einfach weitermachen.

»In den Bergen hoch oben gab es ein Dorf mit Menschen, die arm waren und ein gutes Herz hatten. Ein Bergbauernsohn hörte von der schönen Harfenistin, die in Eisstarre verfallen war. Ihn schreckten die Kälte und das Eis nicht, denn er lebte in den Bergen, die auch im Sommer Schneekappen trugen. Der Bergbauernsohn wusste, dass man sich auf die Kälte vorbereiten konnte. So ging er durch das Dorf und lieh sich von jedem Knecht einen Mantel. Er bekam sieben Mäntel, die zog er übereinander, und nahm ein Pferd, das Kälte gewöhnt war, und spannte den Schlitten an und zog mit ihm nach Eisland. Als er die Grenze überquerte, spürte er die Kälte im Gesicht wie ein scharfes Messer. Doch am Körper war ihm wohl unter den sieben Mänteln und er fror nicht. Im Haus der Musikerfamilie fand er die erstarrte Harfenistin, hob sie hoch und trug sie hinaus und legte sie auf den Schlitten. Dann machte er sich auf den Weg zurück ins Dorf in den Bergen, wo immer eine Kälte herrschte und die Menschen wussten, wie man damit zu leben hatte.«

Charlotte sagte zu Sophia: »Das mit den sieben Mänteln ist eine gute Idee. Aber so was muss man erst mal übereinanderziehen, wie soll das gehen mit den Ärmeln?«

Sophia antwortete nicht. Das wäre schön gewesen, hätte ihre Zimmernachbarin jetzt etwas gesagt. Charlotte nahm einen Schluck Wasser und las weiter.

»Als er mit dem Schlitten und der erstarrten Harfenspielerin ins Dorf kam, hatten sich schon drei Mägde auf seinem Bauernhof eingefunden. Die eine heizte den Ofen ein, sodass es wohlig warm wurde in der Stube. Die zweite tränkte Leinentücher mit heißem Wasser. Die dritte kochte einen starken Kräutertee. Da wickelten sie die heißen Leinentücher um das Mädchen, und sie taute auf und trank einen Schluck von dem Kräutertee und fing an, bitterlich zu weinen. Denn ihre Familie war tot. Die heißen Tränen, die sie um ihre Eltern und Geschwister vergoss, flossen wie ein breiter, warmer Strom vom Berg herab nach Eisland und brachten dort alles zum Schmelzen. Die Felder verloren die Schneedecken, die Pflanzen wuchsen, und die erstarrten Menschen bewegten sich wieder. Sie fingen alsbald zaghaft an zu singen, jeder für sich, der eine brummte, der andere summte, wieder einer grölte. Bald ertönten die verschiedensten Klänge im Tal. Der Bergbauernsohn kam mit der Harfenistin hinunter in das Tal, die Menschen ließen sich von ihr bei ihrem Gesang begleiten, und der Bergbauernsohn und die Harfenspielerin lebten glücklich im Tal mit ihren Kindern. Die Menschen hatten die Erinnerung an das Große Lied verloren, niemand sprach mehr davon, und sie erfreuten sich für immer an der Vielfalt ihrer eigenen Stimmen.«

Charlotte hielt inne. Drei Papierbögen, mit Schreibmaschine beschrieben, hatte sie vorgelesen. Sophia hatte bis zum Schluss zugehört. Um ihre Lippen spielte ein leises Lächeln. Als die Geschichte zu Ende war, legte sie sich auf die Seite, rollte sich zusammen wie ein kleines Kind und schloss die Augen.

»Hallo, du Harfenspielerin«, sagte Charlotte leise und stupste Sophia an, »spielst du mir auch mal was vor? Versprochen?«

Sophia antwortete nicht.

Charlotte wartete eine Weile. Sophia war eingeschlafen. Schade. Charlotte legte die Blätter auf den Tisch und verließ den Raum auf leisen Sohlen, um noch einmal zur Toilette zu gehen. Wie immer warf sie draußen einen Blick aus dem Gangfenster. Am Himmel schwebte der Vollmond, Wolkenfetzen zogen vorbei. Der dunkle Lärchenwald strahlte eine tiefe Stille aus und ließ den Schnee im Gelände noch heller erscheinen. Im Erdgeschoss des gegenüberliegenden

Personalhauses sah sie das erleuchtete Fenster von Amberg. Was der Chefarzt jetzt wohl machte? Es war nicht irgendein Märchen, das er herausgesucht hatte. Die Geschichte von Eisland war seine Erzählung, seine Phantasie über Sophia, die verstummte Patientin. Mimi hatte recht, er hatte eine künstlerische Ader. Wie sehr musste er seine Patienten mögen, dass er sogar Märchen für sie erfand. In Regensburg würde Charlotte niemand glauben, dass es so jemanden wirklich gab.

18. Kapitel

Innsbruck, Dezember 2014

Ich lief durch die Schneelandschaft dem Horizont entgegen. Die Sonne goss ihr gleißendes Licht über die weiße Fläche, und so konnte ich den Mann gut erkennen, der vor mir ging. Er war groß und breit, in einen langen Mantel gehüllt, sein Kopf mit einer Kapuze und einem Schal vermummt. Er trug einen Vogelkäfig in der Hand und beachtete mich nicht. Wir liefen eine Weile stumm hintereinander, als wäre unser Weg vorgegeben, obwohl wir einander Fremde waren.

Plötzlich hielt der Vermummte inne, er stellte den Käfig ab und ging in die Knie, als wolle er mit dem Tier sprechen, das sich darin befand. Ich kam näher und sah, dass ein Kanarienvogel im Käfig hockte und zitterte. Der Mann öffnete die Käfigtür, um den Vogel herauszulassen in die Freiheit. Ich hatte Angst um das kleine gelbe Geschöpf, denn hier, mitten in der kalten Schneelandschaft, gab es für den Vogel kein Überleben. Hier brachte die Freiheit ihm den sicheren Tod.

Der Mann lockte den Vogel, er sprach zärtlich mit ihm wie zu einem Haustier, für das er nur das Beste wollte. Ich kam näher und ging neben dem Vermummten in die Knie. Ich wollte nicht, dass der Kanarienvogel davonflog in den Tod. Der Vermummte drehte den Kopf zur Seite und blickte mich an. Er zog seinen Schal ab. Ich erkannte die eckige Brille. Es war Ulrich Pramstaller.

Ich machte den Mund auf, um zu schreien, doch ich brachte keinen Ton heraus. Da nahm der Mann die Kapuze vom Kopf. Er zog sich die Brille und die Gesichtshaut ab wie eine Maske. Dahinter kam ein anderer zum Vorschein. Ich erkannte die wasserhellen Augen, den altmodischen Messerhaarschnitt mit dem geraden Seitenscheitel. Er war der Mann mit den Vögeln, der mir schon einmal begegnet war, im hellen Licht eines warmen Sommertages. Der Wächter, der die Vögel erst lockte und dann tötete. Ich fuhr zurück und wollte weglaufen, doch meine Beine gehorchten mir nicht. Ich war wie gelähmt, ich war ihm ausgeliefert.

»Nein! Hilfe!« Ich wachte auf. Ich schwitzte und brauchte einen Moment, um mich zu orientieren. Hier lag ich, im Himmelbett meiner Großmutter, in Innsbruck, in der Dämmerung eines Wintermorgens. Ich hatte einen Albtraum gehabt.

Leo war aufgewacht in seinem Hundebettchen, als hätte er mein Erschrecken bemerkt. Er erhob sich, trabte heran und sprang an meinem Bett hoch. Ich knipste das Licht an. Ich wusste, dass man Hunde nicht ins Bett lassen sollte, aber jetzt war es mir egal. »Komm«, flüsterte ich, und der kleine Hund mit den Schlappohren lag alsbald neben mir und brummte friedlich vor sich hin. Ich wurde ruhiger. Was hatte der Albtraum zu bedeuten? Der Winter, die Kälte, der Neffe, der sich so schrecklich verwandelte in den Vogelwächter, der mir schon einmal im Traum erschienen war. Wie gerne hätte ich jemanden gehabt, mit dem ich darüber reden könnte.

Auf dem Nachttisch sah ich die Kladde liegen, in der ich am Vorabend gelesen hatte. Schattwald. Ein Chefarzt, der Märchen für seine Patienten dichtete. Was hätte wohl Doktor Carl Amberg zu meinen Albträumen gesagt? Am liebsten wäre ich in eine Zeitmaschine gestiegen und in die Vergangenheit gereist. Ich war selbst schon so mit den Nerven herunter, ich hätte gut in das Sanatorium gepasst. Ich stellte mir vor, wie meine Großmutter damals in Schattwald ihrer Zimmernachbarin die Geschichte von Eisland vorlas, im Hintergrund das Holzfeuer im Kachelofen. Immerhin war sie in Gesellschaft. Wie nah sich die jungen Frauen gewesen sein mussten. Ich spürte einen Anflug von Neid. Auf mich wartete in Hamburg eine leere Luxuswohnung mit Fußbodenheizung, ich war mit meinen Albträumen allein.

Ich musste aufstehen. Ich wollte die Trauerkarten vom Beerdigungsinstitut abholen und dann in die Ausstellung über die Nazi-Psychiatrie gehen. Leo sollte raus zu seiner Gassirunde. Ich tappte ins Badezimmer, dort stieg ich in die hohe altmodische Wanne und drehte den Hahn für das Kalt- und den für das Warmwasser auf. Das Badezimmer hier hatte noch Armaturen aus Zeiten, als man das Wort Mischbatterie noch nicht kannte.

Der heiße Wasserstrahl war kräftig und angenehm. Ich ließ das Wasser über Kopf und Körper laufen und wusch mich mit der Lavendelseife meiner Großmutter, die in der Seifenschale lag. Lavendel. Was für ein altertümlicher Blütenduft, der gerade ein Comeback bei jungen Frauen erlebte, wie meine Kollegin Rieke kürzlich behauptete. Der Geruch war vor siebzig Jahren auch durch die Badezimmer in Schattwald gewabert. Dieser Gedanke hatte etwas Tröstliches.

Ich zog mich an und drehte mit Leo die morgendliche Runde. In einer Bäckerei kaufte ich mir ein Brötchen und ein Croissant. Ein bisschen Luxus wollte ich mir heute gönnen. Zu Hause in der Küche trank ich meinen Getreidemilchkaffee mit viel Zucker und aß dazu das buttrig duftende Hörnchen. Mein Blick fiel auf das Bild von Schattwald. Ein Amateurgemälde in Öl, mit etwas zu dicken Strichen gemalt. Etwa von meiner Großmutter? Plötzlich wünschte ich mir, sie säße jetzt hier. Wir könnten zusammen einen Getreidekaffee trinken, und ich würde sie zu einem Croissant überreden. Sie würde mir von Schattwald erzählen. Vielleicht könnten wir sogar zusammen lachen, über die falsche Leander und über die Kochrezepte von Mimi.

Wie sehr mir die Frauen in meiner Familie fehlten! Ich hatte mich immer an meinem Vater orientiert, nachdem meine Mutter so früh gestorben und der Kontakt zu Großmama Charlotte abgebrochen war. Ich war Papas Prinzessin und stolz darauf gewesen. Doch seit einigen Jahren tat sich in mir ein schwarzes Loch auf, das größer wurde, seitdem Alex mich verlassen hatte. Das Loch war meine Zukunftsangst. Sollte ich jetzt auch in Internet-Singlebörsen nach einem neuen Mann fahnden und dabei ständig neue Niederlagen erleben, so wie es Sabine ergangen war? Ich war schon immer zu sehr auf Männer fixiert gewesen. Wie sehr hatte ich manchmal Freundinnen beneidet, die von ihren Müttern und Großmüttern schwärmten, die ihnen Vorbilder waren, starke Frauen, die sie bewunderten. Vielleicht wäre ich optimistischer, glücklicher, hätte ich positive Frauenvorbilder in meiner Familie gehabt.

Ich stellte mir plötzlich vor, sie wären beide mit im Raum, hier vor dem Bild von Schattwald. Meine Großmutter hatte ein Gesicht von jener ätherischen Schönheit, wie man sie in hochbetagten Gesichtern findet, die näher an der Ewigkeit dran sind als an einer längst vergangenen Jugend. Ihr gegenüber tauchte eine zweite Gestalt auf, eine zarte Fee mit dunklem Haar und schmalem, verträumtem Gesicht. Meine Mutter. Die beiden Frauen unterhielten sich mit warmen Stimmen und lachten leise. Ich fühlte mich geborgen zwischen ihnen.

Die Szene verblasste, als würden sich die Frauen in Luft auflösen. Nur das Gemälde von Schattwald blieb. Ich hatte mir ein Wunschbild herbeigezaubert, voller Wärme und Nähe, das schöner und zärtlicher als die Wirklichkeit gewesen war. Eine Szene, in der Großmama Charlotte nicht mit strengem Blick mahnte, ich solle meinen Teller leer essen, wie sie es so oft getan hatte, und in der meine Mutter nicht so traurig und abwesend wirkte, dass ich meinte, sie aufmuntern zu müssen. Ich hatte mir ein froheres Bild geschaffen, das mich tröstete. Hatte nicht Amberg in Schattwald gesagt, man müsse sich seine Schutzgeister selbst schaffen? Man müsse allerdings ebenso lernen, mit seinen Dämonen zu sprechen, auch das hatte er meiner Großmutter geraten.

Ich starrte noch eine Weile vor mich hin, bis mein Kopf ganz leer wurde. Dann trank ich meinen Kaffee aus, räumte das Geschirr ab und ging ins Arbeitszimmer. Auf dem Schreibtisch lag das Adressbuch meiner Großmutter. Ich schrieb mir die unterstrichenen Namen aus dem Buch auf eine Liste, um sie dann auf Briefumschläge zu übertragen und die Trauerkarten gleich einwerfen zu können, wenn ich sie von der Bestattungsfirma abgeholt hatte. Bald hatte ich die Liste fertig, und mein Blick wanderte zu den Bücherregalen. Mir fiel wieder ein, wie verstreut einige der Bücher auf dem Boden gelegen hatten, am ersten Tag, als ich ankam. So, als habe jemand etwas hier gesucht.

Ich stand auf und trat an das Regal. Hier war mir schon am ersten Tag die psychologische Literatur aufgefallen, die meine Großmutter gesammelt hatte. Mein Blick fiel auf ein Buch von Carl Gustav Jung: »Der Mensch und seine Symbole«. Ich zog das Buch heraus, blätterte und stieß auf eine Abbildung aus dem Film über den guten Dr. Jekyll, der sich durch einen Zaubertrank in den bösen, dämonischen Mr. Hyde verwandelte. Ja richtig, Jung hatte sich immer auch mit den Schattenseiten der Seele beschäftigt. Im Regal stand noch ein älterer Band von Jung. Ich schlug das Buch auf, irgendjemand hatte eine Stelle in dem Buch mit Bleistift angestrichen: »Wirklich aber ist, was wirkt. Die Phantasien des Unbewussten wirken – darüber ist kein Zweifel gestattet«, las ich. Das Buch war 1933 erschienen. Könnte es sein, dass dieser Band aus Ambergs Bibliothek in Schattwald stammte? Aber wie kam es dann hierher?

Ich klappte das Buch zu und entdeckte einen dünnen Band, der ebenfalls recht alt und vergilbt wirkte. Ich zog das Büchlein heraus. »Praktische Seelenheilkunde für Ärzte und Studierende« lautete der Titel. Der Autor war ein »Doktor Gustav Rudolph Keyder«. Im Vorwort nannte Keyder das »Deutsche Institut für Psychologische Forschung und Psychotherapie«, das der »verstorbene Reichsärzteführer G. Wagner 1936 gründete«. Genau, das war das Institut in Berlin, das meine Großmutter in ihrem Tagebuch erwähnte. Es war das Institut, mit dem Chefarzt Carl Amberg korrespondierte. Mein Herz schlug heftiger.

Ich setzte mich an den Schreibtisch und las das Vorwort Keyders. »So wie wir alten Soldaten unsere Heere heute die Ernte einbringen sehen, die wir damals säten, so können wir auch noch mithelfen, eine seelisch und ganzheitlich schauende Heilkunde zu schaffen, um den Sieg unserer Ideen zu erreichen. Deutschland erwacht auch hier!«, schrieb der Autor. Keyder war offenbar Nationalsozialist gewesen.

Ich blätterte weiter und las: »Wir wissen es gerade aus unserer jüngsten deutschen Vergangenheit, woran der Führer appelliert: an die Phantasie, das Gefühl, das Irrationale des Volkes. Wenn wir seine Reden lesen und hören: Was da überzeugt und mitreißt, ist nicht das rationale Argument, sondern das Bild, das Symbol, die Legenden und Vorbilder. Sie sind es, die den Menschen unter die Haut und tiefer ins Hirn, die ihnen in Sinne und Herz gehen.«

Hatte Amberg eine enge Verbindung zu diesem Institut in Berlin? War das der Grund, warum Schattwald im Kriege offen geblieben war als eins der wenigen Privatsanatorien, während so viele andere von den Nationalsozialisten geschlossen worden waren? Hatte auch Amberg zwei Seiten gehabt, eine helle und eine dunkle? Er hatte Sophia schützen wollen, aber die Patientin Rose hatte er zuvor Kettenbach ausgeliefert.

Was war damals wirklich geschehen? Ich zog die Schreibtischschublade auf. Da lag es, das Medaillon, das ich zwei Tage zuvor dort hineingelegt hatte. Mimis Amulett. Ich klappte den Anhänger auf, in dem sich das Blechplättchen mit dem Schlangenstab im umgedrehten Dreieck befand. Das Zeichen einer Organisation, die Patienten schützen wollte. Amberg hatte diese Organisation unterstützt, er hatte gewusst, dass Mimi Westheimer dazugehörte. Ich nahm den Anhänger heraus und rieb ihn in der Hand. Ich kam mir vor wie der blinde Kolja aus Schattwald. Mimi hatte ihm das Medaillon zum Anfassen gegeben, wenn er Orientierung brauchte. Auch ich tappte im Dunkeln.

Ich musste noch einmal sichergehen und stieg die Treppe

hinauf ins Schlafzimmer. Vom Stapel neben dem Bett nahm ich die letzte Kladde. Es war der elfte Band. Ich öffnete die letzte Seite des Heftes. Es gab eine Eintragung vom 5. Februar 1943, etwas über eine Sitzung Ambergs mit Mimi, Luzifer und Charlotte. Nichts stand da von einer Entlassung Charlottes oder einer Auflösung Schattwalds. Ich hatte mich nicht geirrt, es fehlten Kladden, es gab bestimmt dreizehn Bände, so wie ich sie ganz am Anfang durchgezählt hatte. Die beiden letzten waren verschwunden. Was stand darin?

Ich sollte heute noch in die Ausstellung zur Psychiatrie im Nationalsozialismus gehen. Vielleicht fand sich dort ein Hinweis auf dieses Institut in Berlin oder sogar etwas über Schattwald.

Ich sah aus dem Fenster. Draußen fegte der Wind durch die Bäume, die Berge am Horizont schimmerten in einem fahlen Licht. Leo kam angelaufen und schaute mich erwartungsvoll an. Ich tätschelte ihn über den Kopf. Es wäre schön, jemanden zu haben, mit dem ich reden könnte, jemanden, der zu den Geschehnissen hier Abstand hatte. Vielleicht morgen. Morgen, wenn ich Siegfried Rattler traf. Den Hirnforscher, den ich so erotisch fand. Er hatte mir doch immer so aufmerksam zugehört.

19. Kapitel

Es klingelte an der Tür. Leo bellte und rannte zum Eingang. Ich ahnte schon, wer draußen stand. Theres Kurz, die Nachbarin. Sie hielt einen Teller mit Kuchen in der Hand, Linzer Torte. »Ich wollte nur mal kurz vorbeischauen«, sagte sie, obwohl der Kuchen so aussah, als hätte sie nichts gegen ein längeres Kaffeekränzchen. »Ich saß heute so alleine drüben, und da ging mir so viel durch den Kopf. Ich dachte mir, vielleicht geht es Ihnen ja genauso.«

Ich nickte. »Kommen Sie rein, es ist ja bitterkalt. Ich freue mich über Besuch.« Das war ehrlich. Leo sprang begeistert an ihr hoch.

In der Küche nahm Theres Kurz auf der Sitzbank Platz. Ich setzte die Kaffeemaschine in Gang. Die Nachbarin blickte auf das Gemälde mit dem Ziegelbau im verschneiten Wald. Mir kam ein Gedanke. Die beiden Frauen hatten hier doch oft einen Kaffee zusammen getrunken. »Wissen Sie eigentlich, was für ein Haus das ist, hat meine Großmutter jemals darüber gesprochen?«, fragte ich sie und deutete auf das Bild. Vielleicht konnte mir Theres mehr über meine Großmutter erzählen, als ich gedacht hatte.

»Nein, Ihre Großmutter hat nie über das Haus auf dem Bild geredet«, antwortete sie. »Ich habe es immer für eine Art winterliches Landschaftsgemälde gehalten.«

»Aber es ist ein beeindruckendes Bild, nicht wahr?«, versetzte ich. »Eigentlich zu groß für die Küche.«

Theres Kurz sah mich überrascht an. Dann musterte sie das Bild, als sehe sie es zum ersten Mal. »Stimmt«, sagte sie nachdenklich. »Sie haben recht. Vielleicht hatte Ihre Großmutter einen besonderen Grund, es aufzuhängen.«

Natürlich hatte sie das, dachte ich. Auf dem Bild war vielleicht der wichtigste Ort in ihrem Leben zu sehen.

Ich holte Geschirr aus dem Schrank.

»Haben Sie denn hier im Haus alle Unterlagen gefunden, die Sie brauchen?«, fragte Theres Kurz.

»Danke, ich glaube, ich habe einen Überblick«, sagte ich.

»Manchmal findet man die Dokumente ja an den merkwürdigsten Orten«, setzte die Nachbarin nach.

Ich nahm die Kanne aus der Maschine und schenkte ihr ein. »Milch, Zucker?«, bot ich an. Theres Kurz nahm beides. Mir war, als hinge etwas Unausgesprochenes in der Luft. »Hatten Sie noch irgendetwas von meiner Großmutter zu bekommen?«, fragte ich. »Ist da noch etwas offen, gibt es irgendetwas, das ich wissen müsste?«

»Nein, also nicht direkt«, sagte Theres Kurz und zögerte. »Also es könnte natürlich sein, dass Charlotte ein Testament gemacht hat …«

»Ja und …?«

»Aber das Testament müssten Sie dann ja irgendwo finden.«

»Ich habe kein Testament entdeckt«, sagte ich, »ich habe auch keine Adresse irgendeines Notars gefunden, wo meine Großmutter vielleicht etwas hinterlegt hatte.« Erhoffte sich die Nachbarin irgendetwas von einem Testament? Erwartete sie, darin bedacht zu werden? »Selbstverständlich teile ich Ihnen sofort mit, wenn sich irgendwo Unterlagen einfinden, die Sie betreffen«, sagte ich etwas steif.

Es entstand eine Pause. Ich schenkte mir selbst Kaffee ein, halbierte ein Stück Linzer Torte und nahm die Hälfte auf meinen Teller. »Selbst gebacken?«, fragte ich. »Das ist nett. Vielen Dank.«

Theres Kurz schwieg. Ich bedauerte, keine Sahne für den Kuchen im Haus zu haben. Ich lebte hier zu spartanisch.

Vielleicht war es unfair, der Nachbarin zu unterstellen, sie erwarte sich etwas aus dem Nachlass meiner Großmutter. Sie hatte meine Großmutter vielleicht wirklich gemocht, sie unterstützt, ich wusste doch gar nichts über das Verhältnis der beiden. Ich sollte das Thema wechseln. Theres Kurz konnte mir vielleicht etwas über Ulrich Pramstaller erzählen, den Mann, der in meinem Albtraum erschienen war.

»Ich habe gestern Ulrich Pramstaller aufgesucht«, setzte ich an. »Er wirkte etwas abweisend. Er sagt, es sei Selbstmord gewesen, die Polizei habe erklärt, es gebe keinen Hinweis auf Fremdeinwirkung. Seine Tante sei krank gewesen. Krebs. Aber sehr viel mehr hat er nicht erzählt.«

»Mit dem Neffen wäre ich vorsichtig«, sagte Theres Kurz und runzelte die Stirn. »Der Neffe hatte zur Frau Pramstaller ein schlechtes Verhältnis. Das weiß ich von Charlotte.«

Ich horchte auf. »Was war denn los mit den beiden?«, fragte ich und stocherte umständlich an meinem Stück Linzer Torte herum, um nicht allzu neugierig zu wirken.

»Die Frau Pramstaller war der Vormund ihres Neffen, denn seine Eltern starben, als er sechzehn Jahre alt war«, berichtete Theres Kurz und wechselte in eine leutselige Stimmlage. Sie nahm einen Schluck Kaffee. Sie spürte, dass jetzt ich diejenige war, die Informationen von ihr haben wollte. »Es war ein Lawinenabgang während einer Skitour. Die Mutter war wohl sofort tot, der Vater wurde noch ausgegraben aus dem Schnee. Er lag noch eine Weile im Koma, dann starb er im Pflegeheim. Der Ulrich war damals in der Jugendfreizeit gewesen und deswegen nicht dabei. Es muss sehr schwer für ihn gewesen sein. Seine Tante wurde zu seinem Vormund ernannt.«

Ich fuhr innerlich zusammen. Ulrich Pramstaller hatte eine Geschichte, die der meinen gar nicht so unähnlich war. »Das ist eine traurige Vergangenheit. Aber warum war das Verhältnis zu seiner Tante so schlecht?«, fragte ich.

Theres Kurz nahm sich ein halbes Stück Linzer Torte. »Frau Pramstaller hatte ja selbst keine Kinder«, sagte sie in gewichtigem Ton, »vielleicht hat sie daher das mit dem Vormund etwas zu wörtlich genommen. Sie hat dem Ulrich zu viel vorschreiben wollen. Vor allem das mit dem Trinken, das hat sie ihm immer vorgeworfen.«

»Herr Pramstaller hatte ein Alkoholproblem?«, fragte ich und fühlte mich sofort übergriffig wie eine Klatschtante. Ich hasste es, in anderer Leute Angelegenheiten herumzuschnüffeln. Andererseits aber wollte ich alles über den Neffen wissen.

»Wahrscheinlich war es der Tod der Eltern, der ihn so aus dem Gleichgewicht geraten ließ«, sagte Theres Kurz und trennte mit der Gabel einen Bissen von der Linzer Torte ab. »Er fing später dann mit dem Trinken an. Seine erste Ehe scheiterte deswegen. Aber das mit der Frau Mogany, das muss ihm wohl sehr ernst gewesen sein. Das hat mir jedenfalls Charlotte erzählt. Die hat die Frau Pramstaller auch immer ermahnt, dem Neffen nicht so viel hineinzureden. Aber es hat nichts genutzt.«

»Gita Mogany«, sagte ich, »die hat doch Herr Pramstaller an meine Großmutter als Helferin vermittelt. War sie seine Freundin?«

Theres Kurz kaute den Bissen Linzer Torte und ließ sich Zeit mit der Antwort. »Sie war mal seine Freundin. Eine sehr attraktive Person, übrigens. Ich glaube, er verehrte sie. Na, Sie wissen ja, manche Männer halten Frauen automatisch für Engel, nur weil sie hübsch sind. Ein verbreitetes Missverständnis.«

Sie seufzte und nahm noch einen Schluck vom Kaffee. Dann fuhr sie fort: »Zu Beginn sah es wohl auch so aus, dass Frau Mogany diese Gefühle erwiderte. Wobei ich mir auch vorstellen kann, dass Ulrich Pramstaller keine schlechte Partie gewesen wäre. Ich meine, die Mogany war schon Ende dreißig, ohne Familie, und hatte keinen richtigen Beruf gelernt. Sie verstand sich allerdings gut mit Ihrer Großmutter. Charlotte ließ nichts auf Frau Mogany kommen.«

Theres Kurz machte wieder eine Pause und nahm noch einen Bissen von der Torte.

»Was geschah denn mit ihr und Ulrich Pramstaller?«, fragte ich ungeduldig.

»Ulrich Pramstaller und Frau Mogany waren eine Zeit lang ein Paar. Doch eines Tages saß Frau Pramstaller hier in der Küche, und Frau Mogany war auch da. Die beiden Frauen sind sich sonst aus dem Weg gegangen, ich glaube, die Frau Pramstaller mochte die Ungarin nicht, obwohl sie über ihren Neffen zu Ihrer Großmutter kam. Aber an diesem Nachmittag sprachen sie über Ulrich. Und weiß der Teufel, warum, Frau Pramstaller erzählte der Mogany von den Alkoholproblemen ihres Neffen und dass er nach jedem Entzug rückfällig geworden ist. Charlotte hat mir später gesagt, was für ein großer Fehler das war von der Frau Pramstaller, dieses Weitertratschen.«

Theres Kurz machte eine Kunstpause. Ich nahm noch ein Stück Linzer Torte auf die Gabel. Eigentlich hatte ich überhaupt keinen Appetit. »Wie ging es weiter?«, fragte ich fast schon folgsam.

»Frau Mogany war schockiert. Sie hatte schon eine Ehe mit einem Alkoholiker hinter sich. Das war das Letzte, was sie noch einmal wollte. Ulrich Pramstaller hat sie wohl bekniet, er hat gebettelt und gefleht. Aber sie wollte ihn nicht mehr. Sie traf sich allerdings noch mit ihm, wollte ihn sich vielleicht noch ein bisschen warmhalten. Vermutlich liebt er sie immer noch, das war jedenfalls Charlottes Meinung.«

»Ich habe versucht, Frau Mogany auf ihrem Handy anzurufen«, sagte ich, »der Anschluss war nicht erreichbar. Sie soll ja in Ungarn sein, bei ihrer kranken Mutter oder Schwester, da gibt es unterschiedliche Versionen. Herr Pramstaller hat mir angeboten, den Kontakt herzustellen, das hat er jedenfalls gesagt. Ich habe aber nichts mehr von ihm gehört.«

»Den Kontakt herstellen.« Theres Kurz rümpfte die Nase. »Dem würde ich besser nichts glauben, wenn es um die Mogany geht. Der würde doch seine Exfreundin immer schützen. Der weiß wahrscheinlich genau, wie er sie erreichen kann.«

Ich stellte mir Pramstaller vor, diesen kahlköpfigen Geschäftsmann bei irgendeiner Pharma-Firma. Seine Kälte gegenüber seiner Tante hatte jedenfalls einen Grund gehabt. Sie hatte ihn verraten vor der Frau, die er liebte. So was konnte man wahrscheinlich nicht verzeihen.

»Glauben Sie, er hasste seine Tante?«, fragte ich.

»Ulrich Pramstaller hatte auf jeden Fall eine Wut auf seine Tante«, erklärte Theres Kurz.

»Kam ihm ihr angeblicher Selbstmord vielleicht sogar gelegen?«, fragte ich und senkte die Stimme, um eine Vertraulichkeit herzustellen. Eigentlich verabscheute ich Anbiederei, aber die Neugier siegte.

»So weit würde ich nicht gehen«, entgegnete die Nachbarin und wechselte in einen kühleren Tonfall. »Also dazu kann ich wirklich nichts sagen. Sie hatte doch Krebs, da ist doch alles möglich.«

Ihr schien klar zu werden, dass sie kurz davor war, Ulrich Pramstaller einem schrecklichen Verdacht auszusetzen. »Um Himmels willen, ich möchte hier keine Gerüchte in die Welt setzen«, versicherte sie und hob die Hände, um ihren Worten Nachdruck zu verleihen. »Da würde man viel zu weit gehen, hier irgendwelche Phantastereien zu verbreiten. Ich hoffe, Sie haben mich nicht falsch verstanden.« Wahrscheinlich dämmerte ihr, dass ich den Neffen noch einmal treffen und auf das Verhältnis zu seiner Tante ansprechen könnte, vielleicht sogar mit Verweis auf sie als Quelle. »Ich habe nichts gesagt«, betonte Theres Kurz noch einmal. Die Wichtigkeit, die ich ihr beimaß und die sie vorher so genossen hatte, schien ihr jetzt unangenehm zu sein. Mehr noch, in ihr Gesicht schlich sich ein Ausdruck von Angst.

20. Kapitel

Auf meine Bitte erklärte sich die Nachbarin bereit, Leo für ein paar Stunden zu sich zu nehmen, und kurz darauf ging sie mit dem Hund nach Hause. Ich saß alsbald in der Straßenbahn und grübelte vor mich hin. Es war verrückt, es war genauso wie in dem Buch von C. G. Jung: Alle Menschen, die mir in Innsbruck begegnet waren, hatten eine helle und eine düstere Seite. Da war Theres Kurz, die Nachbarin, die so hilfsbereit war, aber auch etwas Unlauteres ausstrahlte. Dann Maria Pramstaller, sie war meiner Großmutter eine so langjährige Freundin gewesen und auf tragische Weise gestorben, und sie hatte die Liebe ihres Neffen zerstört. Ulrich Pramstaller war mir als kalter Geschäftsmann erschienen, aber er hatte in der Jugend seine Eltern verloren. Ich wusste, was das bedeutete. Wahrscheinlich hatte er all die Jahre mühsam um seine seelische Stabilität gerungen.

Ich spürte eine Welle von Mitgefühl in mir aufsteigen. Ich hatte mir in Hamburg als Ressortleiterin der Abteilung Lebenshilfe bei »LaVie« so viel eingebildet auf meine Intuition, meine Menschenkenntnis vom ersten Eindruck her. Doch jetzt hatte ich das Gefühl, ich müsse umdenken, neue Perspektiven entwickeln. Vielleicht hatte der Hirnforscher ja recht, Siegfried Rattler, der mir schon im Flugzeug sagte: Die vermeintliche Intuition ist Illusion.

Ich holte bei dem Beerdigungsinstitut die Trauerkarten ab, warf die Briefe ein und ging zur Medizinischen Universität, in deren Räumen sich die Ausstellung befand, es war ganz in der Nähe. Ich war spät dran. »Wir schließen um 18 Uhr«, sagte eine junge Frau mit grauem Gesicht und einer altmodischen Pilotenbrille, die am Eingang hinter einer improvisierten Kasse und einem Stapel Katalogen saß.

»Das ist noch eine Stunde«, entgegnete ich, »nicht gerade wenig.« Ich löste eine Eintrittskarte.

Die Ausstellung unter dem Titel »Krankenmord und Irrglaube: Psychiatrie und Psychotherapie in der Zeit des Nationalsozialismus« war in mehreren Räumen untergebracht und an diesem Mittwochnachmittag nicht sonderlich gut besucht. Die Stellwände mit den Fotos und Schrifttafeln strahlten etwas Ehrwürdiges aus. Es roch nach Bohnerwachs. Der Geruch und die Stille beruhigten mich. Nur zwei Frauen und ein Mann mittleren Alters schritten durch die Gänge und blieben ab und zu vor den Stellwänden stehen. Die Frauen unterhielten sich mit gedämpften Stimmen.

Der erste Raum behandelte das Thema »Krankenmorde«. Der Schrifttafel entnahm ich, dass im Jahr 1939 von Adolf Hitler der systematische Mord an 70 000 geistig Behinderten und chronisch psychisch Erkrankten in deutschen Anstalten angeordnet wurde, unter Einbeziehung speziell zu bestimmender Ärzte, Krankentransporte und Tötungsanstalten. Damit wollte man auch Geld für die Versorgung der Kranken sparen. Auf einem Foto an einer Stelltafel war ein Faksimile des Befehls von Adolf Hitler zu sehen, den Kranken den »Gnadentod« zu gewähren.

Die Ärzte in den Anstalten mussten für ihre Patienten Meldebögen ausfüllen, in denen danach gefragt wurde, welche Krankheit der Patient hatte, welche Behandlungen er schon bekommen hatte und ob er arbeitsfähig war oder nicht. Auch die Frage, ob die Patienten »deutschen Blutes« waren, musste beantwortet werden. Sogar das Faksimile eines Meldebogens konnte man an der Stellwand sehen.

Externe Gutachter entschieden durch einen Vermerk auf den Meldebögen, ob die Patienten in speziellen Tötungsanstalten vergast wurden. Die Angehörigen wurden in der Regel erst nach dem Tod der Kranken informiert, wobei man irgendeine vermeintlich natürliche Todesursache angab. In einigen Fällen, so entnahm ich der Stelltafel, war es den Angehörigen sogar ganz recht, durch den »Gnadentod« von der Belastung durch ein schwer krankes Familienmitglied befreit zu werden. Mitunter holten die Angehörigen aber auch ihre Patienten noch rechtzeitig vor dem Abtransport nach Hause.

Es war unheimlich, mit welch sprachlichen Verdrehungen die Krankenmorde beschönigt wurden. »Gnadentod!« Ich stellte mir vor, wie man in den Kreisen meines Urgroßvaters Max Rotstetter auch über Erbkrankheiten und den »Gnadentod« für Behinderte gesprochen hatte und niemand auf die Idee gekommen war, dagegen aufzustehen und zu protestieren. Jetzt verstand ich auch, warum niemand in Regensburg offen über den Nervenzusammenbruch der damals zwanzigjährigen Charlotte reden wollte. Kein Wunder, dass der Hausarzt der Rotstetters, Doktor Rundling, der Familie gegenüber beteuert hatte, das private Sanatorium Schattwald sei etwas ganz anderes als die öffentlichen Heilanstalten, etwas für die besseren Kreise.

Auf den Fotos waren Transportwagen zu erkennen, mit denen die Kranken zu ihrer Hinrichtung gefahren wurden.

Auch eine Liste der sechs Tötungsanstalten und ihrer Leiter war ausgestellt. In Österreich, in Hartheim bei Linz, hatte es eine Tötungsanstalt gegeben, in die auch Patienten aus der Heil- und Pflegeanstalt Hall gebracht wurden. Auf einem Foto sah man Schloss Hartheim mit rauchenden Krematoriumsschloten. Ein gewisser Horst Schimack war damals Gauamtsleiter für Volksgesundheit in Tirol-Vorarlberg gewesen. Das musste der Mann sein, zu dem Professor Kettenbach so gute Kontakte hatte. Der Mann, der vielleicht auch entscheiden konnte, ob ein privates Sanatorium wie Schattwald offen blieb oder nicht.

Jetzt begriff ich, warum Lukas unter allen Umständen verhindern wollte, dass sein Bruder Konrad als Patient nach Hall kam. Schattwald war für Konrad auch ein Schutzraum gewesen.

Den Stelltafeln entnahm ich, dass die zentral gesteuerten Krankenmorde im Jahr 1941 von Hitler beendet wurden, vor allem aufgrund des Protestes kirchlicher Würdenträger. Danach wurden allerdings Tausende von psychisch Kranken und Behinderten immer noch in den Anstalten umgebracht, unter anderem durch Überdosierungen von Medikamenten und durch Mangelernährung.

Ich sah auf die Uhr. In dreißig Minuten schloss die Ausstellung. Die Zeit drängte, und ich betrat den nächsten Raum. Hier ging es um die Militärpsychiatrie während des Zweiten Weltkrieges. Ich entnahm den Tafeln, dass man die Soldaten, die aus psychischen Gründen nicht mehr zum Kampfeinsatz fähig waren, in der Regel nicht therapierte. Man unterzog sie in den Lazaretten strengen und oft qualvollen Behandlungen, um sie dazu zu bringen, lieber an die Front zu gehen, als diese Torturen zu erdulden.

Der Psychiater Friedrich Albert Panse, der auch als Gutachter in der Zeit der Krankenmorde fungierte, entwickelte ein besonders qualvolles Behandlungsverfahren. Dabei wurden die sogenannten »Kriegszitterer«, die etwa nach einer Verletzung behaupteten, ihre Arme oder Beine nicht mehr richtig bewegen zu können, hohen galvanischen Strömen ausgesetzt. Gleichzeitig suggerierte ihnen der Arzt, der empfundene Schmerz sei der erste Weg zur Heilung.

»Der Hautreiz ist so stark, dass die – anlagemäßig durchweg weichlichen und empfindlichen – Patienten sich zum Teil energisch zur Wehr setzen. Es lässt sich daher nicht umgehen, die Patienten auf dem Behandlungstisch durch Gurte einigermaßen zu fixieren«, wurde ein Psychiater aus der damaligen Zeit auf einer Stelltafel zitiert. Kein Wunder, dass Lukas meiner Großmutter damals erzählte, dass die Familie des Kriegszitterers Alfred gute Beziehungen haben musste, um ihren Sohn in einem privaten Sanatorium ohne solch drastische Behandlungen unterzubringen.

Der Tod drohte auch Soldaten, die in den Lazaretten als »Simulanten« eingestuft wurden, die sich durch die Vortäuschung von Leiden angeblich der Front entziehen wollten. Kam ein Gutachter zu dem Schluss, ein Soldat simuliere sein Leiden, wurde er vom Kriegsgericht zum Tode verurteilt.

Für die jungen, sensiblen Soldaten gab es keinen Ausweg, als an der Front durchzuhalten, bis sie starben. So war es auch meinem Großonkel Robert im Russlandfeldzug ergangen. Wie schrecklich musste es sein zu spüren, dass es kein Zurück mehr gab, keinen Ausweg, während die Kameraden rings um einen herum starben, bis man selbst dran war. Mit zwanzig Jahren. Ich schämte mich plötzlich, dass ich nie zuvor versucht hatte, mich einmal wirklich in die Welt derjenigen in meiner Familie einzufühlen, die im Krieg ums Überleben gekämpft hatten und um nichts anderes.

Es war schon spät, ich betrat den dritten Raum. Dort ging es um die »Psychotherapie im Nationalsozialismus«. Vor einer Stelltafel stand der schlaksige Mann, den ich schon zu Beginn gesehen hatte. Ich trat näher. Die »Neue Deutsche Seelenheilkunde« las ich. Darunter stand: »Das Deutsche Institut für Psychologische Forschung und Psychotherapie in Berlin.« Mein Atem stockte. Es war das Institut in Berlin, von dem meine Großmutter in ihren Tagebüchern geschrieben hatte. Das Institut, mit dem Amberg offenbar korrespondierte.

»Was war denn das für eine Einrichtung?«, fragte ich halblaut. Ich wollte ein Gespräch anfangen – mit irgendjemandem. Von mir aus mit dem Besucher, der neben mir stand und sich offenbar für das gleiche Thema interessierte. Ich sehnte mich nach Ansprache.

»Das war das sogenannte Göring-Institut«, antwortete der Mann und wandte sich mir zu. Er hatte ein breites freundliches Gesicht, das nicht zu seiner schlaksigen Figur passte, und eine sympathische, wache Stimme mit norddeutschem Einschlag. »Das Institut wurde von dem Cousin von Hermann Göring, Mathias Heinrich Göring geleitet«, fuhr er fort, »dadurch genoss das Institut eine gewisse Protektion. Zum Institut gehörten vor allem regimetreue Psychiater und Psychologen.«

»Oh, danke«, sagte ich überrascht. War der Mann Historiker? Jedenfalls kannte er sich aus. Ich betrachtete die Stelltafel genauer. Auf einer Schwarz-Weiß-Fotografie war eine Gruppe von Männern in grauen Anzügen zu sehen, dazwischen zwei Frauen. Ein weiteres Foto zeigte eine Häuserfront. Die Fotografie stammte von 1941.

»Welcher Art war denn die Behandlung, die das Institut machte?«, fragte ich.

»Mathias Göring stand der Luftwaffe nahe, er kümmerte sich zuerst mit eher milden Verfahren um Piloten, die abgeschossen worden waren und danach schwere Angstzustände entwickelten«, erklärte der Mann. »Aber die Psychiater am Institut befürworteten später auch das harte Vorgehen in der Militärpsychiatrie, wo man mit Behandlungen eher abschrecken als heilen wollte. Ansonsten vergab dieses Institut recht merkwürdige Forschungsaufträge. Man versuchte zum Beispiel, den Volkscharakter der Franzosen zu erkunden, eine Forscherin kümmerte sich um die Auswirkung der Bombenangriffe auf Kinder, ein anderer Wissenschaftler beschäftigte sich mit der Bedeutung des deutschen Märchens als Sinnbild irgendeines Seelenheilsweges.«

Der Mann klang, als habe er sich lange mit dem Thema befasst. Sein Tonfall hatte aber nichts Dozierendes, Eitles. »Sind Sie Historiker?«, fragte ich.

»Oh, Entschuldigung, es ist höchste Zeit, dass ich mich vorstelle«, versetzte er. »Mein Name ist Hendrik van Dijk. Ich bin Medizinhistoriker.« Er zog eine Visitenkarte heraus und reichte sie mir.

»Anne Südhausen«, sagte ich und kramte gleichfalls meine Karte heraus. Wie toll, einen solchen Fachmann zu treffen. »Wenn Sie sich mit den Leuten an diesem Institut auskennen, wissen Sie vielleicht auch etwas über einen gewissen Doktor Gustav Keyder?«

»Ja, Doktor Keyder war Leiter der Ausbildungsabteilung«, antwortete van Dijk, »NSDAP-Mitglied, Anhänger von Carl

Gustav Jung. Während des Krieges überzeugter Nationalsozialist. Jung wollte mit ihm deswegen auch später nichts mehr zu tun haben.« Dieser Historiker war eine Fundgrube für mich.

»Sind Sie bei Ihren Forschungen auch auf einen Psychiater namens Hermann Kettenbach gestoßen?«, fragte ich.

»Hermann Josef Kettenbach? Natürlich kenne ich den. Er war einer der Obergutachter bei der Euthanasie-Aktion T4 unter Hitler und verantwortlich für den Tod von Tausenden Patienten. Er hatte beste Beziehungen zum Reichsgesundheitsführer. Nach dem Krieg ist er abgetaucht. Verschwunden, wahrscheinlich nach Südamerika, wo er wohl auch gestorben ist. Dem wurde nie der Prozess gemacht.«

Ich war baff über seine Kenntnisse der Details. Es entstand eine Pause. »Warum interessieren Sie sich so dafür?«, fragte van Dijk und lächelte mich an. Er hatte Grübchen in den Wangen und eine jungenhafte Ausstrahlung trotz seines schütteren braunen Haares. Ich schätzte ihn auf Ende vierzig.

»Ach, nur so«, antwortete ich. »Meine verstorbene Großmutter hatte das Berliner Institut und Professor Kettenbach in ihrem Tagebuch erwähnt. Sie war als junges Mädchen, Anfang der Vierzigerjahre, Patientin in einem Nervensanatorium im Ötztal. Es hieß Schattwald. Der Chefarzt dort, Doktor Carl Amberg, unterhielt eine Korrespondenz mit dem Institut in Berlin. Merkwürdig, nicht?«

»Schattwald?« Van Dijk runzelte die Stirn. »Darüber weiß ich nichts, aber dazu könnte man bestimmt recherchieren. Wenn das Sanatorium privat war und offen blieb, muss dieser Doktor Amberg eine gewisse Protektion genossen haben.« Er sah mich nachdenklich an. »Wie detailliert sind denn die Tagebücher Ihrer Großmutter?«

»Es sind mehrere Bände«, entgegnete ich, »alte Schulhefte, von Hand mit Bleistift vollgeschrieben. Leider schwer zu entziffern. Meine Großmutter hat sehr eng geschrieben, wahrscheinlich um Papier zu sparen. Ich habe die Bände erst kürzlich gefunden, nach ihrem Tod.«

»Was für ein Zufall«, sagte van Dijk mit Begeisterung in der Stimme. »Solche Dokumente sind ein Schatz, wenn man sie findet.«

Die Frau mit der Pilotenbrille erschien im Eingang des Raumes. »Ich muss Sie bitten, darauf Rücksicht zu nehmen, dass wir gleich schließen«, sagte sie.

»Kein Problem«, beruhigte sie van Dijk, »ich werde gleich gehen.« Er wandte sich mir wieder zu und fragte: »Wäre es möglich, vielleicht einmal Einsicht in diese Tagebücher zu nehmen?«

Ich zögerte. Dieser Historiker war nach Siegfried Rattler jetzt schon der zweite Mann, der sich für die Tagebücher interessierte. »Ich bin noch nicht durch«, sagte ich. »Vielleicht könnten wir in einigen Tagen noch einmal darüber sprechen?« Der Gedanke missfiel mir, die vergilbten Kladden mit dem brüchigen Papier in fremde Hände zu geben. Meine Großmutter hatte dort ihre intimsten Erlebnisse und Gedanken niedergeschrieben. Bestimmt wäre es ihr nicht recht, diese Schulhefte Fremden zur Ansicht zu überlassen. Andererseits war der Mann Medizinhistoriker. Sein Interesse für die Aufzeichnungen war schmeichelhaft. Und er kannte sich hervorragend aus mit der Psychiatrie in der damaligen Zeit.

»Wenn es Ihnen noch zu früh erscheint, können wir später noch einmal darüber reden«, sagte van Dijk. »Ich will Sie nicht drängen. Ich werde Sie einfach noch mal anrufen, natürlich nur, wenn es Ihnen recht ist.«

»Das können Sie gerne tun«, meinte ich. Das war ja noch keine Zusage.

»Tja, ich glaube, wir müssen jetzt gehen«, sagte van Dijk. »Sie können sich jederzeit an mich wenden, Frau Südhausen. Das würde mich freuen. Wirklich.« Er schenkte mir erneut sein Lächeln, das jetzt scheuer wirkte als in den ersten Momenten unserer Begegnung.

Wir verabschiedeten uns, und wenig später stand ich alleine draußen. Ein kalter Wind blies mir Schneeflocken ins Gesicht. Ich setzte meine Mütze auf und zog den Schal über das Kinn. Die Ausstellung hatte mir eine Welt eröffnet, von der ich bisher kaum etwas wusste. Zehntausende von toten Patienten. Ärzte, denen das Leben von Kranken nichts galt und die vielleicht sogar glaubten, im Sinne einer Volksgemeinschaft zu handeln, als sie die Schwerkranken töten ließen. Welche Rolle spielte Schattwald in diesem Umfeld? Es war ein privat geführtes Sanatorium. Was war mit der Einrichtung im Laufe des Krieges geschehen?

Ich musste weitere Quellen erschließen. Ich würde noch einmal das ganze Haus meiner Großmutter durchsuchen, vielleicht gab es noch andere Aufzeichnungen als nur die Tagebücher. Vielleicht hätte ich diesen Medizinhistoriker bitten sollen, für mich etwas über das Privatsanatorium im Ötztal herauszufinden. Womöglich hätte ich ihn nicht so rasch verabschieden sollen. Zum Glück hatte ich seine Visitenkarte. Ich konnte immer noch auf ihn zurückkommen.

Ich stapfte zur Haltestelle, stieg in die Straßenbahn und fuhr nach Hause. Bei Theres Kurz klingelte ich und holte Leo ab. Sie erklärte sich bereit, den Hund auch morgen zu nehmen, wenn ich mit Siegfried Rattler in die Berge fahren wollte. Sie war schon eine hilfsbereite Person.

Bald darauf stand ich im dichten Schneetreiben vor der Haustür und fingerte nach dem Schlüssel. Ich steckte ihn in das Schloss und drehte ihn wie gewohnt einmal um. Die Tür ließ sich nicht öffnen. Ich stutzte. Ich schloss immer nur mit einer Drehung zu, nie mit zwei. Da war ich mir sicher.

Ich drehte den Schlüssel zweimal um, und die Tür ging auf. Ich erschrak. Irgendjemand musste zwischendurch im Haus gewesen sein. Er hatte mit einem Schlüssel das Haus betreten und beim Weggehen zweimal zugeschlossen. Mein Nacken spannte sich an. Ich stieß die Tür auf, betrat den Flur und machte Licht. Der Flur war leer. Auf dem Dielenboden sah ich eine Wasserpfütze. Hatte ich die Pfütze heute am Nachmittag hinterlassen? Noch im Mantel lief ich in die Küche. Auch dort waren Wasserspuren auf dem Steinboden zu sehen. An der Pinnwand hing die Telefonnummer von Theres Kurz. Ich rief sie an.

»Aber nein, Frau Südhausen, ich war nicht drüben. Das hätte ich Ihnen doch gesagt. Wollen Sie den Schlüssel wiederhaben? Der ist doch nur für Notfälle.« Theres Kurz klang entrüstet am Telefon. Ich entschuldigte mich, wünschte eine gute Nacht und legte auf. Himmel, die Nachbarin kümmerte sich andauernd um den Hund. Kein Wunder, dass sie beleidigt war. Aber wer konnte hier im Haus gewesen sein? Gita Mogany? Sie war die Einzige, die noch einen Schlüssel hatte.

Instinktiv stürzte ich zur Treppe und rannte nach oben. Waren die Tagebücher noch da? Ich kniete nieder und sah unter das Bett. Da lagen sie noch, die Kladden, die ich jeden Morgen hinter dem Nachtschränkchen unter dem Bett versteckte. Ich zählte den Stapel durch. Elf Hefte. Wer auch immer hier war, er oder sie hatte die Kladden nicht gefunden. Vielleicht auch gar nicht gesucht.

Ich eilte nach unten, in der Küche wirkte nichts verändert, abgesehen von der Wasserpfütze auf dem Boden. Auch das kleine Wohnzimmer mit dem Klavier, in dem ich die erste Nacht auf dem Sofa verbracht hatte, wirkte unberührt. Falls jemand hier war, hatte er sich sehr unauffällig umgesehen. Vielleicht gab es Spuren im Schnee? Ich öffnete die Haustür. Scharfe, kalte Winterluft schlug mir entgegen. Der Weg zum Haus war zugeschneit, ich sah nur Reste meiner frischen Spuren. Falls jemand hier war, konnte ich das nicht mehr am Schnee erkennen.

Wer war hier gewesen? War das die gleiche Person, die am Samstagabend hier angerufen und aufgelegt hatte? Aber wer? Falls dieser Jemand einen Schlüssel hatte, konnte es doch nur Gita Mogany gewesen sein. Aber das machte keinen Sinn, die hatte doch auch vorher Gelegenheit gehabt, das ganze Haus zu durchforsten.

Mir schoss ein Gedanke durch den Kopf. Was, wenn gar nicht die Mogany, sondern Ulrich Pramstaller hier gewesen war? Schließlich hatte er Kontakt zur Ungarin, engen Kontakt sogar. Sie könnte ihm den Schlüssel gegeben haben. Vielleicht hatte er irgendetwas gesucht. Besaß er die beiden Bände der Tagebücher, die ich vermisste, und suchte jetzt nach den restlichen Kladden?

Mein Körper spannte sich an, als säße mir ein Raubtier im Nacken. Meine Handflächen wurden feucht. Wer auch immer einen Schlüssel hatte, konnte jederzeit wiederkommen. Ich war in diesem Haus nicht mehr sicher. Ich musste das Schloss auswechseln. Ja, das war eine Möglichkeit, das Schloss auswechseln, morgen. Aber morgen wollte ich zum Skifahren mit Siegfried Rattler. Ich wollte die Verabredung nicht sausen lassen.

Ruhig bleiben, ganz ruhig. Vielleicht übertrieb ich ja. Ich war zu aufgewühlt. Nasse Flecken auf dem Dielenboden und in der Küche, die konnten auch von mir sein oder von Leo. Vielleicht hatte ich den Schlüssel ausnahmsweise zweimal herumgedreht, aus einem intuitiven Sicherheitsbedürfnis heraus. Mein Kurzzeitgedächtnis war nicht mehr das beste. Es war doch noch nichts passiert. Gar nichts war passiert.

Siegfried Rattler würde mich morgen abholen und in die Berge mitnehmen. Was auch immer geschah, da war ich sicher. Nur mit den Tagebüchern, da sollte ich mir was einfallen lassen, die musste ich irgendwo hinbringen. Wegbringen. Aber wohin? Theres Kurz konnte ich das nicht erklären. Ich musste sie fürs Erste im Haus irgendwo verstecken. In einem Versteck, auf das niemand kam.

Ich lief nach oben ins Schlafzimmer, vor dem Bett stand das Hundebett von Leo. Mir kam eine Idee. Es war zwar schräg, aber ich war entschlossen. Ich wollte mir nicht morgen den ganzen Tag Sorgen um die Tagebücher machen. Aus der Küche holte ich ein scharfes Messer und eine Schere.

Wieder oben im Schlafzimmer, setzte ich mich auf den Boden neben das Hundebett. Das Messer war sehr scharf. Mit einem Schnitt schlitzte ich den Polsterboden des Hundebettes auf. Ich schnitt mit der Schere eine große Öffnung frei. Dann griff ich hinein und holte Schaumstoffflocken heraus, eine Handvoll nach der anderen. Ich schwitzte und fluchte. Schließlich war der Hohlraum groß genug. Wenn man die Polster weit ausräumte, passten alle elf Schulhefte hinein. Ich steckte neun Hefte hinein und ließ zwei Kladden draußen, die ich heute Abend lesen wollte. Morgen früh musste ich sie auch im Hundebett verstauen und den Schlitz dann provisorisch zunähen und das Hundebett an die Wand schieben. Wo war hier eigentlich das Nähzeug? Wahrscheinlich unten.

Im Klavierzimmer entdeckte ich den Nähkasten. Da kam mir ein Gedanke, der die Angst erneut in meinen Körper schießen ließ: Falls jemand heute Nacht wiederkäme, säße ich oben im Schlafzimmer in der Falle. Ganz allein. Vielleicht sollte ich sicherheitshalber weg, einfach ins Hotel gehen. Aber was wäre dann mit Leo? Sollte ich den mitnehmen? Was sollte ich Theres Kurz sagen? Nein. Meine Angst verwandelte sich in Wut. Ich würde nicht flüchten und vielleicht zulassen, dass hier nachts jemand herumschnüffelte. Ich würde hier unten im Klavierzimmer nächtigen wie zuvor, da war ich näher am Eingang.

Ich schloss die Haustür von innen ab. Dann trug ich den schweren Schreibtischstuhl aus dem Arbeitszimmer in den Flur und schob ihn vor den Eingang. Das war schon mal eine Blockade, aber es reichte mir nicht. Ich holte eine große Waschschüssel, einen Plastikeimer und drei Weingläser aus der Küche. Die Schüssel legte ich umgekehrt auf den Stuhl. Darauf stellte ich ebenfalls umgedreht den Eimer. Auf den Eimer platzierte ich die drei Weingläser. Der Aufbau sah aus wie die alten Lärmfallen, die wir als Kinder gebaut hatten, nur dass wir damals keine echten Weingläser benutzten.

Ich betrachtete mein Werk und musste hysterisch kichern. Wer auch immer die Tür aufschloss und öffnete, würde erstens schon am Stuhl scheitern, und falls nicht, zweitens einen Höllenlärm verursachen, wenn die Weingläser auf den Boden fielen und zerbrachen. Wenn mich meine Kolleginnen aus Hamburg jetzt mit meiner Lärmfalle sehen könnten! Wahrscheinlich würden sie denken, ich sei komplett durchgedreht, die Arme, die Verlassene. Doch ich spürte eine grimmige Entschlossenheit.

Ich schleppte das Bettzeug und den Eispickel in das Klavierzimmer. Auch das Hundebett, in dem die Kladden steckten, trug ich hinunter und stellte es neben die Couch. Wenig später lag ich erschöpft auf dem Sofa, neben mir kuschelte sich Leo in sein Bett. Der Hund hatte verstanden, dass ich ihn brauchte. Er schlief bald darauf ein. Ich tastete nach dem Eispickel unter dem Sofa, er fühlte sich gut an.

Mir fiel ein, wie ich einmal mit meiner Großmutter nach einer Wanderung in einer Berghütte übernachtet hatte. Draußen tobte ein schweres Gewitter. Ich war zehn Jahre alt und hatte große Angst, das Haus könne anfangen zu brennen. Meine Großmutter saß an meiner Pritsche. Sie erzählte mir eine Geschichte, das Märchen vom kleinen Nackthund und dem zotteligen Monsterbär. Der Nackthund war sein Leben lang vor dem großen Monsterbär davongelaufen. Er hatte so viel Angst vor dem Monsterbär gehabt, dass er sich im Wald immer in piksenden Büschen versteckte, aus Angst, der Zottelige könne ihn finden und auffressen.

Doch eines Tages, als er wieder mal den Monsterbär hinter sich hörte und in einen dichten Busch fliehen wollte, kam ihm die Wut. Er hatte sein Leben in Gebüschen satt. Der kleine Nackthund drehte sich um und ging auf den zotteligen Monsterbär zu. Er knurrte und fauchte, und mit jedem Schritt, mit dem er sich dem Monsterbär näherte, wuchs der Nackthund, er wurde größer und größer und bekam ein langes, zotteliges Fell. Der Monsterbär aber schrumpfte und verlor all seine Haare, schließlich drehte er sich um und schlich davon. Es wäre immer besser, dem Monsterbär ins Auge zu schauen, als vor ihm zu flüchten, sagte meine Großmutter. Manchmal sei der Monsterbär die Angst selbst.

Als Kind grübelte ich lange über den Satz nach. Ich begriff ihn einfach nicht. Jetzt dämmerte mir, was sie meinte.

Hatte sie die Geschichte vom Monsterbär von Amberg gehabt? War das auch eine seiner Dichtungen gewesen? Ich griff mir den nächsten Band der Kladden. Was auch immer in Schattwald geschehen war, es hatte auch für mein Leben eine Bedeutung, die ich noch nicht verstand.

21. Kapitel

Ötztal, Januar 1943

Die Schneeflocken fielen wie Wattebäusche vom Himmel, es ging kaum ein Wind. Der blinde Kolja stand regungslos im Schnee und hob sein Gesicht dem Himmel entgegen, als sehne er sich nach der Berührung durch die Flocken. Der Schnee ließ sich auf seinem Gesicht, seiner Joppe, dem groben Schal und dem braunen Haar nieder. Er hielt sich am Handlauf des Geländers fest, der die Treppe zum Speisesaal begrenzte. Er war nach dem Frühstück offenbar alleine hinausgegangen und genoss es, den Schneefall mit seinem Gesicht zu empfangen.

Charlotte stand am Fenster im Patientenwohnhaus und beobachtete ihn. Der Blinde war mit seiner Joppe zu dünn angezogen für die Kälte, aber das hatte er vielleicht mit Absicht getan. Sie musste an die Herfahrt denken, als sie mit Johanna im Zug saß. Wie hatte sie es genossen, als Johanna das Fenster herunterschob und der Wind ihr ins Gesicht fuhr. Sie konnte Kolja gut verstehen. Die Kälte und der Schnee waren gut gegen die Furcht, sich nicht mehr zu spüren, sich aufzulösen. Wie groß musste diese Angst sein, wenn man das Haus, die Bäume, den Boden nicht mehr sehen konnte.

Warum war Kolja eigentlich hier? Sie hatte Mimi nach dem Grund seiner Blindheit gefragt, doch die Köchin hatte nur vage etwas von einem »Unfall« erzählt. Charlotte fiel ein, wie er das Medaillon der Köchin in der Hand gehalten und abgetastet hatte. Das Amulett mit dem Äskulapstab im umgedrehten Dreieck, dem Erkennungszeichen der Organisation, die Patienten schützte und von der ihr Mimi bisher aber nichts Genaueres erzählen wollte. Gehörte Kolja auch dazu? Aber wie konnte ein Blinder einer solchen Organisation nützlich sein?

»Da steht er im Schnee, unser Herr Brunner, und träumt vor sich hin, dabei sollte er eigentlich auf dem Weg zur Küchenarbeit sein«, ertönte eine schnarrende Stimme hinter ihr. Sie fuhr herum. Es war Stühling. »Guten Tag, Fräulein Rotstetter«, grüßte Stühling und musterte sie mit seinen Wieselaugen. »Für Sie wird es auch Zeit für die Gruppenarbeit, nicht wahr?«

»Ich hole meine Zimmernachbarin gleich ab«, entgegnete Charlotte. Stühling kam ihr vor wie ein Wachhund, der durch die Gänge schlich. Seit er von seiner kurzen Reise ins Tal zurück war, führte er sich auf wie der Hüter von Recht und Ordnung.

Charlotte ging auf ihr Zimmer, Sophia saß auf ihrem Bett. Der Ofen war kaum noch warm. »Nimm selbst ein Holzscheit und leg es in den Kachelofen«, sagte sie zu der verstummten Pianistin. Sophia sollte ja aktiver werden. Charlotte führte sie zum Ofen. Sie griff sich ein kurzes, aber dickes Holzstück vom Stapel und hielt es Sophia hin. Tatsächlich umfasste Sophia das Scheit. Charlotte öffnete die Tür des Kachelofens, Sophia schob das Holzstück hinein. »Gut gemacht«, lobte Charlotte, »und jetzt ab in die Küche.«

Als sie die große Küche im Haupthaus betraten, waren die beiden Holzküchenherde schon lange von den Pflichtjahrmädchen in Betrieb genommen worden. Eine wohlige Wärme, gepaart mit einem Holzfeuergeruch, zog durch den Raum. Einige Patienten saßen um den langen Tisch. Sogar Lukas' Bruder Konrad war heute dabei. Luise, die Patientin mit dem breiten Mund, plapperte mal wieder vor sich hin: »Wir essen Eintopfgericht, keiner darf hungern.« Charlotte kannte den Spruch vom Winterhilfswerk. Auch Johanna in Regensburg hatte seufzend den monatlichen »Eintopfsonntag« in Regensburg eingehalten. Das Geld, das man sparte, weil man an einem Sonntag im Monat kein Fleisch mit Kartoffeln und Gemüse, sondern nur Eintopf aß, wurde dem Winterhilfswerk gespendet.

»Heute ist kein Sonntag, deswegen kochen wir auch keinen Eintopf«, sagte Mimi. »Heute gibt es Kohlrabi-Schnitzel mit Kartoffelbrei.«

»Führer befiehl, wir folgen. Alle sagen Ja«, brabbelte Luise.

»Na, da bin ich ja beruhigt«, meinte Mimi trocken. Die Patienten machten sich daran, Kartoffeln und Kohlrabi zu waschen und zu schälen. Der Kriegszitterer Alfred verrieb ein paar Stücke Weißbrot, die es am Sonntag zum Frühstück gegeben hatte, zu Semmelbröseln.

Lukas kam mit dem Blinden in die Küche, doch Kolja beteiligte sich nicht an der Küchenarbeit. Die beiden setzten sich etwas abseits an einen Nebentisch. Kolja hielt etwas Merkwürdiges in der linken Hand, es sah aus wie eine Tafel. Seine rechte Hand umfasste eine Art Griffel, genauer gesagt war es eine Nadel mit breitem Griff.

Charlotte trat neugierig hinzu. »Was macht ihr da, Luzifer?«, fragte sie. Sie genoss es, Lukas bei seinem Spitznamen nennen zu dürfen, seit einiger Zeit duzten sie sich.

»Wir üben Braille«, erklärte Lukas, »es ist eine Tastschrift, die aus hervorgehobenen Punkten besteht.«

»Es ist sozusagen eine Geheimschrift«, sagte Kolja. »Louis Braille hat die Idee zur Tastschrift Soldaten abgeschaut, die während des Krieges im Dunkeln Schriftzeichen lesen wollten.«

Es war das erste Mal, dass Charlotte den Blinden länger reden hörte, sonst sang er lediglich ab und zu bei den Klavierabenden mal eine Liedzeile mit. Kolja hatte einen eleganten österreichischen Akzent. Es war merkwürdig, aber Charlotte hätte von dem Blinden mit dem vernarbten Gesicht keine Sprachmelodie wie von einem Wiener Großbürger erwartet.

Lukas gab Kolja einen Bogen Papier, den dieser in eine Art Gitterschablone spannte. Dann stanzte Kolja mit der Nadel in jedes Fach Punkte in den verschiedensten Formationen. Nach einer Weile hatte er zwei Punktzeilen durchgestanzt, dabei hatte er die Hand von rechts nach links geführt, anders als es Charlotte beim Schreiben kannte. Kolja nahm den Papierbogen aus der Schablone und drehte ihn um. Die herausgestanzten Punkte waren von der Rückseite aus jetzt als erhabene Punkte zu sehen und zu tasten. Der Blinde gab Lukas den Bogen.

Der Hausmeister hatte einen zweiten Schriftbogen mit einem Alphabet und dazu gestanzten Punkten in verschiedenen Anordnungen vor sich ausgebreitet. Unter jedem Buchstaben stand eine Punktanordnung. Lukas las die Zeilen aus Koljas Bogen ab, indem er zu jeder Punktformation den passenden Buchstaben aus seiner Liste heraussuchte. Er brauchte lange dazu, offenbar brachte er sich gerade selbst das Braille-Alphabet bei. »N-I-E-M-A-N-D H-Ö-R-T

D-E-N K-L-A-N-G D-E-S S-C-H-N-E-E-S«, las Lukas. »Das ist ja fast schon poetisch, Kolja.«

Der Blinde lächelte.

Charlotte hatte die ganze Zeit dabeigestanden und zugesehen. Der Klang des Schnees. Sie musste daran denken, wie Kolja draußen verharrt hatte, wie er sein Gesicht dem Himmel entgegenhob, wie er sich von den Schneeflocken hatte berühren lassen. Wie wunderbar es wahrscheinlich für den Blinden gewesen wäre, hätten die Schneeflocken beim Aufkommen ein feines Glöckchengeklingel von sich gegeben.

»Könnte ich mir das Papier mit der Punktschrift mal kurz leihen?«, fragte sie den Blinden. Er nickte. Charlotte holte Sophia, die am Tisch mit den anderen Patienten saß, sich aber am Kartoffelschälen wie immer nicht beteiligte. »Fühl mal, Sophia«, sagte sie und reichte ihr das feste Blatt mit den Reliefpunkten. »Das hier ist Blindenschrift. Die kann man tasten. Rate mal, was das hier heißt.« Sie führte Sophias Hand über das Papier. »Das hier heißt: ›Niemand hört den Klang des Schnees‹. Ich musste an die Geschichte der Leute in Eisland denken.«

Sophia strich zart mit den Fingern über die Punkte. Sie lächelte, aber sie sagte nichts.

Charlotte nahm den Papierbogen und legte ihn wieder auf den Tisch. »Danke, Herr Brunner«, sagte sie. Stühling hatte ihr kurz zuvor in Erinnerung gerufen, dass Kolja, von dem viele immer nur als »der Blinde« sprachen, ja auch einen Nachnamen hatte. Kolja reagierte nicht. »Es war interessant, mal die Punktschrift zu tasten, Herr Brunner«, sagte Charlotte mit Nachdruck. Der Blinde antwortete immer noch nicht. »Ich habe den Papierbogen wieder auf den Tisch gelegt, Kolja«, verkündete Charlotte.

Jetzt erst fühlte er sich angesprochen. Höflich sagte er: »Ich bedanke mich, junges Fräulein. Sie sind Fräulein Charlotte, nicht wahr?«

»Genau, die bin ich, Charlotte Rotstetter«, betonte Charlotte. War der Blinde so verrückt, dass er nicht mehr seinen eigenen Nachnamen wusste?

Doktor Stühling betrat die Küche und schnürte um den Tisch herum wie ein Fuchs um eine Herde Gänse. Charlotte fragte sich, was er hier zu suchen hatte.

»Kartoffelbrei!«, sagte Stühling zu Mimi, und es klang wie eine Ermahnung. »Aber die Kartoffelschalen werden nicht weggeworfen, Fräulein Westheimer.«

»Natürlich nicht«, entgegnete Mimi mit leicht gespielter Entrüstung, »die Schalen werden getrocknet und gemahlen, das gibt Mehl für leckere Plätzchen.« Dafür, dass Mimi keine erfahrene Köchin war, spielte sie sich ganz schön auf, dachte Charlotte. Auf die »leckeren Plätzchen« aus gemahlenen Kartoffelschalen konnte man gespannt sein. Sie wunderte sich, dass Stühling sich jetzt auch noch für Kochrezepte interessierte.

Stühling hatte Kolja mit der Schablone am Nebentisch erblickt. »Ah, der Herr Brunner, heute nicht im Küchendienst?«, fragte er und trat näher.

»Wir üben die Blindenschrift«, sagte Lukas steif, »das gehört zur Behandlung des Herrn Brunner in Schattwald. Die Tastschrift schärft die Sinne, und ihr Erlernen ist gut gegen die Melancholie der Blinden.«

»Sie kennen sich gut aus, Herr Hausmeister«, versetzte Stühling. »Dabei dachte ich, Sie sind zum Holzholen im Wald unterwegs.« Er hatte einen unangenehm ironischen Ton in der Stimme.

»Wir fahren heute Nachmittag mit dem Schlitten in den Wald«, entgegnete Lukas. »Es gibt einen festen Plan für jeden Tag. So auch für heute.«

Stühling betrachtete das Papier mit den gestanzten Punkten in Blindenschrift. »Sieht ja aus wie eine Geheimschrift, Brunner«, meinte er und schlug einen jovialen Ton an. »So was könnte auch mal kriegswichtig sein, nicht wahr?«

»Für die Kriegsblinden ist die Brailleschrift äußerst kostbar, gewiss, Herr Doktor«, antwortete Kolja in seinem eleganten Wiener Dialekt.

»Na, in den Krieg müssen Sie ja nun nicht mehr ziehen«, meinte Stühling, »außerdem gibt es ja nicht nur Kriegsverletzungen, nicht wahr?«

Charlotte horchte auf. War das eine Anspielung? Mimi hatte etwas von einem »Unfall« erzählt, der Kolja das Augenlicht kostete. Charlotte wusste aus den Gesprächen am Abendbrottisch in Regensburg, dass »Unfälle« immer verdächtig waren in militärischen Kreisen. Es gab Soldaten, die mit Selbstverstümmelungen versuchten, sich dem Fronteinsatz zu entziehen und wieder in die Heimat zu kommen. Auf Selbstverstümmelung stand die Todesstrafe wegen Wehrkraftzersetzung. Aber kein Mensch würde sich doch selbst blenden, um dem Fronteinsatz zu entgehen!

Stühling grüßte kurz und verließ den Raum. Die anderen Patienten hatten inzwischen die Kohlrabi geschält und gekocht. Der Trunksüchtige und die falsche Leander, die heute noch keinen Ton gesungen hatte, schnitten die Knollen in Scheiben. Alfred nahm die Scheiben und wälzte sie in den Semmelbröseln, die er zuvor unter Anweisung von Mimi mit einigen verquirlten Eiern verrührt hatte. Luise und zwei andere Patientinnen ließen Schmalz in zwei Pfannen zerlaufen und brieten die panierten Kohlrabi darin. Die Gemüsebratlinge sahen jetzt fast aus wie Schnitzel, die Johanna in Charlottes Kindheit gerne am Sonntag auf den Tisch gebracht hatte, in jener Zeit, als das Fleisch noch nicht rationiert und nur auf Karte zu bekommen war.

Drei andere Patientinnen hatten die Kartoffeln geschält, gekocht und unter Zugabe von etwas Vollmilch zerstampft. Mimi legte die Kartoffelschalen mit großer Geste beiseite. »Die Schalen werden wir noch auf dem Esstisch wiedersehen, in welcher Form auch immer«, sagte sie.

22. Kapitel

Charlotte hatte das Gefühl, die Zeit rase dahin. Wie anders war es noch in Regensburg gewesen, als sie nach der Todesnachricht in Roberts Zimmer lag, auf seinem Bett, und die Welt stillzustehen schien wie eine Uhr, die niemand mehr in Gang setzen konnte. Doch jetzt war ihr, als vergingen die Tage viel zu rasch, und der Besuch Kettenbachs kam bedrohlich näher.

Ende Februar wollte Professor Kettenbach anreisen und die Klinik besichtigen. Wenn Sophia bis dahin nicht Fortschritte zeigte und wenigstens sprechen konnte, würde er die Patientin mitnehmen zu seinen sogenannten Behandlungen.

»Natürlich könnte man Sophia vorher zu ihrer Mutter nach Stuttgart entlassen. Die will ihre Tochter in diesem Zustand aber nicht zurückhaben«, erklärte Mimi Charlotte eines Tages in der Küche, als sie unter sich waren. »Kettenbach würde sich dann auch nur jemand anderen aussuchen. Wenn er nicht bekommt, was er will, kann er Schattwald schließen lassen. Das hat er Amberg schon angedroht. Kettenbach hat die besten Beziehungen zum Gauamtsleiter für Gesundheit in Tirol-Vorarlberg. Wenn Schattwald geschlossen wird, wäre das schlimm. Es gibt Menschen, die verloren sind ohne die Klinik.«

»Wen genau meinst du damit?«, fragte Charlotte.

»Sieh dir Kolja an, wo soll er sonst leben mit seiner Blindheit?«, gab Mimi zurück. Charlotte spürte, dass sie mal wieder nicht die ganze Wahrheit sagte.

Sie ängstigte sich vor Kettenbachs Besuch, denn bei Sophia tat sich nichts. Charlotte sah, wie Amberg mit ihr im Schnee spazieren ging, wie er mit ihr aus dem »Kunstzimmer« herauskam. Sophia lächelte und schwieg. Sie genoss es augenscheinlich, wenn Charlotte ihr am Abend das Märchen von »Eisland« vorlas. Charlotte schmückte die Geschichte noch ein bisschen aus. Die erstarrte Harfenistin wurde in dem Märchen zu einer Pianistin, das lag ja auf der Hand. Als Charlotte sie an einem Abend fragte, ob das Mädchen in der Geschichte nicht lieber doch Harfe als Klavier spielen sollte, lächelte Sophia milde und schwieg.

Charlotte nahm Sophia mit, wenn sie sich an den Flügel setzte und die Schlager anstimmte »Wenn der weiße Flieder wieder blüht«, »Ich hab das Fräul'n Helen baden sehen« und natürlich »Solang nicht die Hose am Kronleuchter hängt«. Es kam keine Reaktion der Verstummten. Charlotte spürte eine leichte Wut auf Sophia in sich aufsteigen. Was, wenn ihre Zimmernachbarin einfach nicht sprechen wollte, obwohl sie konnte? Wenn sie amüsiert das ganze Getue um sich herum betrachtete, die Versuche von Amberg, Mimi, Lukas und Charlotte, von ihr irgendein Zeichen von Kontakt und Lebendigkeit zu bekommen? Sie schenkte ihrer Umgebung nur dieses immer gleiche Lächeln und ab und zu mal ein Taktklopfen, wenn Charlotte auf dem Klavier spielte.

Am liebsten hätte Charlotte sie an den Schultern gepackt und geschüttelt und ermahnt, was ihr bevorstünde, wenn sich nichts änderte. »Kettenbach wird dich abholen, Sophia, und dann bist du bei ihm in seinem Labor in Würzburg und ihm ausgeliefert, und niemand wird dir mehr helfen, verstehst du? Da gibt es keinen Doktor Amberg mehr, Mimi wird nicht mehr da sein und Lukas auch nicht. Es wird schrecklich sein!«

Natürlich tat Charlotte das nicht. Erstens wusste sie nichts Genaueres über Kettenbachs Methoden, und zweitens hatte sie kein Recht, Sophia zu ängstigen. Die junge Pianistin hatte schon genug Schreckliches erlebt.

Am nächsten Nachmittag waren sie zum Holzholen im Wald unterwegs. Charlotte ging neben dem Pferdeschlitten. Sie war warm eingepackt, mit dicken langen Wollstrümpfen unter Roberts Hose, die jetzt schon zwei Wäschen in Schattwald überstanden hatte. Sie trug ihre eigenen Wollsocken in den Stiefeln. Die Fußlappen von Lukas hatten an ihren Füßen doch zu sehr gescheuert und Blasen verursacht.

Auch ihre Zimmergenossin Sophia schritt langsam hinter dem Pferdeschlitten und ließ sich die Sonne ins Gesicht scheinen, es war ein kalter, aber klarer Tag mit strahlend blauem Himmel. Charlotte hatte Sophia schon zweimal aufgefordert, mit anzupacken, um Stämme aufzuladen. Aber die stumme Pianistin machte keine Anstalten, dem zu folgen. Neben ihr spazierte der Kriegszitterer Alfred, der ebenfalls untätig blieb, heute aber auch ein bisschen hustete. Meine Güte, die Herrschaften machten es sich einfach. Auf diese Weise käme nie genug Holz zum Heizen in Schattwald zusammen.

Lukas hielt den Schlitten an. Er packte die Trummsäge und zeigte auf einen Stamm einige Meter ab vom Weg. »Davon nehmen wir was mit.«

»Ich komme mit, Luzifer«, sagte Charlotte. Sie hatte festgestellt, dass ihr das Sägen fast immer guttat, um innerlich zur Ruhe zu kommen. Es war schön, die Trummsäge hin- und herzuführen, bis man schwitzte.

Sie näherten sich dem Stamm, Lukas in seinem leichten Hinkeschritt. Er kniete sich hin und setzte die Säge an. Charlotte nahm den anderen Griff, sie zogen das Sägeblatt hin und her. Als sie halb durch waren, machten sie eine Pause und setzten sich auf den Stamm. Lukas zog sich die Handschuhe aus, nahm eine Prise Schnupftabak auf den linken Handrücken und zog ihn langsam durch die Nase.

»Warum sie bloß nicht redet?«, fragte Charlotte Lukas und wies mit einer Kopfbewegung auf den Schlitten, auf dem Sophia jetzt saß und schwieg. Neben Sophia hustete der Kriegszitterer Alfred vor sich hin.

»Warum Sophia schweigt? Vielleicht aus Schutz, weil ihr die Sprache verdorben erscheint. Durch und durch verdorben und verlogen«, sagte Lukas. »Stell dir vor, du kannst niemandem mehr etwas glauben, du kannst an gar nichts mehr glauben, du hast das Gefühl, alle lügen nur. Was würdest du tun? Schweigen ist da nicht die allerschlechteste Lösung.«

Er sprach fast zornig. Charlotte schaute ihn überrascht an. Sie dachte an die erste Zeit nach Roberts Tod. Sie hatte auch geschwiegen und tagelang wie erstarrt auf dem Bett gelegen. Sie hatte der Welt nichts mehr geglaubt, niemandem mehr etwas geglaubt, auch sich selbst nicht. Sie wollte keine Worte mehr hören. Worte waren sinnlos geworden. Doch hier, in Schattwald, unter all den Verrückten, hatte sich ihr Schweigen gelöst. Vielleicht auch, weil sich der Wahnsinn, der sie umgab, lebendiger anfühlte als die Menschen zu Hause in Regensburg. Lebendiger als die Eltern, die über den Tod des Sohnes ergrauten und trotzdem am Abend den Rundfunk einschalteten, um sich die Reden des Führers und seiner Minister anzuhören.

»Aber Sophia ist doch jetzt hier, in Schattwald, wo alle nur das Beste für sie wollen«, sagte Charlotte. »Warum können wir ihr nicht begreiflich machen, dass sie hier nichts zu befürchten hat?«

Lukas rieb sich die Hände und zog sich seine Handschuhe wieder an. »Jeder Wahnsinn hat seinen Sinn, Charlotte. Auch wenn wir das nicht immer gleich verstehen.«

»Was meinst du damit? Denkst du an Konrad?«

»Konrad hat Glück gehabt, dass er herumschrie und tobte. Stell dir vor, man hätte ihn ernst genommen, als er sagte, der Führer werde alle umbringen. Dann wäre mein Bruder jetzt nicht hier, sondern vielleicht tot. Der Gutachter hat ihm das Leben gerettet. Sonst wäre er wegen Wehrkraftzersetzung hingerichtet worden.«

»Doch was ist mit Luise, dem Plappermaul? Die geht doch allen nur mit den Propagandasprüchen auf die Nerven«, sagte Charlotte.

»Die Sprüche sind wie eine Mauer, mit der sie sich schützt. Es sind Sprüche, die offiziell verbreitet werden. In gewisser Weise ist sie Sophia ähnlich, die eine schweigt, die andere plappert Sätze sinnlos nach, die nicht von ihr stammen.«

Charlotte hatte Luzifer schon immer für klug gehalten, aber jetzt dachte sie, dass er die Patienten hier besser verstand als Doktor Stühling, der ihn von oben herab als den »Herrn Hausmeister« anredete. In Friedenszeiten wäre Lukas etwas anderes geworden als Hausmeister, da war sie sicher.

»Was sagst du zu Bertha Uhlig, der falschen Leander?«, fragte sie. »Die hält sich für eine berühmte Sängerin, aber worin liegt der Sinn, immer nur ›Ich weiß, es wird einmal ein Wunder geschehen‹ vor sich hin zu trällern?«

Sie glaubte ein feines Zucken in Lukas' Gesicht zu bemerken. »Vielleicht will sie den Trunksüchtigen beeindrucken«, sagte er, »deswegen richtet sie sich auch jeden Tag so hübsch her mit der Brennschere.« Er stand auf und wechselte den Tonfall. »So kriegen wir den Stamm nie durch, wenn wir hier nur rumsitzen und reden, meine verehrte Charlotte, ran an die Arbeit. Sonst hole ich Alfred her, der kann ja vielleicht auch mal mitsägen, auch wenn er so gefährlich vor sich hin hustet.«

Lukas setzte die Trummsäge noch mal an, Charlotte zog und schob, und schließlich hatten sie den Stamm halbiert. Lukas winkte Alfred herbei, und bald lag der halbe Stamm auf dem Schlitten. Er würde eine ganze Menge dicker Holzscheite ergeben. Die Stämme wurden in Scheite kleingehackt und dann zuerst an der Mauer des Klinikgebäudes gelagert und getrocknet und schließlich im Holzschuppen untergebracht. Die Scheite brauchten lange, um zu trocknen. Das Holz, das man jetzt in den Kachelöfen verfeuerte, hatte ein, zwei Jahre in den Stapeln gelegen.

Charlotte ertappte sich dabei, dass sie sich fragte, ob das Holzholen überhaupt noch Sinn machte. Die Scheite aus diesem Stamm würden erst in ein, zwei Jahren in den Kachelöfen brennen. Es war eine so unendlich lange Zeit, wo es ihr doch jetzt vorkam, als reihten sich die Tage rasch aneinander wie die Perlen eines Abakus, die ein Kind schnell von rechts nach links gleiten ließ. Schattwald erschien ihr wie ein schützender Ort, der von außen bedroht war, ohne dass man genau wusste, aus welcher Richtung der Feind kam. Die Gefahr ging nicht nur von Kettenbach aus, dachte Charlotte. Professor Hermann Kettenbach stand vielmehr für etwas anderes, Größeres, das einen Ort wie diesen zu zerstören drohte.

Sie schob ihre düsteren Gedanken beiseite. Heute war immerhin ein besonderer Tag. Genauer gesagt, ein besonderer Abend. Sie hatte nach dem Abendessen ihre erste Therapiestunde bei Doktor Carl Amberg.

23. Kapitel

Der Abendhimmel hielt, was der klare Tag versprochen hatte. Tausende von Sternen strahlten am Himmel, und ein runder Mond schwebte wie ein riesiger Ballon über dem dunklen Winterwald. Es hatte eine Weile nicht geschneit, und Charlotte schritt über den knirschenden Schnee zum Personalwohnhaus. Sie trug Wollstrümpfe, Rock und unter dem Mantel eine dunkelrote Wollbluse, die sie noch nie zuvor in Schattwald angezogen hatte.

Sie fühlte sich geschmeichelt, dass der Chefarzt sie in seiner Bibliothek empfangen wollte. War es eigentlich üblich, dass er Therapiestunden in seinem Arbeitszimmer abhielt? Charlotte sah ihn öfter mit Patienten aus dem Kunstzimmer im Haupthaus kommen. Nur selten hatte sie einen Patienten vor dem Eingang des Personalhauses beobachtet. Vielleicht hielt er die ersten Stunden immer in der Bibliothek ab, wenn es eher um das Gespräch ging und nicht um irgendwelche künstlerischen Methoden.

Als sie sich dem Haus näherte, sah sie durch das erleuchtete Fenster, dass Amberg am Schreibtisch saß und arbeitete. Charlotte betrat das Haus und klopfte an Ambergs Wohnungstür. Der Chefarzt öffnete, er trug seine Tweedjacke, und Charlotte wurde bewusst, was für ein gut aussehender Mann er war.

»Kommen Sie herein und legen Sie ab«, sagte Amberg,

»ich habe einen Pfefferminztee gemacht.« Er nahm Charlotte den Mantel ab und bedeutete ihr, in einem Ohrensessel Platz zu nehmen. Auf dem Schreibtisch lagen mehrere Akten. In die Schreibmaschine war ein Blatt Papier eingespannt. Charlotte hätte zu gerne gewusst, an was der Chefarzt gerade arbeitete.

Amberg schenkte ihr Tee ein und nahm Platz. »Fräulein Rotstetter, bevor wir unsere Behandlungsstunde anfangen, müssen wir kurz über Fräulein Ederle sprechen. Was ist Ihr Eindruck von Ihrer Zimmernachbarin?«

Charlotte spürte einen Stich. Sie war eigentlich nicht hergekommen, um über Sophia zu reden. Es drehte sich schon viel zu viel um ihre Zimmernachbarin, die weiterhin schwieg und lächelte und sich nicht groß an irgendwelchen Aktionen beteiligte.

»Mein Eindruck ist, dass Fräulein Ederle das Vorlesen mag«, sagte Charlotte etwas steif. »Aber sie redet nicht. Beim Holzholen im Wald packt sie auch nicht mit an.« Das klang schon fast wie eine Beschwerde. Charlotte fühlte sich einen Moment ein bisschen schuldig. Es war vielleicht unfair, so über Sophia zu reden. Ihre Zimmernachbarin war sehr krank. Sie hatte Schlimmes erlebt. Sie konnte wahrscheinlich gar nicht anders. Hatte nicht Lukas heute Nachmittag beim Holzholen etwas Ähnliches gesagt?

»Ja, das ist leider wahr. Fräulein Ederle macht keine Fortschritte«, sagte Amberg, »aber wir haben noch etwas Zeit. Professor Kettenbach hat seinen Besuch erst für Ende Februar angekündigt. Machen Sie einfach weiter, dann werden wir sehen. Ich danke Ihnen erst mal für Ihre Mithilfe.«

Charlotte nickte. Sie nahm einen Schluck vom Tee und

schaute sich verstohlen um. Ihr Blick fiel auf die bunten Fahnen mit den merkwürdigen Schriftzeichen, die an einem Regal herunterhingen und ihr schon am ersten Abend aufgefallen waren. Amberg folgte ihrem Blick.

»Das sind Gebetsfahnen«, sagte er. »Buddhistische Gebetsfahnen. Die Buddhisten im Himalaya hängen sie an Bergpässen auf. Die fünf Farben symbolisieren den Himmel, die Wolken, das Feuer, das Wasser und die Erde. Auf den Fahnen sind Gebetssprüche gedruckt. Der Wind soll die Gebete in die Welt hinaustragen. Die Fahnen sollen sich durch die Witterung zersetzen, also in gewisser Weise für die Vergänglichkeit stehen. Dem Kreislauf aus Leben und Sterben. Dem auch wir nicht entrinnen können.«

Er sprach warm und leise, sodass seine Worte kostbarer wirkten, als wenn er laut doziert hätte. Er nippte am Tee. »Kommen wir zu Ihnen, Fräulein Rotstetter. Ich weiß aus dem Bericht Ihres Hausarztes Doktor Rundling und aus den Aufzeichnungen meines Assistenten Doktor Stühling, dass Sie nach dem Tode Ihres Zwillingsbruders erkrankten.«

»Robert fiel in Stalingrad«, sagte Charlotte. »Er hatte gehofft, er käme bald nach Hause. Aber das stimmte nicht.«

»Doktor Rundling in Regensburg hatte aufgeschrieben, dass Sie glauben, die Welt nur noch durch eine Glasscheibe zu sehen«, sagte Amberg, »dass Sie das Gefühl hätten, Sie fielen auseinander, Sie stünden neben sich. Dass Ihnen das große Angst mache. Auch Doktor Stühling hat vermerkt, dass Sie ihm erzählten, Sie wüssten manchmal nicht, wer Sie sind. Ich habe Sie hier ein bisschen beobachtet. Sie ziehen in den Hosen Ihres Bruders herum. Dann wieder tragen Sie Ihre eigene Frauenkleidung. Wer möchten Sie denn am liebsten sein von den beiden, Ihr Bruder oder dessen Zwillingsschwester?«

Er beugte sich vor und lächelte sie mit seinen bernsteinfarbenen Augen an, aber nicht so, als mache er sich über sie lustig. Es war ein freundliches Lächeln, so als schien ihm Charlotte irgendwie vertraut.

Die Frage Ambergs verwirrte sie. Wer wollte sie am liebsten sein? Robert, der durch den Matsch und Schnee in Russland marschierte, bis er starb? Oder sie selbst, die sie immer nur das Mädchen war, die Unwichtige, die zu Hause blieb und überlebt hatte?

»Vielleicht möchten Sie beides sein«, sagte Amberg, »ein bisschen Robert und ein bisschen Charlotte.«

»Das geht wohl nicht«, sagte Charlotte und grinste gequält. »Ich bin ja nur die Charlotte.«

»Nur die Charlotte!« Amberg schüttelte den Kopf. »Was ist das, eine Nur-die-Charlotte-Person? So was gibt es nicht. Es gibt ja auch keinen Nur-Robert-Jungen, nicht wahr?«

»Ich kann nicht beides sein«, sagte Charlotte. Wie gerne wäre sie für ihre Mutter beides gewesen, von dem Moment an, als Robert nicht mehr da war. Aber ihre Mutter hatte sich abgewandt, als sie ins Schlafzimmer gekommen war. Sie war die Überflüssige gewesen, der falsche Zwilling, der überlebte.

»Jeder Mann hat auch eine weibliche Seite und jede Frau eine männliche«, sagte Amberg, »es gibt einen berühmten Psychiater, Carl Gustav Jung, der genau das behauptet. Wir können immer auch ein bisschen beides sein, das Weibliche und das Männliche. Das gilt für mich und auch für Sie. Auch wenn Sie Charlotte heißen.«

»Ich konnte nicht wie mein Bruder sein, er war immer viel stärker. Er war ja ein Junge«, sagte Charlotte.

»Er hatte mehr Körperkraft, sicher, das ist reine Physiologie, sonst nichts«, entgegnete Amberg. »Aber was glauben Sie, wie Robert sich vielleicht in Russland danach sehnte, ein bisschen Charlotte zu sein. In Regensburg zu sitzen, am Klavier, und nicht durch den Schnee in Russland zu stapfen und andere junge Männer totschießen zu müssen, so lange, bis er selbst von ihnen getötet wurde.«

Charlotte schluckte. Ihr kamen die Tränen. Sie versuchte, sich wieder zu beruhigen, aber die Tränen ließen sich nicht aufhalten. Sie fing an zu weinen. Ein Bild erschien vor ihrem inneren Auge: Robert, wie er durch die Schneewüste stolperte, ein Gewehr über der Schulter, geschwächt durch die Strapazen, fern der Heimat. Wie hatte sie Robert dafür beneidet, dass er ein Junge war! Dass die Mutter ihn über alles liebte. Während sie sich in ihren Träumen immer nur vorstellte, ein Junge zu sein, eine Schiebermütze zu tragen, fluchen zu dürfen, jemand zu sein, der sie nicht war. Doch jetzt fühlte sie unendliches Mitleid mit ihrem Bruder. Mit ihrem Bruder, der so sinnlos gestorben war mit zwanzig Jahren.

Amberg griff in seine Tasche und reichte ihr ein blitzsauberes gebügeltes Stofftaschentuch. »Nehmen Sie das. Sie können es behalten.«

Charlotte zögerte, dann ergriff sie es doch.

»Sie sind nicht schuld«, sagte Amberg.

»Was meinen Sie damit?«, schluchzte Charlotte.

»Sie sind nicht schuld«, wiederholte der Chefarzt.

»Ich verstehe Sie nicht.« Charlotte schluchzte erneut.

»Sie haben nicht so viel Macht, wie Sie glauben. Sie sind nicht schuld.«

»Was soll das heißen?«, fragte Charlotte. Sie wischte sich

mit dem Taschentuch die Tränen ab. Das Tuch in der Hand beruhigte sie.

»Sie hätten niemals etwas ändern können. Sie sind nicht verantwortlich. Sie sind nicht dafür verantwortlich, dass Sie ein Mädchen sind, eine junge Frau und kein Junge. Was übrigens eine gute Entscheidung der Natur war. Sie sind nicht verantwortlich, dass Ihr Zwillingsbruder in den Krieg ziehen musste. Das sind ganz andere, die das zu verantworten haben. Ganz andere.« Amberg sprach in einem grimmigen Tonfall, der nicht zu seinen sanften braunen Augen passte.

Charlotte hielt inne. Niemand in Regensburg hätte gewagt, so zu sprechen wie der Chefarzt. Dort redeten alle immer nur davon, dass die Soldaten einen tapferen Dienst leisteten für ihr Land, dass Deutschland sich aus dem Joch befreien müsste, das die anderen Länder ihm auferlegten. Dass Länder wie Russland froh sein müssten, endlich unter deutsche Regentschaft zu geraten, eine Regentschaft, die bestimmt viel besser sei für das russische Volk als jede andere Regierung, die sie bislang in Russland hatten. Niemand in Regensburg hatte offen darüber gesprochen, wer denn eine Verantwortung trage für Roberts Tod. Sein Tod war Schicksal gewesen, ein deutsches Schicksal, eine edle Pflichterfüllung. Der Chefarzt hier behauptete aber etwas ganz anderes.

Es klopfte draußen an der Tür. Charlotte fuhr zusammen.

»Nanu?«, wunderte sich Amberg. Er erhob sich.

Draußen stand die Hauspflegerin Gerlinde. Sie klang gehetzt. »Kommen Sie, Herr Doktor«, rief sie. »Der Konrad Waldhofer, dem geht es nicht gut. Ich glaube, er braucht wieder ein stärkeres Medikament. Kommen Sie schnell.«

Amberg nahm sich seinen Mantel mit der Pelerine und die Fellmütze vom Haken. Er rief Charlotte zu, sich einen Moment zu gedulden, und stürzte aus der Tür.

Charlotte blieb allein zurück. Ihre Hand krampfte sich um das Taschentuch, das ihr der Chefarzt gereicht hatte. Es war ihr, als hätte Amberg eine Tür in ihr geöffnet, die sie zuvor sorgfältig verschlossen hielt. Was war der Chefarzt nur für ein Mensch, der ganz andere Dinge sagte, als man in Regensburg redete, der Märchen dichtete und die Macht hatte, in ihre Seele zu schauen?

Ihre Tränen versiegten. Sie beruhigte sich und hing im Sessel wie ein erschöpftes Kind. Sie wartete. Es war auch ein bisschen aufregend, jetzt alleine in der Bibliothek zu sein. In der Welt des Chefarztes. Amberg würde wahrscheinlich zum Arztzimmer in das Erdgeschoss des Patientenwohnhauses geeilt sein, dort an seinen Medikamentenschrank gehen und sich dann um Konrad kümmern.

Charlotte ließ ihren Blick durch den Raum schweifen, über die Bücher und Gebetsfahnen, bis er am Schreibtisch mit der Schreibmaschine hängen blieb. Ein Blatt war eingespannt. Was Amberg dort wohl geschrieben hatte? Sie wollte nicht herumschnüffeln, aber sie konnte ja aufstehen und ein wenig herumgehen. Sie näherte sich dem Schreibtisch. Über dem eingespannten Blatt stand »Patientenbericht Luise Schweighofer. Ein Beitrag zur Neuen Deutschen Seelenheilkunde für das Deutsche Institut für psychologische Forschung und Psychotherapie«.

Was war denn das? Amberg hatte über die plappernde Luise geschrieben? Die Patientin, die gerne am Nachmittag im Lavendelbad lag und unaufhörlich Propagandasprüche des Winterhilfswerkes und anderer Organisationen wie ein

Automat vor sich hin plapperte? Charlotte las: »Der Heilsweg der Luise Schweighofer im Nervensanatorium Schattwald kann durchaus als ein Beispiel dafür gesehen werden, dass mit der Besinnung auf Vaterfiguren wie dem Führer auch in der deutschen Psychotherapie erstaunliche Erfolge erzielt werden. Dazu ist ein Aufenthalt im Sanatorium Schattwald hilfreicher als jede andere Behandlung in einer ambulanten Arztpraxis oder Heil- und Pflegeanstalt. In Schattwald können wir ein geschlossenes Milieu schaffen, in dem die Patienten durch harte, körperliche Arbeit und die psychotherapeutische Entwicklung positiver Leitfiguren wie dem Führer von ihrer tiefen Verwirrung geheilt werden. Heil Hitler! Der folgende Bericht soll die einzelnen Stufen der Behandlung …«

Das konnte nicht wahr sein! Luise Schweighofer war alles andere als geheilt, das konnte jeder sehen. Und durch harte Arbeit hatte sie sich auch nicht gerade hervorgetan, wenn man von ein paar Nachmittagen in der Küche absah. Sie lag lieber im Lavendelbad. Der Chefarzt dichtete hier etwas zusammen. Aber warum?

Charlotte hörte Schritte im Schnee knirschen. Die Haustür klapperte. Sie eilte zum Ohrensessel und ließ sich hineinplumpsen. Amberg war zurück.

»Tut mir leid«, rief er in die Bibliothek, als er seinen Mantel an den Haken hängte. »Konrad Waldhofer ging es wirklich nicht gut. Hat alles ein bisschen gedauert. Ich hoffe, jetzt schläft er.« Er kam herein und setzte sich in seinen Ohrensessel. Dann sagte er: »Aber wie ich von draußen durch das Fenster gesehen habe, haben Sie sich die Zeit vertrieben und sind ein bisschen herumgewandert in meiner Bibliothek.«

Charlotte schoss das Blut ins Gesicht. Wie konnte sie so dumm sein? Das erleuchtete Fenster. Natürlich. Der Chefarzt hatte gesehen, dass sie herumschnüffelte. So was gehörte sich nicht. Was würde er jetzt von ihr denken? Sie hatte seinen Bericht über Luise gelesen, der nur eine Schwindelei sein konnte.

Charlotte war verwirrt. Amberg war ein Nervenarzt, der sie in ihrem tiefsten Inneren zu verstehen schien.

Aber er war auch ein Fälscher.

24. Kapitel

Innsbruck, Dezember 2014

Es war ein Uhr nachts und die Geschehnisse in Schattwald hatten mich so in den Bann gezogen, dass ich meine Angst vor einem Eindringling vergaß. Amberg war ein Schwindler gewesen, aber auch ein Chefarzt, der seine Patienten verstand. Sie war nicht schuld, hatte Amberg meiner Großmutter gesagt, mehrmals gesagt. Sie war nicht verantwortlich für den Tod von Robert. Sie hätte niemals etwas ändern können.

Plötzlich fiel es mir wie Schuppen von den Augen. Es war mir, als hätte ich ein Muster erkannt, eine wiederkehrende Figur wie in einem dieser Rätselbilder, wo sich im Märchenwald mit den Tieren noch eine Figur versteckt, deren Konturen man erst erkennt, wenn man die Perspektive auf das Bild ändert.

Großmama Charlotte hatte sich im Krieg schuldig gefühlt, als ihr Zwillingsbruder starb und sie, das weniger geliebte Mädchen, überlebte. Vielleicht hatte sie sich auch mitverantwortlich gefühlt für die Naziverbrechen, weil sie aus einem hitlertreuen Elternhaus stammte. Später kam ihr einziges Kind, meine Mutter, bei einem Unfall ums Leben. Sie schob die Verantwortung meinem Vater zu. Am Ende fühlte ich mich schuldig am Tod meiner Mutter, denn die Eltern waren auf dem Weg zu mir gewesen, als der Unfall passierte. Die Gefühle von Schuld und Minderwertigkeit wurden einfach so weitergereicht, durch die Frauengenerationen, bis hin zu mir.

In mir kam eine tiefe Trauer hoch, als griffe eine eiserne Faust nach meinem Herzen. Es war eine Trauer über die Sprachlosigkeit, die sich wie ein graues Nichts in dieser Familie ausgebreitet hatte, von Jahr zu Jahr, von Ort zu Ort, von Generation zu Generation. Warum hatte meine Großmutter nie von Robert erzählt, von ihrem Elternhaus? Warum hatten wir nicht gemeinsam um meine Mutter geweint? Stattdessen hatte sie meinen Vater und dann Alex schlechtgemacht.

Der Wind heulte ums Haus, ich lag auf dem Sofa und wartete darauf, dass der Schmerz in meinem Innern nachließ. Vielleicht war jetzt ein Schlusspunkt erreicht. Vielleicht lag es an mir, die Kette von Schuld und Selbstwertzweifeln zu beenden, schoss es mir durch den Kopf. Ich konnte beginnen, mich selbst und meine Großmutter besser zu verstehen. Sie wollte mir eine Botschaft hinterlassen, das hatte sie Maria Pramstaller gesagt. Wo war die Botschaft? In den restlichen Tagebüchern? Oder gab es noch weitere Aufzeichnungen hier, im Haus, die ich übersehen hatte?

Ich musste das Haus noch mal durchsuchen. Morgen. Jetzt fühlte ich mich erschöpft, es war spät nachts. Ich war am nächsten Tag zum Skifahren mit Siegfried Rattler verabredet, dafür musste ich wenigstens ein bisschen fit sein. Noch eine Weile lag ich wach und schlief dann ein.

Als der Wecker klingelte, schreckte ich hoch. Es war sieben Uhr. Leo tappte bereits unruhig im Zimmer umher. Ich musste die Gassirunde mit ihm drehen und ihn anschließend zu Theres Kurz bringen. Rattler wollte um halb neun Uhr kommen. Ich hätte weiß Gott etwas mehr Schlaf gebrauchen können.

Mein Blick fiel auf das Hundebett vor dem Sofa. Himmel, das Hundebett sah aus, als hätte es jemand geschlachtet! Es war eine Schnapsidee gewesen, die Polster auszuhöhlen und die Tagebücher darin zu verstecken. Das Teil konnte man garantiert auf die Schnelle nicht so zunähen, dass es niemandem auffiel. Vielleicht wäre ein anderes Versteck doch besser. Meine Augen wanderten suchend durch den Raum. Da war ja das Klavier. Wenn ich den Notenstapel herunternahm, könnte ich die Tagebücher vielleicht vorübergehend in das Klavier stecken. Das würde ich nach Leos Runde in Angriff nehmen.

Ich stand auf und tappte durch den Flur. Mein Gott, vor der Haustür stand ja noch der schwere Schreibtischstuhl mit meinem Aufbau aus Plastikschüsseln und Weingläsern. Meine Türfalle. Heute Morgen kam sie mir eher vor wie ein Beweis meiner zunehmenden geistigen Umnachtung. Vielleicht war gar kein Mensch hinter irgendwas im Hause her, und ich hatte mir alles nur eingebildet. Ich brauchte unbedingt mehr Wirklichkeit. Heute Abend sollte ich endlich mal Sabine in Hamburg anrufen.

Wenig später hatte ich mich geduscht und angezogen und meinen Aufbau an der Eingangstür weggeräumt. Ich machte mich mit Leo auf den Weg zur Nachbarin. Theres Kurz sah unausgeschlafen aus, als sie Leo entgegennahm, aber das ging mir ja nicht viel anders.

»Nach Kühtai fahren Sie«, sagte sie, »ja, da ist ja die Frau Pramstaller auch gerne gewesen. Wo sie in der Nähe doch ihre Berghütte hatte.«

»Sie besaß eine Berghütte?«, fragte ich überrascht. »Liegt die Hütte in der Nähe vom Längental-Speicher?«

»Aber ja. Daher vermuten wir, dass sie wahrscheinlich am Sonntag erst zur Hütte fuhr und dann im Speicher ins Wasser ging.«

Vielleicht lagen in der Hütte die fehlenden Tagebücher? Ich musste Ulrich Pramstaller danach fragen. Ich wandte mich zum Gehen. Theres Kurz hielt mich zurück. »Wissen Sie, etwas ist merkwürdig«, sagte sie.

»Was denn?«

»Gestern spät am Abend rief mich die Ilse an, Ilse Eggers. Sie kannte die Maria Pramstaller auch gut.«

»Ja und?«

»Die Ilse hat mit der Frau Pramstaller noch am Samstagabend telefoniert. Sie hat sie gefragt, ob sie mitkommen möchte zum Weihnachtsoratorium.«

»Zum Oratorium wollte die Frau Pramstaller eigentlich mit meiner Großmutter gehen«, sagte ich. Die Pramstaller hatte mir das am Samstag noch erzählt.

»Die Frau Pramstaller hat der Ilse gesagt, sie wollte gerne mit zum Konzert. Aber wenn man am Samstag eine Eintrittskarte für die nächste Woche bestellt, bringt man sich doch nicht am Sonntag um«, sagte Theres Kurz, »das ist doch unlogisch.«

In mir meldete sich ein leiser Alarm, den ich am liebsten ignoriert hätte.

»Das ist interessant«, sagte ich. »Wissen Sie, ich wollte Herrn Pramstaller ohnehin heute Abend anrufen. Da kann ich ihn danach fragen, was er von der Sache mit der Eintrittskarte hält.«

Theres Kurz runzelte die Stirn. Mit dem Namen von

Ulrich Pramstaller verband sie nichts Gutes. »Machen Sie es, wie Sie denken«, sagte sie, »die Beerdigung von der Frau Pramstaller ist übrigens am Dienstag.«

Ich kehrte ins Haus zurück. Der Tag versprach schön zu werden, mit einem blauen Himmel und einer Sonne, die mir am Nachmittag bestimmt ein bisschen Bräune bescheren würde. Ein toller Tag, um mal wieder in den Bergen Ski zu fahren, noch dazu mit einem Mann, der mich interessierte.

In der Küche machte ich mir einen echten Kaffee. Ich kochte mir ein Frühstücksei und schnitt mir einen Apfel in das Hafermüsli. Ich beschloss, mir am nächsten Tag eine leckere Salami und ein Baguette zu kaufen. Man musste sich ja nicht ewig kasteien, nur um ein Gefühl für Schattwald in den Vierzigerjahren zu bekommen.

Den Gedanken an Maria Pramstaller schob ich weg. Vielleicht war ihr Tod kein Selbstmord, sondern ein bedauerlicher Unfall gewesen. So was gab es ja. Das würde das mit den Eintrittskarten erklären. Ich wollte ihren Neffen heute Abend sowieso anrufen und ihn zu den Tagebüchern und zu Gita Mogany befragen, vielleicht gab es ja neue Erkenntnisse.

Ich zog die Kladden mühsam aus dem Hundebett. Dann hob ich den Notenstapel von dem Klavier herunter, öffnete den Klavierkasten, schob die Hefte von oben vorsichtig hinein und schloss die Klappe wieder. Fast hätte ich ein paar Tasten angeschlagen, um zu erleben, wie das klang, ein Klavier voller Tagebücher. Ich musste grinsen. Was meine Großmutter wohl zu diesem Versteck gesagt hätte? Meine Großmutter hatte nur selten die alten Lieder auf dem Klavier gespielt, aber dabei immer einen Gesichtsausdruck gehabt, als erinnerte sie die Musik an etwas. Jetzt wusste ich, dass die Lieder ihre Erinnerung an Schattwald weckten.

Ich zog mich eilig an. Ein Glück, dass ich den Rucksack und die Outdoorklamotten aus Hamburg mitgenommen hatte. Die Skiausrüstung würde ich mir in Kühtai leihen.

Im Badezimmer schminkte ich mich ein wenig. Ich trug ein bisschen rosa Lippenstift auf, etwas Abdeckcreme auf die Augenringe und ein paar Striche Wimperntusche. Wimperntusche war immer ein Risiko, auch wenn »wasserfest« draufstand. Ich würde in Kühtai auf irgendeiner Toilette sicherheitshalber noch einmal nachsehen, um nicht den Rest des Tages vor den Augen Rattlers mit verschmierter Tusche herumzulaufen.

Ich setzte mir meine Strickmütze auf den Kopf und musterte mich im Spiegel. Die Strickmütze war hellbeige und zum Glück nicht schwarz. Dunkle Mützen machen ein älteres Gesicht alt, hatte mal irgendjemand ganz richtig in einem Styling-Artikel in »LaVie« geschrieben. Aber mit der hellen Mütze über meinen blond gesträhnten Haaren, den getuschten Wimpern und dem rosa Lippenstift fand ich mich ganz passabel. Ich nahm den Rucksack und ging nach draußen.

25. Kapitel

Es war Punkt halb neun Uhr, als ein schwarzer BMW um die Ecke bog, Rattler saß am Steuer. Er hupte nicht, das hatte Stil. Er hielt und öffnete von innen die Wagentür. »Guten Morgen«, sagte er, »nehmen Sie Platz. Das Wetter meint es gut mit uns. Es wird bestimmt ein herrlicher Tag.«

»Hoffentlich ist das Ihre Intuition und nicht nur Ihre Illusion«, entgegnete ich und lachte. Kaum saß ich im Auto, spürte ich diese Energie in mir, diese erhöhte Spannung wie immer, wenn mich ein Mann erotisierte.

»Der Wetterbericht ist keine Frage der Intuition, sondern eine der Information«, sagte Rattler. »Manchmal entpuppt sich die Information allerdings auch als Illusion.« Er zeigte sein schiefes Lächeln.

Ich warf einen Blick zum Himmel. »Nur ein paar Schäfchenwolken sind zu sehen«, meinte ich, »das Wetter bleibt schön. Jedenfalls hat das meine Großmutter immer gesagt.«

»Ah, Ihre Großmutter«, versetzte Rattler, »Ihre Großmutter war eine bemerkenswerte Frau. Haben Sie von ihr auch das Skifahren gelernt?«

»Ja«, sagte ich, »aber ich bin schon lange nicht mehr gefahren. Ich muss mir heute alles ausleihen.«

»Das ist kein Problem in Kühtai. Die leben dort von

Tagestouristen«, entgegnete Rattler. »Ich muss mir auch alles mieten. Ich bin derzeit nicht gut im Training.«

Ich war erleichtert, dass Rattler wohl kein geübter Skiläufer war. Denn ich hatte mir schon Sorgen gemacht, welche Figur ich wohl auf der Skipiste abgeben würde. Schon als Kind hatte ich es nie geschafft, beim Kurvenfahren die Beine eng zusammenzuhalten. Ich hatte auch nach mehreren Skikursen immer noch ausgestemmt, um die Kurven zu schaffen. Später dann, als ich mit Freundinnen zum Skifahren ging, waren mir die Frauen in ihren engen Skioveralls, wie sie elegant die Pisten hinunterwedelten, ein unerreichbares Vorbild gewesen.

Ich musterte Rattler verstohlen von der Seite, als er den Wagen durch die vom Schnee geräumten Straßen steuerte. Er trug eine schwarze Goretexjacke und dazu einen feinen rot-schwarz gemusterten Strickschal, der ihm gut stand, auch wenn ich den Schal etwas zu dünn fand für den Wintersport. Mir fielen wieder seine feinen Hände auf, die auf dem Lenkrad lagen. Mit seinen graublonden Haaren, die etwas länger waren und bis hinter die Ohren reichten, könnte er in einem Hollywoodfilm einen exzentrischen Naturwissenschaftler abgeben.

Mir wurde plötzlich bewusst, wie nahe ich bei Rattler saß, hier in diesem Wagen, sodass ich glaubte, sein Eau de Toilette mit dem Aroma von Sandelholz zu riechen. Einen Moment lang spürte ich einen leichten Schwindel. Ich hätte gerne das Fenster einen Spalt aufgemacht, um etwas mehr Raum zu schaffen zwischen uns, aber das hätte bei dieser Kälte merkwürdig gewirkt.

Wir verließen Innsbruck, hinter Kematen fuhren wir bergan ins Sellraintal. Über der linken Bergkette stieg die

Morgensonne auf und ließ die Gipfel noch erhabener wirken. Rattler drückte aufs Gas und fuhr eine elegante Kurve. Die Bergstrecke schien ihm nichts auszumachen.

»Wie der Schnee glitzert«, sagte ich. »Wenn man bei Wintersonne durch die verschneiten Berge fährt, kann man sich gar nicht vorstellen, dass es hier auch schlechte Stimmung gibt und Unglück.«

»Sicher gibt es hier auch viel Unglück«, entgegnete Rattler, »die Sommer hier sind sehr kurz. Schon im November wird es bitterkalt, und oft ist es trübe. Da sollte man sich an einem schönen Tag wie diesem keine Illusionen machen.«

»Ich liebe Illusionen«, sagte ich, »Illusion, Intuition und Information.«

»Information worüber?«, fragte Rattler und lächelte sein schiefes Lächeln.

Ich schwieg. War jetzt der Zeitpunkt, ganz Persönliches zu fragen? Aber was? Dass ich gerne wüsste, ob er in Hamburg Familie hatte, eine Frau, Kinder, zum Beispiel. Aber das würde ich nicht fragen. Weil ich Angst hatte, von ihm gefragt zu werden. Weil ich nicht antworten wollte: Oh, danke der Nachfrage, ich bin seit einigen Wochen Single. Wieder zu haben. Mein Mann hat mich gerade wegen seiner jungen Assistentin verlassen. Nein, Kinder habe ich keine. Hat bei mir nicht geklappt. Nein, kein Grund für Mitleid, wirklich nicht.

»Hatten Sie denn in Innsbruck interessante Tage?«, fragte ich stattdessen. »Hat sich die Tagung über Parkinson für Sie gelohnt?«

»Schon, in gewisser Weise«, entgegnete er zögerlich, »es war ja mehr eine Pflichtveranstaltung.«

»Was genau ist eigentlich Ihr Schwerpunkt in der Hirnforschung, abgesehen von der Intuition und Illusion, wenn ich fragen darf?«, erkundigte ich mich. »Sprechen Sie einen Mann auf seine Arbeit an, wenn er den Eindruck erweckt, darauf stolz zu sein!«, hatte mal in irgendeinem Artikel über Flirttipps in »LaVie« gestanden. »Bewundern Sie ihn für das, was er tut!« Die Flirttipps waren von einem Mann geschrieben worden. Jetzt fiel mir der Beitrag wieder ein.

»Seit einiger Zeit beschäftige ich mich mit einer ganz speziellen Illusion«, erklärte Rattler, »es ist die Illusion des freien Willens. Das treibt mich um.«

Mir fiel wieder seine gewählte Sprechweise auf, so als müsse er häufiger vor Menschen dozieren und einen souveränen Eindruck machen.

Ich setzte nach: »Der freie Wille ist eine Illusion? Soll das heißen, wir haben keinen freien Willen, obwohl wir so tun, als ob?«

»Es gibt Untersuchungen, nach denen immer dann, wenn wir glauben, eine Entscheidung aus freiem Willen zu treffen, in unserem Hirn Prozesse nachweisbar sind, die eben darauf hindeuten, dass unser Hirn gewissermaßen vor uns diese Entscheidungen trifft.«

»Ist das so wie mit dem Unbewussten, das eine viel größere Macht hat über unser Handeln, als wir glauben?«

»Es ist nicht ganz das Gleiche, aber es geht in diese Richtung«, antwortete Rattler. Er verlangsamte die Fahrt, als wir einen Ort passierten.

»Bedeutet das, wir sind nicht verantwortlich für unser Handeln, sondern irgendwelche neurologischen Prozesse im Hirn?«, fragte ich.

»Das könnte man so sehen.«

»Das heißt also, wir sitzen gar nicht aus freiem Willen hier im Auto auf dem Weg zum Skifahren, sondern wegen unserer Hirnfunktionen?«

Rattler verzog keine Miene. »Nun, Hirnfunktionen können sehr komplex sein«, sagte er, »das sollte man nicht unterschätzen.«

»Wenn wir keinen freien Willen haben, dann sind wir also alle Automaten?«

»Nicht ganz«, entgegnete Rattler, er trat wieder aufs Gas. »Es gibt einen Streit in der Wissenschaft, ob wir mit dem freien Willen nicht doch eine Art Veto einlegen können bei unserem Handeln, also gewissermaßen doch eine Art letzte Entscheidungskraft besitzen. Allerdings glaube ich, dass auch dieses Veto nicht unabhängig von Hirnfunktionen sein kann.«

»Also ich glaube an den freien Willen«, sagte ich, »aber mein Glaube kommt ja vielleicht auch nur von irgendwelchen chemischen Prozessen bei mir im Hirn.« Ich klang trotzig. Mich fröstelte plötzlich, obwohl die Heizung im Wagen auf vollen Touren lief. Ein Mann, der nicht an den freien Willen glaubte. Er war mir unheimlich.

»Wie hoch liegt eigentlich Kühtai?« Ich wollte ein anderes Thema anschneiden. »Es soll ja sehr schneesicher sein.«

»Der Ort liegt auf 2000 Meter Höhe. Es ist vor allem ein Hoteldorf. Aber jetzt, vor Weihnachten, dürften die Skilifte leer sein. Besonders, wenn man an einem Donnerstag ankommt wie wir.«

Das Thema des freien Willens kam zum Glück nicht mehr zur Sprache. Wir redeten die restliche Autostrecke über den Alpintourismus und über die Tatsache, dass die tiefer liegen den Orte in Österreich nicht mehr genug Schnee haben, um Skitouristen anzuziehen. Rattler stellte keine einzige Frage zu meinen familiären Verhältnissen in Hamburg. Mir schien, als wolle er mir damit signalisieren, dass er mich in einem freien Raum treffen wolle, unbelastet von unseren Beziehungen zu Hause. Aber das war vielleicht auch nur meine Phantasie.

Es war eine Sache von einer halben Stunde, sich im Sportgeschäft in Kühtai eine Skiausrüstung zu leihen. Kurz darauf saßen wir in einer Vierersesselbahn und schaukelten über einen Skihang nach oben. Da an diesem Dezembertag nur wenige Skitouristen unterwegs waren, ließ man die Paare auch zu zweit auf den Viererbänken fahren. Wahrscheinlich hielten uns die anderen Skigäste für ein ganz normales Ehepaar, dachte ich, als ich mit Rattler nach oben schwebte. Der Gedanke war mir nicht unangenehm. Ich fühlte mich stärker, wenn ich einen Mann an meiner Seite hatte. Tief im Innern spürte ich, wie abhängig mich das machte. Und verachtete mich ein bisschen dafür.

Das Bergpanorama um uns herum war überwältigend. Die Sonne war höher gestiegen und verlieh den Schneehängen einen goldenen Schimmer. Ich blickte hinunter, wo ein paar Dutzend Sportler die Piste hinunterkurvten und sich ab und zu etwas zuriefen. Der Sessellift schwebte fast lautlos dahin. Lediglich ein leises Holpern war zu hören, wenn die Aufhängung des Sessels über die Rollen an den Pfeilern glitt.

»Nur eine knappe Stunde von Innsbruck weg und man ist in einer anderen Welt«, sagte Rattler. »Die Stille in den Bergen gibt einem das Gefühl, die Zeit verginge langsamer. Was ja ein beruhigender Gedanke sein kann, nicht wahr?«

»Ich liebe es, wenn die Zeit langsamer vergeht. Ich möchte oftmals, dass sich nichts ändert, dass alles so bleibt, wie es ist«, sagte ich. Ich war überrascht, dass ich diesen Gedanken so offenbarte.

»Wahrscheinlich ist das auch ein Reiz der Berge, dass es sie schon so lange gibt und weiter geben wird. Sie sind viel länger da als wir. Wenn wir in ihnen herumspazieren, fühlen wir uns deshalb geborgen«, meinte Rattler.

»Mit meiner Großmutter war ich als Kind manchmal auf Gletschern wandern«, erzählte ich, »sie hat mir erklärt, dass wir auf viele Jahrhunderte altem Eis herumlaufen. Sie hat mir auch von den Gletschertoten erzählt, die manchmal erst nach Jahrhunderten wieder aus dem Eis herauskommen. Das hat mich damals schon sehr ehrfürchtig gemacht.« Ich wollte Rattler von mir erzählen, ich wollte, dass er sich für mich interessierte.

»Ihre Großmutter war eine bemerkenswerte Frau«, sagte Rattler, »und sie hat eine bemerkenswerte Enkelin.«

Ich sagte nichts und musterte ihn von der Seite. Er trug eine Sonnenbrille und ein Stirnband, sein Gesicht hatte eine frische Farbe, und der erschöpfte Ausdruck, den ich an dem Abend im Restaurant an ihm gesehen hatte, war verschwunden. Er war ein Mann, den viele Frauen attraktiv gefunden hätten.

»Sind Sie denn weitergekommen mit den Aufzeichnungen Ihrer Großmutter aus dem Krieg?«, fragte er. »Ich erinnere mich, wie wir darüber gesprochen haben. Wissen Sie, wie die Geschichte in dem Sanatorium ausgegangen ist?«

Ich zögerte und schaute auf meine Skispitzen. Was sollte

ich ihm erzählen? Ich hätte ihm gerne von den Tagebüchern berichtet, aber die Dinge hatten sich so zugespitzt. Sollte ich ihm sagen, dass ich die zwei letzten Kladden vermisste, dass sie wahrscheinlich von der Freundin meiner Großmutter gestohlen wurden, die aber tot in einem Speichersee endete? Dass ich mich fragte, ob noch irgendjemand anderes hinter den Tagebüchern her war, dass ich ein Hundebett aufgeschlitzt hatte, um ein Versteck zu schaffen, das ich dann doch nicht benutzte? Rattler war Hirnforscher. Er könnte mich für eine Frau halten, mit deren Hirnfunktionen etwas nicht stimmte.

»Ich bin noch nicht ganz durch mit den Tagebüchern«, sagte ich vage, »das dauert noch ein bisschen. Sie sind mit Bleistift geschrieben. Alte Schulhefte. Das ist nicht so einfach zu entziffern.« Mir fiel ein, dass ich genau das Gleiche auch van Dijk erzählt hatte, dem Historiker.

»Wissen Sie denn, wann die Aufzeichnungen enden?«, fragte Rattler.

»Ich glaube, Ende Februar 1943.«

»Sie glauben das? Haben Sie noch nicht in den letzten Band geschaut?«

»Die letzten Bände sind leider verschwunden.« Jetzt war es doch heraus.

»Verschwunden?«, fragte Rattler. »Hat Ihre Großmutter die letzten Bände vernichtet?«

»Nein, das hat sie nicht. Aber ich glaube, jemand hat sie gestohlen.«

»Gestohlen? Tagebücher gestohlen? Das klingt ja wie in einem Krimi.« Rattler verfiel in einen amüsierten Tonfall, als nehme er mich nicht ganz ernst. »Wer soll denn hinter den Tagebüchern her gewesen sein?«

»Vielleicht die Freundin meiner Großmutter. Die habe ich jedenfalls in Verdacht.«

»Die Freundin Ihrer Großmutter? Eine alte Dame?«

»Ja, eine alte Dame.«

»Haben Sie die Dame denn danach gefragt, nach den Tagebüchern?«

»Das kann ich leider nicht mehr. Sie ist tot.« Ich hörte mich selbst reden, so absurd kam mir die Geschichte plötzlich vor. Aber das war sie nicht.

»Tot!«, rief Rattler aus und es klang gespielt theatralisch. »Wie ist sie denn zu Tode gekommen?«

»Man hat sie tot im Längental-Speicher gefunden. Die Polizei sagt, es gibt keinen Hinweis auf Fremdeinwirkung, ihr Neffe glaubt an Selbstmord«, antwortete ich knapp.

Ich ärgerte mich über Rattlers unernsten Tonfall. Vielleicht hielt er mich tatsächlich für übergeschnappt. Es entstand eine Pause. Wir schwebten jetzt sehr weit oben. Die Skifahrer unten auf der Piste sahen aus wie bewegliche Punkte, man hörte nichts mehr von ihnen.

Rattler hatte offenbar bemerkt, dass ich mich über ihn ärgerte. »Das ist ja eine durchaus ungewöhnliche Geschichte«, sagte er etwas steif, »eine alte Dame, die sich in einem Wasserspeicher das Leben nimmt und vorher wichtige Dokumente entwendet hat. Eine tragische Geschichte.« Er klang jetzt wieder so, als rede er in einem Umfeld, das höfliche Zuwendung von ihm forderte und keine Ironie. »Darf ich fragen, was Sie jetzt tun wollen? Kann ich Ihnen irgendwie behilflich sein?«, meinte er.

Ich schwieg einen Moment. »Danke, das geht schon«, sagte ich dann. »Ich habe eine Quelle, wo ich die verschwundenen Tagebücher vielleicht wiederbekommen könnte.«

»Welche Quelle ist das denn, wenn Sie mir die Frage gestatten?«

»Es ist der Neffe der Verstorbenen. Wir wollen heute noch telefonieren.«

26. Kapitel

Der Skitag verging wie im Fluge. Rattler wedelte gekonnt die Abhänge hinunter. Dass er nicht trainiert war, wie er im Auto behauptet hatte, war ein Understatement gewesen. Oder reine Eitelkeit.

Vielleicht aber hätte Rattler das Skifahren an diesem Tag am liebsten ganz sein gelassen und sich stattdessen mit mir nur über die Tagebücher und den Todesfall Maria Pramstaller unterhalten. Er fragte immer wieder nach den Details, als wir ein ums andere Mal in verschiedenen Sesselliften nach oben schwebten und zwischendurch eine Pause auf einer Jausenhütte machten. Er konnte nicht glauben, dass es nach dem Tode Maria Pramstallers offenbar keine weiteren polizeilichen Ermittlungen gab. Mir fiel auf, dass ich gar nicht so viel Informationen hatte. Mein Gespräch mit dem Neffen Ulrich Pramstaller war nicht gerade ausführlich gewesen. Von Maria Pramstaller wiederum wusste ich so gut wie nichts, nur dass sie eine schwere Krebserkrankung hatte.

Je größer aber sein Interesse an den Tagebüchern schien, desto zögerlicher wurde ich. In den Tagen davor hatte ich mir noch gewünscht, wir würden einander vertrauter. Doch irgendetwas mahnte mich jetzt zur Vorsicht. Meine Großmutter hatte mir mit den Tagebüchern ihr Kostbarstes hinterlassen, ihre Geschichte aus einer Phase ihres Lebens, als sie eine sensible, verängstigte zwanzigjährige war. Ich hatte schon dem Historiker gesagt, dass ich mir überlegen musste, ihm die Tagebücher mal zur Einsicht zu geben. Ich wollte meine Großmama schützen. Auch vor Rattler. Obwohl ich mir zu Beginn im Sessellift gewünscht hatte, er möge irgendwann den Arm um mich legen. Aber vielleicht war gerade dies das Problem. Warum hatte ich so oft das Gefühl, die Männer, die ich erotisch fand, täten mir am Ende nicht gut?

Wir gaben die Skier am Nachmittag ab. Wenig später saßen wir wieder in dem schwarzen BMW. Es war drei Uhr, und ich wollte zurück nach Innsbruck. Rattler saß am Steuer. Er hatte das schwarze Stirnband und die Sonnenbrille abgelegt, die er zum Skifahren getragen hatte, und lächelte sein schiefes Lächeln, als er meinen Blick bemerkte.

»Ich weiß gar nicht, ob ich Sie so alleine im Haus Ihrer Großmutter lassen kann«, sagte er und fuhr in seinem sicheren Fahrstil die kurvige Strecke bergab. »Ein Haus, in dem Tagebücher gestohlen werden.«

»Danke, ich glaube, ich komme gut zurecht«, versetzte ich. Mein Handy klingelte. Ich fingerte es aus meinem Rucksack und sah auf dem Display eine unbekannte Nummer. Ich meldete mich.

»Ulrich Pramstaller am Apparat«, ertönte eine männliche Stimme, die ich kannte. Der Neffe. Den wollte ich ja heute auch noch anrufen. Der Mann mit dem kantigen Schädel und der eckigen Brille, der mir solche Angst gemacht hatte, dass er sogar in meinem Albtraum aufgetaucht war. Der Mann, der Gita Mogany kannte, die Frau, die auch einen Schlüssel zum Haus meiner Großmutter besaß.

»Oh, das ist gut, dass Sie anrufen«, sagte ich, meine Stimme klang etwas schrill. »Ich hätte mich auch heute noch bei Ihnen gemeldet.«

Rattler warf mir von der Seite einen Blick zu.

»Ich hatte ja versprochen, Sie anzurufen«, sagte Pramstaller. »Ich habe noch einmal in der Wohnung meiner Tante gesucht. Sie wollten wissen, ob dort irgendwelche alten Schulhefte von Ihrer Großmutter liegen. Ich muss Ihnen leider sagen, dass ich nicht fündig geworden bin. Aber mir ist eine Idee gekommen.« Er zögerte.

»Ja?«

»Die Kladden könnten natürlich in der Berghütte sein. Meine Tante besaß ja eine eigene Hütte, die sie sich hergerichtet hatte. Sie liegt in der Nähe des Längental-Speichers, wo man sie fand. Sie war am Sonntag vor ihrem Tod wahrscheinlich dort.«

»Oh«, sagte ich. Die Idee mit der Hütte war mir ja auch schon gekommen, nachdem mir Theres Kurz von dem Häuschen erzählt hatte. »Sie waren in der Zwischenzeit nicht in der Hütte?«, fragte ich.

»Nein, meine Tante ist ja nach Innsbruck gebracht worden. Die Hütte liegt eine Stunde davon entfernt, hinter Kühtai. Mein Wagen ist zur Zeit kaputt, und ich hatte noch keine Gelegenheit, zur Hütte zu fahren.«

»Kühtai! Da komme ich gerade her«, sagte ich.

Rattler sah mich von der Seite an, dann richtete er den Blick wieder auf die Straße. Wir hatten einigen Gegenverkehr.

»Waren Sie dort Ski fahren?«, fragte Pramstaller.

»Genau. Aber jetzt bin ich schon wieder auf dem Weg nach Innsbruck.«

»Wenn Sie die Zeit hätten, könnten Sie selbst in der Hütte nachschauen«, sagte der Neffe. »Dieser Gedanke kam mir heute früh. Ich bin im Moment schon genug beschäftigt mit den Formalitäten hier. Ich war heute in der Wohnung meiner Tante und habe bei der Nachbarin einen Schlüssel für die Hütte hinterlassen und einen Plan, wie Sie dorthin finden. Man kommt auch mit dem Bus von Innsbruck aus gut hin. Das Häuschen ist von der Busstation Mittergrathütte mit einem kleinen Spaziergang leicht zu erreichen.«

Ich schwieg verblüfft. Pramstaller bot mir an, selbst in die Berghütte seiner Tante zu fahren und dort nach den Kladden zu suchen, damit hatte ich nicht gerechnet. War das eine Falle oder einfach nur vertrauensvolle Freundlichkeit? Hatte ich mich in dem Neffen getäuscht?

»Das ist ein freundliches Angebot«, sagte ich, »aber ich muss erst in Innsbruck klären, ob mir das zeitlich passt morgen.«

»Sie können mir ja heute Abend oder morgen früh Bescheid geben«, versetzte Pramstaller. »Der Schlüssel ist jedenfalls bei der Nachbarin meiner Tante deponiert.«

Mir fiel siedend heiß ein, dass ich noch ein zweites Anliegen hatte. »Sagen Sie, haben Sie eigentlich Gita Mogany erreicht?«, fragte ich. »Ich bräuchte dringend den Schlüssel für das Haus meiner Großmutter. Ich habe mir schon überlegt, das Schloss auszutauschen.«

Wie dumm von mir, das mit dem Schloss ausgerechnet Ulrich Pramstaller mitzuteilen, schoss es mir sofort durch den Kopf. Damit hatte ich mein Misstrauen gegenüber Gita Mogany mehr als deutlich zum Ausdruck gebracht. »Also ich tausche es natürlich nicht gleich aus, vielleicht in den nächsten Tagen«, fügte ich hastig hinzu. Ich kam mir mit jedem Wort dümmer vor. Ich warf einen Seitenblick auf Rattler. Er hatte die Augen auf die Straße geheftet, aber verstand natürlich jedes Wort.

»Frau Mogany habe ich noch nicht erreicht«, sagte Ulrich Pramstaller, »ihre alte Handynummer funktioniert nach wie vor nicht. Sie war zwar bei ihrer kranken Schwester in Ungarn, das hat diese mir erzählt. Aber sie ist dort schon nach einem Tag wieder abgereist.«

»Ach so«, sagte ich, »schade.« Ich wusste nicht, ob ich ihm glauben sollte. »Also, ich rufe Sie morgen früh an, ob ich zur Hütte fahre oder nicht«, setzte ich nach.

»Gut«, antwortete Ulrich Pramstaller, »es ist eine kleine Hütte, da haben Sie sich schnell umgesehen.«

Wir wechselten noch ein paar Worte und beendeten das Gespräch.

»War das der Neffe der alten Dame, den Sie heute sowieso anrufen wollten?«, fragte Rattler, nachdem ich das Handy wieder in meinen Rucksack gesteckt hatte.

»Ja, das war er. Mit einem merkwürdigen Angebot.«

»Das klingt spannend.« Rattler sprach, als wären wir schon lange vertraut. Es war mir nicht angenehm.

»Ich kann selbst zur Berghütte der toten Maria Pramstaller fahren«, sagte ich. »Ich kann mir den Schlüssel in ihrem Mietshaus in Innsbruck abholen und dann selbst zur Hütte fahren und dort nach den Tagebüchern suchen. Das werde ich morgen wohl auch tun.«

»Darf ich anbieten, dass ich Sie hinbringe?«, fragte Rattler. »Ich kann den Mietwagen behalten und morgen kommen wir noch einmal her.«

Ich zögerte. Die Tagebücher waren ganz allein meine Sache. Aber es wäre viel praktischer, morgen mit dem Auto in die Berge zu düsen, als zuerst mit der Straßenbahn zum Mietshaus Maria Pramstallers zu juckeln und dann mit dem Bus von Innsbruck zur Hütte hinaufzufahren.

»Danke für das Angebot«, sagte ich, »ich glaube, ich nehme es an. Vielleicht können wir morgen zuerst in Innsbruck den Schlüssel abholen und dann losfahren?«

»Gewiss«, sagte Rattler, »ich freue mich, dass ich Ihnen helfen kann.«

Wenig später waren wir beim Haus meiner Großmutter angekommen. Der Wagen hielt. Rattler ließ den Motor im Leerlauf laufen. Er blickte mich an. Es war vier Uhr am Nachmittag und es dunkelte. Ich könnte ihn hereinbitten. Aber ich musste den Hund bei Theres abholen. Und war froh darüber.

»Also dann, bis morgen«, sagte ich.

»Wann soll ich kommen?«, fragte er. »So gegen halb zehn?«

»Das ist eine gute Zeit.«

Wir verabschiedeten uns. Ich schlug den Weg zum Hause von Theres ein und drehte mich noch einmal um. Rattler sah mir nach. Dann gab er Gas und fuhr davon.

Leo kam bellend zur Tür gelaufen, als er das Klingeln hörte. Theres Kurz öffnete. »Nun, Sie hatten bestimmt ein wunderschönes Wetter«, sagte sie und strahlte mich an. »Ich war mit Leo auch zweimal draußen. Verschneite Rasen sind ja für Hunde immer etwas langweilig, weil sie nichts riechen. Aber Leo hat beim Herumwühlen im Gebüsch dann immer noch etwas zum Schnüffeln gefunden.«

Theres war so freundlich. Mir kam ein Gedanke. »Könnte ich bitte mal Ihren Internetanschluss benutzen?«, fragte ich.

»Selbstverständlich«, sagte sie, »ich habe mich die ganzen Tage schon gewundert, dass Sie nie herüberkamen mit Ihrem Laptop, weil ich es doch angeboten hatte.«

Sie hatte recht, ich hätte auf die Idee schon früher kommen können. Aber ich hatte es nicht gewollt. Ich hatte mich abschotten wollen vom Internet, von meiner alten Welt in Hamburg, von der Gegenwart. Jetzt aber brauchte ich ein paar Informationen aus dem Netz. Dringend.

»Könnte ich vielleicht ausnahmsweise Ihren Laptop benutzen, um ins Internet zu gehen?«, fragte ich. »Mein Computer ist drüben, das hatte ich vergessen.« Theres Kurz nickte. Wenig später saß ich an ihrem Laptop und hatte Google eingegeben. Ich tippte »Siegfried Rattler« im Suchfeld ein. Auf dem Schirm erschienen mehr als 15 000 Treffer und einige Fotos von Rattler, auch in jüngeren Jahren. Die längeren Haare hatte er früher offenbar nicht gehabt.

Siegfried Rattler war Professor am Institut für Neurophysiologie der Universität Hamburg, erfolgreicher Hirnforscher, bekannt durch seine ungewöhnlichen Thesen zum sogenannten freien Willen, die er im Experiment zu untermauern suchte. Himmel, dass ich seinen Namen nicht kannte, das war mir jetzt fast peinlich. Rattler hatte zwei Bücher geschrieben, ihm stand eine Gastprofessur an der Universität Yale in den USA bevor. Er war geschieden und hatte zwei Kinder. Was genau machte er aber in Innsbruck? Warum besuchte er eine Tagung zur Parkinson-Krankheit? Das war doch eigentlich gar nicht sein Gebiet.

Ich gab bei Google ein: »Siegfried Rattler, Tagung Parkinson-Krankheit, Innsbruck, Dezember 2014.« Es kam kein eindeutiger Treffer. Zu Rattler erschienen viele Treffer, zu Innsbruck im Dezember kam auch viel, zur Parkinson-Krankheit desgleichen. Aber nichts zu irgendeiner Tagung in Innsbruck. Ich versuchte es noch einmal mit »Kongress Parkinson-Krankheit, Innsbruck«. Aber wieder gab es keinen Hinweis auf einen wissenschaftlichen Kongress zu diesem Thema.

Rattler hatte mich angelogen. Er war aus einem anderen Grund in der Stadt, nicht wegen einer Tagung. In meinem Bauch ballte sich etwas zusammen, eine Mischung aus Zorn, Enttäuschung und Furcht. Warum hatte mich der Mann angeschwindelt? Was machte das für einen Sinn? Aber ich hatte mich gleich gewundert, warum er schon am Freitag angereist war für eine Tagung, die erst am Montag begann. Was sollte ich jetzt tun? Sollte ich mit ihm morgen in die Berge fahren, zur Hütte von Maria Pramstaller, und dort nach den Tagebüchern suchen? Ich musste darüber nachdenken.

Vielleicht hatte Rattler aber auch seine Gründe gehabt, mir nicht die Wahrheit zu erzählen. Mein Gott, vielleicht hatte er ein Geheimkonto in Österreich oder ein uneheliches Kind oder machte hier eine Anti-Burnout-Kur, was wusste ich schon? Ich war ja auch froh, dass er mich nicht nach meinen persönlichen Verhältnissen gefragt hatte, nicht nach meiner bevorstehenden Scheidung oder meiner Position bei »LaVie«, die gerade wackelte. Es wäre Quatsch, mich deswegen von ihm nicht mehr in die Berge begleiten zu lassen.

Ich fuhr den Computer herunter, bedankte mich bei Theres Kurz und nahm Leo mit nach drüben. Kurz darauf stand ich vor der Haustür meiner Großmutter. Vorsichtig steckte ich den Schlüssel in das Schloss. Ich drehte einmal herum und öffnete. Jedenfalls hatte nicht wieder jemand zweimal abgeschlossen wie am Vortag.

Ich betrat den Flur. Keine Wasserpfütze zu sehen, auch in der Küche nicht. Es sah nicht so aus, als sei jemand heute hier gewesen. Ich legte die Wintersachen ab, ging in die Küche und machte für Leo eine Dose Futter auf. Am Nachmittag hatte ich mit Rattler auf der Jausenhütte Dampfnudeln gegessen und war immer noch pappsatt.

Ich ging ins kleine Wohnzimmer und öffnete die den Klavierkasten. Alle Kladden waren noch da. Den zehnten und elften Band nahm ich heraus. Heute würde ich wieder oben schlafen.

Wenig später lag ich im Himmelbett meiner Großmutter, Leo schlummerte neben mir, der Eispickel befand sich unter dem Bett. Die Angst vor einem Eindringling, die mich gestern Abend noch überfallen hatte, war verschwunden. Mich beschäftigte etwas ganz anderes. Morgen würde ich zur Berghütte Maria Pramstallers fahren, mit Siegfried Rattler, einem Hirnforscher, der nicht an den freien Willen glaubte. Von dem ich selbst kaum etwas wusste. Außer dass er log.

Ich schlug den zehnten Band auf.

27. Kapitel

Ötztal, Januar/Februar 1943

Sie wagte nicht, ihm in die Augen zu sehen, aber sie hörte an seiner Stimme, dass sie keine Angst zu haben brauchte. »Nun, Fräulein Rotstetter, was entnehmen Sie den Aufzeichnungen, die Sie auf meinem Schreibtisch gesehen haben? Ganz zufällig natürlich.«

Charlotte hob den Blick. Amberg schob sich eine Haarsträhne aus der Stirn und schaute sie fragend an. Er schien nicht wütend zu sein, dass sie während seiner Abwesenheit in seinem Arbeitszimmer herumgewandert war und das Blatt in seiner Schreibmaschine gelesen hatte. Vielleicht hatte er sich so etwas schon gedacht, als er von seinem Einsatz im Patientenwohnhaus zurückgekommen war.

»Ich habe gesehen, dass Sie einen ärztlichen Bericht verfassen«, sagte Charlotte und errötete, »über Luise Schweighofer.«

»Das ist richtig. Ich habe einen Bericht über Frau Schweighofer begonnen. Genauer gesagt, soll es mehr ein Aufsatz für ein wissenschaftliches Institut in Berlin werden, das Göring-Institut. Was ist Ihnen daran aufgefallen, wenn ich mich nach Ihrer geschätzten Meinung erkundigen darf?«, fragte Amberg. »Wir können ganz offen sprechen, Fräulein Rotstetter.«

»Ich habe nur den Anfang gelesen und mich gewundert, dass Sie in dem Bericht von einer Heilung Luises schreiben, durch harte körperliche Arbeit und dass sie im Führer ein positives Leitbild gefunden habe«, sagte Charlotte. »Ich meine, Luise arbeitet nicht gerade viel, sie liegt lange im Lavendelbad. Und sie plappert alle möglichen Sprüche nach über die richtige Lebensführung und so weiter, das geht manchmal auf die Nerven.«

»Sie meinen, ich habe die Fortschritte Frau Schweighofers zu positiv dargestellt?«, fragte Amberg. Charlotte nickte.

»Da haben Sie recht«, sagte er, »und ich habe meine Gründe dafür. Es ist im Sinne der Erhaltung dieses Sanatoriums, dass man den Wissenschaftlern in Berlin im Göring-Institut erfreuliche Berichte über die Heilswege der Patienten zukommen lässt. Solche Berichte verschaffen dem Sanatorium einen guten Ruf und tragen dazu bei, dass dieses Haus offen bleibt. Auch Professor Hermann Kettenbach nimmt diese Berichte zur Kenntnis, und das ist gut für uns.«

Charlotte wusste nicht, was sie sagen sollte.

Amberg beugte sich in seinem Sessel vor. »Sie halten mich für einen Lügner, nicht wahr?« Er schaute Charlotte mit seinen bernsteinfarbenen Augen forschend an, sein Tonfall war ganz sanft. Die Narbe auf seiner linken Wange ließ ihn plötzlich sehr verwundbar erscheinen.

Charlotte stockte der Atem. Er war ein Schwindler, das stimmte. Aber er war auch ein Arzt, der auf ihrer Seite stand. Das hatte sie deutlich gespürt.

»Ich bin ein Lügner«, sagte Amberg ruhig, »und das ganz freiwillig. Jedenfalls, was meine Patientenberichte nach Berlin betrifft. Aber vielleicht, Fräulein Rotstetter, leben wir in Zeiten, in denen man Wahrheit und Lüge einmal auf neue Weise behandeln sollte. Ist eine Lüge, die Menschenleben schützt, nicht vielleicht besser als eine Wahrheit, die Menschenleben riskiert?«

Er sah sie an, als suche er in ihrem Mienenspiel ein Signal, dass sie ihn verstand. Seine Stimme war leiser geworden wie immer, wenn er etwas Wichtiges mitteilte. So wie Amberg hatte niemand in Regensburg geredet, aber der Chefarzt hatte recht, man musste Wahrheit und Lüge neu bedenken. Stühling hatte gestern Mittag den Volksempfänger eingeschaltet, und Reichsmarschall Hermann Göring hatte mit schneidigen Worten im großdeutschen Rundfunk über die Soldaten in Stalingrad gesprochen. Er nannte die Schlacht den »größten Heroenkampf«, redete von jungen Soldaten, deren Herzen »freudig und stolz« dafür schlügen, der Wehrmacht angehören zu dürfen. Roberts Feldpostbriefe, in denen er von Kälte und Hunger schrieb, hatten ganz anders geklungen. Ihr Zwillingsbruder wollte sich nicht opfern. Er wollte leben und nach Hause kommen, er wollte nicht sterben. Alle wussten, dass der Kampf um Stalingrad verloren war. Göring hatte gelogen in seiner Rede an das deutsche Volk, seine Worte waren nichts wert. Es wurde so viel gelogen, obwohl alle den Krieg hassten.

Charlotte wurde plötzlich klar, welches Vertrauen Amberg zu ihr haben musste, dass er so offen mit ihr sprach. Wärme durchflutete ihren Körper.

»Lügen sollte man vielleicht besser danach beurteilen, was sie anrichten«, fuhr Amberg fort. »Es gibt kleine Lügen, die Menschenleben retten, und große Lügen, die Menschenleben zerstören. Die Chinesen haben übrigens einen ganz anderen Begriff von Lüge. Sie nennen es eine List, was wir als eine Lüge bezeichnen würden.«

Charlotte lächelte, das gefiel ihr. Eine Lüge muss gar keine

Lüge, sie kann auch eine List sein. Das hätte Robert amüsiert. Robert, der sich so gerne verkleidet und Geschichten erfunden hatte. Der als Schüler das Fieberthermometer heimlich so lange an eine heiße Glühbirne gehalten hatte, bis es Fieber anzeigte und er deshalb die Klassenarbeit schwänzen konnte. Der als Funker beim Militär einmal einen falschen Standort angegeben hatte, weil er zu faul war, einen Berg zu erklimmen, und stattdessen lieber in der Sonne lag.

Amberg war ihr Lächeln nicht entgangen. Er neigte sich nach vorne, sodass es Charlotte fast so vorkam, als wolle er ihre Hände berühren. »Sie wissen, dass ich Sie von Anfang an schätzte«, sagte er. »Sie sind eine empfindsame junge Frau, mutiger, als Sie selbst es glauben, und mit gewissen Anteilen eines jungen Mannes, wir sprachen heute darüber.«

Charlotte nickte.

»Ich würde Ihnen gerne vertrauen«, sagte der Chefarzt, »kann ich das?«

Charlotte nickte noch einmal.

»Gut. Mimi und Luzifer wissen von den Aufsätzen für das Institut in Berlin. Allerdings nicht Doktor Stühling«, sagte Amberg. »Stühling ist noch nicht lange hier und würde diese notwendige Korrespondenz mit Berlin nicht verstehen. Es wäre mir recht, wenn Sie ihm gegenüber nichts von der Korrespondenz erwähnen würden.«

»Selbstverständlich nicht, Herr Doktor«, entgegnete Charlotte. Sie wäre gar nicht auf die Idee gekommen, dem Assistenzarzt mit dem Wieselblick irgendetwas von den Patientenberichten Ambergs zu erzählen.

Amberg erhob sich. »Mit Ihrer Therapie würde ich gerne

in der nächsten Woche weitermachen«, sagte er, wieder im sachlichen Tonfall eines Arztes. »Bitte kümmern Sie sich auch weiter um Sophia Ederle. Sie hängt sehr an Ihnen, und wir geben die Hoffnung nicht auf, dass wir das Eis zum Schmelzen bringen. In wenigen Wochen erwarten wir den Besuch von Professor Hermann Kettenbach.«

Wenig später verließ Charlotte das Arbeitszimmer des Chefarztes und kehrte in das Patientenwohnhaus zurück. Der Mond stand wie eine riesige Laterne am Himmel, und die Luft erschien ihr milder als sonst. Amberg vertraute ihr, genau wie Mimi und Luzifer. Es war ein aufregendes Gefühl.

Die Tage flossen dahin. Aber sosehr sich Charlotte auch um Sophia bemühte, ihrer Zimmergenossin vorlas, sie den Ofen bestücken ließ, ihr auf dem Klavier das Lied von der »Hose am Kronleuchter« vorspielte und sie zum Holzholen mitnahm – Sophia machte keine Fortschritte. Sie sprach nicht, sondern lächelte nur wie immer. Allerdings bewegte sie sich selbstständiger durch das Haus und musste nicht mehr von Charlotte zu jeder Gruppe gebracht werden. Einige Tage später war sie auch alleine in die Waschküche gekommen. Mit Sophia und Charlotte standen die falsche Leander, der trunksüchtige Hans Schuster, der Kriegszitterer Alfred, Luise, Konrad Waldhofer und einige andere Patientinnen an den Kesseln, Bottichen und Trögen.

In der Waschküche dampfte es. Durch die Luft waberte ein angenehmer Zitronenduft. Hans Schuster beförderte die über Nacht in einem Bottich eingeweichte Wäsche in einen Trog. Aus dem mit Holz befeuerten Waschkessel schöpfte Charlotte mithilfe eines Eimers heißes Wasser dazu. Alfred bearbeitete die Hosen, Röcke und Hemden im Waschtrog mit Bürste und Schichtseife. In einer Wanne lag ebenfalls Wäsche, die eine Patientin mit dem Wäschestampfer behandelte, den sie auf und nieder bewegte. Die fertige Wäsche wurde in den Schwemmbottichen ausgespült, Konrad Waldhofer und eine Patientin wrangen die Wäsche aus.

»Sophia, Luise, ihr könntet mal mithelfen«, rief Alfred, »es gibt genug zu tun.«

»Führer befiehl, wir folgen«, deklamierte Luise, rührte aber keinen Finger.

Im Reichsarbeitsdienst waren nur Frauen mit dem Waschen beschäftigt gewesen, aber in Schattwald ließ Amberg Frauen und Männer die gleichen Tätigkeiten verrichten. Das kam Charlotte gelegen. Wie oft hatte sie sich in Regensburg geärgert, wenn ihre Mutter von ihr verlangte, Johanna beim Abwasch zu helfen, während Robert gleich nach dem Essen nach draußen zum Spielen gehen durfte. »Mädchen müssen Hausarbeit lernen«, hatte ihre Mutter verkündet, und es war Charlotte wie eine große Ungerechtigkeit erschienen.

In einem zweiten Waschkessel kochte die Lauge, in der die Leinentücher lagen. Die Tücher von dort hinüberzutragen zum Waschtrog war die Aufgabe der falschen Leander alias Bertha Uhlig. Sie trug an diesem Morgen einen grauen Baumwollkittel, die rotblonden Haare waren nicht mit der Brennschere gelockt wie sonst, sondern durch die Feuchtigkeit platt geworden, die Uhlig hatte sie schlicht hochgesteckt, was ihr gut stand.

Mit einem langen Stab fischte sie die heiß dampfenden Stücke heraus, trug sie mit ausgestrecktem Arm zum Trog hinüber und legte sie dort hinein. Normalerweise wurde jetzt kaltes Wasser in den Trog nachgefüllt, damit man die kochend heißen Stücke überhaupt von Hand bearbeiten konnte. Doch Charlotte schöpfte mit dem Eimer aus Versehen heißes Wasser aus dem befeuerten Kessel und goss es in den Trog mit den Tüchern. Die Uhlig betastete die Leinentücher in der Erwartung, dass sie abgekühlt waren. »Ah«, schrie sie, »ich habe mich verbrüht, au!«

»Was ist, Selma?«, rief der Trunksüchtige und eilte herbei.

»Ich brauche sofort kaltes Wasser«, stöhnte die Uhlig und hielt ihre linke Hand in die Höhe.

»Steck die Hand in den Kaltwasserbottich«, sagte der Trunksüchtige und zog sie zu dem Bottich mit kaltem Wasser. Sie hielt ihre Hand hinein. Ihr Gesicht war schmerzverzerrt.

Charlotte schämte sich. »Ich muss mich vielmals bei dir entschuldigen«, sagte sie, »es tut mir schrecklich leid. Ich habe die Tröge verwechselt. Ein schlimmer Fehler.«

Die falsche Leander bedachte sie mit einem Blick voller Zorn. Und voller Angst. Die anderen Patienten schauten neugierig herüber, machten dann aber weiter, als sei nichts geschehen. Nur der Trunksüchtige und Charlotte blieben bei der Uhlig stehen. Das kalte Wasser schien ihrer verbrühten Hand gutzutun, allmählich entspannte sich ihre Miene. »Geht schon«, sagte sie zu Charlotte, »ich habe etwas gut bei dir, nicht wahr?« Dabei blickte sie Charlotte eindringlich an, so als wolle sie um etwas bitten, ohne es direkt auszusprechen.

Charlotte nickte. »Du hast bestimmt etwas gut bei mir, Bertha«, sagte sie langsam und deutlich. »Nicht wahr, Hans?«, wandte sie sich an den Trunksüchtigen. Er nickte ebenfalls. Sie hatte die falsche Leander verstanden. Sie hätte zwar gerne nachgefragt, aber das wäre den beiden bestimmt nicht recht gewesen. Warum hatte Hans Schuster sie im Moment des Schreckens mit einem anderen Namen angesprochen? Der Trunksüchtige hatte die falsche Leander sonst gesiezt und mit Frau Uhlig angeredet, bis vorhin, als sie sich verbrühte und er sie »Selma« nannte.

Charlotte musste an das denken, was ihr Amberg gesagt hatte. Manchmal kann eine Lüge Menschenleben schützen, und manchmal kann das Aussprechen einer Wahrheit Menschenleben zerstören. Die falsche Leander und der Trunksüchtige waren nicht die, für die sie sich ausgaben. Sie würde Amberg danach fragen. Zum richtigen Zeitpunkt.

28. Kapitel

Über den schneebedeckten Bergen türmte sich ein kaltgrauer Winterhimmel, dem nur eine fahle Sonne etwas Glanz verlieh. Weißgepuderte Lärchen standen zu einem Wäldchen zusammen. Im Hintergrund war eine dunkle Felswand zu sehen, so steil, dass der Schnee darauf keinen Halt gefunden hatte.

Charlotte war nun schon eine halbe Stunde damit beschäftigt, die Szenerie zu malen. Sie hatte das Deckweiß in dem Malkasten fast aufgebraucht, um die Schneelandschaft hinzukriegen. Sie hätte den Winterhimmel im Nachhinein doch gerne etwas blauer gehabt, wollte aber das Grau nicht übermalen. Die Lärchen waren schwierig gewesen, das hingetupfte Deckweiß auf dem Grün der Zweige wirkte etwas plump, dachte Charlotte.

Die Mittagssonne fiel schräg durch das breite Fenster des Kunsttherapieraums und tauchte das Bild in ein mildes Licht. Es roch nach Farbe und nassem Papier. An den Wänden hingen die Werke der anderen Patienten, Landschaften, Figuren, Gesichter.

»Malen Sie die Landschaft, die Ihrem Innern entspricht«, hatte Doktor Amberg sie angewiesen. Er wollte erst erscheinen, wenn sie das Bild fertig hatte. Luzifer hatte ihr den Kunstraum aufgeschlossen. »Ich würde mich übrigens freuen, wenn du mal wieder zum Holzholen kämst. Die Sonne scheint viel in diesen Tagen und es ist schön im Wald«, hatte er gesagt und war gleich wieder in seinem leichten Hinkeschritt verschwunden.

Wenig später erschien Amberg. Er trug seine Tweedjacke und nicht den Arztkittel, mit dem er noch am Morgen durch das Haus gelaufen war. Er drehte einen der Sessel am Fenster herum, sodass er sich setzen konnte und das Bild auf der Staffelei im Blick hatte.

»Die Berge, der Schnee und das Eis«, sagte er nachdenklich. »War Ihre Mutter so? Schwer zugänglich und kalt? Oder war sie vielleicht ganz anders?«

Charlotte dachte nach. Ihre Mutter war im Winter anders gewesen als im Sommer. Zugänglicher, entspannter. »Meiner Mutter ging es gut im Winter«, sagte sie, »meine Mutter liebte den Schnee. Sie war zugänglicher im Winter. Wärmer, obwohl das komisch klingt.«

»Und im Sommer?«, fragte Amberg. »Im Sommer war sie trauriger?«

»Verschlossener«, sagte Charlotte, »ängstlicher, angestrengter, kälter, in gewisser Weise.«

»Und Sie?«, fragte Amberg. »Wie fühlen Sie sich im Winter?«

»Auch besser«, meinte Charlotte, »aufgehobener.«

»Man sagt den Traurigen nach, dass es ihnen im Winter besser geht, weil sie sich dann nicht so abgetrennt fühlen von der Welt«, sagte Amberg. »Im Winter ruht die Welt, sie ist langsamer, sie verlangt nicht so viel von einem, außer für die Körperwärme zu sorgen, das ist eine klare Aufgabe. Im Frühling hingegen sind die meisten Menschen fröhlich und in Aufbruchsstimmung, das kann eine Melancholikerin erst recht in eine verzweifelte Stimmung bringen. Sie fühlt sich dann fremd in der Welt.«

Charlotte sagte nichts. Amberg schaffte es, eine Wahrheit anzusprechen, die sie bis dahin nur geahnt hatte.

»Aber der Winter hat auch eine andere Seite«, fuhr Amberg fort, »die Kälte kann kalt und grausam sein. Sie kann den Tod bringen, das Leben vernichten. Der Winter hat also zwei Seiten, eine schützende und eine dämonische.« Er machte eine Pause. »Ihr Zwillingsbruder ist in Stalingrad gefallen«, sagte er, »der Schnee und die Kälte waren das Letzte, was er spürte. Vielleicht fühlen Sie sich in der Winterlandschaft auch deswegen geborgener, weil Sie ihm damit näher sind.« Seine Stimme war weich. Charlotte nickte stumm.

»Der Winter steht für den Tod, aber auch für die Ruhe, den Frieden«, sagte Amberg. »Viele Traurige fühlen sich in der Kälte näher bei den Toten und können deshalb nur dort die Liebe spüren.«

Am Abend auf ihrem Zimmer dachte Charlotte an Ambergs Worte. Es stimmte, sie fühlte sich in Schattwald und in der Winterlandschaft geborgener als irgendwo sonst. Obwohl solch merkwürdige Leute hier lebten. Oder vielleicht gerade deswegen. Hätte sie es wagen sollen, Amberg nach dem Trunksüchtigen und der falschen Leander zu fragen? Selma.

Plötzlich kam ihr eine Erinnerung. Der Blinde. Kolja. Kolja Brunner. Sie hatte sich vor einigen Tagen in der Küche gewundert, dass der Blinde nicht auf seinen Nachnamen reagierte, als sie ihn ansprach. Es war, als habe er ihn vergessen. Aber vielleicht war Kolja gar kein Herr Brunner, vielleicht hieß er in Wirklichkeit auch anders wie Bertha Uhlig.

Jemand klopfte an die Tür. Charlotte sprang auf und öffnete. Es war Luzifer. Seine Augen waren geweitet, er sah ängstlich aus. Charlotte hatte sofort das Gefühl, dass etwas passiert war.

»Charlotte«, sagte er, »Doktor Amberg will dich sprechen. Dich und mich und Mimi. Bitte komm gleich in seine Bibliothek.« Er hatte einen nervösen Ton in der Stimme, den sie noch nie bei ihm gehört hatte. Mit einem »bis gleich« verschwand Luzifer wieder.

Charlotte zog die alte Hose von Robert aus, die sie ohnehin nur noch selten trug, und schlüpfte in ihren schwingenden Wollrock. Sie warf sich den Mantel über und eilte zum Personalwohnhaus. Kurz darauf betrat sie Ambergs Bibliothek. Es war das erste Mal seit der Nacht mit dem Boten, dass auch Mimi und Luzifer dabei waren. Im Kaminofen knisterte ein Feuer. Amberg ging zum Fenster und zog die Vorhänge zu. Er setzte sich und bat die anderen, Platz zu nehmen. Um seine Augen lagen tiefe Schatten. So besorgt hatte Charlotte ihn noch nie gesehen.

»Es hat sich eine neue Situation für uns in Schattwald ergeben«, sagte Amberg. »Professor Hermann Kettenbach hat mir einen Brief geschrieben. Er hat seinen Besuch angekündigt. Aber nicht für Ende Februar, wie ich ursprünglich dachte. Professor Kettenbach möchte schon nächste Woche nach Schattwald kommen. Er will Sophia Ederle kennenlernen. Wie ihr alle wisst, will Kettenbach Fräulein Ederle abholen. Das müssen wir verhindern. Unbedingt. Ich möchte nicht, dass noch einmal eine Patientin von mir in die Fänge dieses Barbaren gerät.«

Über seiner Nasenwurzel bildete sich eine steile Falte, die Narbe auf seiner linken Wange ließ ihn kämpferisch erscheinen. Amberg hatte alle Anwesenden geduzt, Charlotte fühlte sich dadurch geehrt.

Amberg fuhr fort: »Kettenbach möchte mit Frau Ederle seine Experimente machen, wie ihr wisst. Es sind diese Versuche, für die er sich künstlerisch begabte Patienten aussucht, die ein schreckliches Erlebnis hinter sich haben und einen Grund haben könnten, dem Führer feindselig gegenüberzustehen. Dies war ja auch bei Rose Wurzner der Fall. Sophia Ederle ist verstummt, als sie die jüdische Familie ihrer Freundin tot auffand. Leider habe ich Professor Kettenbach vor einigen Wochen genauere Auskunft über meine Patienten gegeben. Das war ein Fehler, wie ich heute weiß.« Er fuhr sich mit der Hand nervös durch die Haare.

»Was macht Professor Kettenbach denn für Versuche?«, fragte Charlotte. Jetzt war der richtige Zeitpunkt, das endlich zu fragen.

»Er erprobt Kombinationsbehandlungen aus Drogen und Suggestionen. Er versetzt die Patienten mit einer Mischung aus Meskalin und Pervitin in einen Rauschzustand und erinnert sie dann an ihr schreckliches Erlebnis«, erklärte Amberg. »Genauer gesagt, lässt er das einen Assistenten machen. Meskalin erzeugt Halluzinationen, und Pervitin ist ein Aufputschmittel, das viele Piloten in der Luftwaffe benutzen. Die Patienten erleben, durch die Suggestionen des Assistenten und die beiden Substanzen verstärkt, furchtbare Angstzustände. Etwas später erscheint Kettenbach selbst und gibt den Patienten zur Beruhigung Morphium. Er spricht mit ihnen freundlich und sanft, suggeriert ihnen, dass der Führer ihre Leiden heilen wird, zeigt ihnen Bilder des Führers in den Bergen, Bilder junger Menschen beim Musizieren, beim Wandern. So will er die Patienten dazu bringen, den Führer als schützende Vaterfigur zu sehen. Den Patienten erzählt er vorher, sie von ihren Ängsten zu heilen und ihnen einen Weg aus der Krankheit zu weisen.«

Charlotte stockte der Atem angesichts des haarsträubenden Berichts. Mimi und Luzifer schienen den Sachverhalt zu kennen, wahrscheinlich stand einiges davon auch in dem Brief, den der Bote von Äskulap bei sich getragen hatte. Mimi zog die Stirn in Falten, sie trug nicht wie sonst eine Schürze und ein Kopftuch, sondern nur ihr taubenblaues Kleid. Luzifer zog nervös an seiner Pfeife. »Wir müssen Professor Kettenbach davon überzeugen, dass wir große Therapieerfolge mit Patienten darin haben, ihnen zu einer positiven Haltung dem Führer gegenüber zu verhelfen«, sagte Amberg, »und dass wir diese Therapieerfolge an das Göring-Institut in Berlin melden, auch die Erfolge im Falle von Sophia Ederle. Wir müssen Kettenbach erzählen, dass wir dabei auch auf seine Suggestionsmethoden verweisen, auch wenn wir nicht vorgeben, Drogen zu benutzen. Wir brauchen nicht nur die Empfehlung des Instituts in Berlin, sondern auch Kettenbachs, damit Schattwald offen bleibt. Mir ist zu Ohren gekommen, dass die Abteilung Volkspflege in der Reichsstatthalterei Tirol-Vorarlberg mal wieder überlegt, Schattwald zu schließen und in ein Militärlazarett umzuwandeln.«

Charlotte hatte in Ambergs Miene noch nie zuvor einen solchen Zorn gesehen. »Gibt es auch Patienten, die hier einen Unterschlupf gefunden haben, weil sie anderswo nicht leben können?«, fragte sie. »Ich habe gehört, dass der Trunksüchtige die falsche Leander neulich mit Selma anredete«, setzte sie hinzu, »und Kolja Brunner hat vor Kurzem in der Küche gar nicht reagiert, als ich ihn mit seinem Nachnamen ansprach.«

Mimi, Luzifer und Amberg starrten sie an. »Charlotte«, sagte Amberg, und ihr lief ein warmer Schauer durch den Körper, als er sie beim Vornamen nannte. »Charlotte, wir müssen dir die Wahrheit sagen. Es ist an der Zeit. Jakob und Selma Keindl sind ein jüdisches Paar und heißen weder Hans Schuster noch Bertha Uhlig. Doktor Jakob Keindl war vor vielen Jahren Arzt in Berlin, Selma eine durchaus bekannte Schauspielerin, die unter dem Künstlernamen Ada Anderson auftrat. Wenigstens ein bisschen von ihrer Schauspielkunst wollte sie sich bewahren. Daher spielt sie die Rolle der verrückten falschen Zarah Leander, was ihr übrigens zwischendurch großen Spaß macht. Die beiden sind schon vor längerer Zeit aus Berlin geflohen, als immer mehr Juden abgeholt und in Lager gebracht wurden.«

»Und Kolja?«, erkundigte sich Charlotte. Sie wollte jetzt alles wissen.

»Kolja heißt eigentlich Oskar Polden«, antwortete Amberg, »er steht der Widerstandsgruppe O5 hier in Österreich nahe. Sein Augenlicht verlor er bei einem Bombenexperiment, als die von ihm gebaute Bombe vorzeitig explodierte. Er wurde von Freunden aus Wien weggebracht und tauchte dann unter, bis er über die Organisation Äskulap und Mimi unter anderem Namen nach Schattwald kam.«

»Was genau macht denn Äskulap?«, fragte Charlotte.

»Die Organisation Äskulap informiert Angehörige von Patienten, wenn diesen die Vernichtung droht, entweder durch den Abtransport oder durch eine tödlich wirkende sogenannte Behandlung. Die Verwandten holen die Patienten dann meist vorher ab. Äskulap hat in Krankenhäusern, Heimen und Forschungseinrichtungen Leute, die Informationen weitergeben. Manchmal schützt Äskulap auch direkt bedrohte Menschen, so wie es Mimi mit Oskar Polden gemacht hat.«

Charlotte war es, als hätte Amberg einen Vorhang beiseitegezogen, hinter dem sich eine neue, aufregende Welt zeigte.

»Ich erzähle dir das alles, Charlotte, weil wir dich etwas fragen wollen.« Amberg sah sie eindringlich an. Sie spürte ein Prickeln. »Könntest du dir vorstellen, für Kettenbach in die Rolle der Sophia zu schlüpfen? Wir stellen dich ihm als Sophia Ederle vor. Wir proben das natürlich. Du kannst wie Sophia Klavier spielen, wir denken uns ein Lied, eine Szene aus, einige Sätze, die du Kettenbach sagst, um die Heilung Sophias deutlich zu machen. Ich schreibe dazu noch einen Krankenbericht über Sophia Ederle ans Göring-Institut. Es ist kühn, aber es ist eine Möglichkeit.«

29. Kapitel

Innsbruck / Sellrain, Dezember 2014

Es war noch früh, als ich erwachte. Leo taperte wie immer schon im Schlafzimmer auf und ab. Auf dem Nachttisch lagen die beiden Kladden, die ich am Abend gelesen hatte. Mir kamen die Ereignisse in Schattwald wieder in den Sinn. Amberg hatte von Drogenexperimenten gesprochen, die Kettenbach durchführte. Aber natürlich, jetzt verstand ich, warum meine Großmutter so besorgt war, als ich damals mit sechzehn bei ihr auftauchte, mit meiner lila Punkfrisur. Sie hatte mich immer wieder ermahnt, keine Drogen zu nehmen. Kein Wunder, sie musste eine panische Angst vor Drogen gehabt haben, wenn Kettenbach mit Meskalin und einem Aufputschmittel herumexperimentierte und die Patienten damit bewusst in Angstzustände versetzte.

Meine Großmutter sollte bei Kettenbachs Besuch die Rolle ihrer Zimmergenossin spielen. Wie ging es weiter? Die Kladden in meinem Besitz hatte ich ausgelesen. Ich musste die restlichen Hefte unbedingt finden. Vielleicht lagen sie ja tatsächlich in Maria Pramstallers Berghütte, ich hoffte das so sehr.

Rattler würde in zweieinhalb Stunden hier vor der Tür stehen, um mich in die Berge zu begleiten. Mein Magen klumpte sich zusammen, als ich an meine Internetrecherche von gestern Abend dachte. Rattler hatte mich angelogen, als er mir erzählte, er sei wegen einer Tagung zu Parkinson in

Innsbruck. Aber warum nur? Ich musste einen Weg finden, das zu erfahren.

Ich kleidete mich an und drehte mit Leo die Gassirunde. Draußen herrschte dichter Nebel. Ein Glück, dass ich nicht heute zum Skifahren verabredet war, das wäre nichts geworden bei dieser Sicht. Der Supermarkt hatte schon geöffnet, ich erstand ein Baguette, eine teure ungarische Salami, Vollmilch, Butter und eine Packung Schokokekse. Dann gab ich den Hund bei Theres Kurz ab. Inzwischen hatte ich ein schlechtes Gewissen, ihr Leo so oft zu überlassen. Aber es schien ihr nichts auszumachen. »Ich gehe gerne mit dem Hund spazieren, nicht wahr, Leo?«, versicherte sie. Ich wurde den Eindruck nicht los, sie habe das Gefühl, sie stehe irgendwie in meiner Schuld, ohne dass ich wusste, warum.

In der Küche machte ich mir ein Frühstück mit echtem Bohnenkaffee und viel Milch, mit Baguette, Butter und Salami. Mein Blick fiel auf das Gemälde an der Wand. Jetzt, da ich die Aufzeichnungen im Tagebuch über ihre Kunsttherapie gelesen hatte, war ich mir sicher, dass meine Großmutter das Bild von Schattwald gemalt hatte. Das erklärte vielleicht auch, warum mir die weißen Striche, die den Schnee darstellten, etwas zu dick vorkamen und ich den Ziegelbau, der Schattwald darstellen sollte, etwas amateurhaft fand.

Ich rief Ulrich Pramstaller an, um anzukündigen, dass ich heute zur Berghütte fahren wollte. Dass mich Rattler bringen würde, verschwieg ich. Pramstaller schien nicht überrascht zu sein. Er würde der Nachbarin seiner Tante Bescheid geben, dass ich kurz vor zehn Uhr bei ihr vorbeikäme, um den Schlüssel zu holen, versprach er. »Vielleicht werden Sie ja fündig«, setzte er hinzu, »ich bin gespannt.« Seine Stimme klang schleppend, anders als zuvor. Ich fragte mich, ob er immer noch ein Alkoholproblem hatte. Vielleicht war ja sein Wagen gar nicht kaputt, sondern man hatte ihm seinen Führerschein entzogen.

Es war halb neun, als mein Handy klingelte. Die Nummer auf dem Display kannte ich nicht, es war jedenfalls niemand aus Hamburg. Ich meldete mich. »Hendrik van Dijk«, erklang eine Männerstimme aus dem Hörer, »ich hoffe, ich störe Sie nicht so früh, aber ich muss gleich in eine Konferenz und wollte Sie vorher unbedingt noch anrufen.«

»Nein, Sie stören nicht«, antwortete ich, »ich bin schon länger auf.« Ich war überrascht, dass sich der Historiker so schnell bei mir meldete.

»Ich habe mich bei einem Kollegen in Berlin erkundigt, der Kopien von einigen Unterlagen des Göring-Instituts besitzt, die er mal in einem Archiv gemacht hat«, sagte van Dijk. Er hatte eine fröhliche jungenhafte Stimme am Telefon.

»Ja, wirklich? Das ist ja spannend.« Ich war geschmeichelt, dass er sich des Themas weiter angenommen hatte.

»Es ist in der Tat so, dass es offenbar eine Korrespondenz eines gewissen Doktor Carl Amberg, Chefarzt des Sanatoriums Schattwald in Österreich, mit dem Göring-Institut in Berlin gegeben hat.«

Mein Herz klopfte. Die zweite Quelle. Ich hatte immer nach einer zweiten Quelle gesucht, die bewies, dass Schattwald wirklich existierte, und nun hatte ich sie gefunden.

»Amberg wird in einem Bericht von Dr. Gustav Keyder als nationalsozialistisch eingestellter Psychiater und Chefarzt mit interessanten Methoden erwähnt«, fuhr van Dijk fort.

Ich war irritiert. Amberg war kein hitlertreuer Psychiater gewesen, jedenfalls nicht, soweit ich es den Tagebüchern meiner Großmutter entnehmen konnte.

»Gibt es denn Details über eine Korrespondenz zwischen Amberg und dem Institut?«, fragte ich. »Sind da vielleicht irgendwo noch die Aufsätze und Krankenberichte des Chefarztes zu finden?«

»Das Göring-Institut wurde zu Kriegsende von den Russen angezündet, weil die Mitarbeiter des Instituts SS-Leute in ihrem Haus beherbergten. Leider wurden durch den Brand viele Unterlagen vernichtet. Aber ich habe meinen Kollegen angesetzt, in den Archiven noch nach weiteren Dokumenten zu fahnden, vielleicht finden wir darin ja noch Aufzeichnungen oder Verweise.«

»Vielen Dank«, sagte ich. Van Dijk klang sympathisch am Telefon. In meiner Erinnerung entstand das Bild des Medizinhistorikers aus der Ausstellung, mit den Grübchen im Gesicht und der schlaksigen Figur. Wahrscheinlich war er ein Mann, der tagelang in irgendwelchen Kellerarchiven über Unterlagen brüten konnte. Kein Karrieretyp, eher ein Einzelgänger, innerlich beseelt von einer Sache. Solche Leute mochte ich.

»Ich bin leider nur noch zwei Tage in Innsbruck«, sagte van Dijk. Er zögerte, weiterzusprechen.

»Ja?«

»Ich wollte fragen, ob ich vielleicht doch einmal bei Ihnen vorbeikommen und einen Blick auf die Tagebücher werfen könnte. Ich weiß, das ist sehr privat. Ich will in den Kladden auch gar nicht lesen. Ich würde nur gerne wissen, ob wir es hier wirklich mit authentischen Alltagsdokumenten aus einem Sanatorium in dieser Zeit zu tun haben.«

Es entstand eine Pause. Einerseits wollte ich nicht, dass ein Fremder ins Haus kam. Andererseits aber fühlte ich mich auch ein bisschen in seiner Schuld. Immerhin hatte er sich bemüht, in irgendwelchen Quellen nach Schattwald und Doktor Amberg zu forschen. Und das innerhalb von zwei Tagen. Er hätte das nicht tun müssen. Ich konnte mir aber nicht vorstellen, die brüchigen alten Kladden in irgendein Café zu schleppen und dann zwischen Kaffeetassen und Sahnetorte zu legen und mit van Dijk darüber zu sprechen.

»Also gut«, sagte ich, »einen Blick können Sie gerne in die Kladden werfen. Wann wollen Sie denn hierherkommen?«

»Am besten morgen, am Samstag«, sagte van Dijk. »Wenn Sie mir Ihre Adresse mitteilen, könnte ich zum Beispiel so gegen drei Uhr vorbeischauen. Ich verspreche auch, dass ich nicht lange bleibe. Ich will Sie auf keinen Fall belästigen, bitte verstehen Sie mich nicht falsch. Aber solche Tagebücher sind einfach zu wichtig für mich als Medizinhistoriker.«

Mir gefiel die Höflichkeit in seiner Stimme. Er versuchte nicht, mir zu schmeicheln, er war aufrichtig, er schien mich ernst zu nehmen. Ich gab ihm meine Adresse, und wir beendeten das Gespräch.

Wenig später hatte ich mich ein wenig geschminkt und warm angezogen. Die Tagebücher hatte ich wieder in das Klavier gesteckt, es war einfach sicherer, die Kladden im Haus nicht offen zugänglich zu machen. Auch wenn ich nicht mehr glaubte, dass jemand während meiner Abwesenheit hier weiter herumschnüffelte. Womöglich hatte ich mich am Mittwochabend getäuscht.

Gleich würde Rattler kommen. Ich warf einen Blick aus dem Fenster, draußen verschmolz dichter Nebel mit einem watteweißen Himmel. Die Berge am Horizont waren nicht zu erkennen. Um Punkt halb zehn Uhr trat ich vor das Haus, der Wind stäubte mir Puderschnee ins Gesicht. Aus dem Nebel tauchte der schwarze Wagen auf. Er stoppte, ich öffnete den Schlag und stieg ein. »Vielen Dank, dass Sie kommen«, sagte ich etwas steif, »das ist eine große Erleichterung für mich.«

Rattler neigte den Kopf und zeigte sein schiefes Lächeln. »Es ist mir ein Vergnügen, mit Ihnen wieder in die Berge zu fahren, Frau Südhausen.« Es war das erste Mal, dass er mich so direkt bei meinem Nachnamen nannte. Ich stutzte. Wollte er damit andeuten, dass wir uns vielleicht das Du anbieten sollten? Ich war froh, dass wir uns noch siezten.

Ich nannte ihm zuerst die Adresse der Wohnung von Maria Pramstaller in Innsbruck. Rattler schaltete die Navigation ein, und kurze Zeit später hielten wir vor dem alten Mietshaus. Ich stieg nach oben und klingelte bei der Nachbarin. Sie hatte mich schon erwartet und erklärte mir, dass wir nur die gleiche Strecke fahren müssten wie am Vortag, ein paar Kilometer hinter Kühtai liege die Busstation, wo es aufwärts zur Mittergrathütte gehe. Auf dem Weg dorthin würden wir linker Hand den Längental-Speicher passieren. Ich spürte einen Stich, als sie den Wasserspeicher erwähnte, den Ort, an dem Maria Pramstaller starb. Aber weder die Nachbarin noch ich wollten über den Tod der alten Dame reden.

Nach einer Viertelstunde verließ ich mit dem Schlüssel und einer ausführlichen Wegbeschreibung das Haus. Ich stieg wieder zu Rattler ins Auto. Er schaltete die Nebelleuchte ein und fuhr zügig stadtauswärts. Es waren weniger Autos unterwegs als am Vortag. Wir sprachen wenig, nur über das Wetter und den Verkehr. Mir war es recht, erst einmal etwas Raum zu schaffen zwischen uns. Er hatte mich angelogen, was den Grund seines Aufenthaltes in Innsbruck betraf. Das konnte ich nicht vergessen, er sollte mir nicht so leicht davonkommen.

»War Ihre Tagung zur Parkinson-Krankheit eigentlich auch für Ihren Forschungsschwerpunkt wichtig?«, fragte ich. »Ich meine, Parkinson hat doch wenig mit dem freien Willen zu tun, oder?«

»Eine Krankheit schränkt den Willen immer ein, erst recht eine neurologische Erkrankung«, sagte Rattler und legte den Wagen in eine Kurve. »Aber vielleicht sollten wir gar nicht so viel über Krankheiten reden. Draußen herrscht schon so trübes Wetter. Und immerhin bin ich mit der charmanten Enkelin einer Kälteforscherin unterwegs.«

Mir ging seine Schmeichelei auf die Nerven. Ich sagte nichts.

»Haben Sie denn alle Bände der Tagebücher inzwischen gelesen?«, fuhr er fort. »Ich meine, bis auf die Kladden, die verschwunden sind, natürlich.«

Ich konnte ihm die Antwort nicht ganz verweigern. Aber ich musste ja nichts Genaues erzählen. »Ich habe die Kladden gelesen«, sagte ich, »was mühsam ist bei dieser blassen Bleistiftschrift und dem brüchigen Papier.«

»Dann wissen Sie ja nun einiges über das Sanatorium«, meinte Rattler, »und wir können nur hoffen, die letzten Bände auch zu finden.«

Er tat so, als hätten wir heute ein gemeinsames Ziel.

»Gibt es denn noch andere Dokumente aus dieser Zeit im

Hause Ihrer Großmutter?«, fragte er weiter. »Irgendwelche Aufzeichnungen, die belegen, dass es dieses Sanatorium wirklich gab? Die vielleicht auch verraten, was aus den Leuten von damals nach dem Krieg wurde?«

Mir gingen seine Fragen zu weit. Auf keinen Fall wollte ich ihm von meiner Begegnung mit dem Historiker erzählen. Andererseits fuhr er mich in die Berge. Ich musste das Gespräch irgendwie in Gang halten, schon aus Höflichkeit.

»Es gibt ein Adressbuch meiner Großmutter«, sagte ich. »Dort steht die Adresse einer Köchin und Krankenschwester aus dem Sanatorium drin, zu der meine Großmutter offenbar auch nach dem Krieg noch Kontakt hatte.«

»Ach ja«, sagte Rattler, »wie heißt die Dame denn?«

Ich war überrascht über die direkte Frage. Er klang so, als sei er schon wochenlang mit dem Thema beschäftigt und begleite mich schon länger bei meinen Recherchen.

»Ach, ich habe den Namen nicht mehr parat«, log ich. Wenn Rattler mich angeschwindelt hatte, als es um den Grund seines Aufenthalts in Innsbruck ging, konnte ich ihn auch ein wenig anlügen.

Wir hatten inzwischen Kühtai passiert. Linker Hand tauchte aus dem Nebel ein großer Wasserspeicher auf. Als ich die abgeschrägte Uferböschung sah, bekam ich eine Gänsehaut, obwohl die Heizung im Auto auf vollen Touren lief. Hier hatte Maria Pramstaller den Tod gefunden, sie war in den Speicher gerutscht und dann im Wasser erfroren, als sie sich an eine Eisscholle klammerte. Was genau war hier passiert?

Ich hätte Rattler am liebsten gebeten anzuhalten, sodass wir aussteigen und uns den Ort anschauen konnten. Aber ich schwieg. Auch Rattler sagte nichts, als wir den Speicher passierten. Wahrscheinlich hatte er vergessen, dass die alte Dame hier ums Leben gekommen war, ich hatte ihm den Ort ja an unserem Skitag nur kurz genannt.

Wenig später kamen wir zu einer Bushaltestelle. Hier ging es hoch zur Berghütte, die Nachbarin Maria Pramstallers hatte es mir auf einem Blatt aufgezeichnet. Rattler parkte den Wagen am Rand, und wir stiegen aus.

Der Pfad zur Hütte führte durch den Wald. Wir sprachen nicht, als wir hinaufstiegen. Ich keuchte, Rattler schien eine gute Kondition zu haben. Er ging mit gleichmäßigen Schritten voran, so als sei er derjenige, der genau wusste, was er in der Hütte wollte. Niemand außer uns war an diesem Tag unterwegs. Es dauerte eine Dreiviertelstunde, dann lichtete sich der Wald. Die Umrisse einer Hütte waren im Nebel zu sehen. Kurz darauf standen wir vor der Tür.

Die Hütte war ein einfaches Häuschen aus dicken Holzbohlen, die eng und winddicht ineinander verfugt waren. Mir fiel auf, dass die Fensterläden nicht verrammelt waren, alles sah so aus, als wäre jemand nur für kurze Zeit weggegangen. Ein Namensschild war nicht zu sehen. Aber die Beschreibung der Nachbarin passte genau auf das Häuschen mit dem schwarzen Dach und der Holzbank rechts vor der Tür. Ich holte den Schlüssel heraus und steckte ihn ins Schloss. Er passte. Ich drehte ihn herum, und die Tür öffnete sich. Mein Herz klopfte, aber das konnte auch von der Mühe des Aufstiegs kommen.

Wir traten in einen kleinen Flur und dann in den großen Wohnraum. Ich war überrascht. Der Raum erinnerte an die Wohnung Maria Pramstallers in Innsbruck und die Zimmer meiner Großmutter. In einer Ecke stand ein Bett mit einem großen Überwurf aus bedrucktem Stoff mit Vogelmotiven.

Vor dem großen Fenster zur Talseite sah ich auf einem Stativ ein Fernrohr, das in einen grauweißen Himmel blickte. Unter dem Fenster stand ein großer Tisch. Ich trat näher. Auf dem Tisch lagen schwarze Hefte. Zwei schwarze Kladden. Schulhefte wie die, in denen ich in den letzten Tagen gelesen hatte. Ich hielt den Atem an. Ich war am Ziel, ich hatte die gestohlenen Tagebücher gefunden.

Auch Rattler hatte sie entdeckt. »Da sind sie«, rief er aus, »wir haben sie gefunden.« Es klang, als wären die Hefte für ihn genauso wichtig wie für mich.

Instinktiv eilte ich zum Tisch, packte die Hefte und nahm sie an mich. Ich hatte das Gefühl, die alten Kladden sofort in Sicherheit bringen zu müssen.

Rattler stand dicht neben mir. »Nun, wollen wir nicht einmal hineinschauen in die Hefte?«, fragte er. Er versuchte, seiner Stimme einen charmanten Klang zu geben. Ich schaute auf die Kladden, sie waren nummeriert mit den Nummern 12 und 13 und dem Namen meiner Großmutter auf dem Einband. Es bestand kein Zweifel, das waren die fehlenden Tagebücher.

Ich legte das Heft mit der Nummer 12 zögernd auf den Tisch, schlug die Kladde mit der Nummer 13 auf und blätterte bis zur letzten Seite. Sie war mit Bleistift vollgeschrieben, die Schrift war etwas verblasst, die letzte Aufzeichnung stammte vom 17. Februar 1943. Ganz unten auf der letzten Seite erkannte ich die Eintragung mit blauem Kugelschreiber, die wohl erst später hinzugekommen war. Es war der Name »Schattwald«, daneben stand eine sechsstellige Nummer. Merkwürdig.

»Es sind die Hefte von damals«, sagte ich, »ich muss sie in Ruhe entziffern.«

»Wir können uns ja einen Moment hinsetzen«, schlug Rattler vor. »Ich kann Ihnen gerne helfen, die Aufzeichnungen durchzugehen. Jetzt sind wir schon zusammen hergekommen, da bin ich ja auch ein wenig mit von der Partie, nicht wahr?« Er hatte seinen jovialen Ton angeschlagen, den ich nicht mochte.

Er griff nach dem zweiten Heft auf dem Tisch. Ich machte einen Schritt nach vorne. »Bitte«, sagte ich etwas lauter, als ich eigentlich beabsichtigt hatte. »Bitte, das sind die Tagebücher meiner Großmutter. Ich möchte sie erst selbst lesen. Ich kann Ihnen anschließend gerne davon berichten.«

»Man merkt, dass Sie die Enkelin einer Kälteforscherin sind«, sagte er, »etwas dickköpfig. Aber vielleicht können Sie ja mal eine Ausnahme machen, nicht wahr?« Seine Stimme hatte ihren Charme verloren. Ich starrte ihn an. Er hatte einen anderen Gesichtsausdruck angenommen. Das Elegante, Glatte war aus seiner Miene verschwunden, stattdessen zeigte sie eine Härte, die ich nicht an ihm kannte. Mit seinen langen Fingern umklammerte er die Kladde Nummer 12 wie eine Spinne.

Eine Erinnerung kam in mir hoch, von weit her. Es war mein Albtraum. Der Vogelwächter, der die Vögel erst lockte und dann tötete. Meine Handflächen wurden feucht, obwohl es eiskalt war in der Hütte. Angst kroch in mir hoch. Mir war, als sehe ich Rattler zum ersten Mal. Da klopfte es an der Tür.

30. Kapitel

Das Klopfen erklang erst leise, dann immer lauter. Ich hörte draußen Stimmen. Sie klangen gedämpft, es waren offenbar mehrere. Ich war nicht mehr mit Rattler allein. Ich ging zur Tür und öffnete. Draußen standen vier dick vermummte Gestalten. Nach ihren teuren Markenjacken zu urteilen, handelte es sich um Wintertouristen. Sie trugen Schneeschuhe. Mir fiel ein Stein vom Herzen.

»Entschuldigen Sie«, sagte einer der Schneeschuhgeher in einem schwäbischen Dialekt. »Wissen Sie, ob man über den Pfad nach rechts hinunter ins Tal kommt? Wir haben uns im Nebel verlaufen, und das GPS-Gerät zeigt die Wege nicht vollständig an.«

»Jawohl, Sie kommen auf dem Pfad hinunter ins Tal«, sagte ich. »Sie stoßen dort direkt auf eine Bushaltestelle.« Da kam mir ein Gedanke. »Wir wollten auch gerade hinunter. Wir können den Weg gerne zusammen gehen«, schlug ich vor. »Kommen Sie doch einen Moment herein.«

»Nein danke«, sagte der Schwabe, »wir gehen gleich weiter. Zum Glück hat sich der Nebel etwas gelichtet. Vielleicht war heute doch kein so guter Tag, das erste Mal eine Schneeschuhwanderung zu machen.«

»Wir kommen mit«, sagte ich hastig, »warten Sie bitte nur eine Minute, ich gehe gerne zusammen mit einer Gruppe.«

Der Mann sah mich überrascht an. Wahrscheinlich hielt er mich für durchgeknallt oder vermutete einen furchtbaren Ehekrach, dem ich gerade entfliehen wollte. »In Ordnung, kommen Sie einfach mit«, sagte er. »Wir warten einen Moment.«

Ich eilte in den Wohnraum zurück. Rattler blätterte in dem zweiten Heft. Er hatte sich für die Anklopfenden gar nicht interessiert. Meine Angst von eben wich einer Wut. Was bildete sich Rattler ein? Die Tagebücher gehörten mir und niemandem sonst. Er hatte kein Recht, sich so zu benehmen. Mit ein paar Schritten war ich am Tisch.

»Ich möchte gerne zurück zum Auto«, sagte ich. »Draußen steht eine Gruppe, mit der sollten wir absteigen. Es wäre schön, wenn wir recht bald nach Innsbruck fahren könnten.« Ich war überrascht, wie energisch ich klang. Rattler sah mich erstaunt an. Der Ausdruck von Kälte schwand aus seinem Gesicht. »Gut, gut, dann gehen wir«, sagte er beschwichtigend, »es ist ja auch furchtbar ungemütlich hier in der Hütte.« Er legte das Heft widerstrebend auf den Tisch.

Ich packte die beiden Kladden in eine Plastiktüte, die ich mitgebracht hatte, und steckte sie dann in meinen Rucksack. Ich achtete darauf, sie aufrecht in den Rucksack hineinzustecken, sodass sie nicht knickten, als ich ihn aufsetzte.

Kurze Zeit später folgten wir der Schwabengruppe bei ihrem Abstieg zur Straße. Nach einer kleinen Diskussion beschlossen die Touristen, die Schneeschuhe abzuschnallen. Es sei mühsam und unbequem, mit Schneeschuhen abzusteigen, erklärte mir der Mann, mit dem ich zuerst gesprochen hatte, »vielleicht sind die Dinger doch eher etwas fürs Flachland in Kanada«.

Mir war jede Verzögerung egal, ich wollte nur bei der

Gruppe bleiben. Mein Hirn arbeitete auf Hochtouren. Wie sollte ich nach Innsbruck zurückkommen? Es würde ein bisschen merkwürdig aussehen, wenn ich Rattler erklärte, dass ich doch lieber an einer Haltestelle auf den Bus warten und nicht mehr mit ihm zurückfahren wolle. Aber der Gedanke, mit ihm alleine im Auto zu sitzen, war mir unbehaglich.

Vielleicht war mein Misstrauen ja Quatsch. Vielleicht waren es nur meine schwachen Nerven, die mich vor zwei Tagen auch dazu gebracht hatten, vor der Eingangstür Lärmfallen zu bauen. Rattler hatte mich immerhin hergefahren. Wenn ich ihm in Aussicht stellte, irgendwann mal in Ruhe einen Blick in die Tagebücher werfen zu können, würde das die Lage vielleicht entspannen.

Die Touristengruppe stieg jetzt schneller ab, die Leute liefen flotter ohne die Schneeschuhe an den Füßen. Rattler ging direkt hinter ihnen, dann kam ich. Ich hatte Mühe, Schritt zu halten, und setzte im Schnee vorsichtig einen Fuß vor den andern. Mein linkes Knie schmerzte, es war schon immer etwas empfindlicher gewesen. Es wäre am vernünftigsten, mit Rattler auch wieder nach Innsbruck zurückzufahren, so viel war klar. Da kam mir ein Einfall. Ja, so könnte es gehen.

Ich hielt etwas Abstand zu Rattler und fummelte im Laufen mein Handy aus dem Rucksack. Dann drückte ich auf »Einstellungen« und schaffte es kurz darauf, einen lauten Klingelton zu produzieren. Schnell schloss ich zu Rattler auf.

Ich rief in den Hörer: »Na, das ist ja schön, dass wir einen so guten Empfang haben, Herr van Dijk.« Rattler, der vor mir ging, drehte sich um. »Ja, ich habe die Aufzeichnungen in der Berghütte gefunden«, brüllte ich ins Telefon, »ich bin sehr froh darüber.« Ich machte eine Pause. »Ja, darüber haben wir ja gesprochen«, rief ich, »selbstverständlich können Sie die Kladden einsehen. Vielleicht kommen Sie einfach morgen vorbei.« Ich machte wieder eine Pause. »Nein, im Moment bin ich auf der Rückreise von der Hütte. Genauer gesagt auf dem Abstieg.« Pause. »Ja, ich bin in Begleitung.« Noch eine Pause, ich musste unbedingt glaubwürdig wirken. »Nein, meine Begleitung hat ein Auto«, sagte ich laut, »es ist übrigens ein bekannter Hirnforscher, Professor Siegfried Rattler aus Hamburg. Er interessiert sich auch sehr für die Aufzeichnungen. Und für die Geschichte des Sanatoriums in den Vierzigerjahren. Diese Tagebücher werden auf breites Interesse stoßen, nicht nur bei Medizinhistorikern wie Ihnen.«

Rattler sah mich überrascht an. Er blieb stehen. Ich war jetzt fast an seiner Seite. »Ja, kommen Sie morgen um fünf Uhr vorbei, Doktor van Dijk«, sagte ich in das Telefon, nun nicht mehr so übermäßig laut. »Die Adresse haben Sie ja. Ich freue mich, mit Ihnen über die Tagebücher zu sprechen. Auf Wiederhören!« Ich drückte auf ein paar Tasten am Handy. Dann steckte ich es in meinen Rucksack.

Rattler trat näher zu mir. »Ein Bekannter«, sagte ich, »Hendrik van Dijk. Er ist Medizinhistoriker. Ich habe ihn am Mittwoch in einer Ausstellung zur Nazi-Psychiatrie in Innsbruck getroffen. Wir haben auch über die Tagebücher geredet. Ich habe Herrn van Dijk gesagt, er könne sich die Kladden ansehen. Es hat ihn gar nicht gewundert, dass auch ein Hirnforscher sich für die Geschichte des Sanatoriums interessiert, noch dazu ein so bekannter Forscher wie Sie. Er kannte sogar Ihren Namen.«

Jetzt, da ich gegenüber Rattler den Historiker erwähnt

hatte, fühlte ich mich ruhiger. Rattler musste glauben, dass es jemanden gab, der wusste, dass ich heute mit ihm zusammen unterwegs war. Das gab mir ein Gefühl von Sicherheit, obwohl der Gedanke, diese Sicherheit zu brauchen, mich gleichzeitig auf das Äußerste beunruhigte.

»Na, mit den Tagebüchern halten Sie offenbar einen Schatz in der Hand«, sagte Rattler in seinem charmanten Tonfall, den er offenbar je nach Bedarf an- und ausknipsen konnte. »Wenn ein Historiker in die Kladden schauen darf, sollten Sie das einem Hirnforscher aber nicht verwehren. Denn wie Sie schon richtig sagen, ist die Geschichte eines Nervensanatoriums in den Vierzigerjahren auch für die Neurobiologie interessant.« Er hatte die Brücke, die ich ihm gebaut hatte, bereitwillig betreten.

»Sicher können Sie die Tagebücher einsehen«, sagte ich, »ich möchte nur selbst erst einmal darin lesen, das ist alles. Als Enkelin habe ich doch eine Art Vorleserecht, nicht wahr?« Ich war stolz auf mein Wortspiel. »Wie wäre es, wenn Sie morgen bei mir vorbeikämen?«, schlug ich vor. »So gegen drei Uhr? Dann ist morgen der Tag der Tagebücher, gewissermaßen. Um fünf Uhr erwarte ich den Besuch von Herrn van Dijk. Bis morgen habe ich auch einen Blick in die letzten beiden Bücher geworfen.«

Rattler nickte. »Ja, das passt mir gut, drei Uhr. Die Adresse kenne ich ja schon«, sagte er. Wenn der Hirnforscher um drei im Haus auftauchen würde, wäre van Dijk schon da, das wusste ich. Schließlich hatte ich mit dem Medizinhistoriker am Morgen genau dieselbe Uhrzeit ausgemacht und nicht etwa fünf Uhr. Die beiden Männer würden aufeinandertreffen, und genau das hatte ich auch geplant. Zu meiner Sicherheit. Ich fühlte mich wie eine raffinierte Täuscherin.

Es war wie in Schattwald – besondere Situationen erfordern besondere Lügen. Das hatte Doktor Amberg ja auch festgestellt.

»Jetzt schauen wir, dass wir so schnell wie möglich nach Innsbruck zurückkommen«, sagte Rattler in einem aufgeräumten Ton, als befänden wir uns in bester Harmonie. Wir schlossen zur Touristengruppe auf, der Nebel hatte sich inzwischen fast aufgelöst. Ich erblickte die Straße im Tal, kurz darauf waren wir unten angelangt. Wir verabschiedeten uns von der Touristengruppe. Der Schwabe, mit dem ich zuerst gesprochen hatte, schaute mich nachdenklich an. Wahrscheinlich fragte er sich, ob Rattler und ich auf dem Abstieg wieder zu ehelicher Harmonie zurückgefunden hatten.

Wenig später befanden wir uns auf der Rückfahrt nach Innsbruck. Wir sprachen wenig. Rattler fuhr mich bei der Nachbarin Maria Pramstaller vorbei, ich gab den Schlüssel zur Hütte bei ihr ab und war froh, zu Hause endlich aus dem Auto steigen zu können. Mir war klar, dass ich in diesem Auto und mit Rattler nie wieder fahren würde. Ich holte Leo bei Theres ab und schloss das Haus auf. Die Tür öffnete sich nach der ersten Umdrehung. Unwahrscheinlich, dass in der Zwischenzeit wieder jemand hier gewesen war.

Ich zog die Wintersachen aus. Es war noch nicht mal früher Abend. Ich hatte nun die letzten Aufzeichnungen meiner Großmutter und spürte eine Erregung, als stünde mir ein großes Abenteuer bevor. Ich bereitete das Futter für Leo, machte mir einen echten Kaffee und verzehrte ein paar Brote in der Küche. Dann zog ich im Erdgeschoss die Gardinen zu und holte den Eispickel aus dem Schlafzimmer nach unten ins Arbeitszimmer. Die Waffe war mir vertraut geworden. Ich setzte mich an den Schreibtisch und schlug die zwölfte Kladde auf. Die Schrift war so verblasst, dass ich Angst hatte, sie könnte sich vor meinen Augen in Luft auflösen. Aber man konnte noch alles lesen. Ich begann.

31. Kapitel

Ötztal, Februar 1943

Charlotte befand sich in einem merkwürdigen Schwebezustand. Sie fühlte sich geehrt und hatte gleichzeitig Angst. Carl Amberg bat sie, an die Stelle ihrer Zimmergenossin Sophia zu treten. Sie sollte Professor Kettenbach täuschen, um ihn von den Behandlungserfolgen in Schattwald zu überzeugen. Auch von ihr hing es ab, ob Kettenbach sich beim Gauamtsleiter in Tirol dafür einsetzen würde, Schattwald zu erhalten. Ihr schwindelte, die Verantwortung schien ihr so groß. Aber als Mimi ihren Stuhl heranschob und ihr beruhigend die Hand auf den Arm legte, entspannte sie sich. Es war auch schön, zur Runde hier in der Bibliothek des Chefarztes dazuzugehören.

»Charlotte, du bist nicht alleine«, sagte Mimi mit ihrer rauchigen Stimme. »Wir werden uns alle auf den Besuch von Kettenbach vorbereiten, auch Luzifer und ich. Du musst nur ein Lied vortragen, das Kettenbach von deiner Heilung und deiner Liebe zum Führer überzeugt. Wir werden den Kunsttherapieraum ein bisschen umdekorieren, und selbstverständlich wird Doktor Amberg dem Professor bei seinem Besuch ausführlich von seinen Suggestionsmethoden berichten, die dazu führen, dass schwer kranke Patienten durch den Glauben an die schützende Vaterfigur des Führers geheilt werden können.« Über Mimis Gesicht huschte ein grimmiges Lächeln.

»Charlotte, auch ich bin an deiner Seite«, beteuerte Luzifer, er sog an seiner Pfeife. »Du warst in der Nacht dabei, als der Bote von Äskulap starb. Du hast dich um Sophia gekümmert. Den Besuch von Kettenbach werden wir auch noch überstehen.«

»Du brauchst keine Angst zu haben, dass du abgeholt werden könntest wie Rose Wurzner«, sagte Amberg, »das kann nicht passieren. Falls Professor Kettenbach darauf besteht, dich mit in sein Versuchslabor nach Würzburg zu nehmen, werden wir das auf jeden Fall verhindern. Dann finden wir einen Aufschub und werden dich schnell entlassen. Für Schattwald wäre ein solcher Ausgang allerdings nicht gut. Kettenbach könnte uns danach echte Schwierigkeiten machen. Aber das Risiko müssen wir eingehen.« Er lächelte sie ermutigend an. Es lastete nicht alles allein auf ihren Schultern. Sie war nur ein Teil des Täuschungsmanövers, das die andern vorbereiteten.

»Aber natürlich musst du nicht mitmachen«, setzte Amberg hinzu. »Es ist ja in der Tat ungewöhnlich, eine Patientin um so etwas zu bitten. Doch wir leben in merkwürdigen Zeiten. Im Krieg, im Ausnahmezustand, leider.«

Der Krieg. Charlotte dachte an Robert. Wie er sich wohl entscheiden würde? Aber war ihre Aufgabe nicht lächerlich im Vergleich zu dem, was ihr Zwillingsbruder in Stalingrad erdulden musste? Sie saß hier am Kaminofen in der Bibliothek des Chefarztes, ihr Leben war nicht bedroht. Amberg würde sie für ein paar Stunden für eine andere ausgeben, vor diesem Psychiater mit dem Habichtsgesicht. Sie sollte eine Patientin spielen, die an die Kraft und Macht des Führers glaubte, obwohl sie in Wirklichkeit in den letzten Wochen immer weiter weggerückt war von den Anschauungen ihrer Eltern und deren Gästen in Regensburg, die den Führer bewunderten. Sie konnte helfen, Schattwald zu retten. Den Ort, der Jakob und Selma und dem Blinden einen Unterschlupf bot. Den Ort, an dem sie sich angenommen fühlte. »In Ordnung«, hörte sich Charlotte sagen, »ich mache mit. Wenn du, Mimi, an meiner Seite bleibst und Luzifer auch.« Und Sie, Doktor Amberg, bitte auch, hätte sie am liebsten hinzugesetzt. Aber sie wusste nicht, wie sie ihn anreden sollte.

»Es geht ja nur um ein paar Stunden«, versicherte Amberg. »Charlotte, ich bin stolz auf dich. Wir werden morgen alles genau besprechen.« Er neigte sich vor und ergriff für einen Moment ihre Hand. Zum ersten Mal nahm sie seinen Geruch nach warmer Haut und Zedernholz wahr. Sie ertappte sich bei dem Gedanken, wie es wohl wäre, in seinen Armen zu liegen und seinen Herzschlag zu spüren.

Am nächsten Morgen machte sich Charlotte schon früh auf den Weg zum Frühstück im Speisesaal. Im Gang erblickte sie Lukas, der ein großes Bild durch die Gegend trug. Als sie näher kam, erkannte sie es. Es war ein gerahmtes Schwarz-Weiß-Foto des Führers. So ein Bild hatte auch Charlottes Vater im Eingang der Villa in Regensburg aufhängen lassen. Charlotte hatte sich schon öfter gefragt, warum eigentlich in Schattwald kein Bild des Führers zu sehen war, wo die Porträts doch sonst überall in Schulen und Krankenhäusern hingen. Aber offenbar wollte der Hausmeister das gerade ändern.

»Der Führer wacht über uns«, sagte Luzifer und grinste, »deswegen hängen wir das Bild jetzt neben der Tür zum Speisesaal auf. Kann jeder sehen, dass wir an die Führung der großdeutschen Volksgemeinschaft glauben. Auch der hohe Besuch aus Würzburg, der ja demnächst kommt.« Lukas hatte Hammer, Nagel und einen Bleistift dabei. Er bat Charlotte, das Werkzeug einen Moment zu halten.

Stühling bog um die Ecke. »Ah, der Herr Hausmeister mit einem Bild des Führers«, sagte der Assistenzarzt mit seiner arroganten Stimme. »Wird ja auch Zeit, dass wir uns hier in Schattwald in der Ostmark endlich zur großdeutschen Volksgemeinschaft bekennen, nicht wahr?«

»Vielleicht können Sie mir helfen, das Bild gerade aufzuhängen, Doktor Stühling«, sagte Luzifer. Er hielt das Bild an eine freie Stelle der Wand. »Es kommt mir noch etwas schief vor, was meinen Sie, Herr Doktor?«

Stühling schwieg einen Moment. Charlotte hatte das Gefühl, es war ihm nicht recht, von einem Hausmeister herumkommandiert zu werden. Andererseits, es ging um ein Bild des Führers. »Schieben Sie es links etwas höher, dann hängt es wohl gerade«, sagte Stühling. Dann schritt er weiter in den Speisesaal.

Luzifer bat Charlotte, mit dem Bleistift die oberen Ecken des Bildes zu markieren. Er stellte das Bild wieder ab und schlug die Nägel ein. Kurz darauf hing das Porträt. Jeder, der vom Gang des Patientenwohnhauses in den Speisesaal schritt, kam nun am Führer vorbei. Dieser schaute mit starrem Blick in die Ferne, und Charlotte versuchte, sich an ein Bild zu erinnern, auf dem der Führer einmal lachte, aber es fiel ihr keins ein.

Für den frühen Nachmittag, zur Zeit der Mittagsruhe, hatte Amberg sie in seine Bibliothek gebeten. Als Charlotte dort eintraf, saß er mit Mimi zusammen. Die Nachmittagssonne schickte ein paar freundliche Strahlen in den Raum und ließ den Staub vor den Bücherregalen im Sonnenlicht tanzen.

Amberg hatte die beiden Ohrensessel und einen Stuhl eng zusammengeschoben. Mimi trug wieder ihr taubenblaues Kleid und keine Schürze. In den Händen hielt sie ein mit Schreibmaschine getipptes Blatt. Der Chefarzt und die Köchin wirkten konzentriert, als befänden sie sich mitten in einer Arbeitsbesprechung. »Charlotte, setz dich bitte her«, bat Amberg und wies auf den leeren Stuhl, »wir haben eine Idee.«

Charlotte nahm Platz und sah neugierig auf das Blatt, das Mimi auf den Knien hielt. Es sah aus, als hätte jemand ein Gedicht auf dem Blatt abgetippt, mehrere Reime untereinander. Charlotte erkannte eine Überschrift »Der Führer«. Jedenfalls handelte es sich nicht wieder um irgendeinen Aufsatz, den der Chefarzt an das Göring-Institut schicken wollte.

»Das ist ein Gedicht von Herbert Böhme«, sagte Amberg. »Er ist ein Verehrer des Führers und ein bekannter Dichter hierzulande. Das Gedicht ist schon zu gewissem Ruhm gekommen. Vielleicht liest du es mal durch, Charlotte.«

Mimi gab ihr das Blatt. Charlotte las: »Eine Trommel geht in Deutschland um/Und der sie schlägt, der führt/Und die ihm folgen, folgen stumm/sie sind von ihm gekürt./Sie schwören ihm den Fahnenschwur/Gefolgschaft und Gericht,/er wirbelt ihres Schicksals Spur/mit ehernem Gesicht./Er schreitet hart der Sonne zu/mit angespannter Kraft/seine Trommel, Deutschland, das bist du!/Volk, werde Leidenschaft!«

Das Gedicht kam ihr bekannt vor. In der Schule hatten

sie es schon einmal besprochen. Sie blickte fragend auf. »Es ist in einem Band Herbert Böhmes schon vor einigen Jahren erschienen, der Band hieß ›Des Blutes Gesänge‹«, erklärte Amberg. »Es ist auch schon einmal vertont worden, leidlich vertont. Aber unsere Idee war, beim Besuch von Professor Kettenbach eine neue Vertonung aufzuführen, eine Vertonung, die unsere geheilte Sophia Ederle, eine Pianistin, in ihrer frisch erwachten Liebe zum Führer selbst komponiert hat, gewissermaßen als Beweis ihrer Gesundung.«

Er grinste wie ein Junge bei einem Streich, das gefiel Charlotte. »Du, Charlotte, müsstest als Sophia das vertonte Gedicht in neuer Liedform vortragen«, fuhr er fort, »aber Mimi und Luzifer könnten mitsingen. Kettenbach kann dann gar nicht anders, als begeistert zu sein. Zumal ich Kettenbach zusichere, den Heilungsprozess Sophias in einem Aufsatz an das Göring-Institut ausführlich darzustellen und ihn dabei als Förderer von Schattwald und Ideengeber für meine eigenen Suggestionstherapien lobend zu erwähnen.«

»Aber welche Melodie soll ich denn singen?«, fragte Charlotte. »Ich kann doch nicht irgendwas erfinden.«

»Das haben wir natürlich bedacht«, versetzte Mimi begütigend. »Was hältst du davon, wenn wir einfach auf irgendeins der Stücke in den Notenheften auf dem Flügel zurückgreifen? Ein Stück, das du schon kennst? Das verändern wir ein bisschen und singen dann den Gedichttext dazu. Alle zusammen, begeistert darüber, welch tolles Lied unsere geheilte Patientin Sophia aus einem so wundervollen Gedicht geschaffen hat.« Diesen ironischen Ton hatte Charlotte so noch nie von Mimi gehört.

»Es müsste vielleicht eine Art Marsch sein«, meinte Amberg, »passend zum Liedtext über die Trommeln, den Führer und so weiter.«

»Ein Marsch?«, fragte Charlotte. »Es gibt natürlich den ›Marsch von der Hose am Kronleuchter‹: ›Solang nicht die Hose am Kronleuchter hängt, sind wir noch nicht richtig in Schuss‹ und so weiter. Aber den Marsch kennt jeder, da können wir nicht einfach das Führerlied drauf singen.«

»Dann wird der ›Marsch mit der Hose am Kronleuchter‹ eben ein bisschen verändert«, sagte Mimi, »das müsste doch zu schaffen sein. Ich kann dir helfen.«

Wenn die Lage nicht so heikel gewesen wäre, hätte Charlotte losgelacht. Was für ein Einfall. Ein Führerlied zur Musik vom Hose-am-Kronleuchter-Marsch. Was wohl Robert dazu gesagt hätte? Vielleicht hätte er sich ausgeschüttet vor Lachen. Allerdings nicht vor seinen Kameraden in der Wehrmacht.

»Wir können das ja mal am Klavier versuchen«, sagte sie. Da fiel ihr etwas ein. »Was werden die anderen dazu sagen?«, meinte sie. »Was, wenn die anderen Fragen stellen?«

»Den andern Patienten und den Pflegerinnen erklären wir, dass wir uns auf den Besuch von Professor Kettenbach vorbereiten, der Ende des Monats kommen will. Dass wir auch musikalisch einen Beitrag leisten wollen und daher ein neues Führerlied einüben. Wir tun so, als sei alles ganz folgerichtig und normal. Schließlich hängt ja inzwischen auch ein Porträt des Führers am Eingang zum Speisesaal«, antwortete Amberg.

»Weiß Doktor Stühling von den Plänen?«

Beim Namen des Assistenzarztes fror Ambergs Miene ein. »Nein, Doktor Stühling weiß nichts davon«, sagte er.

»Und das soll er auch nicht. Ich habe ihm nicht erzählt, dass Kettenbach früher kommt, er glaubt, der Professor erscheint hier erst Ende Februar. Stühling will sich nächste Woche freinehmen und für eine Woche zu seiner Verwandtschaft nach Innsbruck fahren. Ich habe ihn dazu ermutigt. Er wird also nicht da sein, wenn Professor Kettenbach Schattwald aufsucht. Und das ist gut so. Ich werde ihm erst hinterher von dem Besuch des Professors erzählen.«

Charlotte atmete auf. Ihr wurde klar, wie sehr sie den Assistenzarzt mit dem stechenden Blick fürchtete. Er war ihr von Anfang an unheimlich gewesen, erst neulich wieder hatte sie sich darüber gewundert, wie prüfend er Selma Keindl alias Bertha Uhlig musterte, als sie ein Lied der Leander vor sich hin trällerte.

»Stühling weiß nichts von Oskar Polden und dem Ehepaar Keindl«, sagte Amberg, als habe er ihre Gedanken gelesen. »Es ist besser, den Assistenzarzt nicht in diese Dinge in Schattwald einzuweihen.«

An diesem Abend erschien ein Besuch im Speisesaal, den Charlotte noch nie in Schattwald gesehen hatte, und Amberg hatte auch gar nichts davon erzählt. Es war eine katholische Nonne in Tracht mit weißer Haube. Sie war schon etwas älter. Sie sprach leise, aber bestimmt, als sie mit Amberg und Lukas am Tisch saß. Die drei unterhielten sich, als würden sie sich schon lange kennen. Charlotte wagte nicht, sich dazuzusetzen.

Sie ging in die Küche. Dort brütete Mimi wieder mal über einem alten Rezeptbuch. Sie war alleine.

»Wir haben Besuch«, sagte Charlotte.

»Ich weiß«, antwortete Mimi, ohne aufzublicken.

»Darf ich fragen, wer die Nonne ist?«

»Eine Ordensschwester. Sie ist eine Leiterin in einem Pflegeheim, einem der wenigen, das noch unter katholischer Führung existiert.«

»Was hat sie denn mit Doktor Amberg zu tun?«

Mimi hob den Blick. »Schwester Maria unterstützt die Arbeit der Organisation Äskulap. Sie hat in der Vergangenheit mehrfach geholfen, Patienten vor einem Abtransport in den Tod zu bewahren. Sie hat der Organisation die Namen der Patienten in ihrem Heim mitgeteilt, die von den Gutachtern zum Töten freigegeben worden waren. Äskulap hat dann die Angehörigen rechtzeitig benachrichtigt, und diese haben in vielen Fällen die Patienten nach Hause geholt.«

»Dann ist Doktor Amberg sicher froh, dass es so jemanden wie Schwester Maria gibt«, meinte Charlotte.

»Das ist er«, sagte Mimi. »Schwester Maria steht allerdings auch ein wenig in seiner Schuld.«

»Ach so, warum denn?«

»Schwester Maria hat eine kleine Schwester, die einmal versucht hat, sich wegen irgendeines Kerls das Leben zu nehmen. Sie wollte ins Wasser gehen, wurde aber gerettet. Sie war bei Doktor Amberg in Behandlung. Danach ging es ihr besser. Auch sie arbeitet jetzt in der Krankenpflege. Schwester Maria sagte mir einmal, dass es ihr jetzt gut gehe, sei ganz allein Doktor Ambergs Verdienst.«

Schwester Maria übernachtete in Schattwald, denn eine Rückfahrt zu so später Stunde war beschwerlich. Charlotte schlug daher lieber nicht vor, dass sie das Führergedicht zu dem alten Unterhaltungsmarsch aus den Zwanzigerjahren an diesem Abend einüben sollten. Der Gedanke war ihr unangenehm, dass sie von der Ordensschwester beobachtet werden könnte, wie sie am Flügel ein Loblied auf den Führer sang.

Am nächsten Morgen reiste Schwester Maria ab. Sie winkte den Patienten zu, die vor dem Haus standen. Charlotte sah der Nonne in dem dicken schwarzen Wollmantel und der weißen Haube hinterher, als diese mit Lukas auf dem Schlitten ins Tal fuhr. Sie fragte sich, was genau die Ordensschwester wohl mit dem Chefarzt besprochen hatte.

Am Nachmittag stieß Charlotte auf Lukas, der mit einigen Rollen Papier in Richtung Kunsttherapiezimmer strebte.

»Was machst du denn, Luzifer?«, fragte sie. »Kann ich dich begleiten?«

»Das kannst du immer«, entgegnete der Hausmeister. »Ich werde dir etwas zeigen.« Sie standen alsbald vor der Tür des Kunstzimmers, und Lukas schloss auf. Charlotte folgte ihm in den Raum.

»Oh«, ihr entfuhr ein Laut der Überraschung. An der Wand hing ein Gemälde, das einen Mann in Uniform und mit Hakenkreuzbinde zeigte. Das Gesicht des Mannes sollte wohl das Gesicht des Führers sein, soweit man das aus dem kleinen Schnauzbart und der Messerschnittfrisur schließen konnte. Er saß auf einem Felsen inmitten einer Berglandschaft, umgeben von Wildtieren, darunter einem Hirsch, einem Reh und einem Wildschwein. Der Führer streckte eine Hand aus, die der Hirsch zahm wie ein Hund beschnüffelte. Auch die anderen Tiere hatten sich dem Führer zutraulich zugewandt. Das Bild war ungelenk gemalt, aber man erkannte die Figuren.

»Was ist das?«, fragte Charlotte. »Wer hat das gemalt?«

»Ich. Genauer gesagt, du«, sagte Lukas. »Na ja, es war Sophia Ederle, die es gemalt hat. Behaupten wir. Ein Beweis für ihre Heilung. Für ihren Glauben an den Führer, der so eng mit den Kräften der Natur verbunden ist, dass ihm sogar die Wildtiere vertrauen.«

»Ach du meine Güte! Was ist denn mit den alten Bildern?«, fragte Charlotte. Einige der Malereien, die sie kannte, waren aus dem Raum verschwunden, darunter die mit dem Gesicht, das keine Augen hatte, und jene mit den toten Soldaten, die aufeinanderlagen. Ihr Bild mit der Winterlandschaft hing noch an der Wand.

»Ein paar Bilder haben wir eingelagert«, entgegnete Lukas, »vorerst jedenfalls. Wir wollen den Kunstraum für den Besuch von Kettenbach etwas herrichten.« Das hatte Mimi also gemeint, als sie davon sprach, dass der Kunstraum etwas »umdekoriert« werden müsste.

Spät am Abend, als die meisten Patienten schon in den Betten waren, traf sich Charlotte mit Mimi am Flügel. Der Speisesaal war leer bis auf Kolja, der in einer dunklen Ecke an einem Tisch saß und Punktschrift in Papier stanzte. Der Blinde bewegte sich selbstständiger durch Schattwald, seitdem ihm Luzifer einen tastbaren Plan der Räume angefertigt hatte. Der Hausmeister hatte die Proportionen der Gänge und Räume seitenverkehrt in eine dünne Pappe gestanzt und diese dann umgedreht, sodass Kolja den Plan wie ein Relief erfühlen konnte. Einmal hatte Charlotte den Blinden recht tastsicher aus dem Vorratsraum im Untergeschoss des Haupthauses kommen sehen und sich gefragt, ob Mimi das wusste.

An jenem Abend im Speisesaal nahm Charlotte das Notenheft vom Flügel und suchte den Schlager »Solang nicht die Hose am Kronleuchter hängt« heraus. Mimi hatte das Blatt mit dem Führergedicht mitgebracht. Leise klimperte Charlotte die Töne auf dem Klavier. Mimi fing an, im Viervierteltakt rhythmisch zu singen: »Eine Trommel geht in Deutschland um, und der sie schlägt, der führt, und die ihm folgen, folgen stumm, sie sind von ihm gekürt.« Charlotte sang leise mit. Sie stellte fest, dass sie die halben Noten im Refrain als zwei Viertel spielen musste, dazu passte der Rhythmus des Gedichtes besser. Auch war es angebracht, die Melodie etwas zu verändern, damit das Lied nicht zu fröhlich klang. Die Akkorde behielt sie fast unverändert bei.

»Das war doch mal die ›Hose am Kronleuchter‹«, sagte der Blinde aus der Tiefe des Raumes heraus, er hatte offenbar Elefantenohren. »Was macht ihr denn Schreckliches aus diesem hübschen Lied, Mimi?«

»Eine neue Kreation, Oskar«, sagte Mimi. Sie nannte den Blinden bei seinem richtigen Namen, es war ja auch niemand im Raum, der ihm gefährlich werden konnte. »Es ist ein neues Führerlied anlässlich des Besuches von Professor Hermann Kettenbach, der ja demnächst nach Schattwald kommt. Wir basteln ein bisschen an der Musik herum, damit es passt.«

»Gebt mir vorher Bescheid, wenn ihr das vortragt«, sagte der Blinde, »ich möchte dann nämlich nicht dabei sein. Sonst muss ich kotzen.«

Doktor Stühling reiste am nächsten Tag zu seinem Verwandtenbesuch nach Innsbruck ab. Charlotte war froh, als sie ihn mit seinem Koffer auf Lukas' Schlitten steigen sah. Er würde in zehn Tagen wiederkehren, hatte er angekündigt. »Ich bin dann rechtzeitig da, wenn Professor Kettenbach nach Schattwald kommt«, hörte Charlotte ihn beim Abschied zu Amberg sagen. Charlotte fragte sich, welche Ausrede sich der Chefarzt in zehn Tagen ausdenken würde, um Stühling zu erklären, dass er den Besuch des bekannten Psychiaters Professor Hermann Kettenbach in Schattwald leider verpasst hatte.

32. Kapitel

Es herrschte beißende Kälte unter einem strahlend blauen Himmel, als der schwere Wagen vorfuhr. Die Reifen trugen Schneeketten, und so schaffte es der Fahrer, den Weg nach Schattwald zu bewältigen, ohne stecken zu bleiben. Private Fahrten waren wegen des Benzinmangels im Großdeutschen Reich längst verboten, aber Kettenbach hatte den Besuch Schattwalds bestimmt als Dienstfahrt deklariert.

Einen Moment lang befürchtete Charlotte, Kettenbach könne sie vielleicht erkennen, von damals, als der Professor ihr Elternhaus besuchte. Aber nein, das war ganz und gar unwahrscheinlich, sie hatte damals mit Kettenbach nicht an einem Tisch gesessen und war ihm nicht mal vorgestellt worden. Sie hatte ihn nur durch einen Türspalt beobachtet.

Kettenbach stieg aus dem Wagen, er hatte einen jüngeren Mann in Begleitung dabei. Der Psychiater mit dem Habichtsgesicht war wie auf dem Bahnhof in Innsbruck in einen langen Mantel mit Pelzkragen gekleidet und trug einen hellen Seidenschal zum Hut. Er betrat die Treppe, die zum Haupteingang führte.

Doktor Amberg, Mimi, Lukas und das Hausmädchen Gerlinde begrüßten Kettenbach im Eingangsflur. Amberg hatte seinen weißen Kittel an, Mimi trug eine strahlend weiße Kittelschürze und eine gestärkte Haube auf ihrem roten Haar, die Charlotte zuvor noch nie an ihr gesehen hatte. Lukas war in einen groben grauen Anzug gekleidet. Charlotte hatte sich auf Mimis Geheiß ihren Wollrock und eine weiße gestärkte Bluse mit rundem Kragen angezogen.

Amberg stellte Mimi als seine »Verwaltungsleiterin« vor und Lukas als den »Hauswirtschaftsmeister« von Schattwald. »Unser verehrter Doktor Stühling musste leider dringend in Familienangelegenheiten verreisen«, fügte Amberg hinzu, »wir werden daher heute bei unserem Rundgang leider auf ihn verzichten müssen.«

Dann wies Amberg auf Charlotte. »Herr Professor, darf ich Ihnen unsere Patientin Sophia Ederle vorstellen, eine junge Dame und begabte Pianistin, die völlig verstummt hier ankam, wie Sie ja wissen. Sie spricht nun auf die Behandlung in Schattwald in einer Weise an, wie ich es mir nicht schöner hätte vorstellen können.«

Kettenbach zog den Handschuh aus und reichte Charlotte eine eiskalte Hand. »Sehr angenehm«, näselte er.

»Es ist mir eine große Ehre, Herr Professor, Ihnen einmal persönlich zu begegnen«, sagte Charlotte. »Ich habe von Doktor Amberg gehört, dass ich meine Therapie in Schattwald auch Ihnen verdanke, weil Sie sich so für das Sanatorium einsetzen.« Sie lächelte bescheiden und machte einen Knicks, wie sie es noch von den Abendgesellschaften ihres Vaters in Regensburg kannte, der seine Kinder manchmal den Gästen vorgestellt hatte. Mimi hatte zuvor mit ihr geübt, was sie sagen sollte. Es beruhigte sie, dass der Professor mit dem Habichtsgesicht kleiner und älter wirkte als auf dem Bahnsteig in Innsbruck.

»Es ist in der Tat auch Ihr Verdienst, Herr Professor, dass wir Fräulein Ederle nahezu heilen konnten, wenn ich das so sagen darf«, erklärte Amberg. »Den Fall Sophia Ederle habe ich jetzt in einem ausführlichen Bericht dokumentiert und an das Göring-Institut in Berlin gesandt. Dabei habe ich natürlich auf Ihre Unterstützung hingewiesen, hier ein Milieu zu erhalten, in dem die Suggestionstherapien, die Sie ja auch entwickelt haben, die trefflichste Anwendung finden. Heil Hitler!« Ambergs rechter Arm schoss nach oben.

»Heil Hitler«, antwortete Kettenbach, hob aber den rechten Arm nur kurz nach oben, so als sei er es müde, so oft strammzustehen.

Charlotte fuhr innerlich zusammen, es war das erste Mal, dass sie Amberg den Hitlergruß aussprechen hörte. Sie war froh, dass sie ihren Blick gesenkt hielt, sodass Kettenbach ihr erschrockenes Mienenspiel nicht wahrnehmen konnte.

»Ich schlage vor, Herr Professor, dass Sie ablegen und wir einen Rundgang durch das Haus machen«, sagte Amberg. »Ich werde Ihnen die Arbeitstherapien zeigen, mit denen wir uns fast selbstständig versorgen. Danach wird uns Frau Ederle im Speisesaal eine Kostprobe ihres Therapieerfolges präsentieren, und anschließend ist ein Mittagessen bei mir in der Bibliothek gerichtet. Ich gehe voran, wenn es Ihnen recht ist.« Gerlinde nahm den Herren die Garderobe ab. Amberg schritt voran, der Professor und sein junger Begleiter folgten ihm. Dann kamen Mimi und Lukas.

Es war mit Charlotte ausgemacht, dass sie sich in ihrem Zimmer aufhalten sollte, bis Kettenbach mit dem Rundgang fertig war. Danach würde Lukas sie abholen, um mit ihr in den Speisesaal zu gehen, der um diese Zeit leer war, weil sich die Patienten in den Arbeitsgruppen befanden. Wer sich trotzdem im Speisesaal aufhielt, würde von Lukas verscheucht werden, so war der Plan. Auf keinen Fall sollte irgendein Patient erfahren, dass Kettenbach Charlotte mit

»Fräulein Ederle« ansprach. Es gab genug Patienten, die sich darüber wundern könnten. Sophia hatte die Anweisung bekommen, das Zimmer an diesem Tag auf keinen Fall zu verlassen. Eins der Pflichtjahrmädchen war bei Sophia und las ihr aus *Heidis Lehr- und Wanderjahren* vor, einem Kinderbuch, das Charlotte von früher kannte.

Charlotte legte sich auf ihr Bett, das Gemurmel des Pflichtjahrmädchens war beruhigend. Charlotte stellte sich vor, wie die kleine Gruppe um Kettenbach jetzt durch das Sanatorium ging, durch das Bäderzimmer mit dem Lavendelduft, durch die Küche mit dem Holzfeuergeruch und durch die Waschküche mit dem Kessel voller kochend heißer Seifenlauge. Amberg hatte Anweisung gegeben, dass an diesem Morgen alle bei der Arbeit sein mussten und niemand in den Badewannen zu liegen habe.

Irgendwann würden sie dann den Kunstraum betreten, in dem Amberg auf das Bild von »Fräulein Ederle« hinweisen würde. Das Bild, auf dem der Führer die Wildtiere gezähmt hatte. Amberg würde das Bild vielleicht als einen Therapieerfolg loben, weil die Pianistin nun erwiesenermaßen den Führer als Hüter der Wildtiere und als Vaterfigur anerkenne. Bei diesem Gedanken musste Charlotte grinsen. Sie hätte gerne den Bericht gelesen, den Amberg über den Fall Sophia Ederle erfunden hatte. Schattwald kam ihr wie eine riesige Theaterbühne vor, auf der sie alle ein Stück aufführten für Leute wie Kettenbach.

Zwei Stunden später klopfte Lukas an der Tür. »Alles gut gegangen bis hierher«, flüsterte er ihr zu, als sie zum Speisesaal liefen. »Von dem Führerbild mit den Wildtieren zeigte sich Kettenbach begeistert. Jedenfalls tat er so, als ob. Da war ich auch mal ein bisschen stolz auf mich.«

Im Speisesaal hatte Mimi ein paar Stühle vor den Flügel gestellt. Kettenbach, sein Begleiter und Amberg nahmen Platz. Charlotte lächelte dem Psychiater mit dem Habichtsgesicht zu, ihr Herz klopfte. Mimi und Lukas standen dicht bei ihr. Alle Notenhefte auf dem Flügel hatte Lukas zuvor weggeräumt. Das »Führerlied« konnten sie auswendig.

»Nun, Fräulein Ederle hat ein bekanntes Gedicht für den Führer neu intoniert«, sagte Amberg. »Das Lied heißt ›Der Führer‹ oder ›Eine Trommel geht in Deutschland um‹. Wahrscheinlich werden Sie den Text kennen, Herr Professor. Die Worte haben Fräulein Ederle künstlerisch so inspiriert, dass sie ein eigenes Lied daraus geschaffen hat. Ein Lied, das Sie und unsere Mimi und Herr Waldhofer mitsingen werden. Ist es nicht ein Wunder, dass ein Mensch, der in seiner Krankheit verstummt war, nun gerade durch ein Lied für den Führer die Sprache wiedergefunden hat?«

Charlotte war überrascht, wie schmeichelnd Amberg sprechen konnte. Es war ihr fast ein bisschen unheimlich. Einen Moment befürchtete sie, dass Kettenbach in dem Lied doch die Harmonien des Marsches von der Hose am Kronleuchter wiedererkennen könnte. Aber für solche Überlegungen war es jetzt zu spät.

Sie konzentrierte sich ganz auf ihre Aufgabe. Sie schlug ein paar Töne an, Mimi nickte ihr zu, dann begann sie, im Marschrhythmus zu spielen, und alle drei sangen: »Eine Trommel geht in Deutschland um/Und der sie schlägt, der führt/Und die ihm folgen, folgen stumm/sie sind von ihm gekürt.« Charlotte bemühte sich, einen militärischen Marschrhythmus beizubehalten und auf keinen Fall irgendwie ins Tänzerische abzugleiten. Mimi und Lukas sangen kräftig mit. »Sie schwören ihm den Fahnenschwur/Gefolgschaft und Gericht,/er wirbelt ihres Schicksals Spur/mit ehernem Gesicht./Er schreitet hart der Sonne zu/mit angespannter Kraft/seine Trommel, Deutschland, das bist du!/Volk, werde Leidenschaft!« Nach dem Satz »Volk, werde Leidenschaft!« hämmerte Charlotte einen dramatischen Schlussakkord.

Es entstand ein Moment der Stille. Amberg klatschte in die Hände. Auch Kettenbach und sein Begleiter spendeten Beifall. Das Lied hatte wirklich scheußlich geklungen. Als hochbegabte Musikerin würde sie so nie durchgehen. Kettenbach hatte die Akkorde zum Glück nicht erkannt.

»Musikalisch interessant, nicht wahr? Sie ist eine kleine Künstlerin, unser Fräulein Ederle, und das ist auch Ihr Verdienst, Herr Professor«, verkündete Amberg mit Verzücken in der Stimme. Hätte Charlotte nicht gewusst, dass er nur schauspielerte, hätte sie ihn in diesem Moment abscheulich gefunden.

»In der Tat, der Therapieerfolg ist beachtlich, Doktor Amberg«, sagte Kettenbach und neigte höflich den Kopf. »Gratulation, Fräulein Ederle. Erst Ihr Gemälde vom Führer als Wächter der Natur, jetzt dieses Lied. Was meinen Sie selbst, wie sind Sie zu dieser Heilung gekommen?«

Auf diese Frage war Charlotte vorbereitet. »Ich habe eine Wandlung erlebt«, sagte sie artig. »Aus der Verzweiflung hat mir nur der Glaube an den Führer herausgeholfen. Doktor Amberg hat mir diesen Glauben wiedergegeben. Der Führer ist uns allen doch ein strenger, aber auch gütiger Vater, und die deutsche Volksgemeinschaft ist wie eine große Familie. Es gibt keinen Grund, verzweifelt zu sein.«

»Nun, aber Sie haben doch die Familie Ihrer Freundin tot aufgefunden«, sagte Kettenbach, »das muss ein großer Schrecken gewesen sein.«

»Eltern, die ihre Kinder töten, gehören nicht zur deutschen Volksgemeinschaft«, verkündete Charlotte. »Die Mutter meiner Freundin war Jüdin gewesen. Keine deutsche Mutter und kein deutscher Vater hätten es zugelassen, dass ihre Kinder so sterben. Auch der Führer hätte das nie gewollt. Davon bin ich überzeugt. Es war falsch von mir, mich nach dem Kindesmord durch die Eltern in dieser jüdischen Familie der Welt zu verschließen. Doktor Amberg hat mich mithilfe seiner Therapie von diesem Irrweg abgebracht.«

Charlotte war es bei diesen Worten, als hätte sie Gift in ihrem Mund. Sie würde es ausspucken, sobald der Psychiater mit dem Habichtsgesicht Schattwald verlassen hatte.

»Sie sehen, wie erfolgreich die Therapien sind, die dem verzweifelten Patienten eine heilende Vaterfigur in der Gestalt des Führers schenken. Diese Methode haben auch Sie erdacht«, sagte Amberg zu dem Professor.

»In der Tat«, sagte Kettenbach, »ich bin berührt. Nun, dann bleibt für uns hier nicht mehr viel zu tun.«

»Wir können jetzt gerne das Mittagessen bei mir in der Bibliothek einnehmen, um noch ein paar organisatorische Dinge zu besprechen«, schlug Amberg vor. »Dann werde ich Sie auch über meine Korrespondenz mit dem Göring-Institut in Berlin informieren.«

»Das kommt uns entgegen«, sagte Kettenbach. Er wandte sich an seinen Begleiter. »Berthold, könnten Sie dem Fahrer sagen, dass wir in einer Stunde hier wieder starten werden? Dann schaffen wir es noch bis nach Innsbruck, bevor es allzu spät und dunkel wird.« Sein Begleiter, ein junger blasser Mann im grauen Mantel, nickte.

Kettenbach verabschiedete sich von Charlotte, seine Hand war noch immer kalt wie ein Fisch, obwohl er sich nun schon einige Stunden im Warmen aufhielt. Dann ging er mit Amberg hinüber in das Personalwohnhaus, wo in der Bibliothek des Chefarztes ein Tisch zum Mittagessen vorbereitet war.

»Wir reden später, am besten verschwindest du jetzt erst mal auf dein Zimmer«, flüsterte Mimi, obwohl der Psychiater mit dem Habichtsgesicht gar nicht mehr in der Nähe war. Charlotte nickte. Nach einer Stunde hörte sie von ihrem Zimmer aus ein Motorengeräusch. Sie blickte aus dem Fenster und sah den Wagen abfahren und auf dem Fahrweg im Wald verschwinden. Kettenbach war weg. Aber ein Gefühl tief in ihrem Innern sagte ihr, dass alles zu glatt gegangen war. Sie hatten irgendetwas übersehen bei ihrem Plan. Etwas – oder jemanden, der sich bitter rächen würde.

33. Kapitel

Innsbruck, Dezember 2014

Ich legte die Kladde beiseite, meine Augen taten weh. Es war schon elf Uhr am Abend, und ich war hundemüde. Aber ich wollte diese Nacht unbedingt bis zum Ende der Tagebuchaufzeichnungen kommen, auch wenn die Schrift so mühsam zu lesen war. Welche Botschaft wollte mir meine Großmutter noch mitteilen? Konnte ich hoffen, noch darauf zu stoßen, wenn ich die Kladden durchhatte?

Ich blätterte die letzte Seite des Hefts Nummer 13 auf. Die Eintragung ganz unten, unter der letzten Zeile mit Bleistiftschrift, fiel mir wieder ins Auge, »Schattwald« hatte meine Großmutter mit blauem Kugelschreiber geschrieben, dazu eine sechsstellige Zahl wie ein Nachtrag zum Tagebuch. Was konnte das bedeuten?

Doch erst einmal musste ich mit den Tagebüchern durch sein. Ich beschloss, oben im Himmelbett weiterzulesen. Ich nahm den ganzen Stapel Kladden und trug ihn nach oben. Leo schlief bereits im Hundebett, das ich notdürftig wieder geflickt hatte. Kurz darauf lag ich im Himmelbett, die letzte Kladde auf den Knien. Mir fiel ein, dass ich den Eispickel unten im Arbeitszimmer vergessen hatte. Aber egal, wer sollte schon kommen?

Ich schlug das letzte Heft, die Kladde Nummer 13, auf.

34. Kapitel

Ötztal, Februar 1943

Niemand hatte damit gerechnet, dass Stühling von seinem Verwandtenbesuch in Innsbruck früher zurückkommen würde. Nicht nur Charlotte war überrascht, als sie den Assistenzarzt einen Tag nach Kettenbachs Besuch am frühen Nachmittag vor dem Eingangstor der Klinik erblickte. Stühling tauchte wie ein Geist im Nebel auf. Er trug seinen schweren braunen Wintermantel und eine Wollmütze mit Ohrenklappen und war offenbar alleine zu Fuß gekommen. Charlotte fragte sich, wo er seinen großen Koffer gelassen hatte.

»Nanu, Doktor Stühling, schon da?«, begrüßte ihn Lukas, der gerade vom Personalwohnhaus kam.

»Ja, meiner Schwester in Innsbruck ging es besser als erwartet«, sagte Stühling. »Meine Hilfe war gar nicht mehr nötig, und so viel Platz hat ihre Familie nun auch nicht in ihrer Wohnung, dass ich dort unnütz herumsitzen mochte.«

»Wo haben Sie denn Ihren Koffer gelassen?«, fragte Lukas.

»Im Dorf«, antwortete Stühling, »ich wollte Sie bitten, mein Gepäck mit dem Pferdeschlitten heute noch dort in der Gastwirtschaft abzuholen. Der Koffer war ein wenig zu schwer, um ihn alleine durch den Schnee nach oben zu tragen.«

Meist holte Lukas die Ankömmlinge mit dem Pferdeschlitten ab, es gab feste Zeiten, zu denen er ins Dorf kam.

»In Ordnung«, antwortete der Hausmeister, »ich hatte sowieso vor, nachher noch hinunterzufahren und Milch zu holen.«

Er bemerkte Charlotte. »Möchtest du vielleicht mitkommen?«, fragte er. »Dann könntest du mir helfen, die Sachen zu verladen.« Das war natürlich übertrieben, Luzifer hinkte zwar ein bisschen, aber er brauchte niemanden, der ihm half, ein paar Milchkannen auf den Pferdeschlitten zu packen. Aber Charlotte wusste, dass er sie gerne neben sich auf dem Kutschbock sitzen hatte, einfach nur, um zu plaudern.

»Ich komme mit«, rief sie. Stühling nickte ihnen zu und lenkte seine Schritte zum Personalwohnhaus, wo er eine kleine Wohnung hatte. Kurz darauf saß Charlotte neben dem Hausmeister auf dem Schlitten.

Das Pferd zog flott an, die Fahrt ging bergab. Sie sprachen über den Besuch des Psychiaters. Kettenbach hatte zugesagt, sich weiter bei der Gauamtsleitung für das Sanatorium einzusetzen, das hatte Amberg bereits Luzifer, Mimi und Charlotte erzählt. Amberg hatte Kettenbach in einem Nebensatz wohl auch noch einmal an dessen Nichte erinnert, die in Schattwald vor längerer Zeit erfolgreich in Behandlung gewesen war. Den Bericht über Sophia Ederles Genesung, den Amberg an das Göring-Institut schicken wollte und in dem auch Professor Kettenbach eine äußerst positive Rolle spielte, hatte Kettenbach mit Wohlwollen in Auszügen gelesen. Amberg hatte Rose Wurzner nur noch kurz erwähnt; Kettenbach musste glauben, dass der Fall auch für Amberg abgeschlossen war, eine bedauerliche Angelegenheit, aber eben nicht zu ändern, dieser Selbstmord.

Als Amberg am Abend in seiner Bibliothek Lukas, Mimi und Charlotte von Kettenbach berichtet hatte, war Charlotte wieder das Glänzen in den Augen des Chefarztes aufgefallen. Es schien ihr, als sei Amberg in einer ganz besonderen Hochstimmung. Als der Chefarzt sie in den Arm genommen und ihr gedankt hatte, war eine tiefe Röte in ihr Gesicht geschossen.

»Was wird Amberg wohl Stühling erzählen, wenn der rauskriegt, dass Kettenbach schon hier in Schattwald war?«, fragte Charlotte Lukas, als sie auf dem Schlitten bergab glitten, sodass der Hausmeister abbremsen musste. »Das muss dem Stühling doch merkwürdig vorkommen, meinst du nicht?«

Lukas zuckte mit den Schultern. »Stühling ist Assistenzarzt hier. Das muss er schlucken. Amberg wird ihm erzählen, dass Kettenbach ganz kurzfristig umdisponiert hat. Bei einem so berühmten Psychiater mit so vielen Terminen kann das ja mal vorkommen.«

»Ich mache mir Sorgen«, sagte Charlotte, »so viele Täuschungen. Es ist so ungewohnt.«

Lukas legte seine Hand auf ihren Arm. »Vieles ist ungewohnt, und genau daran muss man sich wohl gewöhnen.«

Es dauerte nicht lange, die leeren Kannen im Dorf mit Milch zu füllen. Auch in der Gastwirtschaft hatte man schon mit dem Besuch des Hausmeisters gerechnet und gab ihnen den großen braunen Koffer des Assistenzarztes mit. Bald fuhren Lukas und Charlotte wieder bergan in Richtung Schattwald. Die Kannen waren in einem großen Kasten festgezurrt, der Koffer lag nur locker auf der Ladefläche. »Ich hätte ein paar Gurtbänder mehr mitnehmen sollen«, bedauerte Lukas.

Der Weg führte zuerst sanft bergan, wurde dann aber steiler. Charlotte stieg ab, um den Schlitten leichter zu machen. Als Lukas in eine Rechtskurve bog, geschah es. Der Schlitten geriet ins Rutschen und glitt ein Stück nach links den Hang hinab. Der Hausmeister fluchte und gab dem Pferd die Peitsche. Der Haflinger legte sich ins Geschirr und zog den Schlitten wieder auf den Weg. Die Milchkannen schepperten, hielten aber in ihren Gurten. Der Koffer jedoch war vom Schlitten geglitten und herabgefallen. Als er auf den Boden stürzte, sprang er auf. Offenbar hatte Stühling vergessen, seinen Koffer abzuschließen.

»Mist!«, rief Lukas und hielt das Pferd an. »Charlotte, heb bitte mal den Koffer wieder auf. Schnell, bevor der Inhalt schmutzig wird.« Charlotte eilte zum Koffer, der flach im Schnee auf dem Boden lag. Sie ergriff den Deckel, um ihn wieder zu schließen. Doch sie hielt inne. Sie hatte ein paar Schriftstücke in dem Koffer gesehen. Keine Bücher, sondern irgendwelche Zeitungen. Sie wusste, dass es sich nicht gehörte, aber sie war neugierig. Luzifer würde nichts verraten. Sie schlug den Kofferdeckel auf. In dem Koffer lagen allerlei Kleidung, Socken und Unterzeug und eine Strickjacke. Obendrauf hatte Stühling eine Zeitung gepackt. Eine alte Zeitung. Und einen Zeitungsausschnitt mit einem Foto. Was wollte der Assistenzarzt damit? Dann sah sie es.

»Luzifer«, rief sie, »komm mal schnell her! Schau mal!«

Der Hausmeister sprang vom Kutschbock. Er trat näher und hockte sich neben Charlotte. Er überflog die Zeitungsseite und pfiff durch die Zähne. Der Artikel war alt, er handelte von der Widerstandsgruppe O5 und dem Firmenerben Oskar Polden aus Wien, der »nach einer merkwürdigen Explosion in seinem Keller plötzlich verschwunden ist«, wie es hieß. Daneben war ein Foto von Kolja alias Oskar Polden zu sehen, noch ganz ohne Narben, aber trotzdem war der Blinde darauf gut zu erkennen.

»Stühling weiß es«, stieß Luzifer hervor. »Mein Gott, was sollen wir jetzt tun?«

»Stühling weiß noch mehr«, sagte Charlotte atemlos, »schau dir mal dieses Foto an.« Im Koffer lag noch ein auf Pappe aufgezogenes koloriertes Foto, offenbar ein altes Bild einer Berühmtheit, das mit einem Autogramm versehen war. »Ada Anderson« stand auf dem Autogramm. Das Bild zeigte die falsche Leander alias Selma Keindl in jüngeren Jahren, ohne den Lockenkopf, aber mit einer eleganten dunklen Hochsteckfrisur.

»Deswegen war er also in Innsbruck oder sonst wo«, sagte Lukas. »Er hat dort in alten Zeitungsarchiven gesucht. Vielleicht wollte er die Bilder Kettenbach zeigen und Schattwald damit auffliegen lassen. Himmel, was machen wir jetzt?«

In Charlottes Eingeweiden rumorte es. Es gab nichts mehr, was sie beruhigen konnte. Stühling wusste alles. Schattwald war in Gefahr, Amberg war in Gefahr. Das Ehepaar Keindl, Oskar Polden waren in Gefahr. Das ganze Theater, das sie vor Kettenbach aufgeführt hatten, war umsonst gewesen. Sie hatte schon so ein ungutes Gefühl gehabt.

»Lass uns den Koffer erst mal schließen und wieder auf den Schlitten packen, als wäre nichts gewesen«, sagte Luzifer. »Dann müssen wir nachdenken.«

»Ich habe Angst«, sagte sie und umklammerte seinen Arm, »was soll jetzt werden?«

»Wir müssen nachdenken«, wiederholte der Hausmeister, »vielleicht will Stühling Doktor Amberg erpressen. Vielleicht kann man mit ihm reden.«

Charlotte wusste, dass Lukas selbst nicht an eine solche Möglichkeit glaubte. Aber sie hatten fürs Erste keine Wahl. Sie mussten Stühling den Koffer zurückgeben und Amberg Bescheid sagen. Sie schlossen den Koffer und luden ihn wieder auf den Schlitten.

Einige Zeit später erreichten sie das Sanatorium. Sie trugen die Milchkannen durch die Tür im Untergeschoss in das Haupthaus hinein. Den Koffer schafften sie erst einmal in den Flur. Kurze Zeit später erschien Stühling. »Mein Koffer!«, sagte er. »Vielen Dank, Herr Hausmeister, diese Mühe war sehr freundlich von Ihnen.« Er sprach mit ungewohnter Höflichkeit und griff nach dem Koffer. Er bewegte eins der beiden Schlösser, es sprang auf. Der Assistenzarzt stutzte. »Nanu?«, sagte er. »Hatte ich den Koffer nicht abgeschlossen?«

»Nein«, sagte Lukas, »wir haben uns auch gewundert, als der Deckel aufsprang.« Charlotte lief es kalt den Rücken hinunter. Wie konnte Luzifer so unbedacht sein, sich so zu versprechen.

Stühling erstarrte und wurde kreidebleich. Auch Lukas' Miene fror ein, als ihm dämmerte, was ihm da rausgerutscht war. Die beiden Männer wechselten einen Blick. Plötzlich war alles klar. Es gab nichts mehr zu verheimlichen. Stühling hatte in den Augen von Lukas gelesen, dass dieser Bescheid wusste. In seine Miene trat eine Furcht, die Charlotte noch nie an ihm gesehen hatte. Lukas machte einen Schritt nach vorne, als wolle er ihn packen. Stühling wich zurück und ließ den Koffer los. Dann drehte er sich um und lief in den Flur, der zum Nebenausgang des Haupthauses führte. Luzifer rannte hinterher, so gut er das mit seinem schwachen Bein konnte. Charlotte folgte den beiden, ihr Herz hämmerte.

Stühling erreichte den Seitenausgang und versuchte, die Tür zu öffnen. Aber es ging nicht. Die Tür war verschlossen. Manche Nebenausgänge im Sanatorium waren zugesperrt, damit niemand ungesehen von draußen hineinkonnte. Stühling rüttelte an der Türklinke, dann drehte er sich um. In seinen Augen standen jetzt Angst und Wut. Lukas versperrte ihm den Weg. Er war trotz seines Hinkebeins viel kräftiger als er, und das wusste er.

Stühling wandte sich nach rechts, die Tür des Kunstraums stand offen. Er stürzte in den Raum und schlug die Tür zu. Charlotte hörte, wie er von innen die Tür versperrte. Er wusste offenbar, dass innen neben der Tür auf einem Regal ein Schlüssel lag, mit dem der Chefarzt manchmal den Kunstraum von innen abschloss, damit niemand in eine Therapiestunde hineinplatzen konnte. Manche Patienten wollten nicht, dass andere ihre Bilder sahen.

Lukas und Charlotte standen jetzt vor der verschlossenen Tür. Es wäre ein Leichtes, sie aufzubrechen, dachte Charlotte.

»Kommt bloß nicht herein«, brüllte Stühling von innen. »Wenn ihr die Tür öffnet, lege ich Feuer. Ich zünde alles an. Wenn ihr die Tür aufbrecht, brennt Schattwald! Alles wird brennen!«

Von den beiden draußen kam kein Wort. Bestimmt war im Kunstraum der Kachelofen eingeheizt. Stühling brauchte nur eine der Papierrollen zu nehmen und in die Glut zu halten. Der Raum würde brennen wie Zunder. Das Sanatorium würde in kurzer Zeit in Flammen stehen. Es gab keine Möglichkeit zu löschen, es gab keine Feuerwehr hier oben, keine Pumpen und Schläuche. Stühling hatte sie in der Hand.

»Wir bleiben draußen«, stieß Lukas hervor, »nichts anzünden. Nichts anzünden! Wir reden, Doktor Stühling, wir werden reden!«

Amberg und Mimi bogen um die Ecke. »Was ist denn hier los?«, fragte der Chefarzt.

»Stühling hat sich eingeschlossen«, sagte Lukas. »Er will alles anzünden.« Lukas senkte die Stimme und flüsterte: »Er weiß alles, er weiß alles über die Keindls und über Oskar Polden. Wir haben Zeitungsartikel und Fotos in seinem Koffer gesehen.«

Ambergs Gesicht erstarrte zu einer Maske. Es dauerte einen Moment, aber dann schoss eine Energie in seine Augen, eine Überwachheit, als habe er mit einem solchen Moment schon immer gerechnet.

»Raus«, sagte er leise zu Mimi. »Alle Patienten müssen raus aus dem Haupthaus und dem Patiententrakt. Mimi, schaff die Leute hinüber in das Personalwohnhaus. Hier wird bald alles brennen. Wir halten Stühling hin.«

Mimi begriff sofort. Sie lief in die Küche, bald darauf klapperte Gerlinde die Treppe hoch in Richtung des Patiententraktes. Es war die Zeit kurz vor dem Abendessen, wo sich die meisten Patienten in ihren Zimmern aufhielten.

Amberg redete durch die Tür auf Stühling ein. »Doktor Stühling, Sie werden doch keine Dummheiten machen. Wir können über alles reden.« Er bemühte sich, seiner Stimme einen ruhigen Klang zu geben, aber Charlotte hörte die Aufregung heraus.

»Sie Lügner!«, brüllte Stühling von innen. »Sie lügen und betrügen, Doktor Amberg! Sie verstecken Juden hier und Feinde des Großdeutschen Reiches. Bei Ihnen finden Kriegsdienstverweigerer Unterschlupf. Das beobachte ich schon lange. Sie arbeiten mit Äskulap zusammen. Der einfältige Knecht aus dem Dorf sollte Ihnen eine Botschaft von Äskulap überbringen, nicht wahr? Das hat er mir erzählt, als ich ihm im Wald begegnet bin. Ich habe versucht, ihn unschädlich zu machen.«

»Sie waren es, Sie haben den Boten niedergeschlagen«, rief Amberg. »Er ist bei mir im Arbeitszimmer gestorben.« Charlotte fuhr zusammen.

»Ah, er hat es also doch noch bis nach Schattwald geschafft«, rief Stühling. »Im Dorf hörte ich, der Hausmeister habe einen Toten heruntergebracht, den er angeblich im Wald gefunden hatte. Sie sind ein Lügner, Doktor Amberg. Sie haben Professor Kettenbach belogen, Sie haben mich belogen. Kettenbach war ja schon hier, wie ich hörte. Schattwald ist verrottet und verkommen!«

»Schattwald rettet Menschenleben und bewahrt die Seelen vor Zerstörung«, rief Amberg durch die Tür. »Sie aber würden Menschenleben vernichten, denn die Menschen sind Ihnen gleichgültig, Doktor Stühling.«

Charlotte ging ein paar Schritte zurück und blickte durch das Fenster des Bäderraums auf den Hof des Sanatoriums. Dort stapften und stolperten die Patienten mit Koffern durch den Schnee zum Personalhaus, geführt von Gerlinde und Mimi und den Pflichtjahrmädchen. Alle trugen ihre Wintersachen. Die ersten waren bereits im Personalhaus verschwunden, wo Amberg und die anderen Mitarbeiter wohnten. Wahrscheinlich begaben sie sich in die Bibliothek des Chefarztes. Das Personalhaus stand abseits vom Hauptgebäude, in dem der Speisesaal und der Kunstraum untergebracht waren und das direkt an den Patiententrakt grenzte. Wenn Stühling das Hauptgebäude in Brand setzte, würden die Flammen auf alles übergreifen bis auf das Personalhaus, das zum Glück einen größeren Abstand zum Hauptgebäude hatte.

Charlotte erblickte den zierlichen Jakob Keindl; er trug eine große Kiste durch den Schnee, seine Frau Selma schleppte zwei Koffer. Charlotte stutzte einen Moment, dann wurde ihr klar, woher sie die Kiste kannte. Sie stammte aus dem Arztzimmer. Der jüdische Arzt war offenbar so umsichtig gewesen, den Medikamentenschrank des Arztzimmers im Erdgeschoss des Patientenwohntraktes auszuräumen und die Präparate einzupacken und mitzunehmen. Wahrscheinlich hatte Mimi ihm den Schlüssel gegeben.

Amberg versuchte unterdessen vor der Tür des Kunstraums, einen anderen Ton anzuschlagen und Stühling zu beruhigen. »Stühling, vergessen Sie doch nicht Ihre Verdienste«, redete er durch die Tür auf den Assistenzarzt ein. »Wir haben doch durchaus gut zusammengearbeitet. Das müssen wir jetzt nicht zerstören. Wir sollten uns einigen. Schließen Sie auf und kommen Sie heraus, dann können wir vernünftig miteinander sprechen.«

Aber das war natürlich unmöglich, und alle Anwesenden wussten es. Es gab keine Möglichkeit, sich mit Stühling zu einigen. Niemand würde ihm glauben, dass er sein Wissen für sich behalten würde. Keiner würde ihn hier einfach so gehen lassen. Alle saßen in der Falle. Stühling, aber auch Amberg.

Als Charlotte das klar wurde, stürzte sie los. Sie musste ihre Sachen retten. Die Tagebücher! Sie rannte in den Patiententrakt und stürzte hoch in ihr Zimmer. Sophia war nicht da, wahrscheinlich hatte sie schon jemand abgeholt. Charlotte zerrte den Koffer vom Schrank, raffte die Tagebücher und ihre Papiere zusammen und legte sie in den Koffer. Sie griff nach der Hose von Robert, ihrer restlichen Kleidung, dem Unterzeug, alles landete im Koffer. Die Platten und das Koffergrammofon hatte offenbar schon jemand mitgenommen, Gott sei Dank. Es dauerte nur wenige Minuten, und Charlotte befand sich auf dem Weg nach unten, den Koffer in der Hand. Ihre Wintersachen hatte sie zum Glück schon an.

Charlotte stürzte aus dem Haus und stolperte durch den Schnee. Aus der Ferne hörte sie Amberg irgendetwas brüllen. Sie näherte sich dem Personalwohnhaus, es waren nur noch wenige Meter. Da sah sie Sophia. Die Pianistin kam aus dem Personalhaus. Sie wollte wieder los, hinüberlaufen in das Haupthaus. Gerlinde hielt sie zurück, aber Sophia kämpfte, um freizukommen.

»Was ist, Sophia?«, rief Charlotte.

Sophia konnte sich losmachen von Gerlinde. Sie kam Charlotte entgegen. Da brach es aus ihr heraus. »Kolja!«, schrie Sophia. »Kolja fehlt!« Ihr liefen Tränen die Wangen hinunter.

»Wo ist er?«, rief Charlotte. Mein Gott, hatte denn niemand an den Blinden gedacht?

»Im Vorratsraum«, schrie Sophia, »im Vorratsraum nachschauen!«

Im Vorratsraum. Charlotte ließ ihren Koffer fallen und rannte zurück ins Haupthaus. Sie stürzte in den Gang im Untergeschoss. Dort lag links hinter dicken Mauern der Vorratsraum. Im Raum selbst brauchte man eine Laterne, weil das Licht kaputt war. Aber natürlich, für einen Blinden spielte die Dunkelheit keine Rolle.

»Oskar!« Charlotte öffnete die dicke Holztür. »Oskar, Sie müssen hier sofort herauskommen.« Sie hörte ein Geräusch im Dunkeln. Dann erschien Kolja alias Oskar Polden. Er hatte ein Glas Apfelmost in der Hand, Charlotte vermutete, dass es wohl nicht der süße Saft, sondern der vergorene Most war, an dessen Alkoholgehalt sich der Blinde erfreute. Sophia musste ihn wohl beobachtet haben, als er dort hineingegangen war.

Charlotte ergriff ihn am Arm.

»Schnell!«, sagte sie. »Gleich brennt es hier. Wir müssen hinüber in das Personalwohnhaus.«

Oskar Polden stolperte neben ihr nach draußen und durch den Schnee. Sophia schrie auf, als sie ihn sah: »Kolja!« Charlotte nahm Sophia in den Arm, in ihrer Brust breitete sich eine Wärme aus. »Du sprichst«, rief sie, »du sprichst ja, Sophia!«

In der Bibliothek des Chefarztes saßen alle Patienten eng zusammen auf den Sesseln und dem Boden. Wer keinen Platz fand, ging ins Schlafzimmer und ließ sich dort auf dem Bett oder dem Boden nieder. Die Wohnung Ambergs sah aus wie ein Lager Vertriebener.

»Der Assistenzarzt ist verrückt geworden«, klärte Mimi die Anwesenden auf. »Doktor Stühling hat sich im Kunstraum eingeschlossen. Er droht damit, Schattwald anzuzünden. Aber hier sind wir sicher. Das Personalhaus steht weit genug entfernt.« Es ging ein Raunen durch die Patientenschar. Niemand sagte etwas. Selbst Luise hielt den Mund. Sophia saß neben Oskar Polden und hielt seine Hand.

»Die Vorräte!«, stieß plötzlich eins der Pflichtjahrmädchen hervor. »Wir sollten die Vorräte herausholen. Packt mal jemand mit an!« Gerlinde, zwei der jungen Frauen und der Kriegszitterer Alfred stürzten zum Haupthaus. Sie kamen mit Broten und Kohl zurück, Alfred schleppte eine

Milchkanne. Kaum hatten sie die Sachen im eisigen Treppenhaus abgestellt, gingen sie wieder los, um weitere Nahrungsmittel zu retten.

Auch Charlotte lief wieder hinüber ins Haupthaus und betrat das Untergeschoss, in dem der Kunstraum lag. Amberg und Lukas standen immer noch vor der Tür, der Chefarzt redete weiter auf Stühling ein.

»Wir können uns doch einigen«, rief Amberg durch die Tür. »Wir vernichten die Unterlagen, die Sie gefunden haben, Sie versprechen mir, nichts von meinen Patienten zu berichten, ich schreibe Ihnen ein Zeugnis mit den besten Empfehlungen, und dann können Sie hingehen, wohin Sie wollen. Sie kriegen freies Geleit.«

»Wie soll ich mit einem Betrüger verhandeln?«, kam es von innen. »Wie soll ich einem Lügner glauben?«

»Wir haben beide keine Wahl, als uns zu glauben«, rief Amberg, »wir sind aufeinander angewiesen.« Es klang nicht sehr überzeugend.

Charlotte hörte ein Geräusch, als würde von innen ein Schlüssel umgedreht. Einen Moment lang passierte nichts. Dann öffnete sich die Tür. Stühling trat heraus. Seine Augen waren weit aufgerissen, sein sonst so sorgfältig gelegtes blondes Haar hing ihm wirr ins Gesicht. Er hielt eine Papierrolle in der Hand, die er an einem Ende angezündet hatte. Amberg und Lukas wichen zurück.

»Freies Geleit, hier ist mein freies Geleit!«, brüllte der Assistenzarzt. Er rannte los, an den beiden Männern und an Charlotte vorbei. Die brennende Papierrolle ließ er kurz vor dem Ausgang fallen. Charlotte hörte ein Geräusch aus dem Kunstraum. Erst war es ein Zischen, dann ein Brausen. Amberg und Charlotte stürzten in den Raum. Das Bild des

Führers mit den Wildtieren stand in Flammen. Stühling hatte Ernst gemacht. Er hatte Feuer gelegt.

»Schattwald brennt!«, schrie der Assistenzarzt. »Und das ist einzig und allein Ihnen zu verdanken, Doktor Amberg!« Er stieß ein irres Lachen aus und rannte durch die einsetzende Dunkelheit. Er wandte sich nach links, offenbar wollte er in den Wald fliehen und dann vermutlich hinunter ins Tal. Charlotte lief nach draußen. Lukas rannte Stühling hinterher, aber er war nicht schnell genug. Da tauchte wie aus dem Nichts Konrad Waldhofer auf. Er war kräftig und behände.

»Konrad, halt ihn fest«, schrie Lukas. Auf den Ruf seines Bruders hin packte sich Konrad den Assistenzarzt. Stühling versuchte, sich ihm zu entwinden, und beschimpfte ihn: »Ah, noch ein Fahnenflüchtiger, ein Kriegsdrückeberger, der mich aufhalten will! Geht zur Hölle!« Konrads Gesichtsausdruck veränderte sich. Er nahm den Assistenzarzt in den Schwitzkasten und machte mit den Armen eine ruckartige Bewegung nach links. Es knackte schrecklich. Stühling fiel lautlos hin und bewegte sich nicht mehr.

Amberg kam aus dem Haupthaus. Er erreichte den Assistenzarzt und kniete nieder. Mit zwei Fingern befühlte er die Halsschlagader des Liegenden. Dann blickte er auf und schüttelte den Kopf. Konrad hatte Stühling getötet. Charlotte fiel ein, dass Konrad mal beim Militär war. Da hatte er solch einen tödlichen Griff wahrscheinlich gelernt.

In diesem Moment barsten die Fenster, und die Flammen schlugen aus dem Untergeschoss des Haupthauses. Charlotte starrte in das Feuer, das den Schnee glutrot erleuchtete.

In Ambergs Gesicht stand Entsetzen. »Sind alle wirklich

draußen?«, schrie er. »Alle müssen draußen sein. Das Patientenhaus wird abbrennen!«

Mimi kam aus dem Personalhaus. »Es sind alle draußen, Carl«, sagte sie, »alle sind bei dir in der Bibliothek.« Es war das erste Mal, dass Charlotte Mimi den Vornamen des Chefarztes aussprechen hörte. Carl. Amberg gab Lukas und Konrad ein Zeichen. Charlotte sah, wie die drei den Körper des Assistenzarztes aufhoben und in den Wald trugen. Vom Fenster der Bibliothek aus hatte niemand sehen können, dass Konrad Stühling zu Fall gebracht und dass er ihn getötet hatte.

Innerhalb weniger Minuten griffen die Flammen auf das Erdgeschoss mit dem Speisesaal über. Dort stand der Flügel. Charlotte kamen die Tränen. Sie hörte aus dem ganzen Haus ein Prasseln, ein Knirschen und dumpfes Knallen wie Explosionen. Es gab keine Möglichkeit, das Feuer zu löschen. Alles war gefroren. Die Kälte, der Schnee und das Eis nützten nichts. Überall im Haus hatten Öfen gebrannt, überall lag Holz herum. Schattwald war ein riesiger Scheiterhaufen. In Windeseile fraß sich das Feuer in den Patiententrakt, der unmittelbar an das Haupthaus grenzte. Die Flammen loderten hoch in den dunklen Abendhimmel. Der Rauchgestank war durchdringend. Der Brand entwickelte eine große Hitze. Es war, als wärme Schattwald noch ein letztes Mal die Welt.

Zum Glück bestand wenig Gefahr, dass das Feuer auch auf den Personaltrakt übergreifen konnte, auch weil der Wind an diesem Tag in die Gegenrichtung wehte und auf dem Dach des Personalhauses eine Schneedecke lag.

Charlotte verharrte vor dem brennenden Gebäude und beobachtete das Schauspiel. Tränen liefen ihr die Wangen hinunter, sie zitterte. Plötzlich stand Amberg neben ihr. »Ich habe immer befürchtet, dass es so kommen würde, Charlotte«, sagte er leise, »und nun ist es geschehen.« Er legte den Arm um sie und schwieg. Sein Griff war zärtlich und doch fest. Sie ließ ihren Kopf an seine Schulter sinken, es war ihr, als sei sie am Ende einer Reise angekommen, hier, neben Amberg, inmitten der Hitze des Feuers und der Kälte der Berge. »Du brauchst keine Angst zu haben«, fuhr Amberg fort, »die Patienten leben. Und wir auch. Uns beiden bleibt noch etwas zu tun.«

35. Kapitel

Innsbruck, Dezember 2014

Es war zwei Uhr nachts. Ich war mit den Kladden durch und hellwach. Schattwald brannte. Aber wie war es dann weitergegangen? Die Tagebücher waren zu Ende, Heft 13 schloss mit dem Brand. Aber ich war mir sicher, dass die Geschichte damit nicht beendet war. Ich hoffte inständig, dass es noch irgendwo weitere Aufzeichnungen gab. Unten auf der letzten Seite von Heft 13 stand die Eintragung »Schattwald« und direkt dahinter eine sechsstellige Zahl. Für diese Eintragung hatte meine Großmutter keinen Bleistift, sondern einen Kugelschreiber verwendet, sie musste erheblich später erfolgt sein. Vielleicht war dies die Nummer eines Schließfachs oder eines Safes. Womöglich wollte sich meine Großmutter mit der Eintragung »Schattwald« und der Ziffernfolge selbst an etwas erinnern. An einen Ort, an dem noch weitere Aufzeichnungen lagen. Ich musste morgen das Haus gründlich durchsuchen.

Ich war aufgedreht, aber ich spürte, dass es besser wäre, jetzt etwas zu schlafen. Ich knipste das Licht aus und tastete instinktiv unter das Bett, wo der Eispickel lag. Liegen sollte. Ach ja, ich hatte ihn unten im Arbeitszimmer gelassen. Sei's drum. Leo war ja auch da, wieder in seinem zerfledderten Hundebett. Ich rollte mich auf die Seite. Es dauerte eine Weile, bis ich einschlief.

Am nächsten Morgen erwachte ich spät. Leo musste dringend raus. Ich duschte, zog mich an und drehte mit dem Hund die morgendliche Runde. Kurz darauf saß ich in der Küche und machte mir einen Kaffee und ein Baguette mit viel Butter und Salami. Wo könnten hier im Haus noch weitere Hinweise sein? Mein Blick fiel auf die Pinnwand in der Küche. Dort hing der Zettel, auf dem die Telefonnummern von Maria Pramstaller, Theres Kurz und der Mogany standen. Unten auf dem Zettel war noch eine Nummer zu sehen, ohne Namen, über die ich mich schon am ersten Tag gewundert hatte.

Ich trat näher. Die Nummer hatte sechs Stellen. Ich stutzte. War das dieselbe Nummer wie jene in der dreizehnten Kladde? Die hatte auch sechs Stellen. Ich lief nach oben, holte das dreizehnte Heft und schlug die letzte Seite auf. Genau. 224368. Es war dieselbe Nummer, mit Kugelschreiber vor nicht allzu langer Zeit in der Kladde notiert. Sechs Zahlen. Die letzten beiden Ziffern waren mein Geburtsjahr.

Dann fiel es mir auf. Die Ziffern davor waren auch Geburtsjahre. 43, 1943, das war das Geburtsjahr meiner Mutter gewesen. Das Jahr, in dem meine Großmutter fast zwei Monate in Schattwald verbrachte, dieser Zusammenhang war mir vorher gar nicht aufgefallen. Die »22« bedeutete »1922«: das Geburtsjahr von Charlotte und ihrem Zwillingsbruder. Die sechsstellige Nummer bestand aus einer Aneinanderreihung unserer Geburtsjahre. Es war eine Nummer, die meine Großmama selbst ausgewählt haben musste, an die sie sich gut erinnern konnte. Ich war mir sicher, dass es die Nummer für ein Schließfach oder einen Safe war, vielleicht irgendwo hier im Haus. Aber wo?

Mein Blick fiel auf das Bild von Schattwald, meine Großmutter hatte es gemalt, viel später nach dem Brand, es wirkte immer ein wenig zu groß für die Küche. Da dämmerte es mir. »Schattwald« und dann die Ziffern – hatte sie das Gemälde gemeint?

Ich legte mein Brot zur Seite und wischte mir die Finger an einem Handtuch ab. Dann trat ich näher an das Bild heran. Vorsichtig umfasste ich den Bilderrahmen und hob ihn in die Höhe. Das Gemälde ließ sich leicht abhängen. Dahinter erkannte ich die Tür eines Safes. Ich stieß einen kleinen Freudenschrei aus. Natürlich, ein Safe hinter einem Bild. Das war ja ein ganz übliches Versteck. Ich hätte früher darauf kommen können. Ich stellte das Bild auf den Boden. Der Safe war etwas größer als die Safes, die in manchen Hotels in den Gästezimmern stehen. Meine Großmutter hatte offenbar extra dafür eine Nische in die Wand schlagen lassen. Der Safe hatte einen Drehknopf an der Tür und ein Ziffernfeld mit Tasten. Mit nervösen Fingern tippte ich die Zahlen in den Ziffernblock ein. 224368. Ich drehte am Knopf. Die Tür ließ sich öffnen. Mein Herz klopfte bis zum Hals.

In den beiden Fächern lagen einige Umschläge. Ich holte alle Umschläge heraus, es waren vier, und legte sie auf den Tisch. Sie waren beschriftet, ich erkannte die Schrift meiner Großmutter. Auf einem Umschlag stand: »Schuldschein Theres Kurz«, auf dem zweiten »Dokumente Hermann Kettenbach«. Auf dem dritten Umschlag las ich: »Brief an meine Enkelin Anne Südhausen«. Der vierte Umschlag war schlichtweg mit »Testament« betitelt. Was für eine Idee, diese Papiere in einem Safe zu deponieren, den niemand kannte. Aber vielleicht wollte meine Großmutter diese Papiere ja gar nicht geheim halten. Vielleicht hatte sie nur gezögert, irgendjemandem von dem Safe zu erzählen. Oder sie wollte Maria Pramstaller darüber informieren, hatte ihr aber doch nicht so richtig getraut. Und dann kam der Schlaganfall.

Die Umschläge waren nicht zugeklebt. Ich öffnete erst den Umschlag mit dem Brief an mich. Es war eine ähnliche Handschrift wie in den Tagebüchern, eng und nicht leicht zu entziffern. Der Brief war sehr lang. Ich würde ihn später lesen.

Ich griff zu dem Umschlag »Schuldschein Theres Kurz«. Er enthielt tatsächlich einen Schuldschein, mit Schreibmaschine geschrieben und von meiner Großmutter und der Nachbarin unterzeichnet. Ich pfiff durch die Zähne. Meine Großmutter hatte Theres Kurz vor zwei Jahren 15 000 Euro geliehen, rückzahlbar in kleinen Raten. Das war eine beachtliche Summe. Die Nachbarin hatte mir nichts davon erzählt. Natürlich, deswegen hatte Theres so aufdringlich nach einem Testament gefragt. Sie hoffte, dass meine Großmutter ihr vielleicht in einem Testament die Schulden erlassen würde. Oder dass der Schuldschein auf Nimmerwiedersehen verschwunden war.

Ich öffnete den Umschlag mit der Aufschrift »Testament«. Es bestand aus zwei handgeschriebenen Seiten. Ich überflog den Text. Das Testament behandelte ganz sachlich die Aufteilung ihres Besitzes, ich war die Haupterbin, aber auch Maria Pramstaller sollte eine gewisse Summe erhalten und Gita Mogany einen kleineren Betrag. Wer den Hund nahm, sollte alle Pflegekosten aus dem Vermögen erstattet bekommen. Dann erwähnte meine Großmutter auch Theres Kurz. »Meiner Nachbarin Theres Kurz erlasse ich nach meinem Tode ihre Schulden«, stand da, »vielen Dank für alles, Theres, auch im Namen von Leo.«

Theres Kurz hatte sich bestimmt viel um den Hund gekümmert, vor allem in den letzten Jahren. Deshalb zerbrach sie sich den Kopf darüber, wo ein Testament stecken könnte. Sie musste wie auf Kohlen gesessen haben, als wir hier in der Küche Kaffee tranken und über meine Großmutter sprachen.

Da kam mir ein Gedanke. Könnte es sein, dass Theres die gleiche Idee hatte wie ich? Sie hatte doch auch irgendeine Bemerkung über das Bild gemacht. Theres Kurz hatte einen Schlüssel zum Haus, sie könnte am Mittwoch noch einmal in das Haus gekommen sein. Das würde die Wasserpfützen im Flur und in der Küche erklären. Vielleicht hatte sie genau wie ich das Bild abgehängt und den Safe dahinter entdeckt. Womöglich hatte sie vergeblich versucht, den Safe zu öffnen. Wenn sie es aber war, die am Abend ins Haus gekommen war, dann hatten Gita Mogany und Ulrich Pramstaller damit gar nichts zu tun. Dann war meine Panik ganz umsonst gewesen. Wut stieg in mir auf. Das musste ich gleich klären.

Ich nahm den Telefonhörer und wählte die Nummer der Nachbarin. Es war halb zehn, sie war bestimmt schon auf. Theres Kurz meldete sich. »Ich durchsuche hier gerade das Haus«, sagte ich, »da bin ich auf einige Unterlagen gestoßen.«

»Ah so«, Theres Kurz klang angespannt.

»Ich habe auch eine Vereinbarung gefunden, die Sie betrifft.«

»Ach ja?«

»Eine Vereinbarung, von der Sie mir gar nichts erzählt haben.«

Am anderen Ende herrschte Stille.

»Es ist ein Schuldschein«, sagte ich.

»Ich hätte Ihnen davon berichtet, ganz bestimmt. Ich wusste nur noch nicht, wann.« Ihre Stimme klang schrill.

»Vielleicht klärt sich ja einiges, wenn wir noch ein Testament finden«, sagte ich, »ich habe schon überlegt, ob es vielleicht im Hause irgendwo einen Safe gibt.«

»Oh, ich dachte, der Schuldschein hätte im Safe gelegen«, sagte Theres Kurz, »in der Küche.«

»Einen Safe?«, fragte ich und stellte mich dumm. »Woher wissen Sie denn davon?«

»Charlotte hat mir davon erzählt«, sagte Theres Kurz hastig; sie musste merken, dass sie sich gerade verrannte.

»Warum haben Sie mir davon denn nichts gesagt?«, fragte ich. »Wir saßen doch mehrmals in der Küche zusammen. Wir sprachen doch sogar über das Gemälde.«

Theres Kurz fragte nicht weiter nach, welches Bild ich meinte, das wusste sie ja schon. Sie verhaspelte sich in irgendwelchen Erklärungen.

»Wissen Sie, es wäre einfacher, wenn wir ehrlich miteinander sprechen«, sagte ich. Es dauerte noch ein paar Sätze, dann gab sie es zu. Ja, sie hatte immer überlegt, wo meine Großmutter einen Safe mit einem Testament haben könnte. Ja, sie war mit dem Schlüssel ins Haus gekommen und in der Küche gewesen am Mittwoch am späten Nachmittag, nachdem wir zusammen Kaffee getrunken hatten. Ihr war das Gemälde plötzlich komisch vorgekommen. Sie hatte es abgehängt und den Safe entdeckt, ihn aber nicht geöffnet. »Ich hatte doch keine Nummer, ich schwör's«, beteuerte sie. Sie habe schon seit Mittwochabend überlegt, wie sie mich auf den Safe hinweisen konnte. Vielleicht war sie sich auch unsicher gewesen, ob das eine gute Idee war, dachte ich. Wenn im Safe nur der Schuldschein gelegen hätte, wäre das von Nachteil für sie gewesen.

Ich wollte nicht unfair sein und die Nachbarin weiter zappeln lassen. Tief im Innern konnte ich sie sogar verstehen. Es war um eine Menge Geld gegangen. Die Nachbarin war immer gut zu Leo gewesen und meiner Großmutter wahrscheinlich eine große Hilfe, sonst hätte sie Theres Kurz im Testament nicht bedacht.

»Es lässt sich alles klären, meine Großmutter hat Ihnen die Schuld erlassen«, sagte ich, »ich habe bereits ein Testament im Safe gefunden.« Die Sache sei für mich daher erledigt. Nur den Schlüssel, den wollte ich lieber doch zurück.

Durch das Telefon konnte ich fast hören, wie Theres Kurz ein Stein vom Herzen fiel. Ein Schwall von Beteuerungen drang aus dem Hörer. Ich bot ihr an, am Abend herüberzukommen, und wir beendeten das Gespräch.

Ich starrte vor mich hin. Hinter welche Lügen würde ich noch kommen? Ich kam mir vor wie Charlotte in Schattwald, auch ich befand mich an einem Ort der Täuschungen.

Auf dem Küchentisch lag der dritte Umschlag. »Hermann Kettenbach«. Ich öffnete ihn und fischte ein paar Dokumente heraus. Es waren Kopien. Kopien von Dokumenten, zwei Ausweise und eine Geburtsurkunde. Die erste Kopie war die zweier Seiten aus einem Pass des Deutschen Reichs mit dem Reichsadler, er war von 1937. Auf der ersten Seite des Passes stand der Name: Hermann Josef Kettenbach, auf der zweiten Seite der Kopie war ein Porträtfoto in Schwarz-Weiß zu sehen und darunter die Unterschrift Kettenbachs. Die zweite Kopie war offenbar die Kopie eines argentinischen Passes. Das Foto war nicht so alt wie das auf dem deutschen Reisepass. Aber es zeigte den gleichen Mann mit einem Habichtsgesicht und deutlich gealtert: Hermann Josef Kettenbach. Darunter stand aber ein anderer Name: Kurt Manfred Rattler.

Mein Magen krampfte sich zusammen. Rattler! Kettenbach hatte sich in Argentinien umbenannt, wo er wahrscheinlich nach dem Zweiten Weltkrieg untertauchte. Kurt Manfred Rattler. Ich nahm die dritte Kopie zur Hand, es war die Abschrift einer Geburtsurkunde: Siegfried Luis Rattler, geboren am 10. Mai 1960 in einem Krankenhaus in Buenos Aires. Vater: Kurt Manfred Rattler. Mutter: Luisa Carmen Mendoza.

In meinem Kopf drehte sich alles. Das war es also. Kettenbach hatte einen Sohn gehabt. Siegfried Rattler. Sein Sohn war der Mann, der mich zum Skifahren eingeladen hatte und der sich so brennend für die Tagebücher meiner Großmutter interessierte. Hatte Rattler seine Herkunft und den Aufenthaltsort seines Vaters verschwiegen? Wusste seine Umgebung über seine Familiengeschichte Bescheid?

Plötzlich kam mir ein Gedanke, der meinen Nacken steif werden ließ. Hatte Rattler erfahren, dass meine Großmutter um den Sohn Kettenbachs in Deutschland wusste? Wollte er deswegen so viel über die letzten Bände ihrer Tagebücher in Erfahrung bringen, über andere Dokumente, die ich in ihrem Haus finden könnte? Womöglich wollte er deswegen heute Nachmittag um drei Uhr herkommen. Er wollte herausfinden, ob ich inzwischen über seine Herkunft im Bilde war.

Es klingelte an der Tür. Ich schreckte hoch. Das war wahrscheinlich die Nachbarin, Theres Kurz mit ihrem schlechten Gewissen, die jetzt gleich und nicht erst am Abend kommen wollte. Leo rannte bellend Richtung Eingang. Ich öffnete.

Draußen stand Siegfried Rattler. Er war viel zu früh gekommen.

Ich stieß einen Schreckenslaut aus und wich zurück. Ich wollte die Tür gleich wieder zuschlagen, aber Rattler setzte blitzschnell seinen Fuß hinein. Meine Reaktion hatte mich verraten. An meinem Gesichtsausdruck erkannte er, dass ich Bescheid wusste. Jeder Charme, auch das schiefe Lächeln waren aus seinem Gesicht verschwunden. Seine Augen hatten sich zu kleinen Schlitzen verengt. Er trieb mich zurück in den Flur und schloss die Haustür hinter sich. Leo kläffte ihn an mit all seiner Hundekraft, Rattler war davon unbeeindruckt.

»Nun, was haben die Tagebücher so erbracht?«, fragte er in einem schneidenden Tonfall. »Vielleicht sollten wir darüber reden.«

Ich wich ihm weiter rückwärts aus, Rattler folgte mir. Durch die offene Tür blickte er in die Küche. Er sah die Papiere auf dem Tisch liegen. »Vielleicht besprechen wir mal einiges hier drin«, zischte er. Er war mir körperlich weit überlegen. Ich hatte keine Wahl. Ich nickte stumm und tappte voran.

Rattler stellte sich mit dem Rücken zur Küchentür. Er sah den offenen Safe, aber um dorthin zu gelangen, hätte er den Weg frei machen müssen, und so blieb er an der Tür stehen. »Was wissen Sie über mich?«, fragte er. »Ah, ich kann es mir denken. Professor Doktor Siegfried Rattler, Hirnforscher mit dubioser Herkunft, nicht wahr? Geben Sie mir die Papiere herüber!« Er deutete auf den Küchentisch. Ich griff nach den Kopien der Urkunden und reichte sie ihm.

Rattler nahm die Papiere und warf einen Blick darauf. »Sie wissen es also«, sagte er. »Wollen Sie mich auch erpressen, wie die alte Frau es tat? Frau Pramstaller hat nichts davon gehabt. Sie ist tot.«

Maria Pramstaller, erfroren im Wasserspeicher. Ich hatte mich immer gefragt, wie sie da hineingeraten war. Jetzt hatte ich ein Bild vor mir. Rattler hatte sie gekannt. Er hatte sie in das Wasser gestoßen.

»Sie haben sie getötet«, sagte ich, meine Stimme klang schrill.

»Sie hat versucht, mich zu erpressen«, versetzte Rattler kalt.

»Wieso denn, wie?« Meine Knie wurden weich.

»Sie rief mich in Hamburg an und erzählte mir, sie wisse alles über mich von ihrer Freundin Charlotte Waldhofer. Die hatte Leute von Äskulap gekannt.«

»Meine Großmutter hatte mit einer Erpressung bestimmt nichts zu tun, die hat sich für Geld überhaupt nicht interessiert«, sagte ich, meine Stimme klang jetzt fester.

»Ihre Freundin aber schon. Sie war eine Erpresserin, sie wollte Geld, sie drohte, alles über mich an die Öffentlichkeit weiterzugeben.«

»Sind Sie deswegen nach Innsbruck gekommen?«, fragte ich. Ich musste ihn zum Reden bringen, irgendwie.

»Ja«, sagte Rattler, »ich flog nach Innsbruck, um die Pramstaller zu treffen. Ich ging hier sogar auf den Westfriedhof und fand dort tatsächlich das Doppelgrab Waldhofer mit dem Zeichen von Äskulap auf dem Stein, von dem mir Frau Pramstaller erzählt hatte.«

Aha, er war also der Fremde auf dem Friedhof gewesen, von dem mir die Verwalterin berichtet hatte.

Mir kam ein Gedanke, ein guter, ein rettender Gedanke vielleicht. »Sie können doch gar nichts für Ihren Vater«, sagte ich. »Womöglich wäre die Veröffentlichung Ihrer Herkunft gar nicht so schlimm gewesen.«

»Wenn jemand das erfährt, ist meine Existenz zerstört«, fauchte Rattler. »Ich bin der Sohn von Hermann Josef Kettenbach. Mein Vater war Mitbetreiber der Euthanasie-Aktion T4 unter Hitler und ist nach dem Krieg untergetaucht. Sicher, heute sitzen die Nachkommen der Nazi-Größen in Talkshows und reden über ihre Schuldgefühle. Aber ich, ich habe meine Herkunft immer verschwiegen. Er ist erst 1990 gestorben und wurde bis zum Schluss gesucht. Ich habe ihn nicht verraten, er war mein Vater. Es war eine Frau von Äskulap, die nach seinem Tod seinen Aufenthaltsort ermittelte und erfuhr, dass er einen Sohn hat, Siegfried Rattler. Siegfried Rattler, der später Karriere machte, Hochschullehrer wurde, Hirnforscher, Experte für den ›freien Willen‹. Ich habe ein Angebot als Gastprofessor an der Yale-Universität. Meine Reputation ist kaputt, wenn meine Herkunft herauskommt.«

»Ich habe nichts mit einer Erpressung zu tun«, sagte ich. »Die Dokumente habe ich erst jetzt gefunden.«

»Eben. Mir war klar, dass zumindest noch ein Erbe der Waldhofer Dokumente über meine Herkunft finden könnte. Als Sie mir im Flugzeug erzählten, dass Sie die Erbin einer Gletscherforscherin sind, klickte es bei mir. Die Pramstaller hatte mir gesagt, dass Charlotte Waldhofer Gletscherforscherin war. Was für ein Zufall! Ich musste mich direkt an Sie halten, um etwas über die Dokumente zu erfahren.«

Er hatte alles geplant, all unsere Verabredungen. Ein Bild tauchte vor meinem inneren Auge auf, wie ich aufgebrezelt mit dem Push-up-BH im Restaurant erschien und auf ein Rendezvous hoffte. Das war am Sonntagabend gewesen.

Kurz nachdem Maria Pramstaller gestorben war. Bei dem Gedanken erstarrte ich. Maria Pramstaller war tot. Und ich hatte wahrscheinlich mit ihrem Mörder zu Abend gegessen.

Rattler musste den Schrecken in meinen Augen gesehen haben. »Sie glauben, ich habe Maria Pramstaller getötet«, sagte er und trat näher. »Sie halten mich für ihren Mörder. Aber ich habe sie nicht getötet.«

»Sie waren mit ihr am Längental-Speicher«, stammelte ich. »Sie haben sie dort getroffen. Warum hat sie sich darauf nur eingelassen, der Ort ist so abgelegen!«

»Das hat mit Ihnen zu tun«, entgegnete Rattler und verzog seinen Mund zu einem sardonischen Lächeln. »Eigentlich wollte ich die Pramstaller erst am Montag in Innsbruck treffen. Doch dann wurde mir klar, dass ich sie noch vor dem Abendessen mit Ihnen sehen sollte, um zu erfahren, welche Dokumente sie wirklich besaß. Ich rief sie am Sonntagmittag auf ihrem Handy an und versprach ihr das Geld. Sie war gerade in ihrer Berghütte, also trafen wir uns später am Längental-Speicher.«

»Das war eine Falle«, sagte ich. »Sie haben ihr eine Falle gestellt.«

»Nein«, zischte Rattler, »es gab einen Streit am Längental-Speicher. Sie nahm das Geld, aber sie hatte gar keine Dokumente dabei. Ich war empört, ich entriss ihr die Tasche. Sie verlor das Gleichgewicht und glitt ins Wasser. Es war ein Unfall. Ein verdammter Unfall.«

Er stand nun direkt vor mir, sein Atem roch abgestanden, nur noch vage nahm ich einen Duft von Sandelholz wahr. Ich wich zurück, meine Fersen stießen gegen das Gemälde von Schattwald, das ich an die Wand gestellt hatte. Ich zitterte. Ich glaube ihm kein Wort.

»Sie sind ein Mörder«, stieß ich hervor, »ein Mörder.«

»Ein Mörder«, äffte Rattler mich nach, »ein Mörder! Sie werden die Polizei informieren, ganz egal, was ich Ihnen sage, wie ich mich rechtfertige, nicht wahr? Sie werden gegen mich aussagen. Sie können mich vernichten.«

Er packte mich an den Schultern, in seinen Augen lag ein fiebriger Glanz. Seine Hände auf meinen Schultern taten mir weh, aber meine Angst war das Schlimmste. Es war ein Leichtes für einen so kräftigen Mann, mich zu erwürgen. Er könnte sich die Dokumente greifen und verschwinden. Ich war eine Zeugin seiner Vergangenheit, nur ich wusste von seiner Verbindung zur Toten aus dem Längental-Speicher. Er musste mich zum Schweigen bringen.

Mein Hirn arbeitete auf Hochtouren. »Es gibt auch noch andere Beweisdokumente«, krächzte ich, »im Arbeitszimmer.«

»Zeigen Sie sie mir«, forderte Rattler. Er schob mich voran, ich lenkte meine Schritte ins Arbeitszimmer. Kurz darauf standen wir vor dem Schreibtisch.

Auf dem Tisch lag das Buch von Keyder: »Praktische Seelenheilkunde«. »Hier, ein altes Werk. Es stehen private Eintragungen zu Ihrem Vater drin«, sagte ich und reichte Rattler das Buch. Er ließ mich los und griff nach dem Bändchen. Da tat ich es. Ich langte nach unten, der Eispickel meiner Großmutter lehnte am rechten Schreibtischschränkchen, dessen hatte ich mich aus den Augenwinkeln vergewissert. Ich packte den Eispickel und trat einen Schritt zur Seite. Dann erhob ich die Waffe mit beiden Händen. Rattler wandte sich mir überrascht zu. Er machte einen Schritt nach vorn, um mich zu packen. Ich ließ die Waffe auf ihn niedersausen. Er hob die Hand, um den Schlag abzufangen, daher traf ihn nur die Breitseite der Klinge am Schädel.

Rattler stöhnte und griff sich an den Kopf. Er taumelte und versuchte, sich mit der Linken am Schreibtisch abzustützen. Doch er schaffte es nicht, stürzte und fiel seitwärts zu Boden. Ich hörte einen dumpfen Aufschlag. Dann lag er vor dem Schreibtisch, seine graublonden Haare hingen ihm ins Gesicht, er bewegte sich nicht mehr. Ich wartete einen Moment, mein Herz raste. Ich beugte mich vorsichtig zu ihm hinunter. Er blutete am Kopf, aber nicht stark. Seine Augen waren geschlossen, doch sein Brustkorb hob und senkte sich, er atmete. Wenn ich jetzt noch einmal zuschlug, könnte ich den Mann töten. Der Eispickel verlieh mir diese Macht. Ich merkte, mit welcher Wut ich zugeschlagen hatte. Es war eine Befreiung gewesen. Es war unheimlich.

Ich musste einen Krankenwagen rufen. Und die Polizei.

Die Polizei? Vor meinem inneren Auge liefen Szenen ab, wie ich sie aus Kriminalfilmen kannte. Der Polizei müsste ich genau erzählen, was passiert war. Warum ich Siegfried Rattler mit einem Eispickel fast erschlagen hätte. Einen Hirnforscher, der mich am Morgen aufgesucht und bedroht hatte. Aber der keine Waffe mit sich führte. Einen Mann, der den Tod von Maria Pramstaller auf dem Gewissen hatte. Der aber behauptete, dass es ein Unfall gewesen war, und die Polizei hatte am Fundort der Leiche keinen Hinweis auf Fremdeinwirkung festgestellt. Rattler war ein Mann, der seine Herkunft als Sohn eines Nazi-Psychiaters verschweigen wollte. Aber das war nur allzu verständlich, das hätten viele genauso gemacht. Mein Schlag konnte mich noch in ernsthafte Schwierigkeiten bringen.

Ich erwog fieberhaft alle Möglichkeiten. Keine gefiel mir. Da fasste ich einen Entschluss. Ich trug den Eispickel nach oben ins Schlafzimmer. Dort lupfte ich die Matratze und versteckte die Waffe darunter. Unten im Erdgeschoss griff ich zum Hörer und rief einen Krankenwagen. Ja, ein bedauerlicher Unfall sei passiert. Ein Bekannter sei leider im Arbeitszimmer über meinen Hund gestolpert und mit dem Kopf auf die Schreibtischkante geknallt. Er sei bewusstlos, atme aber. Ich nannte die Adresse.

Es bestand ein Risiko in dem, was ich tat. Wenn Rattler den Ärzten erzählte, wer ihm einen Schlag verpasst hatte, würden sie sofort die Polizei informieren. Dann geriet ich in die Bredouille. Gut, dann würde ich eben auf Notwehr plädieren. Dass ich im Schock war und so weiter, und dann würde ich mit der ganzen Geschichte herausrücken, von A bis Z. Wahrscheinlich würde Rattler aber gar nichts von unserer Auseinandersetzung berichten, schließlich hatte er mich bedroht.

Nach zehn Minuten hielt ein Krankenwagen mit Blaulicht vor der Tür. Die Männer hoben Rattler auf eine Bahre. Er war aufgewacht, griff sich an den Kopf und stöhnte leise. Ich erklärte den Sanitätern laut und deutlich, dass er ein Bekannter von mir sei. Er heiße Siegfried Rattler, sei Hirnforscher in Hamburg, der zu einem Kongress in Innsbruck weilte, und habe seine Papiere bestimmt bei sich. Ein bedauerlicher Unfall sei es gewesen, als er über meinen Hund stolperte und auf die Schreibtischkante knallte. Ich würde jetzt nicht mitkommen, mich aber später im Krankenhaus nach ihm erkundigen. Die Sanitäter musterten mich mitleidig, wahrscheinlich hielten sie den Sturz für das unglückliche Ende einer Kurzbekanntschaft.

Der Krankenwagen fuhr davon. Ich ließ mich erschöpft in den Schreibtischstuhl fallen. Von seinem Porträtfoto aus schaute mich Robert mitleidig an, als habe er alles gesehen. Das Adrenalin rauschte durch meinen Körper. In meinem Kopf türmten sich die Gedanken, und ich versuchte mühsam, sie in eine Ordnung zu zwingen.

Rattler hätte mich umbringen können. Hätte. Ich hätte Rattler aber auch totschlagen können mit dem Eispickel. Mein Gott, die Spitze des Pickels hätte seinen Schädel zertrümmern können. Dann hätte ich bis an mein Lebensende mit dieser Schuld leben müssen. Bei diesem Gedanken wurde mir übel. Meine Nerven flatterten. Ich ging in die Küche und füllte ein großes Glas mit Wasser. Die Kopien der Urkunden lagen noch auf dem Tisch. Und der letzte Umschlag. Ich trank ein paar Schluck Wasser und nahm den Umschlag zur Hand: »Brief an meine Enkelin Anne Südhausen«.

Mit zitternden Händen zog ich die Blätter heraus. Sie waren auf den 19. Juni 2014 datiert. Das war mehr als siebzig Jahre nach dem Brand in Schattwald. War hier eine Botschaft meiner Großmutter zu finden? Ich vertiefte mich in die enge Schreibschrift.

36. Kapitel

Meine liebe Anne,

wenn Du das hier liest, bin ich wahrscheinlich nicht mehr da. Es tut mir so leid, dass wir uns in den vergangenen Jahrzehnten kaum noch gesehen haben. Ich war nicht verbittert, aber das Letzte, was ich wollte, war, aufdringlich zu sein. Nach dem Tod Deiner Mutter bin ich in eine tiefe Traurigkeit gefallen. Ich habe so viele Menschen in meinem Leben verloren, Anne, dieser Schmerz ist nicht zu vermeiden, wenn man Menschen geliebt hat. Der Schmerz ist kein schlechtes, sondern ein gutes Zeichen, er zeigt uns, dass wir lieben können.

Ich gehe davon aus, dass Du in meiner Hinterlassenschaft die Tagebücher zu meinem Aufenthalt in Schattwald gefunden hast. Die dreizehn Tagebücher enden im Februar 1943, mit dem Brand, der das Sanatorium in Schutt und Asche legte. Danach habe ich seinerzeit nicht mehr weitergeschrieben, es gab zu viel anderes zu tun. Ich will Dir daher jetzt berichten, wie es weiterging.

Das Sanatorium war durch den Brand völlig zerstört, nur der Personaltrakt war noch übrig, in den sich alle

Patienten hatten retten können. Einen Tag später evakuierten wir die Patienten ins Tal. Einige kehrten zu ihren Familien zurück, ein großer Teil fand Aufnahme in einem Pflegeheim katholischer Ordensschwestern. Das Sanatorium Schattwald hatte bei der Gauamtsleitung einen guten Ruf, denn Chefarzt Carl Amberg galt als leuchtendes Beispiel für einen Arzt, der die von Hermann Kettenbach entwickelten therapeutischen Ideen zum Wohle der großdeutschen Volksgemeinschaft erfolgreich umsetzte. Carl war schon ein begabter Täuscher. Davon, dass Kettenbach Drogen auf zerstörerische Weise einsetzte, wusste kaum jemand.

Der blinde Oskar ging mit Mimi ins Tal, sie brachte ihn bei Bekannten in einem Dorf unter, nach Kriegsende kehrte er nach Wien zurück. Sophia wurde von ihrer Mutter in Innsbruck abgeholt. Sie war froh, dass ihre Tochter wenigstens wieder ein bisschen redete.

Im Tal sprach sich herum, dass Schattwald von Doktor Stühling, dem Assistenzarzt, in Brand gesetzt worden war. Carl und Luzifer begruben Stühlings Leichnam im Wald. Mimi streute das Gerücht, dass Stühling der Widerstandsgruppe Äskulap angehörte und in die Schweiz entkommen war. Sein Grab wurde zum Glück nie gefunden, obwohl die Uniformierten von der Ordnungspolizei später nach Schattwald kamen und die Ruine, das Personalwohnhaus und das Gelände durchsuchten.

Carl und ich, wir blieben mit Lukas und seinem Bruder und den Keindls noch zehn Tage in Schattwald und wohnten im Personalhaus. Zum Glück war der Auffahrtsweg bald nach dem Brand wieder so zugeschneit, dass von den Uniformierten aus dem Tal erst mal niemand heraufkam.

Die Zeit, die ich nie vergessen werde, waren die neun Tage mit Carl in der Ruine von Schattwald. Ich habe ihn geliebt, und er war mein erster Mann. Carl brachte mir bei, welch heilende Kraft die Phantasie haben kann. Dass wir uns der Träume und Sehnsüchte, die wir haben, niemals schämen, sondern dass wir sie nutzen sollen. Ich lernte in Schattwald, dass jeder noch so gute Mensch Abgründe in der Seele hat, dass jeder Schwache auch starke Seiten besitzt und jeder Ängstliche zum Mutigen werden kann und umgekehrt. Es steckt immer beides in uns. Carl half mir, mich so anzunehmen, wie ich bin, vielleicht, weil er selbst auch seine Merkwürdigkeiten hatte.

Ich muss gestehen, es machte mir auch Spaß, mit ihm Patientenakten zu fälschen und sich Heilungsgeschichten für die Kranken auszudenken, die natürlich nicht zu weit entfernt sein durften von der Wirklichkeit. Mimi kam einmal hoch, nahm die Akten mit ins Tal und leitete sie an das katholische Pflegeheim weiter. Carl verfasste auch noch einen Aufsatz für das Göring-Institut, in dem er seine angeblichen Suggestionstherapien mit dem Führer als Vaterfigur noch einmal ausführlich erläuterte. Wenn es um den Schutz der Patienten ging, war ihm jede Lüge recht.

Carl ist leider am 26. Februar in Schattwald gestorben. Mir waren schon zuvor manchmal seine glänzenden Augen aufgefallen, bald erfuhr ich, dass es am Morphium lag. Ich konnte das einmal, aber leider nicht immer verhindern. Eines Morgens fand ich ihn tot in der Bibliothek, er hatte sich eine Überdosis gesetzt, ich glaube, dass es ein Versehen war. Mit allem anderen könnte ich nur schwer leben.

Ich habe Carl geliebt, Anne, und er ist Dein Großvater. Ich glaube manchmal, dass er Dir seine dichterische Ader vererbt hat, seiner Enkelin, obgleich mir Deine Arbeit für dieses Frauenmagazin etwas zu oberflächlich erschien.

Mimi hat seinen Leichnam abgeholt, Carl wurde im Tal bestattet. Ich bin mit Luzifer, Konrad und den Keindls von Schattwald in das Hochtal gegangen, wo Luzifers Heimatdorf liegt. Wir konnten Luzifers Bruder Konrad und das jüdische Ehepaar nicht im Stich lassen. Die Keindls hatten alle Medikamente aus Schattwald mitgenommen. Luzifer stellte Doktor Jakob Keindl in seinem Dorf als deutschen Arzt vor, der verheiratet und wegen seiner Geliebten zu Hause in Schwierigkeiten geraten war. Die Dorfbewohner waren begeistert über den neuen Dorfarzt und die Medikamentenzufuhr, auch das Morphium konnten sie gut gebrauchen. Sie stellten keine weiteren Fragen. So kam es, dass die Keindls bis zum Kriegsende als deutscher Arzt Doktor Walter Friedland und seine Freundin Helene Matern auf dem Dorf wohlgelitten waren. So viele falsche Namen wie bei diesem Paar sind mir in meinem späteren Leben nicht mehr begegnet.

Neun Monate nachdem ich Schattwald verlassen hatte, wurde meine Tochter Lilly geboren, Deine Mutter. Luzifer hat die Kleine sofort akzeptiert, obwohl er wusste, dass Carl der Vater war. Wir heirateten schnell, den Entschluss habe ich nie bereut. Ich glaube, Luzifer war der gebildetste Zimmermann, den es jemals in Österreich gab. Luzifer, ich und die kleine Lilly blieben im Dorf, bis der Krieg zu Ende war. Es war eine harte, sparsame Zeit, aber ich habe mich in der Kriegszeit in den Bergen mit Luzifer und Lilly immer geborgen und geliebt gefühlt. Danach zogen wir nach Innsbruck. Meinen Eltern schickte ich Briefe, kam aber erst viel später wieder zu Besuch nach Regensburg.

Professor Hermann Kettenbach ist übrigens nach dem Krieg unter falschem Namen in Argentinien untergetaucht. Mimi hat das erst nach seinem Tod herausgefunden, auch dass er mit seiner argentinischen Geliebten noch einen Sohn bekommen hat, Siegfried Rattler. Mimi hat mir Kopien der Dokumente geschickt, kurz bevor sie starb.

Ich habe erst vor Kurzem erfahren, dass der Sohn Kettenbachs heute in Hamburg als Hirnforscher lebt, es ist ein gewisser Professor Siegfried Rattler. Es ist verrückt, der Mann beschäftigt sich ausgerechnet mit dem »freien Willen«! Die familiäre Herkunft Siegfried Rattlers ist in der Wissenschaft offenbar nicht bekannt. Nachdem die Leute von Äskulap fast alle tot sind, bin ich wohl eine der wenigen, die davon wissen. Nur Maria, meiner Freundin, habe ich davon erzählt. Die Dokumente habe ich bisher allerdings nicht weitergegeben. Ich finde es heikel, über andere zu richten. Mein Vater war Nationalsozialist und Rüstungsfabrikant, ich bin seine Tochter. Ich habe oft in meinem Leben erfahren, wie schwer es ist, über Schuld und Unschuld zu urteilen.

Anne, ich hatte ein gutes Leben. Die Berge, der Schnee und das Eis haben mich nie losgelassen. Ich war so froh, nach dem Krieg in der Gletscherforschung arbeiten zu dürfen, bei den Bohrungen mit dabei zu sein, wenn wir Proben aus den jahrhundertealten Eisschichten aus den Gletschern hervorholten. Ich fühlte mich im Schnee und Eis den Toten nahe, meinem Zwillingsbruder Robert und Carl, den ich mir im Eis herbeizaubern konnte.

Carl hat mir gesagt, die Traurigen müssen ins Eis, in die Kälte, um sich und die Liebe zu spüren. Wenn ich manchmal kalt und streng war zu Dir, Anne, war das vielleicht auch meine Form von Liebe und ein Versuch, eine Verbindung zu Dir herzustellen, so merkwürdig das klingen mag. Wir geben immer das an die nächste oder übernächste Generation weiter, das uns selbst beim Überleben geholfen hat, auch wenn es vielleicht einer Welt entstammt, die gar nicht mehr existiert, wenn unsere Nachkommen erwachsen sind. Das ist wohl die Tragik jeder Erziehung.

Ich wünsche Dir alles Gute, Anne. Von Deinem Großvater Carl habe ich die Pelzmütze aufbewahrt, Mimi hatte mir ihr Medaillon mit dem Zeichen von Äskulap geschenkt, beides findest Du in meinem Schreibtisch, es gehört jetzt Dir. Details zu meinem Nachlass stehen in meinem Testament. Ich werde den Brief und das Testament in meinen Safe legen und mich demnächst entscheiden, wen ich über den Hinterlegungsort informieren werde.

Ich umarme Dich, in Liebe
Deine Großmama Charlotte

Ich weinte. Die Tränen flossen wie ein warmer Strom mein Gesicht hinunter. Leo stand vor mir und blickte mich mit seinen braunen Augen an. Das also war die Botschaft meiner Großmutter gewesen. Sie hatte mich geliebt trotz ihrer Strenge. Ich war die Enkelin einer sehr tapferen Frau und die Enkelin Doktor Carl Ambergs, des exzentrischen und mutigen Chefarztes von Schattwald. Mein Großvater war ein Psychiater gewesen, der Märchen erfand und Menschenleben rettete. Und mein zweiter, offizieller Großvater Luzifer gehörte zu einer Widerstandsorganisation und war offenbar ein sehr großzügiger Mann gewesen. Das war meine Familie. Eine tolle Familie.

Mit dem Brief in der Hand tappte ich in das Wohnzimmer nebenan und ließ mich auf das Sofa fallen. Leo kam angelaufen, hopste auf das Sofa und kuschelte sich an mich. Nach einer Weile versiegten meine Tränen. Ich starrte an die Decke. Der Schrecken von vorhin kam wieder in mir hoch. Rattler. Die Bedrohung. Der Krankenwagen.

Fast hätte ich ihn mit einem Eispickel umgebracht. Letztlich aber hatte er mir nichts getan. Bedroht hatte er mich, das ja. Was für einen Hass musste er haben, all die Jahre, all die Jahrzehnte seinen Vater im Nacken zu haben wie einen Schatten, den er nie loswerden konnte. Womöglich wollte er wirklich nur die Dokumente. Vielleicht stimmte seine Geschichte, und es war tatsächlich ein Unfall gewesen mit Maria Pramstaller am Längental-Speicher. Allerdings hatte er nicht versucht, Hilfe für sie zu holen. Die Hilfe wäre vielleicht auch zu spät gekommen. Maria Pramstaller war eine Erpresserin. Aber wahrscheinlich wollte sie wirklich nur das Geld. Theres Kurz hatte mir doch erzählt, der Pramstaller fehlten die Mittel für irgendeine teure Krebstherapie. Vielleicht fand die Pramstaller die Erpressung nur gerecht, jetzt am Ende ihres Lebens, wo sie verarmt und todkrank war und nichts mehr zu verlieren hatte, während die Söhne von Nazi-Tätern tolle Karrieren machten.

Es war so verrückt. Heute Abend musste ich Sabine in Hamburg anrufen und ihr alles erzählen, unbedingt. In meinem Kopf jagten sich die Gedanken, und ich wartete darauf, dass sie sich beruhigten, dass sie sich austobten und dann aus meinem Kopf von alleine herausflossen, bis dieser ganz leer war. Ich dämmerte vor mich hin.

Einige Zeit später schreckte ich hoch. Es hatte an der Tür geklingelt. Ich sah auf die Uhr, drei Uhr. Himmel, der Historiker wollte kommen. Hendrik van Dijk.

Ich stand auf. Mein Besucher würde sofort das Chaos in der Küche sehen. »Einen Moment«, brüllte ich. Ich lief in die Küche, stapelte die Umschläge aufeinander und steckte sie in den Safe. Dann klappte ich die Safetür zu, sie rastete ein.

Ich zog mir die Hausschuhe an, eilte zur Tür und warf im Vorbeigehen einen Blick in den Spiegel. Wie ein Schreckgespenst sah ich aus, mit dunklen Ringen unter den Augen und strähnigem Haar. Aber egal, ich hatte dem Mann zugesagt. Er war Medizinhistoriker, nichts weiter, ich hatte doch seine Visitenkarte gesehen. Mit Rattler hatte er bestimmt nichts zu tun.

Ich öffnete und blinzelte in das helle Tageslicht. Es war ein schöner Tag, die Sonne ließ den verschneiten Garten glitzern. »Guten Tag«, begrüßte mich Hendrik van Dijk. Ich erkannte ihn sofort wieder, die schlaksige Figur, das breite freundliche Gesicht.

Er musterte mich und schaute erschrocken. »Sie sehen furchtbar erschöpft aus, wenn ich das bemerken darf. Ich kann gerne später noch einmal kommen.«

»Nein, nein, das geht schon, wenn der Besuch nicht zu lange dauert«, entgegnete ich. »Ich habe gerade eine anstrengende Zeit. Bitte kommen Sie einfach herein.«

Kurz darauf saß van Dijk in der Küche. Ich kochte einen Kaffee. Er lächelte mir unsicher zu. Er musste etwa genauso alt sein wie ich. Ich hatte plötzlich das Gefühl, zum ersten Mal seit Tagen wieder einen normalen Menschen zu sehen. Einen freundlichen Mann mit Grübchen im Gesicht. Er wollte nur einen Blick in die Kladden werfen, hatte er gesagt. Komischerweise machte mir das bei ihm keine Angst.

»Ich hole die Tagebücher«, sagte ich, »sie sind oben.«

»Es sind ja private Aufzeichnungen«, sagte van Dijk, »ich will auf keinen Fall aufdringlich sein.«

»Nein, wir waren ja verabredet. Ein kurzer Blick, das ist kein Problem.«

Ich brachte den Stapel.

»Darf ich mir die erste Kladde ansehen?«, fragte er. Ich reichte ihm das Heft Nummer 1.

»Oh, die Seiten sind sehr brüchig«, stellte er fest, »da muss man äußerst vorsichtig sein.«

Er öffnete die Kladde so behutsam, als handele es sich um eine historische Rarität. Mir gefiel dieser Respekt. Genau das waren die Hefte ja auch für mich, eine Kostbarkeit.

Van Dijk blätterte vorsichtig ein paar Seiten um.

»In der Tat, hier geht es um die Anreise Ihrer Großmutter in das Sanatorium Schattwald«, sagte er, »die Kladden wirken authentisch. Ihre Großmutter hat mit Bleistift geschrieben, das war damals sehr verbreitet.«

Ich machte keine Anstalten, van Dijk noch weitere Hefte zu reichen. Er verstand die Botschaft. Er trank seinen Kaffee aus und sah mich mit einem Ausdruck von plötzlicher Fürsorge an, der mir guttat. »Sie müssen sehr müde sein«, sagte er. »So eine private Entdeckung verursacht ja auch eine große Aufregung, könnte ich mir vorstellen. Ich werde Sie jetzt lieber in Ruhe lassen.« Er erhob sich. Ich blickte ihn fragend an, so einfach wollte ich ihn jetzt doch nicht gehen lassen. »Ich werde mich wieder melden«, versprach er und lächelte, »vielleicht lässt sich aus diesen Tagebüchern etwas Größeres machen. Natürlich nur, wenn Sie das wollen.«

EPILOG

Die Beerdigung meiner Großmutter an einem Montag war schön, denn das Wetter bescherte uns einen wundervollen Tag. Es kamen zwölf Menschen, was für eine Zweiundneunzigjährige nicht wenig ist. Theres Kurz erschien, Gita Mogany auch. Die Mogany, eine junge Frau mit offenem Blick und langem schwarzem Haar, war erst am Tag davor aus Ungarn eingetroffen. Sie hatte sich ausführlich bei mir dafür entschuldigt, dass sie keine gültige Handynummer hinterlassen und vergessen hatte, den Schlüssel meiner Großmutter zurückzugeben. Ulrich Pramstaller begleitete sie zur Beerdigung. Er war sehr freundlich, vielleicht hat jeder Mensch, der erst eine dunkle Seite zeigt, auch eine helle. Das hätte wahrscheinlich mein Großvater Carl Amberg gesagt, ich glaube, ich fange schon an, »schattwaldig« zu denken.

Ein Gletscherforscher aus Innsbruck kam, der meine Großmutter vor einigen Jahren sogar noch besucht hatte. Auch ihre Fußpflegerin erschien, die meine Großmutter wohl sehr mochte. Noch einige weitere Nachbarinnen fanden sich ein, die Theres Kurz offenbar benachrichtigt hatte. Nach der Beerdigung traf noch Beileidspost ein, sogar von der Tochter einer Klimaforscherin aus Großbritannien, an deren Adresse ich eine Trauerkarte geschickt hatte.

Ich war froh, dass Sabine aus Hamburg gekommen war. Sie hatte beim Telefonat am Samstagabend mit mir gespürt, dass ich dringend Beistand brauchte, und den nächsten Flieger nach Innsbruck genommen. Sie ist eine echte Freundin.

Der katholische Pfarrer fand bei der Bestattung die richtigen Worte, er war am Tag vor der Beerdigung bei mir gewesen, und ich hatte ihm einiges über meine Großmama erzählt. Ich war froh, dass er die Berufstätigkeit meiner Großmutter als eine der ersten Frauen, die sich für Gletscher und das Klima interessierten, hervorhob.

Ich gab in Auftrag, die Inschrift auf dem Grabstein zu erweitern. Unter »Lukas ›Luzifer‹ Waldhofer« steht nun auf dem Grabstein: »Charlotte Waldhofer, geb. Rotstetter«, geboren am 14. Mai 1922, gestorben am 12. Dezember 2014«. Weiter unten ist zu lesen: »In Gedenken an Dr. Carl Amberg, gestorben am 26. Februar 1943.« Das Äskulap-Zeichen verbindet alle drei.

Hendrik van Dijk hat sich einige Wochen nach der Beerdigung bei mir in Hamburg gemeldet. Wir schreiben jetzt zusammen ein Buch, und mein Chefredakteur Peter Gäbler war verdächtig entgegenkommend, als ich mich für fünf Monate von »LaVie« beurlauben ließ. Wir arbeiten in Innsbruck, in Charlottes Haus, das jetzt mir gehört genau wie Leo, der bei mir bleibt. Die Gesellschaft Hendriks ist mir sehr angenehm, wir brüten zusammen über den Tagebüchern, er beschafft mir Archivmaterial, wir beide lieben unsere Ausflüge in die Berge. Was soll ich sagen? Wir sind ein Paar.

Hendrik fand meinen Entschluss richtig, Siegfried Rattler seiner Wege ziehen zu lassen. Ich schrieb an Rattlers Adresse in Hamburg einen kurzen Brief und erklärte ihm, dass ich ihn in Ruhe lassen würde, dass allerdings Menschen in meinem Umfeld über ihn Bescheid wüssten, er also auch mich tunlichst in Frieden lassen sollte. Er schickte mir in einem Umschlag eine Ansichtskarte mit einer Winterlandschaft zurück, auf der nur ein Wort zu lesen war: »Einverstanden«.

Das Buch, das ich mit Hendrik schreibe, soll den Titel tragen: »Winterversteck: die Wahrheit über das Sanatorium Schattwald im Zweiten Weltkrieg«. Ich bin sicher, meine Großmama Charlotte würde sich darüber freuen.

Danksagung

Für die Ermutigung zum Roman danke ich meiner Agentin Katrin Kroll sehr herzlich und für das aufmerksame Lektorat Katrin Andres vom Piper Verlag. Mein Mann Michael Weidinger und meine Kinder Laura und Roman haben das Manuskript gegengelesen und wertvolle Tipps gegeben, so auch meine Freundin Dagmar Grumer und mein Kollege Mathias Greffrath. Zeitgenössische Informationen verdanke ich vielen Zeitzeugen, vor allem meiner Mutter. Das Buch ist auch im Gedenken an sie geschrieben und an ihren Zwillingsbruder Heiner, meinen Onkel, der mit achtzehn Jahren in Russland starb und den sie um dreiundsiebzig Jahre überlebte.

Ich freue mich immer über Rückmeldungen der LeserInnen, die ich auch beantworte. Wer mich kontaktieren möchte, kann dies gerne über meine Webseite tun unter www.barbaradribbusch.de

Quellenhinweise

Dieses Buch ist ein Roman, Handlung und Personen sind fiktiv, doch historische Recherchen wurden dabei verarbeitet, die auf der Befragung von Zeitzeugen, dem Studium von Büchern, Zeitschriften, Ton- und Filmdokumenten und Webseiten im Internet beruhen. Einige Quellen möchte ich dabei besonders erwähnen, darunter »›Maschinengewehre hinter der Front‹. Zur Geschichte der deutschen Militärpsychiatrie« von Peter Riedesser, Axel Verderber (Frankfurt/Main, 2011) und »Krieg und Psychiatrie 1914 bis 1950«. herausgegeben von Babette Quinkert et al. (Göttingen 2010).

Zum heute fast vergessenen »Göring-Institut« in Berlin finden sich wertvolle Informationen in »Erinnern und Durcharbeiten. Zur Geschichte der Psychoanalyse und Psychotherapie im Nationalsozialismus« von Regine Lockot (Frankfurt 1985) und »Psychotherapy in the Third Reich. The Göring Institute« von Geoffrey Cocks (New Brunswick, New Jersey, 1997).

Eine zeitgenössische Quelle ist die »Praktische Seelenheilkunde« von Gustav Richard Heyer (München 1942), der am »Göring-Institut« arbeitete. Die Küchenrezepte verdanke ich unter anderem »Tante Linas Kriegs-Kochbuch« von Rainer Horbelt und Sonja Spindler (Augsburg 1999). Einen Eindruck von der Musik gibt der Noten- und Text-Sammelband »140 deutsche Schlager der 20–40er Jahre«

(Burgkunststadt, keine Jahresangabe). Eines der beeindruckendsten Dokumente waren für mich die »Reden und Berichte von 1942«, die damals im Rundfunk gesendet wurden und als Tondokument auf CD über das Deutsche Historische Tonarchiv zu beziehen sind.